I0661176

政治局三常委
面臨清洗

張德江太鐵
劉雲山太左
張高麗太貪

新紀元周刊編輯部

目錄

政治局三常委面臨清洗

第一章

中南海公開大分裂

周永康被立案審查後，習近平在政治局發聲「清查周永康，不是反腐敗的句號」，民間要求「槍斃周永康」、「抓捕江澤民」呼聲不斷，種種跡象顯示中共江澤民勢力已露潰敗跡象。（大紀元合成圖）

第一節

習近平稱「押上性命無所謂」

2014 年 6 月 26 日，習近平在政治局的敏感內容講話「清查周永康，不是反腐敗的句號」，以刊登在《長白山日報》的迂迴方式發聲，類似於前幾次中共劇變前夜。（大紀元合成圖）

調查周老虎不是句號

2014 年 7 月 29 日，中共剛退休不久的中共政治局常委、中央政法委書記周永康被官方公布「立案審查」，消息發出一小時後，大陸官方媒體「人民網」就迅速配發評論《打掉「大老虎」周永康，不是反腐句號》。大陸網站紛紛轉載。

文章稱：「打掉周永康，絕不是反腐的句號，這只是階段性的一步。」「反腐不會止步，調查周永康是階段性一步，絕不是句號。」文章還稱，無論有多大的後台，都難逃懲處。但是，文章發表幾個小時後，再上網搜索，結果是「您要查看的頁面不存在」。

其實，「清查周永康，不是反腐敗的句號」這句話，是習近平在當時政治局會議上的原話，「人民網」根據會議發表的評論文章，引起中共內部大譁，最後劉雲山下令將其撤下。

不過 8 月 1 日，中共官媒新華網發表被認為頗有來頭的「國平」的評論文章：《周永康落馬是推進依法治國的一大步》，文章稱「以周永康的落馬為節點」「反腐達到了一個高潮，但這絕不是句號，反腐也絕不會是一陣子」，再現了人民網的觀點，也再度強調了習近平 6 月 26 日在政治局內部講話的觀點。

7 月 30 日上午，與中紀委書記王岐山關係密切的大陸財新網發表文章《眾議「大老虎」落馬》稱，周永康落馬，反腐工作不會減緩，而是會深化，甚至可能打更大的老虎。

文章援引中國人民大學反腐專家毛昭輝的話表示，此前兩會期間，一句「你懂的」間接公布了周永康案部分信息，從兩會到現在持續了如此長時間才得以公布，這個現象「反映涉腐問題大量且複雜」。

毛昭輝還表示，周永康被調查，不是最終結束。反腐不會減緩，而是會深化。從軍隊反腐上，可以看出反腐依然將大力進行。反腐也可能走向其他新的領域，甚至可能打更大的老虎。

財新網隸屬於財新傳媒，一般被外界視為習近平陣營的大陸媒體，其下屬的財新網、新世紀等媒體通常有一些帶有某種風向標的報導，比如這次他們最先報導了周永康兒子周濱的貪腐醜聞以及周永康的紅與黑等長篇系列文章。

8 月 1 日同一天，大陸門戶網站「網易」發表文章《中紀委打虎記：曾徹查黨主席》。文章暗示中紀委會將徹查周永康的幕後主使江澤民。

文章稱，1978 年 12 月中紀委成立，陳雲為第一書記，黃克誠為常務書記。1980 年，中紀委曾準備徹查時任中共主席華國鋒的三件事，華國鋒回應並對三件事作了處理。文章中提到，1980 年

初，「渤海二號」鑽探船由於工作人員違章操作，造成鑽探船翻沉、72 人死亡的特大事故。事件發生後，石油部很長時間未向上面報告。中紀委隨後給予通報批評，時任石油部部長宋振明被解除職務。分管石油工業的時任國務院副總理康世恩被記大過處分。

從 1980 年余秋里出任中共新組建的國家能源委員會主任開始，加上其後的石油工業部長、國務院副總理康世恩，從石油系統出身的高級官員開始構成中共體制內巨大的政治勢力。

知曉中共官場內幕的人會記得，中共前國家副主席曾慶紅被認為是「石油幫」幕後龍頭，在 1980 年即擔任余秋里的祕書，在石油系統工作多年，其後官至政治局常委，並提拔周永康，一手將「石油幫」的政治勢力推至顛峰。網易文章直接提中紀委曾徹查黨主席，以及石油幫前大佬被免職等處分，外界解讀說，這是在直接影射中共前黨魁江澤民和「石油幫」大佬曾慶紅。

與此同時，就在周永康案公布前後，中紀委第二巡視組清查上海，被外界解讀為：王岐山布局圍剿江澤民。

2014 年 7 月 30 日，中紀委第二巡視組在江澤民的老巢上海召開工作動員會，巡視組組長張文岳在會上稱：對腐敗問題「零容忍，有多少就處理多少」；巡視重點發現領導幹部「是否存在權錢交易、以權謀私、貪污賄賂」等問題；是否對中共中央的政策存在「陽奉陰違」等問題。

7 月 29 日，中紀委第十二巡視組進駐了江澤民的老家江蘇。江蘇巡視組長徐光春此前曾作為組長先後巡視過重慶、雲南等江派窩點。巡視雲南後，3 月 9 日，江派雲南副省長沈培平被調查。巡視組副組長董宏曾是王岐山的「大祕」、此前曾任巡視上海復旦大學的巡視組組長。

　　江蘇是江澤民老家所在地，江派重要窩點。2013 年 10 月，江澤民揚州管家、南京書記李建業被免職後，江蘇官場地震不斷。

　　7 月 26 日，周案公布前，上海光明集團原董事長王宗南被帶走，隨後被公布立案調查。王宗南此前所任職的光明集團與前中共黨魁江澤民有密切關係。光明集團在 2006 年進行整合前的前身是上海益民食品廠一廠，江澤民曾任益民食品一廠第一副廠長。

《長白山日報》出位報導

　　面對官方媒體一會兒說周永康不是反腐的句號，一會兒又刪除的現象，就在人們議論紛紛時，8 月 4 日，大陸很少引人關注的《長白山日報》在頭版頭條報導說，中共吉林長白山市委 8 月 1 日召開常委擴大會議，傳達了中共總書記習近平等中南海高層關於巡視工作講話精神。文章披露習近平在會上說：「與腐敗作鬥爭，個人生死，個人毀譽，無所謂。」

　　「豁出命來也要把腐敗分子拖下馬」，習近平的這番話引起外界強烈關注。這也印證了此前香港《明報》的報導。2014 年 6 月 26 日習近平在政治局會議上，就反腐問題講了三點：「有人說 18 大後我們抓了 30 多個副部以上幹部，差不多了，可以收手了，這是一種錯誤認識，反腐不設名額，有多少抓多少；有人威脅說要我們走著瞧，我要正告他們，誰怕誰！當年朱鎔基說要準備 100 口棺材，99 口給腐敗分子，最後一口留給自己，今天我們也要有這樣的勇氣。」

　　《長白山日報》的報導出來不久，官媒新華網論壇很快發表署名文章《習近平反腐為啥提到「個人生死，個人毀譽」？》文

章發表不久就被國信辦下令刪除，但這些說法早已在海內外廣泛傳播。

8 月 5 日，《長白山日報》的文章被刪除後的第二天，該報繼續發文，力挺習近平。

長白山市副市長陳耀輝在 5 日的文章中引用當年習仲勛的話，以《人民和江山不可分》為題發文，此話來自 1999 年 10 月 1 日習仲勛登上天安門城樓時說的話稱：「人民就是江山，江山就是人民。」

文章還稱：「你失去了多少人心，同時也就失去了多少江山。這是當場就要兌現的一筆帳，由不得你賒帳到將來。」「……江山易手，絕非危言聳聽。」

美國華府的中國問題專家石藏山說，這篇文章感覺口氣很大，很難想像出自於一個副市長的口，倒是像極了習近平作為總書記在對中共訓話。這次《長白山日報》連續為習近平發聲，與當年鄧小平南巡時候，尋找上海《解放日報》發聲；毛澤東想在北京央媒發文不得，繞著圈找了上海《文匯報》發聲極度類似，而當年中共與現在的中共處境極其相似，都是處在劇變前夜。

鄧小平南巡前 《解放日報》發文

1989 年「六四」事件後，東歐劇變與前蘇聯解體給中國人帶來震撼。當時中國大陸是一片「反和平演變」的聲音，一片「清查資產階級自由化」的聲浪，時任總書記江澤民急速「左轉」並嚴控中央級媒體，鄧小平想要的所謂「改革開放」處於低潮。

1991 年 1 月 28 日至 2 月 18 日，鄧小平到上海過中國傳統新年，

並且到工廠、企業參觀考察。鄧稱：「上海人民思想更解放一點，膽子更大一點，步子更快一點。」時任《解放日報》負責人的周瑞金與另外兩個人根據鄧小平在上海的講話，撰寫了《做改革開放的「帶頭羊」》、《改革開放要有新思路》、《擴大開放的意識要更強些》、《改革開放需要大批德才兼備的幹部》四篇文章，署名「皇甫平」，發表在1991年大年初一的《解放日報》上。

「皇甫平」文章發表後，雖然有些讀者歡迎，但是大陸媒體大多沉默不言，也有部分媒體對此發起抨擊、批評，一些有名氣的所謂「專家」也發聲威脅。在此情勢下，1992年春天，鄧小平南巡，並對江澤民發出最後通牒「誰不改革誰下台」。此後，鄧想要的「改革開放」得到實現。

毛澤東利用上海《文匯報》發文

與鄧小平類似經歷的，還有毛澤東。當時毛澤東與鄧小平沒掌握文宣的大權。在北京，鄧小平主管的中央書記處和彭真的北京市委，毛澤東也無可奈何。

1965年春，江青奉毛之命到了上海，組織寫作班撰寫批判《海瑞罷官》的文章。這篇由姚文元執筆的《評新編歷史劇「海瑞罷官」》將近十易其稿後，在《解放日報》祕密排印，11月10日在上海《文匯報》全文刊發。《文匯報》成毛澤東「炮打司令部」的探測窗口。

此後北京市「按兵不動」，激怒了毛澤東，「文章發表以後，各省都轉載，北京不轉載。我那個時候在上海，後來我說印小冊子，各省都答應發行，就是北京發行機關不答應，因為有些人靠

不住嘛！北京市委就是針插不進、水潑不進的市委。」

《評新編歷史劇「海瑞罷官」》這篇文章後來被稱為「文化大革命」的「導火線」，1966 年夏，毛在中國大陸發起了「文化大革命」。

習江針鋒相對 暗殺頻傳

2014 年 8 月 5 日，就在習近平關於「與腐敗作鬥爭，個人生死，個人毀譽，無所謂。」的內部講話傳出，人們正議論紛紛時，「自由亞洲電台」發表報導說，中南海裡正在流傳江澤民的話：「打老虎的事不能再打下去了，再打去就應了敵對勢力的說法：政治局裡沒好人了。」

外界評論說，習近平陣營和江澤民集團最高權力的人，幾乎同時發出消息，顯示雙方都處於激烈搏擊的狀態，周永康落馬，只是更大的風暴的前兆。

中共「18 大」後，習近平以高調反腐清算江派勢力，江派高官頻頻落馬。江澤民、曾慶紅等對習近平陣營恨之入骨，不斷發起攻擊，不惜製造重大恐怖流血事件，甚至多次企圖暗殺習近平、王岐山。為此，中共中央成立了特別工作領導辦公室專門負責追查暗殺事件源頭。

中共內部資料顯示，2013 年 9 月至 2014 年 3 月底已有近 60 名中紀委、地方省紀委有關一線人員被暗殺或失蹤，30 多名檢察官員被暗殺或失蹤。而王岐山自上任以來也先後 4 次遭到暗殺。

據港媒披露，2013 年 8 月夏季北戴河會議前後，周永康至少兩次策劃暗殺習近平，包括在會議室放置計時炸彈和趁習到北京

301 醫院體檢時施打毒針，試圖再次發動政變。暗殺未遂之後不久，周永康被抓。周永康落馬後官方透露說，從 2013 年 12 月以來，中南海就一直在對周永康進行調查。

周永康被軟禁後，江澤民、曾慶紅繼續攪局，製造了包括「3‧1 昆明屠殺事件」在內的多起暴力流血事件，導致大量平民傷亡，並企圖通過製造社會混亂達到趕習近平下台的政治目的。

不過對習近平的政治生命構成最大威脅的還是所謂離案醜聞。2014 年 1 月 21 日，美國一家新聞機構「國際調查記者同盟」在其報告中稱，多名現任或前任中共中央政治局常委的親屬，在英屬維爾京群島和庫克群島等離岸金融中心持有離岸公司，他們在海外藏有巨額非法所得。

這份報告包括了中共當下體制內最有權勢的六個家族和人物，除了習近平之外，分別是：胡錦濤、溫家寶、鄧小平、王震和葉劍英。與此相對應的，是江派的三個巨貪，即江澤民、曾慶紅和周永康，卻榜上無名。

《新紀元》的調查分析發現，這次餵料就是江澤民集團所為，目的是恐嚇中共體制內最有權勢的六個家族，再次發出「要死一起死」、「同歸於盡」的信號。餵料還說，以後還有更加詳盡和實質性的材料公布於眾，目的就是恐嚇、威脅習近平，不要把江派逼得太甚，否則會「魚死網破」一場空。

第二節

江自身難保 江派常委心慌

劉雲山常唱反調 將被拿下

在徐才厚、周永康落馬後，2014 年 8 月中旬，日本的 NHK 電視台政治部記者在推特透露：下一個將要被削權的是中宣部及把持中宣部的劉雲山，與此同時，網路上也盛傳劉雲山故意和習近平在動作上大唱反調的現象。

現象一：2014 年 8 月 4 日，吉林省的一份官方報紙《長白山日報》在頭版頭條報導了習近平 6 月 26 日的一次高層會議講話。該文章在 8 月 5 日被很多大陸網站轉載，但是到了當日下午，該文章遭遇全網封殺。

報導稱，習近平對當前反腐敗形勢的評估前所未有的嚴峻，習稱為是「腐敗和反腐敗兩軍對壘，呈膠著狀態」。習近平表示：「與腐敗作鬥爭，個人生死，個人毀譽，無所謂。」

　　真正引發媒體間討論的是，習近平的「個人生死」指的是什麼？「個人毀譽」指的又是什麼，是否與劉雲山不斷在言論上「綁架」習近平有關？

　　現象二：就在 7 月 29 日周永康被中紀委正式「立案審查」時，距離中紀委官網正式公布周永康涉被審查不過 41 分鐘，人民網就發表署名「蘇秦」評論文章《打掉『大老虎』周永康，不是反腐句號》的文章。

　　文章稱，「反腐不會止步，調查周永康是階段性一步，絕不是句號。」文章還罕見針對周永康稱，無論有多大的後台，都難逃懲處。但是，文章發表幾個小時後，再上網搜索，結果是「您要查看的頁面不存在」。

　　有報導稱，「清查周永康，不是反腐敗的句號」，這句話是習近平在近日政治局會議上的原話。人民網根據會議發表的評論文章，最後被劉雲山下令撤下。

　　現象三：2014 年 7 月 9 日，第六輪美中戰略與經濟對話在北京召開，與此同時，官媒中央電視台播出節目大談中國銀行造假洗黑錢，直接與習主張的改革唱對台戲，也將矛頭對準了曾經主管銀行的前副總理王岐山。

　　央視一直以來受到現任常委、掌管文宣的劉雲山的操控，屬於江澤民派系掌控的地盤。國家新聞出版廣電總局 6 月 18 日下發通報，禁止記者和記者站未經該單位同意私自批評報導。由此可見，上述新聞能播出，無疑是得到央視主管批准，以及更高級別的首肯，絕非偶然事件。

　　資料顯示，現任中國銀行行長田國立，曾是王岐山當年主掌建行時的舊部，曾經擔任過王岐山的助理。田國立任中行董事長

和黨組書記，外界普遍認為是王岐山在為自己的舊部在金融領域布局。

央視攻擊中國銀行，不僅試圖打擊王岐山，打亂習李經濟市場化的進度，最終也使得中國銀行的「優匯通」業務不得不暫停。同時讓習近平在當日舉行的會談上，在美國人面前難堪。在此背景下，王岐山在 7 月 12 日抓走了央視著名主持芮成鋼等人。

現象四：中宣部急速「左轉」，民眾譴責聲浪卻對準了習近平。

自「18 大」以來，掌控文宣的現任政治局常委劉雲山處處與習近平作對。如 2014 年 7 月 20 日中組部公布《關於在幹部教育培訓中加強理想信念和道德品行教育的通知》。通知對西方道德價值進行批評。曾經是前中共總書記趙紫陽智囊、支持習近平的政治學者吳稼祥，針對此文發表評論之後被新浪微博銷號。

7 月 14 日，中共共青團撫順市委在其官方微博發出通知，要求撫順的網路宣傳員在新浪和騰訊對周小平的文章《美國對華文化冷戰的九大絕招》進行評論和轉發。同時，各大網站也在顯著位置轉發此文，顯示宣傳通知不僅出自團中央，也來自中央宣傳部門及網管機構。該文對西方價值觀的批評，強詞奪理，邏輯較差，文章一出就引發外界譁然。

7 月 10 日，中共喉舌《人民日報》引用社科院副院長、黨組副書記趙勝軒的話稱，社科「凡出現政治違紀問題、不適宜擔任現職的，一律予以免職」。一個月前的 6 月 10 日，院黨組成員張英偉，在中國社科院講話中稱，社科院意識形態存在四大問題，已經遭到「境外勢力滲透」。

資料顯示，張英偉有多重身分，他既是中紀委駐社科院紀檢組組長，又與劉雲山共事多年，關係密切。2004 年 7 月至 2009

年 9 月，張英偉在中央精神文明建設指導委員會辦公室任祕書組組長。當時劉雲山是該委員會的副主任，兩人是上下級關係。

7 月 11 日的報導稱，中紀委常委、監察部副部長姚增科強調，前蘇聯解體的教訓就是「不少蘇共黨員成為傳播西方意識形態的大喇叭」。

中國問題專家石實稱，從中共內部發聲的部門來看，中組部、中紀委、團中央、社科院都幾乎在同時「左轉」，外界的反響非常大，最終的效果是，這些責任都被扣到了習近平的頭上。

18 大後從南周事件開始，有報導稱劉雲山一直在「綁架」習近平左轉。近期發生的這些事件也被疑與劉雲山有關。

習近平已經開始清洗「宣傳口」

面對劉雲山江派的唱對台戲，習近平陣營也頻頻還擊。如 2014 年 2 月 27 日中共「網路安全和信息化」領導小組成立，習近平成為組長，副組長為李克強和劉雲山。李克強還排在了劉雲山之前，標誌著劉雲山的文宣權力被部分剝奪。

除此之外，劉雲山原來布署在中共主要喉舌：《新華社》、《人民日報》、《北京日報》的人馬，也被習近平不斷清理，很多被撤換、被調離、被退休，有的還離奇死亡。

7 月 16 日，中共官媒報導了中共國務院任免國家工作人員的名單，其中任命慎海雄、于紹良為新華社副社長，彭樹杰為新華社副總編輯。習近平於 2002 年 10 月至 2007 年 10 月主政浙江、上海，與慎海雄有交集，慎被稱為習的「專用記者」。

2014 年 3 月，中國出版集團三高官落馬，中共外宣辦、國

務院新聞辦副主任李伍峰離奇墜樓；「新華社」遭點名，被曝各種人為阻力干擾巡視組。4 月 18 日，外宣辦五局副局長高劍雲被雙規。

「新華社」安徽分社副社長、總編輯宋斌 2014 年 4 月 28 日晚 19 時許被發現在其辦公室身亡。

2014 年 7 月 11 日，長期由江澤民派系控制的《北京日報》，發布了 68 人的任免名單，其中梅寧華不再擔任《北京日報》報社黨組副書記、社長。梅寧華一直被認為是江派鐵桿人物。2014 年梅寧華年歲 60，此職位的正常退休年齡應是 65 歲。

2014 年 4 月 30 日，中共喉舌《人民日報》社長和總編輯一起換人，這是五天之內「宣傳口」四名高層換人。

4 月 26 日早上 6 時許，新華網發布消息，擔任黑龍江副省長的張建星近日調任《人民日報》社副社長，《人民日報》社編委委員閻曉明提任副總編輯，評論部主任盧新寧近日已任編委委員。

四天後，新華網轉載人民網的消息說，4 月 30 日上午，《人民日報》報社召開高層會議，由中央組織部副部長潘立剛宣布，張研農不再擔任《人民日報》社社長職務，楊振武任《人民日報》社社長，李寶善任《人民日報》社總編輯。

楊振武上任第一天，《人民日報》海外版罕見以整版篇幅刊登習近平以前在黨校的兩次講話全文，標題為《習近平痛批：中央黨校不是公關社交場所》，明顯是針對、警告劉雲山。

楊振武與習近平在河北正定縣工作時就認識了，兩人關係一直很密切。習近平在正定縣工作時候，楊振武是《人民日報》駐河北的首席記者。楊寫了一篇以習近平為人物原型的報導，從而

幫習近平進入了鄧小平的視線。

2007 年習近平到上海任職後,很快升官至北京,但 2009 年習還是把楊振武安排到上海擔任宣傳部部長、上海市委常委。2013 年 4 月,習近平把楊振武調回北京,擔任《人民日報》總編,為一年後將他升為社長做好了準備。新上位《人民日報》總編的李寶善是團派出身。

針對上述消息,綜合中共政局的風雨變幻,「路透社」在報導中斷言,習近平對劉雲山「很不放心」,於是才有了日本的 NHK 電視台政治部記者在 2014 年 8 月在推特透露:下一個將要被削權的是中宣部及把持中宣部的劉雲山。不過《新紀元》出版社在 2013 年 12 月出版了《江澤民激戰習近平》一書,記載下當時圍繞「前後三十年互不否定」的左右之爭,以及「憲政姓資姓社」的路線之爭,所發生的各種衝突和矛盾,當時《新紀元》就分析:習近平將拿下劉雲山,劉也將成為第一個被清洗的現任常委。

張德江南下 不見官方報導

除了劉雲山與習近平關係非常緊張外,身為中共第三號人物、人大委員長張德江,此前也因牽涉政協副主席蘇榮案、前軍委副主席徐才厚案,被習近平抓住把柄。2014 年 7 月 19 日開始一連三天,張德江南下深圳,會見梁振英等建制派人物,卻沒有獲得政治局常委相應的官方報導。

受江澤民集團直接操控的中共地下黨員、香港特首梁振英,實質上已經被北京習近平當局拋棄。在 2014 年 7 月 1 日香港大

遊行之前，當局不許梁再激化香港局勢，所以梁也被緊急勒令，接連放假 4 天。

習近平在掌權後，會見梁振英時，曾經對梁「工作態度」有過評語。但是從沒對梁本人有過評語，也從沒談及梁在工作上的成績，與前兩任特首的成績獲時任黨魁的肯定，大有分別。

2014 年 6 月 10 日，中共拋出的香港白皮書，變相改變港人治港，高度自治的政策，因而激怒港人，給習近平執政攪局，隨後造成香港近 80 萬人參與公投，51 萬人參加「七一」遊行。白皮書背後運作的推手正是江澤民集團。白皮書出台後四天，張德江的心腹政協副主席蘇榮就落馬，此舉非常清晰地指向了作為港澳辦第一負責人的張德江。

依靠江澤民的提拔而官運亨通、先後任四省（直轄市）一把手的張德江，表面上低調內斂，實質上卻具有見風使舵、八面玲瓏的性格。而且其官聲不佳，特別在其廣東省主政期間，廣東發生了震驚全國的幾起事件，如薩斯擴散、東莞石龍萬人抗暴、揭陽萬人抗暴、太石村等造成多人死傷的血腥事件以及迫害法輪功，均與張德江脫不了干係。

2013 年以來，張德江就多次遭習陣營敲打。4 月 9 日，中共官方曾突然推出深航資金黑洞大案，暗指張德江是深圳航空幕後老闆李澤源的大後台，張德江被推向風口浪尖兒。此後深航案不斷升級，6 月 5 日最後一次庭審中，深航幕後老闆李澤源在供述當年深航競購內幕時表示，曾向廣東省政府的領導「打招呼」。張德江是深航幕後老闆李澤源的大後台一事到如今也只隔著一層窗戶紙而已。

張高麗則是靠巴結江澤民上位，除了瘋狂鎮壓法輪功，還瘋

狂地攫取金錢。據說其在山東的所為引起了山東官員和民眾的反感，舉報其的信件雪片式地飛往中紀委，舉報內容包括其生活作風腐化、家屬腐敗、張本人貪淫等；而其在天津參與的讓不少人血本無歸的資金高達數千億元的私募案，以及掩蓋天津薊縣大火真相，更讓張高麗惡名遠揚。

香港媒體此前消息稱，習近平在一次中南海政治局常委擴大會議上，剝奪了新舊常委的「免死金牌」，同時，也給「大老虎」的概念做了定位，即升級為中共中央政治局常委。當下原中共政治局常委周永康已被監禁，江派實權人物、前政治局常委曾慶紅也傳被內控。江派高官人人自危。

中共 18 屆三中全會中共成立「國家安全委員會」和「深化改革領導小組」二個高層權力機構。江澤民設置的常委分權制被打破。江派張德江、劉雲山、張高麗現任三常委變相失權。

薄熙來事件後，中共內部公開分裂，習近平陣營與江澤民陣營的權力廝殺極其激烈。江派因迫害法輪功而恐懼被清算拚死維護權力的延續，習陣營要「執政」並恐懼中共倒台，不得不推出一系列改革措施，但其所推行的政策衝擊到江派最核心利益。面對政治、經濟亂局，雙方都在恐懼中出手，習陣營對江派三常委的大戰也正在進入高潮。

三跡象顯示將要抓江澤民

周永康被立案審查後，民間要求「槍斃周永康」、「抓捕江澤民」呼聲不斷。有數種跡象顯示中共江澤民勢力已露潰敗跡象，離最後「抓捕江澤民」的日子越來越近。

江派人馬紛紛落馬 潰不成軍

　　自 2012 年 2 月王立軍出逃成都美國領事館引發中南海政治海嘯後，中共江派接連受到重創。中共前黨魁江澤民因為 1999 年 7 月發動殘酷鎮壓法輪功而害怕失去權力後被清算，一直處心積慮布局挑選權力繼承人進入中共權力中心，以確保迫害政策的延續。

　　2002 年中共「16 大」江澤民退下之前，江就在政法系統布局安排緊隨其迫害法輪功的周永康當上中共政法委副書記和公安部長。2007 年中共「17 大」讓周永康在羅幹退休後接任中共政法委書記，直至「18 大」退休。

　　原本江澤民、曾慶紅是選中薄熙來作為江派權力繼承人，在中共「18 大」時進入中共政治局常委，接任中共政法委書記，之後再用兩年時間運作鞏固權力，最後取代習近平。只是人算不如天算，最後薄熙來鋃鐺入獄。中共江派的權力繼承被切斷。

　　江澤民軍中的代言人是前中共軍委副主席徐才厚、郭伯雄，徐 6 月 30 日被公布開除黨籍送軍事司法，而郭也傳被控制。7 月 29 日，周永康再被公布立案審查，而且此前也傳出消息，曾慶紅被中紀委祕密關押在天津審查。這顯示江派勢力在近兩年多的被整肅中已元氣大傷，無力作有效反抗。

　　胡、溫、習、李政治聯盟在中共「18 大」時，為保中共不立即倒台，維持表面團結，有意讓江派人馬在政治局常委中占三席位。隨後通過「三中全會」建立「國安委」、「深改小組」、「軍改領導小組」等新的權力機構，把江派三常委劉雲山、張德江、

張高麗的權力架空、削弱。期間劉雲山、張德江的醜聞被不斷放出，江派三常委現在已是自身難保。

外媒直呼江蛤蟆

從 2014 年 7 月中旬開始，超過兩周的時間裡，外媒在報導北京充氣蛤蟆的時候，都直言不諱地提及江澤民「蛤蟆」這一綽號，事實上江這個綽號早就存在十幾年了，大陸民眾私下一直都這樣稱呼江為江蛤蟆。現在外媒這樣直呼江「蛤蟆」則是前所未有的，表明江的影響力早就變小了。

北京玉淵潭公園湖面上一隻極像江澤民的巨型充氣蛤蟆，西方主流媒體在報導中紛紛直接介紹蛤蟆是江的綽號。（大紀元合成圖）

2014 年 7 月 29 日，北京玉淵潭公園展出一隻 72 英尺高的巨大充氣蛤蟆，據稱這隻充氣蛤蟆總投資 800 多萬人民幣。充氣蛤蟆一經亮相立刻引起中國網民對前中共領導人江澤民的聯想，網路上立即爆發各種嘲笑的段子。沒想到充氣蛤蟆「露臉」剛兩天就癟了氣坍塌下來，趴下的「蛤蟆」圖片在網上熱傳。隨後中共官方媒體也緊急刪除了所有關於充氣大蛤蟆的報導。

「自由亞洲電台」報導說，中共當局目前進行反腐運動「蒼

蠅老虎一起打」的同時，看來至少還要在輿論陣地做些「抓蛤蟆」的活動，因為趴在北京玉淵潭公園湖面「荷葉」上的那隻碩大的短命充氣蛤蟆竟然被人聯想到了江澤民的頭上。

北京玉淵潭公園負責人對媒體聲稱，他們的展出本來是想給市民消暑活動增添視覺亮點，沒想到竟然引發如此社會反響。報導引述網民「超級低俗屠夫」表示，此事也是中共政治體制的結果：「中國百姓本來就對宮廷八卦感興趣，因為中共政治的不透明，他們獲知信息的管道有限。在不透明的情況下，大家就竭盡其能，把能聯想的東西都放在一起聯想。這種聯想也是對政治不透明的一種諷刺。此外，大家對政治人物比較反感，很多方面都使人們產生興趣。」

《紐約時報》7 月 23 日報導說，在某人通過圖片合成技術將一副大大的方形眼鏡架到充氣蛤蟆的鼻子上之後，人們突然發現，它看起來是多麼的像前中共主席江澤民。「在江澤民和蛤蟆之間的比較本周開始在網上流傳之後，新華社和互聯網門戶新浪刪除了有關蛤蟆的報導。官媒沒有解釋刪除這些報導的理由。但是審查是有限的。充氣蛤蟆的報導在一些中國新聞網站和微博上仍然可以見到。」

英國「BBC 中文網」7 月 23 日報導說，在社交媒體的嘲笑聲中，中共審查者似乎已經下令禁止互聯網上有關北京公園裡一個巨大充氣蛤蟆的報導。人們將它跟前中共主席江澤民相比較。文章稱，在江澤民 13 年的統治當中，他被中國人授予「蛤蟆」的綽號。

法新社報導說，一隻 22 米高的充氣蛤蟆上周出現在北京公園，但是遭到社交媒體用戶的嘲笑，他們將它的樣子跟中共前主

席江澤民相比較。江澤民於 2002 年卸任主席，他被一些網民戲稱為「蛤蟆」。文章還稱，圍繞江澤民的謠言紛飛，一些報導說在反腐運動當中，現任共產黨總書記習近平在瞄準江澤民的一些同盟。

英國《電訊報》報導說，72 英尺高的充氣蛤蟆的照片堂而皇之登上許多中共官媒的版面。但很快這隻巨大的兩棲動物就成為一個可怕的尷尬。網民很快指出，它跟江澤民出奇的相似。一張蛤蟆戴著江澤民標誌性的粗框眼鏡的合成圖片也冒了出來。當周末的暴風雨令這隻蛤蟆癟掉一部分之後，它倒下的臉浸入水中，人們開玩笑說這預示著 87 歲江澤民的健康。現在這隻蛤蟆已經受到中國互聯網的審查。

江澤民在上海任職時，上海坊間就傳消息說江澤民是癩蛤蟆精投胎。外界觀察江澤民的形態舉止，也確實和蛤蟆相似。《江澤民其人》一書中也寫道，「得蟾蜍之形的千年邪靈之氣轉生投了人胎，成為了江澤民。」

國際譴責中共活摘罪行 當權者想留後路

就在 2014 年 7 月 29 日周永康被立案審查前後，美國官方接連公開譴責中共迫害法輪功及活摘法輪功學員器官的罪行。

7 月 28 日，美國國務院發布 2013 年年度國際宗教自由報告。在當天的新聞發布會上，美國國務院主管民主、人權及勞工助理國務卿 Tom Malinowski 罕見公開譴責中共對法輪功的迫害。

7 月 30 日，由 201 名美國國會議員共同簽署，要求中共馬上停止摘除器官及停止迫害法輪功的 281 號決議案，在眾議院外交

事務委員會完成最後審議。

7月31日，美國國會眾議院正式推出制裁中共侵犯中國人權的第5379號法案。該法案一旦最後討論通過，經由奧巴馬總統簽字後，將成為美國一項法律。屆時，美國政府各職能部門將對中國人權迫害者進行制裁。

而2013年12月12日，歐洲議會通過一項緊急議案，要求中共立即停止活體摘除器官，震驚中共高層。

面對歐洲議會的緊急議案，中共現任高層為留後路，8天後即公布調查緊隨江澤民迫害法輪功「610特務頭子」李東生，並罕見強調其和迫害法輪功團體有關的隱祕頭銜（中央防範和處理X教問題領導小組副組長、辦公室主任），並將此放置在其公安部副部長職務前。

外界從中看到一個信號——迫害法輪功的禍首江澤民，就將為此面臨清算，其離被抓捕的日子不遠了。

第三節

周永康落馬的啟示

網傳「發生某種程度的政變」

周永康被下馬後，世界輿論都在關注中南海政局走向，鎖定江澤民老巢上海，聚焦習近平反腐直逼江澤民，同時網路上各種說法四起，社會處極度敏感狀態。

由於在公布周永康案前夕發生兩件大事，首先是中共軍演導致國內大量航班取消，之後在新疆發生慘烈暴動而導致大量死傷，於是一篇《中國可能發生了某種形式的政變》的文章在網路上盛傳，並在微博不停遭刪帖，這個現象充分表達了國際及國內的揣測和情緒。

中共軍演針對內敵

2014 年 8 月 5 日，政論家陳破空撰文《中國可能發生了某種

形式的政變》引起外界關注並在網上盛傳。微博一邊被刪，一邊在廣為轉發。文章稱大陸 7 月中旬開始，三大兵種、六大軍區進行的「三軍四海」的軍演規模空前，歷時之久也是史無前例。

陳破空認為近期南海、東海相對平靜，中日衝突並未升級，甚至在探討中日首腦峰會的可能性情形下，大軍演不像針對外敵。

周永康案 7 月 29 日突然被公開宣布；次日中紀委巡視組進駐江澤民老巢上海；跟江澤民有密切關係的商人、上海光明食品集團董事長王宗南被調查，矛頭指向江澤民。陳破空認為通過這些跡象，大軍演更像是針對內敵，「以大軍演為掩護，防範國內某種勢力的蠢動。要麼，以中紀委為前鋒，以三軍為後盾，習近平要大幹一場」。

7 月中旬開始，大陸民航航班被大量取消、滯後，陳破空研究後認為主要發生在北京、上海之間，他分析「這對社會和經濟造成不可估量影響，不論用氣象、還是以軍演為理由都交代不過去。背後肯定大有文章。」

他認為當下就是以習為首的現政權與以江為核心的「上海幫」兩大權力中心，分別在北京和上海進行拉鋸戰。涉及政變的周永康案被拖了一年半多突然被拋出，他認為是政治老人的從中作梗，雙方對峙不下就只能攤牌。

北京 7 月布防猶如戒嚴、並動輒取消京滬航班，他認為更可能的動機是阻止有人在京滬兩地串聯、發起突然襲擊。他分析稱，各種跡象顯示，北京與上海之間可能發生某種形式的政變。這種政變，可能是反習近平勢力的未遂政變，或流產政變。或者是習近平陣營以某種非常手段剷除了某種政治勢力，如江澤民派系。

網路傳言 圍繞江、習決戰

周永康下馬後，國際媒體輿論都聚焦習近平反腐直逼江澤民。目前，網路傳言四起。7 月 22 日，有民眾稱吉林省吉林市政府外江澤民題詩的石碑，尤其是其題名部位被人噴油漆塗抹。

習近平拿下江澤民軍中代言人徐才厚後，軍中江派人馬人心惶惶，江派郭伯雄被查的消息在網上盛傳，隨後再傳江派前軍中高層梁光烈也已「失蹤」多時，大陸一些網站突然都刊登梁光烈升遷原因的文章，但沒有任何實質性的內容，被外界認為「放風」暗示其出問題了，甚至北京坊間還有傳「江蛤蟆被抓了」。

公布周案前 新疆發生大規模暴動被鎮壓

7 月 28 日，周永康案被公布前一天，新疆發生大規模的暴動遭到鎮壓。一周後，中共官方於 8 月 3 日才公布幾個數據，自稱打死 59 名暴徒，抓捕涉案者 215 人，民眾 37 人死亡，13 人受傷。但世維會發言人稱官方數據不可信，稱從他們最新獲得信息來看猶如種族屠殺，數據驚人，呼籲國際社會派獨立調查組前往調查。

據「自由亞洲報導」報導，新疆莎車縣衝突導致雙方有上千人死亡。網傳中共在新疆四個村進行種族滅絕式屠殺，造成超過三千人死亡，但消息無法核實。由於遭受恐嚇，手機和互聯網被嚴控，當地民眾對外界詢問噤聲。

新疆烏魯木齊的當地漢人告訴《人紀元》記者：「新疆莎車縣事件不簡單，最早發出的報導是《環球時報》的，說有幾個警察死亡，並從和田調集維穩警力，隨後又公開道歉承認報導不實。

把這個事件包裝成恐怖事件，於是就否認了以前的報導，後續報導就說暴徒殺了多少無辜百姓。」

人們在社交網推特上討論說：希望有更多的佐證資料（最好帶有視頻）能夠公布出來，如此大規模的屠殺想瞞恐怕也瞞不住。最近一抓「大老虎」，所謂的恐怖襲擊事件就爆發了，非常詭異。

最具實權黑領落馬

2014 年 7 月 29 日周二下午 17 點 59 分，還差一分鐘絕大多數大陸人就要下班了，這時新華社網站發出一條簡訊稱，由中共中央紀律檢查委員會對周永康立案審查。而這個報導中甚至沒有注明周永康的頭銜，大陸同名同姓的周永康有很多，說的是誰呢？官方再度使用了「你懂的」方式。

人們發現，通報的來源直接說是「中共中央」，這和 6 月 30 日前中共軍委副主席徐才厚的落馬通告有類似之處。當時也是下午下班時間了，人們突然看到新華社報導稱，2014 年中共中央政治局會議 6 月 30 日決定給予徐才厚開除黨籍處分，對其涉嫌受賄犯罪問題及問題線索移送最高檢察院授權軍事檢察機關。

對比周永康和徐才厚的通告用詞，官方都差於說出兩人的職務，都沒有稱同志，徐才厚被直接開除了黨籍，犯罪線索被送往檢察院，而對周永康似乎軟些，只說「違紀」沒說違法，按照中共黨務的說法，今後可能有會按照中共黑幫內部的家法來懲治。

周永康何許人也？一般人知道他退休前是中共政治局常委、政法委書記，外媒稱他擁有「九分之一的總統職權」，其實，周永康的實權遠遠超過這些，因為他不但掌控著中共和平時期最大

的兵權，而且他的「綜治委主任」的頭銜令他在沒有法制的國度裡成為最有實權的人。他不光是「維穩沙皇」，他還插手了幾乎內政事務的方方面面。

和平時期由於不打仗，軍隊也就不顯得重要，而在人們日常生活中影響大的是武警、公安、檢察院、法院等，這些都歸政法委的周永康管。從 2007 年開始，周永康同時擔任「中共中央社會治安綜合治理委員會」的主任。他一手掌控了每年高達 1100 億美元、超過國防軍費的「維穩安全預算」，不過周的所謂「維護穩定」，只是把中國百姓當成了外來敵人、當成恐怖分子來高壓鎮壓。

從 2008 年北京奧運會、2009 年的中共建政 50 周年慶典和 2010 年上海世博會的召開，坐在民怨火山口的中共把「安全穩定」看得最重要，周永康同時兼任中央維護穩定工作領導小組組長，其地位之顯赫是歷來政法委書記望塵莫及的，西方媒體不但把他稱為「維穩沙皇」，也有把他叫做世界「最大的黑領」。

到了 2011 年 10 月，就在王立軍出逃的四個月前，周永康達到了權力顛峰：他把其管轄的「中共中央社會治安綜合治理委員會」改名為「中共中央社會管理綜合治理委員會」，由「社會治安」改為「社會管理」，其管轄範圍也從原來 40 個部委變成了 51 個，幾乎涵蓋了從中共人大、中共政協，到最高法院、最高檢察院、公安部、國安部到民政部、衛生部、財政部、鐵道部、文化部，武警和解放軍總政治部、總參謀部，再到國家發改委、國新辦、國家信訪局、全國總工會等中共的所有職權部門，再加上所謂「一票否決權」，誰要是不配合周永康的「維穩」，綜治委的一票否決就能讓誰的烏紗帽被摘掉，誰都怕他。

也就是說，當胡錦濤組建一個中央政權時，江澤民已經讓周永康及其江派人馬同時組建了一個看不見的「影子中央」，或叫「第二中央」，江澤民是第二中央的核心，周永康就是第二中央的頭面人物。

這既是 18 大新班子想要除掉周永康的主要原因，也是推倒周永康為何這麼曲折的關鍵原因：推倒了周永康，江派第二中央也就塌了半邊天。

《新紀元》兩年前準確預測

自從 2012 年 2 月 6 日王立軍出逃後，在隨後近兩年半的時間裡，習近平陣營圍繞清除第二中央進行反腐運動。

作為大紀元新聞集團下的一個雜誌媒體，《新紀元》周刊跟隨大紀元網站的步伐，從王立軍出逃開始就密集追蹤報導此事。

比如《新紀元》周刊在 2012 年 4 月 5 日出街的第 269 期封面故事《溫家寶決戰周永康》中，《新紀元》預測周永康也會和薄熙來一樣垮台，而且推倒周的主要力量就是溫家寶。事後從江派對溫家寶、令計劃的竭力反撲中，從反面證實了這個判斷。

如今能在市面上買到的《新紀元》系列叢書中，也能看到這個提前了兩年的預測。2012 年 9 月 7 日《新紀元》出版的《中南海政治海嘯全程大揭祕（上）》，在書面封底上明確預言周永康將被抓，當時薄熙來還沒被雙開，中共喉舌還把《新紀元》的報導當成「謠言」而加以最嚴厲的封鎖。

《新紀元》敢於講真話，能夠在紛繁複雜的亂象中發現問題的核心，抓住局勢的關鍵點，所以《新紀元》的「謠言」才一次

次被證實為「遙遙領先的預言」。

據一位朋友反饋，他的親戚是位省長級高官，他看了這本書後說，其他都講得有道理，但對周永康會被懲治，「我不信，這不可能。罪不進常委，這是中央的潛規則，你們在海外的不懂。」如今的他很慶幸自己當初看了《新紀元》，沒有站錯隊，所以現在才平安無事。

截至 2014 年 7 月，《新紀元》已出版了 4 本有關周永康落馬的書。

2013 年 12 月出版的《周永康垮台驚天內幕——暗殺習近平另有圖謀》，400 頁的書籍講述了周永康落馬的根本原因，絕不是像目前官方所說的只是貪腐。「貪腐小意思，政變奪權才是倒台肇因」，同時揭開了「周永康治下政法委的藏驚天罪行」。

2014 年 1 月，《周永康垮台全程大揭密》面世。該書詳細介紹了周永康案發展的具體過程。上一個政治局常委落馬是 1976 年的張春橋，原因是華國鋒、鄧小平、葉劍英發動了政變。周永康落馬可謂 28 年再一次「刑上常委」，難度可想而知。

為了把震動減低到最小，北京當局採用了從外圍向中心突破的方式，一層層的剝洋蔥，讓周永康的親信、祕書、左膀右臂一個個相繼落馬，令民眾在兩年裡徹底適應了「中央領導人腐敗墮落」的現實。

2014 年 4 月，《周黨反攻大動作》和讀者見面，該書講述了江派為了保周永康，不惜搞出一系列「同歸於盡」的恐怖襲擊事件，大陸百姓不知道發動這些恐襲的不是所謂「疆獨分子」，而是昔日的「國家主席」江澤民、曾慶紅之流。

2014 年 4 月同時發行的《周永康重要黨羽揭祕》一書指出，

在全國至少 10 萬官員因周永康案被調查，周黨之豐超出想像，書中列舉了八大幫：四川幫、黑社會幫、石油幫、政法幫、公安幫、祕書幫、遼寧幫和親屬幫，據說這些嘍囉爪牙為周永康政變集團賺取了約 900 億人民幣的非法資產。

為了詳細揭開周永康的主要罪行，《新紀元》在 2014 年 3 月出版了《中共活摘器官》一書，系統全面介紹了周永康負責管理的一個最見不得陽光的「工作」：活摘法輪功學員器官。該書全方位介紹了中共活摘器官發生的緣由、具體參與者、指揮者、參與醫院、醫生的名稱、具體受害者案例、整體活摘規模、國際國內反饋等方方面面詳實的證據，無論是薄谷開來、王立軍、薄熙來，還是周永康、江澤民，他們都是活摘器官的凶手，只是中共至今還在掩蓋這個星球上最大的邪惡。

核心問題與善惡有報

為何《大紀元》、《新紀元》能預測準呢？不是有什麼特殊的消息來源或特殊本領，主要原因有兩點。第一，《新紀元》從各種複雜現象背後抓出了一個核心問題：法輪功。江澤民之所以要拚命建立和維持第二權力中央，就是因為當初是他一意孤行要鎮壓法輪功，其他政治局常委都反對，而在十多年鎮壓升級中，江澤民徹底毀壞了中國的道德、文化、環境、經濟與外交、軍事等等諸多方面，已經到了天怒人怨、面臨徹底崩潰的局面了。江澤民怕失去權力後遭到後來者的清算，所以一直想搞政變推翻習近平，有了這根主線，於是才有了一系列政治海嘯。

第二，中國人自古相信「善惡有報」，其實這不是哪個民族、

哪個國家的傳統理念，而是全人類、全宇宙的真理。盤點這幾年落馬的貪官，90％以上都是積極參與迫害法輪功的惡人。他們拋棄了人類最根本的善念，而對修煉「真善忍」的好人舉起了屠刀。這樣的人，「人不治，天治」，老天爺必然會懲罰他，要麼是得病死了或發生意外了，或表現在官場上，被反腐推下台了，結果都一樣，就是其惡行得到報應了。

如今，薄熙來被判無期徒刑，周永康已被公開審查，曾慶紅被傳關押在天津接受祕密審訊、徐才厚被開除黨籍移送法庭審判，江澤民及其上海幫被查處，毫無疑問，江派大勢已去也。江派安插在政治局的三個常委：劉雲山、張德江、張高麗，他們的處境也岌岌可危。

從這兩點出發不難推測：據傳祕密被抓的曾慶紅很快也會被公布，而號稱「虎王」的江澤民也必將遭到歷史的審判、人民的審判。正如孫中山所說：「歷史潮流，順之則昌，逆之者亡」，古人說，誹謗佛法的人，地獄都不要的，得徹底銷毀，江派迫害修佛的人，其結局只能是滅亡。就這麼簡單的理。

中國人大多相信達摩老祖那句古話：「欲知前世因，今生受者是，欲知來世果，今生做者是」。看看這三常委做過什麼，就知道什麼結局在等待他們。

政治局三常委面臨清洗

第二章

胡錦濤
「炸碉堡」與妥協

胡、江鬥 10 年異常激烈，到 2012 年最後一刻胡錦濤「裸退」學重存瑞炸碉堡，與江澤民「同歸於盡」，廢掉中共老人干政的潛規則，完全把大權交給習近平。（Getty Images）

第一節

胡同意三常委上位內幕

　　2012 年 11 月 15 日中午 11 點 45 分，中共第 18 屆新當選的 205 名中央委員會成員，在 18 大一中全會閉門「選」出了 25 人的中共政治局委員和 7 人的常務委員名單，事先宣布將在 11 點對外公布，億萬觀眾在苦苦等了近一個小時，才見七個身穿黑西裝、六紅一藍領帶的男人姍姍而來。

　　這七個主宰中共命運的人依次進場順序是：習近平、李克強、張德江、俞正聲、劉雲山、王岐山、張高麗。

　　為何等這麼久呢？14 日下午，在大陸新浪微博實名認證為「美林國際（香港）有限公司執行董事劉芮東」的微博上，出現一條驚人消息，稱「會後確實有人打架！記者朋友不能拍！」言外之意，18 大會場打起來了。這條微博隨後被大量轉發，但很快就被刪除了。

　　不過人們也看出了異常。中央電視台從 15 日上午 9 點就開

始進行現場直播，但整整三小時的所謂直播，卻沒有任何一個現場鏡頭，只有演播室三個人在那空談，有人稱這可是電視史上絕無僅有的直播。

中共江河日下 黨魁都沒好運

百姓評論說，中共黨代會是「王小二過年，一年不如一年」。1956 年 9 月 15 日到 27 日，中共召開第 8 次全國代表大會，儘管 2014 年中共舉辦了不少新聞發布會，但人們普遍認為 8 大比 18 大還透明、開放點，當時除了毛澤東致開幕詞外，劉少奇作了政治報告，鄧小平做了黨章修改報導，周恩來做了經濟報告，另外，朱德、陳雲、董必武也做了發言，可如今 18 大上除了胡錦濤一個人的獨角戲外，沒有其他人做大會發言。

8 大有 59 個國家的共產黨、工人黨、勞動黨和人民革命黨的代表團以及大陸各民主黨派和無黨派民主人士的代表應邀列席大會，而如今中共成了孤家寡人，不但共產國際陣營土崩瓦解，即使僅存的幾個共產嘍囉，也並不認同中共的某些路線政策，黨際關係也不正常。

中共 8 大後，不久開始文革，1969 年召開 8 大，立林彪為接班人，但很快毛林反目，兩年後林彪摔死在溫都爾汗；1973 年中共召開 10 大，立王洪文為接班人，這個吃喝玩樂的造反派頭目三年後就成了階下囚；1977 年的 11 大，華國鋒成了中共中央主席，但沒幾年也被趕下了台；1982 年中共 12 大，胡耀邦當選總書記，五年後因自由化被撤職，兩年後鬱鬱而死；1987 年 13 大趙紫陽接任總書記，兩年後下台，並被軟禁到死；1992 年 14 大上江澤

民任總書記，並連任到 15 大，但江執政十年，不但徹底葬送了中國人的道德和前途，江本人也因鎮壓「真、善、忍」犯下反人類罪行而被多國起訴，江被永久釘在了邪惡榜上；2002 年 16 大胡錦濤隔代接班並延續到 17 大，但胡執政十年一直沒有掌握實權，江的「第二中央」導致了胡溫政令不出中南海。如今 18 大的習近平也不是胡錦濤想要的接班人，而是江胡鬥妥協的結果。

這一路走下來，回頭看看歷年來中共黨魁的命運，都是不得善終，這無疑給習近平這個新人敲響了警鐘。

胡再次以退為進 抓實權放虛名

《新紀元》在 2012 年 11 月 6 日香港、台灣出版熱銷的新書《18 大中南海新權貴》中，用 22 萬字介紹了 34 位即將主管中共政局的重要人物，其中 21 人進入了中共政治局，11 人進入軍委和執掌軍隊最高權力，準確率較高，許多新聞界同行稱《新紀元》是中國問題的專家。

書中在介紹習近平從「現行反革命」到「革命接班人」的曲折過程中，詳細講述了在江澤民與胡錦濤之間的江胡鬥，曾慶紅如何布局要「李代桃僵」「狸貓換太子」，最後習近平如何「鷸蚌相爭，漁翁得利」，成為中共第五代接班人。

在談到 17 大政治局常委人選安排時，胡錦濤當時的最大目標是逼退有能力跟自己抗衡的江澤民的軍師曾慶紅。為了逼曾退休，胡採取了又逼又拉的政策。逼就是在海外散布江澤民、曾慶紅家族的貪腐證據，令中共元老們紛紛責罵曾慶紅，同時讓胡錦濤智囊俞可平發表了《民主是個好東西》的文章，放風 17 大要差額選

舉；拉就是只要曾慶紅答應退休，胡錦濤就在其他方面讓步。

結果人們看到的是 17 大政治局常委中江派「一下三上」（曾慶紅下，習近平、李長春、周永康上）、「胡錦濤大輸」的局面。當時胡錦濤希望的是李克強、李源潮的「二李接班制」，兩人都進入政治局常委，但最後胡做了讓步，改「二李制」為「一習一李」，李源潮退出了常委。

當時民間普遍對 17 大結果大為失望，九人政治局常委中，胡陣營只有三人，其餘六人都是江派人馬或跟江走得很近的人。書中從胡錦濤的性格和思維方式中分析了他這樣做的原因。胡陰柔溫和的性格，決定了他當時還做不出毛澤東那樣的心狠手毒的權術廝殺。

17 大胡錦濤為了開一個「團結的大會、勝利的大會」，採取了「取實避虛」的策略，更注重抓下面的實權，而非政治局常委的虛名，那時胡已占領了中辦、中組部，架空主持了書記處，通過何勇、干以勝等副書記架空中紀委書記賀國強，用「情婦門」李薇案打亂了曾、周關於公安部王樂泉的接班布署等。

五年後的 18 大，軍權牢牢掌握在胡習手中，而且在 18 大的 205 名中央委員中，團派至少占了 44 個，比例高達 21.5％。2002 年大陸各省市委書記、省長僅有 6 人出身團派，2012 年已高達 18 至 19 人，比例達三分之一。在黨、政、軍大權在握的情況下，胡錦濤為什麼要做同樣的讓步妥協呢？這裡面有更多鮮為人知的內幕。

胡妥協讓步保團結 一廂情願

有消息稱，這主要是因為胡錦濤自己給 18 大定調是「既不走封閉僵化的老路、也不走改旗易幟的邪路」，色彩鮮明、太左太右

的人都上不去，這就是原來入常呼聲很高的廣東省委書記汪洋落選的原因：胡錦濤自己把「改革先鋒」汪洋給排除在中共政治局常委之列。據說汪洋是鄧小平當年欽點的第六代接班人，不過這次汪洋進入了政治局，由於年齡優勢，他還能在下一屆有望入常。

也有知情人透露，胡錦濤同 17 大一樣，也是在與江澤民的激烈爭鬥中做出讓步，目的是為了「黨內大團結」，不過這次讓步的標的是對薄熙來的嚴懲。《新紀元》在新書《薄谷開來案中奇案》中講述了 2012 年 9 月下旬習近平突然發生「背痛」而失蹤 14 天的驚險內幕：江派血債幫想反撲，想讓薄熙來東山再起，逼得習近平不得不辭職不幹了，胡錦濤因此收回京西賓館協議，審判薄熙來。

於是胡錦濤以犧牲李源潮、汪洋的入常資格，逼迫江澤民同意嚴懲薄熙來。10 月 4 日，江派媒體放風說，江澤民針對薄熙來活摘法輪功學員器官的罪行表態說，薄熙來反人類、突破了人類底線，應該受到懲罰。然而《新紀元》馬上指出，薄熙來只是江澤民的爪牙，真正的元凶是江澤民，薄熙來只是為了討好江，為了升官發財，才按照江的旨意，血腥鎮壓法輪功。江的罪行是不可能逃脫的。

對於江澤民來說，捨車保帥，斷臂求生，已經是他的慣用手法了。2007 年胡溫處置江澤民最初選定的 18 個接班人陳良宇時，開始江拚命保陳，但當胡溫以江綿恆的貪腐為脅迫時，江為了自保馬上變臉，同意了胡溫對陳良宇的處置。這次也是，當法輪功學員在聯合國、在美國、歐洲、在全世界大力揭露薄熙來、王立軍犯下活摘器官犯下反人類罪行時，江澤民為了保住自己不被清算，與胡錦濤達成了黑箱交換。

也有消息稱，胡錦濤這次的妥協是為了保中共不馬上倒台。江派在海外散布習近平家族貪腐消息之後，10 月 26 日又放出溫家寶家族貪腐 27 億美金的消息，而且揚言將拋出胡錦濤的醜聞。面對江派魚死網破的垂死掙扎，自身未必「乾淨」的中共高官們人人自危，都提心吊膽地過日子。為了緩解內訌壓力，為了保證共產黨不在自己手上四崩五裂，胡錦濤再次對江派作出讓步，換取江派停止攻擊。

胡錦濤放棄軍委主席的原因

胡錦濤退位前，外界一直盛傳胡錦濤會連任一屆或半屆軍委主席，不但軍中大佬聯名上書要求，習近平也誠摯挽留，胡錦濤辦公室也一直沒有關門的跡象，但突然在 2012 年 10 月底，胡改變了計畫，決定「全退」。這背後有政治交易內幕，但一個最重要的事實是：胡錦濤、習近平已經聯手掌控了軍隊，胡是否留有虛名已經不重要了。

《新紀元》在 2012 年 6 月的 283 期封面故事《奪三權 胡錦濤收復北京控全國》中，講述了胡錦濤在即位十年馬上就要下台時，才將不起眼但卻很關鍵的三個職位：北京市委書記、北京軍區司令員和中央警衛團團長，安插自己的人馬郭金龍、房峰輝、曹清，奪得這三權標誌著胡錦濤坐穩了皇位。

18 大前夕，胡錦濤將這三權相繼移交給了習近平，但仍在自己的掌控中。原來的北京軍區司令房峰輝在 2007 年為了幫胡錦濤從江澤民手中爭得更多權力，在 17 屆四中全會上不惜發動「軍事政變」，為胡錦濤布局 18 大爭取到了最寶貴的一年。如今房

峰輝已經升任總參謀長，統管中共軍隊的具體調遣，同時胡還將中共最大的特務機構總參一部、總參二部歸其管轄，使房在軍中如日中天。

新任北京軍區司令張仕波也是習近平的親信。2007 年張仕波出任中共駐港部隊司令員，同年習近平兼任港澳事務協調小組組長，自此張任波成為習的下屬，兩人來往密切。

如今中共軍委四總部的四個軍頭全是胡習新近提拔的親信，除總參外，胡錦濤的親信張陽出任總政治部主任，掌握著軍中人士布局的權力。習近平的軍中班底人馬張又俠出任總裝備部部長、趙克石出任總後勤部部長，中共的七大軍區也同樣被胡習瓜分，江派無一點插手餘地。

新任蘭州軍區司令劉粵軍晉升前曾任蘭州軍區參謀長，他與張仕波一樣都有在駐港、澳部隊任職的經歷，在此次軍委大換血中被習近平選中，成為習家軍。

南京軍區司令蔡英挺是胡錦濤早前培植的親信。2009 年 7 月胡錦濤授予時任南京軍區參謀長的蔡英挺中將軍銜，同年 8 月蔡即發聲力挺胡，2011 年受胡提拔蔡英挺出任副總參謀長，同時也對當時總參內的江系勢力構成牽制。

廣州軍區司令徐粉林與濟南軍區司令趙宗岐都是胡錦濤在軍中培植的人馬。2008 年 1 月胡錦濤晉升趙宗岐為濟南軍區參謀長，次年 7 月胡再授予趙中將軍銜，2009 年 12 月又晉升徐粉林為廣州軍區司令員。

2004 年江被逼退軍委主席時，曾留下了一個祕密條子，要求軍隊重大事情都要報請江澤民批准。如果說 2007 年胡錦濤還沒有真正掌握軍權，那 2012 年後，軍隊基本都在胡錦濤和習近平

的掌控之中了。

江澤民和毛澤東的相同心病

胡錦濤以自己「全退」為條件，希望能結束江澤民「垂簾聽政」的局面，讓習近平不會像自己當初那樣「穿小鞋」、「當小媳婦」。不過了解江澤民的人都知道，胡的「全退」就真的能換來「老人政治」的結束嗎？過去十年中共的格局基本是「江規胡隨」，從來沒有「胡規江隨」的歷史，江澤民從來都是言而無信，遠的不說 16 大江澤民騙退李瑞環，就說 2012 年 5 月達成的京西賓館協議，沒幾天江澤民、周永康、曾慶紅就變卦了。

文革已經過去 30 多年，很多人至今無法理解為什麼「聰明一世」的毛澤東要發動文革，是一時糊塗嗎？不是，其實今天的江澤民和當年的毛澤東完全一樣，他們決策有個最大的共同之處就在於三個字：「怕清算」。

毛澤東在發動大躍進、搞人民公社、吃大鍋飯之後，餓死了四千多萬百姓，為了怕後人清算，毛就讓劉少奇來背這個黑鍋，發動文革的目的就是為了把威望、權力從劉少奇等人手中奪回來，讓劉和走資派們來替自己背黑鍋，以免毛在活著時被人清算其罪行。壞人都是這樣，為了掩蓋第一個罪行，總會不斷地幹出越來越多的罪行，騎虎難下，一條道走到黑。

江澤民也是這樣。1999 年他錯誤地對上億修煉「真、善、忍」的法輪功群眾發動了文革式的鎮壓，他怕胡錦濤清算他的罪行，就不斷地給胡帶上枷鎖、製造麻煩，江澤民像毛澤東那般戀權不退，不斷安插親信、培植勢力在政治局，根本原因就是怕被清算。

第二節

李源潮、汪洋落馬隱情

　　18大最讓人跌破眼鏡就是李源潮和汪洋沒有進入政治局常委。人們紛紛猜測，主要是汪洋太右了，李源潮太胡化了，加上李鵬阻撓他倆，所以他倆被淘汰出局，不過真實情況並不這樣簡單。

　　《新紀元》周刊在18大人物專題裡，很早就介紹了李源潮和汪洋。62歲的李源潮是公認的團派，但他也是太子黨，16大就差點入常，在17屆政治局中他算高學歷，曾獲北京大學經濟管理學碩士，也曾在哈佛大學培訓學習，能講口流利的英語，而且跟胡錦濤私交很好，為胡把持組織部，替18大團派占據省部級重要位置立下了功勞。

　　李源潮在任團中央書記處書記時，其主管的《中國青年報》言論大膽尖銳。「六四」北京戒嚴後，李還冒險跑到報社提醒大家「注意安全」，還教同事出街時若聽到槍聲要「立即臥倒」。由於被保守派指責為對大學生「態度不夠強硬」，他的仕途此後

停滯不前長達十多年。

執掌中組部後李源潮表示，以四項幹部監督制度，防止和糾正用人不正之風，並對報告的事項要認真審核，嚴格入口監督；做到獎優懲劣；對離任的市縣黨委書記要切實檢查，及時發現問題；對查實的用人問題要糾正問責。

這些話讓貪官們很不滿。18 大前夕江派放風稱，李源潮在海外包養情婦，兒子經商非法獲利。不過有知情人告知媒體，李的妻子是音樂學院教授，兩人關係很好，兒子還是學生，並無涉及商業活動。毫無疑問，李源潮是江派想要打倒的人，不過胡錦濤為何同意這個方案呢？

胡錦濤與江澤民的黑箱交易，體現在李源潮的安排上。胡同意李不進常委，但一定會把他安排在最重要的位置，果然半年後，李源潮出任國家副主席，並兼任中央港澳領導小組副組長。

汪洋廣東版的反腐打黑

落選的汪洋也有團派背景，而且是胡錦濤的老鄉。薄熙來下台前，汪洋就是薄入常的最大攔路虎。汪洋從當「娃娃市長」時就引起鄧小平的關注，傳說鄧小平稱汪洋是個人才，胡溫也一直對汪洋信賴有加。

不過中國有句俗話：出頭的鳥總是先被殺。汪洋在廣東不但發起「解放思想」運動，矛頭直指江的政治命根「三個代表」，還「騰籠換鳥」為胡的「科學發展觀」中「轉變經濟增長方式」做實驗，觸動了江派在廣東龐大地方利益集團。此前汪洋還在廣東圍剿江派勢力，包括江系前廣東省委書記張德江、李長春的舊

部，清洗大批政法系周永康人馬、江派廣東幫高官，並把肅貪之火燒向周永康和江澤民情婦、前廣東省委副書記黃麗滿等，汪洋還下令廣東媒體揭露上海幫的醜聞，如太子黨俞正聲與江的情婦陳至立和兒子江綿恆勾結的貪腐黑幕等。

面對江派勢力，汪洋喊出的口號是「殺出一條血路」。2012年5月，汪洋提出「必須破除人民幸福是黨和政府恩賜的錯誤認識」，並公開喊出「改革要從黨和政府頭上開刀」等言論，並宣布在廣東試點「官員財產申報制度」和最先在深圳推動「工會直選」。另外，汪洋還在廣東掀起了廣東版的反腐打黑風暴，數百名官員被雙規。廣東21個地級市政法委書記不再兼任公安局長。

有消息稱，汪洋在廣東的一連串動作，打擊了以葉劍英的兒子、「太子黨精神領袖」葉選寧的勢力，葉家對此很不滿，於是向習近平提出，汪洋雖然能力很強，但政治上靠不住，不能留在中共核心層。

其實就像《新紀元》早前文章指出，汪洋搞改革，儘管有溫家寶的全力支持，但最大的障礙就是中共制度。

11月9日在聽了胡錦濤18大政治報告後的第二天，汪洋公開表示，中共黨員都是改革者，不然就沒有今天，並稱「改革是中共的戰略抉擇」，還稱「中國、廣東會沿著改革開放的路子堅持走下去」。汪此言明顯是針對胡「不走改旗易幟的邪路」的異議。

18大後人們普遍大失所望，其新路線其實就是走鄧小平的老路：「經濟上右派，政治上左派」，但是，趙紫陽、溫家寶、汪洋等改革派深知，這條經左政右的老路，事實已經證明是行不通的，會導致機體四分五裂，因為經濟和政治是統一在一起的，就好比一個人，左腿拚命往左，右腿拚命往右，結果只能是這個人被撕裂而死。

第三節

江派贏了面子 輸了裡子

　　中共18大政治局七常委一公布時，絕大多數媒體都大呼：「胡錦濤輸了」，七個常委中，屬胡錦濤的人馬只有李克強，習近平、俞正聲、王岐山是屬於太子黨的，張德江、劉雲山、張高麗是屬於江派的。當時唯獨大紀元集團屬下的媒體認為江派是「贏了面子，輸了裡子」，意思是表面上江派贏了，但實際是胡錦濤贏了。

　　《新紀元》評論分析認為原因有三。第一，胡錦濤是以退為進，捨身炸碉堡。胡錦濤認為最關鍵的就是要除去江澤民的影響，用自己的全退來立個新規矩，捆住江澤民的手腳，這樣才能從根本上改變未來局勢，否則習近平還得聽江澤民的，那等於江澤民又繼續當幾年太太上皇。

　　於是胡錦濤與江澤民談判，只要江澤民答應不再干政，胡錦濤就同意讓自己的李源潮、汪洋下來，而讓劉雲山、張高麗入常。一心想重演17大把自己人馬安插進常委的江澤民，覺得這是個

好買賣，先把自己人安放進去，至於今後老江是否干預習近平施政，「那是我老江自己決定的事，你們誰能管得了呢？」於是江澤民答應了，人們也就看到胡錦濤在八一大樓的辦公室突然決定要關閉了。

第二，胡錦濤與習近平已經建立起了胡習聯盟，胡是否留任軍委主席已經不很重要了。自從王立軍出逃後，胡錦濤幫習近平拿下了想取習而代之的薄熙來，這就為「胡習聯盟」打下了很好的基礎。而且胡錦濤當時同意習近平上位時，就已經判斷出習近平的很多想法和胡溫是相同或相似的，共同的立場讓他們結成同盟，一致面對江澤民集團，把黨政軍所有權力都移交給習近平，胡錦濤是同意的。

第三，中共官場名份和實權很多時候是脫節的，比如國家副主席這個職位，從毛澤東時代開始搞獨裁，中共黨魁決定一切，於是是否設立國家主席，由誰來擔任都不重要，反正只是個虛名，所以宋慶齡還當上了國家副主席。到了鄧小平時代，退休後的鄧小平只是一個普通黨員，但由於軍隊聽他的，於是這個普通黨員就能兩次在自己家裡決定撤換黨的總書記。

不過等到了江澤民時代，由於鄧小平廢除了江澤民給自己挑選接班人的權力，鄧親自把胡錦濤立為第四代接班人，江澤民和曾慶紅惱羞成怒，眼看由於自己定的「七上八下」的潛規則要把曾慶紅踢出 16 大，老奸巨猾的曾慶紅就主動討好胡錦濤，甚至不惜犧牲黃菊，也想討得團派歡喜。當時曾慶紅提出，只要給他一個國家副主席的虛名就行了。

但胡錦濤看明白了。副主席這個名號一旦給了曾慶紅，一直享有實權的曾慶紅，就一定會坐實副主席這個高位，從而成

為中共既有名份又有實權的頭號人物。胡錦濤沒有上當，堅決否定了這個提議。等到了 18 大，胡錦濤也利用了這一招：讓李源潮當國家副主席，這樣哪怕他不是政治局常委，他也擁有了很高的名器。

同意讓江派三常委上位，胡習這套布局很快 2013 年兩會上體現出來了。

兩會分工 江派常委被架空

2013 年 2 月 7 日出刊的 313 期《新紀元》周刊，發表了《兩會提前看七常委分工與國務院名單》一文，預測江派將被架空。

文章說，習近平全面接替胡錦濤，擔任中共黨主席、中央軍委主席，還有國家主席，三位一體。不過與胡錦濤不同的是，習近平不光把胡錦濤的全部權力接管過來了，還把原來屬於周永康、而胡錦濤無法干預的政法委的權力也奪過來了。隨著政法委書記被趕出政治局常委，政法委的地方被降級，中共有關政法領域的最高頭目就是習近平了。

由此可見，胡錦濤的全退，不僅讓江澤民的「老人干政」難以進行，讓習近平有更多獨立的權力，同時，胡錦濤幫習近平從源頭上清理了政法委的「畸形結構」，也讓習近平在掌控維穩武裝力量方面，比胡錦濤強勢很多。

早在 2012 年 12 月《新紀元》就分析說，李克強擔任總理，與溫家寶不同的是，溫在政治局九常委中排名第三，但李克強卻在七常委中排名第二，而且儘管張高麗靠巴結江澤民擠進了政治局常委，但他上面有李克強壓著，下面有劉延東、汪洋、馬凱的

夾擊，日子並不會好過。

張德江入主人大，分管港澳事務，但胡習把李源潮提前安排成了港澳事務副組長，習近平在香港特首梁振英到北京時，不但介紹張德江是中共港澳小組組長，但同時也把李源潮這個副組長介紹給了梁振英，這等於讓李源潮架空了張德江。

最慘的可能是劉雲山。此前中央黨校校長、中央書記處書記、港澳辦負責人已經連續幾屆由同一人擔任，比如曾慶紅曾經擔任這些職務，後習近平接手，而現在劉雲山則顯得尷尬，身為黨校校長、書記處書記，但是卻被抹掉了港澳辦負責人的實權。

據《東周刊》2012 年底報導，政治局常委召開工作會議討論分工，經過種種考慮，最後拍板由常委張德江出任港澳小組組長。即將出任國家副主席的政治局委員李源潮，則會任副組長，現任副組長劉延東（也是政治局委員）將續任，接任統戰部部長的令計劃亦會擔任副組長。

胡溫十年執政當中，由於江澤民的勢力一直控制著政法委（周永康把持）和中宣部（李長春和劉雲山把持）。18 大後，周永康和李長春均下台失勢，政法委從政治局常委會徹底出局。薄熙來事件後，由習近平兼任校長的中共中央黨校高層也被大換血，賈高建正是那時被任命為中央黨校教育長，習在黨校基層也安插了人馬。

早在 18 大召開前，胡錦濤和習近平聯盟在軍中培植的人馬紛紛上位，占據軍中要害位置，胡習也通過這些人控制住了軍權，在與江派的對決中握住了軍權。中共京畿重地的防務由「禁衛軍」北京軍區負責，新任北京軍區司令張仕波與習近平曾是上下級的關係，深受習的信任。

劉雲山的明升暗降

2012 年 1 月 18 日，中共「精神文明建設指導委員會」第一次全體會議在北京召開，劉雲山任主任，劉延東和劉奇葆出任副主任，中共宣傳口的「三劉體制」確定。時年 59 歲的劉奇葆，與胡錦濤為安徽同鄉，團派背景濃厚。劉奇葆在 18 大後任中共中央政治局委員、中央書記處書記，接替劉雲山兼任宣傳部部長、掌文宣大權。

據說，劉雲山對自己這種明升暗降的處境很不滿，於是搞出一個「南周事件」來向習近平示威，發洩自己的不滿。不過劉雲山越發洩，越幹蠢事，被習近平批得越慘。特別是劉雲山的部下、中共副部級高官、中央編譯局局長衣俊卿因桃色緋聞被解職後，外界紛紛解讀這是習近平奪「槍桿子」後再奪「筆桿子」，進一步懸空了劉雲山。

張高麗被夾擊 副總理不好當

張高麗雖然擠進了常委，但他擔任常務副總理的日子並不會好過，因為胡習給他配備的另外三位副總理：劉延東、汪洋、馬凱，在很多方面都比張高麗強，張被架空的命運很難改變。

劉延東雖然是太子黨出生，但她的團派色彩非常濃厚，而且跟江派的關係也不錯，所以她能以八面玲瓏的態勢擠進男人政治圈中。

汪洋當然是胡錦濤的愛將，而且是鄧小平看中的「娃娃市長」。習近平南巡時，特意推遲胡春華的上任，而讓汪洋以廣東

省委書記的身分陪同習到鄧小平塑像前獻花，習近平的力挺，預示著未來汪洋副總理會掌控更多中國經濟命脈。

馬凱則是溫家寶的心腹，其豐富的經濟經驗，令張高麗這個北韓金日成大學的留學生相形見絀，也令才能平庸的張高麗無法在國務院強勢起來。

李源潮得補償 權力相當半個常委

《新紀元》曾報導說，李源潮原定已進入政治局常委，但在最後時刻李鵬專門去找胡錦濤，稱李源潮政治上不可靠，一是同情「六四」分子，二是著手改革共產黨內幹部任用方式，試圖徹底改變共產黨。胡錦濤為了穩住失勢的江派不致做出「自殺式」的攻擊讓中共沉船，胡習決定讓時年 57 歲的汪洋、62 歲的李源潮在下一屆入常。

從官媒新華社報導中，在兩會前的短短兩周內，李源潮四次出現在原本應該由人大副委員長王兆國出席的會議。如 1 月 23 日中國科協八屆三次全委 16 日在京召開；共青團 16 屆六中全會 1 月 15 日在北京召開；中國大陸全國婦聯十屆五次執委會議 1 月 10 日在京舉行。李源潮都出席了這三次會議並都發表講話。

2013 年 1 月 30 日，在中日僵持、彼此都在叫囂戰爭的敏感時期，習近平安排李源潮和楊潔篪分別會見了日本前首相村山富市，進一步顯示這位前組織部長在外交方面的吃重角色。

難怪有人說，現在江澤民後悔了，胡錦濤與習近平的緊密聯盟，讓「看死江派」的胡習策略很奏效。

第四節

李源潮實權超越三常委

　　等到了 2013 年 4 月中旬中共兩會結束後，人們看到此前《大紀元》的預測分析是準確的。特別是李源潮在中南海四大核心小組擔任副組長，並可出席政治局常委會議並有表決權，這令他的實權已在江派數位政治局常委之上。

　　《爭鳴》雜誌報導，3 月 18 日在中共中央政治局第 19 次會議通過中央政治局常委提議：國家副主席、政治局委員李源潮，軍委常務副主席、政治局委員范長龍，政治局委員、中央書記處書記、中共中央辦公廳主任栗戰書出席或列席政治局常委會會議。據中共官方闡述出席和列席的差別：出席有表決權，列席無表決權，出席還是列席是根據會議主題而通知的。

　　中共 18 大前，江派人馬從軍隊核心層被清洗出局，胡習陣營全面接掌軍權。在鞏固了軍權之後，胡習除政治局常委留出多數席位給江派外，在中共中央、地方及中共國務院的人事安排上

已卡住了各大要職。

於是人們看到，18大兩會後，江派變成了「印象派」，只擁有表面的常委頭銜獨守虛名，實則已被困如孤島，在少數要職上的零星安排也是為防江派不致做出魚死網破的過格舉動。中共18屆7常委中，李克強排名超人大委員長張德江，成為中共第二號人物，就任強勢總理職位；與習近平一起壓制江派其他常委態勢明顯。

3月18日在中共中央政治局第19次會議上，中南海最高層還宣布了重大決策決定、緊急應變、軍事國防、經濟及外事五大核心決策工作領導小組成員、職責和職能。這五個工作領導小組，擁有中共黨、政、軍、經濟、外交等大事的決定權。

新任中共國家副主席的李源潮擔任了其中重大決策決定、緊急應變、軍事國防、及外事工作四個領導小組的副組長並兼任重大決策決定、緊急應變小組的組辦主任，其實權遠超江派三常委張德江、劉雲山和張高麗。

在這次權力再分配中，江派三常委再度被邊緣化，尤其是「宣傳沙皇」劉雲山，被徹底踢出局，五大決策小組中都沒有他。

有趣的是，根據中共官方數據，給出了一張現任7常委家庭財產清單。不過，這些財產數量是由各常委的祕書上報，只統計了常委本人和妻子的財產，而沒有涉及其他家屬。與此同時，中共高層也在為常委公布財產後的社會反映進行測試和評估，以便商討未來官員公布財產的所謂「陽光法案」的實施。

不過幾個月後，大陸至少有10名活動人士，因提倡官員公開財產而遭到中共當局逮捕。2013年3月31日，袁冬、張寶成、馬新立、侯欣四人在北京西單廣場，打出「公民要求官員公布財

產」的橫幅，北京市公安局以涉嫌「非法集會罪」將他們刑事拘留。2013 年 5 月，江西的劉萍等 5 人，因舉牌要求官員公布財產及聲援北京、廣東被抓人士，遭到警方拘押。

下面我們分別來看看劉雲山、張德江、張高麗是如何按照江澤民的意圖來阻撓習近平施政，又是如何被習近平處置的。

第一部｜劉雲山太左

第三章

靠謊言往上爬的惡人

江澤民之所以提拔劉雲山，不光是他為自己歌功頌德，樹碑立傳，還因為劉雲山是頑固的中共保守派，站在反民主的立場上，長期壟斷操控宣傳系統，維護中共一黨獨裁統治。（大紀元合成圖）

第一節

臭名昭著的中宣部

劉雲山得票比汪洋低

中共 18 大落幕一周多後，港媒爆出黑幕：中共自詡是「差額選舉」，但當選中共政治局常委的劉雲山卻比沒有入常的汪洋得票低，甚至比女政治局委員劉延東還低，但劉雲山卻進入了常委。

香港《蘋果日報》引述消息披露稱，當選政治局常委的七位巨頭在中委投票時，習近平得票最高，「全票當選」。李克強只比習少一票。七常委中以掌管意識形態的劉雲山得票最低，連未能入常的汪洋得票數也比他多。北京學者表示，這顯示中共黨內選舉完全是自欺欺人的遊戲。

據說中共 18 大中央委員選舉政治局委員和常委之前，反覆預選動員，要確保「該上的人一定能上」，不過選舉結果還是與高層指定的人選不同。

消息人士公布了 10 名最頂級政要的得票數分別為：總書記習近平以 2306 票（投票人數 2307 人）扣除他自己那一票，「全票當選」；未來總理李克強、未來人大委員長張德江和未來常務副總理張高麗，都得了 2305 票，比習少一票；未來中共政協主席俞正聲得 2300 票；中紀委書記王岐山得 2299 票；主管意識形態的劉雲山最低，得 2294 票，而無緣入常的廣東省委書記汪洋獲 2300 票，政治局委員兼國務委員劉延東得了 2301 票，中組部部長李源潮得票 2287。

如果中共真按選舉結果來決定常委人選的話，那他們依次為：習近平、李克強、張德江、張高麗、劉延東、俞正聲、汪洋，七人之外的是王岐山、劉雲山、李源潮。而實際結果是，王岐山、劉雲山強行取代了劉延東和汪洋。有民眾氣憤地說：「中共的所謂選舉，只是婊子的牌坊，做樣子騙人的。」

針對劉雲山的上位，很多民眾表示，劉的入常意味著中共「扛上左大旗，繼續河裡摸上 10 年魚」。在劉「鐵腕」管制下的中共中宣部，使中國新聞界受到文化大革命以來最粗暴的打壓，劉因此獲得「新聞殺手」、「媒體殺手」稱號，中宣部也被視為最大的「毒瘤」。劉曾多次被各民主黨派、無黨派人士點名炮轟，民主黨派四度上書反對劉入常。

習李全面接班，七名常委的妻子也成眾所矚目的焦點，而「媒體殺手」劉雲山其妻子從未曝光過，連姓氏都無人知曉，被嘲諷為「保密功夫做到家」。

在最近幾十年中共官場中，最臭名昭著的，除了目前已經落馬的前中央政法委書記周永康之外，第二個就數長期把持中宣部的劉雲山了。如果說周永康是把持暴力機器的屠夫，劉雲山就是

玩弄「筆桿子、軟刀子」的惡人。

他是中共的一條狗

在中共 18 大召開前的 2012 年 5 月 9 日，華文媒體參與網的文章《16 名老黨員上書胡溫，要求查處周永康劉雲山》，給外界帶來不小的震動。發信的是雲南昭通市 16 名中共老黨員，他們要求以胡錦濤為首的中共中央，「免去周永康常委和政法委書記職務、令其引咎辭職，交由中紀委查處；免去劉雲山中宣部部長職務，不得進入 18 屆常委班子。」

以余永慶為代表的這 16 位公開留下姓名和電話號碼的老人，在信中歷數毛澤東以及繼任者在天安門大屠殺和對法輪功的迫害罪惡；揭露薄熙來和周永康在重慶復辟文革、密謀政變黑幕；批判劉雲山主掌的中宣部掩蓋毛的罪惡，鼓吹毛思想，並在中共 90 周年遊行時，劉雲山私自塞進「毛澤東思想萬歲」方陣，為毛左勢力撐腰，與周薄相互呼應。

文章談到：「由於黨中央政治思想軟弱，不僅沒有及時認真地批判文革和毛澤東的種種罪行，肅清其流毒，還長期把『毛澤東思想』奉為指導思想，而且編造假史替他掩蓋罪惡（如 2009 年中宣部拋出《六個為什麼？》全面肯定毛澤東對農業、手工業和私營工商業三大改造的功績；黨的 90 華誕慶典，劉雲山又私自塞進去一個『毛澤東思想萬歲』方陣等），還有讓毛的頭像繼續玷污天安門城樓、腐屍繼續玷污人民大會堂。這些做法使毛派極左勢力獲得了話語權，並公然組建『毛澤東主義共產黨』和『毛澤東主義工人黨』，叫喊要為江青平反、要搞第二次文化大革命、

要打倒現行的中央『走資派』。」

　　早在 2004 年，北京大學新聞傳播學院副教授焦國標就發表了《討伐中宣部》萬言書，在海內外引起震盪，他最終失去了在北大的教職。文章指責中宣部實行愚民政策，他列舉了中宣部 14 種「大病」，包括隨意下禁令不許媒體報導負面消息，指出「不報導才會積累影響社會穩定的因素」。

　　他稱中宣部是當下中國「文明發展的絆腳石、邪惡勢力和腐敗分子撐起最大最有力的保護傘，是憲法法律的太陽照射不到的黑暗王國」，他稱中宣部得了 14 種「病」，包括「中宣部是憲法殺手、是冷戰思維的衣缽傳人，是冷血弱智者、是中國弱勢群體災難的二級製造者……」中宣部「庇護惡棍和腐敗分子，吃裡扒外、表面上的精神貴族，實際上的金錢奴隸、嫉妒賢德，誰冒頭就封殺誰，誰的正義感突出就『活埋』誰。」

　　劉雲山 1993 年任中宣部副部長，2002 年任正部長，這些針對中宣部的控訴，無疑就是對劉雲山工作最精準的評語。很多年前，大陸網友評選「最該被取消的部門」，除了政法委，就是中宣部。

靠薄一波和江澤民提拔

　　劉雲山於 1947 年出生於山西忻州，據說，薄熙來、薄一波父子也是山西忻州定襄縣人，忻州曾經是晉察冀紅色根據地。劉雲山的父母在內蒙古當官，父親是薄一波的下屬。劉雲山一路走來，一是靠薄一波栽培，二是靠江澤民提拔。

　　劉雲山畢業於內蒙古集寧師範學校後，在內蒙古先後做過教

師、宣傳幹事、新華社內蒙古分社記者。1982 年 7 月至 1984 年 2 月，劉雲山擔任共青團內蒙古副書記，而胡錦濤時任團中央書記處書記、全國青聯主席，屬於劉的上級，所以有人將劉雲山列為團派，不過劉具有非常強烈的江派色彩。

劉雲山從內蒙古赤峰市委書記升到北京當中宣部副部長，據說靠的是丁關根的提攜。早在 1985 年劉雲山就被作為「省部級幹部第三梯隊人選」，成為最年輕的 12 屆中共中央候補委員。他當時只有 38 歲，比三年前以 40 歲年齡當上候補委員的胡錦濤還年輕兩歲。

不過劉雲山的中央候補委員只當了兩年——1987 年中共 13 大時，他便榜上無名了。到 14 大時才東山再起，重新被安排為中央候補委員，中共 15 大時晉升為中央委員，16 大、17 大成為中央政治局委員、中央書記處書記，是 16 屆政治局成員中最年輕的一個。

劉雲山 2002 年被晉升為中宣部正部長，這與 2001 年撰寫《江澤民傳記》的美國人庫恩有關，據說正是因為劉雲山積極討好江澤民，藉一個不會說中文的外國銀行家的名聲來給江樹碑立傳，在國際上揚名，於是被江喜歡。另一個原因是劉雲山在法輪功問題上緊跟江澤民，被江視為安插在宣傳口的江派心腹大將。

誰「改變」了中國？庫恩與劉雲山

雖然《他改變了中國——江澤民傳》的書面作者是庫恩，但海外輿論普遍相信，是葉永烈這樣的文人在背後捉刀，目的是欺騙大陸與國際民眾。這背後的主要運作人就是劉雲山。

據《南方人物》周刊披露，庫恩在採訪會見中共高官時，避開他在中國做生意和國際大公司顧問、董事的身分，特別是他與美國世界上帝教會（Worldwide Church of God）的關係。

庫恩稱從 2001 年開始寫作《江澤民傳》，四年間他「停止了在中國的一切商業活動，沒有收到任何直接或間接的經濟報酬。」不過事實是他旗下的公司成為了中共官方機構在海外的重要合作夥伴，他的四個家人都參與了他的一系列中國項目。

這位猶太人出生的美國商人非常懂得中共官場的潛規則，庫恩曾把央視台長趙化勇的兒子安排在他位於北京和央視合作的公司任職。等趙化勇因一場大火狼狽下台後，他的兒子也被庫恩的公司趕走。

劉雲山在庫恩眼裡更是「最具價值的投資」，於是乎，劉雲山兒子的女友又成為庫恩開設在北京的公司的老總。劉雲山和庫恩之間的這種公幹私交，把中國特色的社會主義和華爾街作派展現得淋漓盡致。

江澤民想吹捧自己改變了中國，單就這本書的作者從正規商人變成投機作家來看，的確，江澤民不但讓劉雲山之流的中共官員更加貪腐，也讓西方人學會了行賄走黑道。從這個角度看，江澤民的確改變了中國甚至改變了世界，讓中國變成徹底放棄良知道義的國度。

兒子劉樂飛是金融神童？

以劉雲山的兒子劉樂飛為例。劉樂飛出生於 1973 年，22 歲時畢業於中國人民大學，獲經濟學學士學位，進入財政部綜合司，

很快就變成副處長——這對一般大學生而言簡直比登天還難。據說劉樂飛的妻子賈麗青是前最高檢察院檢察長賈春旺的女兒，而賈春旺之前曾擔任權傾一方的公安部長。

劉樂飛 25 歲任冶金部直屬的中冶安順達實業總公司副總經理，同時兼任首創證券公司執行董事；31 歲擔任中國銀河證券有限責任公司投資管理總部總經理。

讓人大吃一驚的是，33 歲時就擔任中國人壽首席投資官——中國人壽總資產約 1 萬億，是中國資本市場上最大的機構投資者。2009 年元月，劉樂飛擔任中信產業投資基金管理有限公司董事長，此時他還不滿 36 歲。於是有人驚呼劉樂飛為「金融神童」。2011 年劉樂飛入選《財富》雜誌「亞洲最具影響力的 25 位商界領袖」，位列 22 名。

然而有網民發帖說：劉樂飛的水準之差，他在社科院讀碩士時，英語無法通過國家考試，連碩士學位都沒有拿到！不過官方簡歷稱劉樂飛 1998 年畢業於中國社科院研究生院，2006 年畢業於中歐工商管理學院，主修財務金融方向，獲工商管理碩士學位。

壓制真相 引起公憤

江澤民之所以提拔劉雲山，不光是他為自己歌功頌德，樹碑立傳，還因為劉雲山和李長春一樣，都是頑固的中共保守派，站在反民主的立場上，長期壟斷操控宣傳系統，維護中共一黨獨裁統治。下面是劉雲山的一些「政績」：

2003 年 6 月，劉雲山限制媒體對敏感問題的報導，並警告「外國反華勢力利用有爭議話題破壞中共政府」，至少兩家報紙被臨

時關閉，多家雜誌受批評。被禁的議題包括隱瞞薩斯疫情和對上海地產商周正毅醜聞的調查等。

2008 年四川大地震後，報導地震死難學生情況的「六四天網」負責人黃琦等維權人士和網友被拘留。

2009 年，膠濟鐵路「4‧28」列車相撞特大事故造成 72 人死亡、416 人受傷慘劇，劉雲山要求中央級新聞媒體不得報導鐵路撞車，要多報導鐵路提速的正面宣傳。2009 年底，《財經》雜誌 60 多名採編經營骨幹集體辭職，《財經》新聞掌門人胡舒立辭職。

2010 年，「維基解密」公布美國外交密電披露，下令封殺 Google 一事，是政治局常委李長春、周永康下達指示並監督下進行的，中宣部長劉雲山則是負責協調向 Google 施壓的人。

2011 年 7 月溫州動車追尾重大事故造成 40 人死亡、172 人受傷。事發後張德江下令停止搜救，就地掩埋動車殘骸，引發全國公憤。劉雲山下令嚴禁報導，成為媒體和網民的公敵。2012 年薄熙來事件後，利用媒體來支持薄熙來，更成了劉雲山的一大主要任務。

有消息稱，胡錦濤後來對劉雲山的極左表現有所不滿，負面評價越來越多，胡甚至有「去劉以王滬寧代之」的想法，不過，江澤民卻拚命也要保劉雲山進常委。這背後的原因就是劉雲山積極跟隨江澤民鎮壓法輪功，從而成為江派血債幫在輿論宣傳口一隻如狼嗥叫的惡人。

第二節
誣陷好人 江拚命塞劉入常

劉雲山被國際起訴

中共迫害法輪功之初，專門成立了一個凌駕於法律之上的「防範與處理邪教問題辦公室」，即「610」辦公室。而劉雲山正是其核心成員之一，負責全國有關鎮壓法輪功的宣傳工作，而2013年12月落馬的原中央電視台副台長李東生，當時就是劉雲山的得力助手。

據「追查迫害法輪功國際組織」（簡稱：追查國際）通告查明的事實證實：「自1999年7月江氏集團開始對法輪功學員實施群體滅絕性迫害以來，劉雲山緊跟江氏迫害政策，利用其掌控的宣傳機器，用謊言詆毀法輪功，在中國大陸以至於國際社會上煽動對法輪功的仇恨，使得江氏集團的迫害政策得以實施。

劉雲山在江澤民一手操縱成立的中共中央處理法輪功問題領

導小組（「610辦公室」即為該小組執行機構）分管反法輪功宣傳。在迫害初期，劉擔任中宣部常務副部長，由於積極跟隨江澤民迫害法輪功，2002年被提升為中宣部部長，直到2012年底。

這期間在中國大陸對法輪功的迫害達到了『登峰造極』的程度，無數法輪功學員被非法綁架、關押、酷刑虐待、無罪判刑，眾多法輪功學員因此致傷、致殘、致死，更有大量法輪功學員被以活體摘除器官的方式屠殺。這與劉雲山主持的宣傳有直接關係。」

「追查國際」還查明，劉雲山在各種會議上以宣傳（副）部長和中央文明辦主任身分，煽動民眾，誣衊法輪功。如所謂「法輪功死亡1400例」、「法輪功包圍中南海」、「天安門自焚案」等等，都是由劉雲山參與策劃。

事實證明：劉雲山是迫害法輪功運動中指揮文字打手對法輪功學員實施犯罪的主要元凶，其發出的指令具有涉嫌誣告陷害罪、濫用職權罪、希望法輪功學員被傷害結果發生的犯罪故意，其在多種場合的講話措辭均涉嫌導致法輪功學員被迫害的結果，其犯罪事實清楚，犯罪故意明確，證據確鑿。

有評論說，長期以來，積極參與迫害法輪功的文字打手們一直錯誤的認為寫文章攻擊法輪功學員的行為不負刑事責任，認為是所謂的「言論自由」。其實，言論自由不等於實施誣告陷害罪的自由、不等於黑幫老大發出犯罪指令的自由、更不等於享有權力者發出邪惡命令的自由。事實上，任何人明知其言論具有誣告陷害性質、會導致無辜的人受到侵害，卻仍然發表其惡意之詞，導致被侵害方遭刑事冤判，其始作俑者不知悔改的就應當負刑事責任，發出邪惡指令導致他人死亡的更應該承擔刑事責任。

劉雲山涉嫌的刑事責任有濫用職權罪、誣告陷害罪、故意傷

害罪、故意殺人罪。在國際法上看，由於劉雲山故意傷害和平民眾、侵犯人權，這是涉嫌反人類罪。

針對人權的犯罪，就是針對全人類共同利益的犯罪，針對全人類共同利益的犯罪，世界上的所有法制國家都有權力管轄，特別是有法輪功學員的 120 多個國家和地區，更有直接正當的理由受理類似司法指控，中共發動的迫害法輪功運動起碼是直接挑戰這世界上 120 多個國家和地區的人權利益，這等同於是向世界發出直接威脅的信號，是在威脅該國公民的人身安全。

江澤民鎮壓法輪功的原因

1999 年 4 月 25 日，上萬名法輪功學員在中南海附近的國家信訪局請願，要求釋放無辜被關押的天津法輪功學員、合法出版法輪功的書籍並請當局不要干擾法輪功的正常煉功活動。外界普遍認為，這次集體上訪激怒了中共，並導致了鎮壓。這種看法並不準確。事實上那次行動只激怒了一個人，這個人就是江澤民。當時中共政治局 7 個常委中，6 個都反對鎮壓，只有江澤民一人提出並執意要鎮壓法輪功，所以法輪功群眾把江澤民稱為「迫害的元凶」。

許多人反復詢問法輪功學員被鎮壓的原因是什麼，得到的回答大多是「因為煉法輪功的人太多了，超過了中共黨員人數，妒嫉使江澤民受不了。」中共則拿編造的「700 例生病不吃藥」（後來改為 1400 例）等來作為藉口。不過江澤民自己的說法卻有所不同。

2006 年大陸出版了《江澤民文選》，第二卷收錄了江在

1999 年 4 月 25 日當晚所寫的《一個新的信號》。在收入「文選」時，特意在文後加了一行說明——「這是江澤民同志寫給中共中央政治局常務委員會委員及其他有關領導同志的信。」

當時中共前人大常委委員在喬石做過調查，並上書江澤民稱法輪功修煉對任何人、任何團體、任何社會都是「有百利而無一害」，國防科工委的錢學森、張震寰也很支持氣功修煉，法輪功創始人李洪志先生還在公安部禮堂給見義勇為的人治過病，並得到公安部的嘉獎。中共政治局 7 個常委的家屬都修煉法輪功，連江澤民自己的老婆王冶坪、孫子江志成都煉過法輪功。他們都知道法輪功祛病健身、提升道德有奇效，中南海其他高官也有不少在煉法輪功。那為何江澤民和中共一意孤行要迫害法輪功？

從江澤民給政治局的這封信中人們不難看出，這場鎮壓沒有任何理由，有的只是撒謊和愚蠢。

信中說：「對這種已形成為全國性組織，涉及相當多黨員、幹部、知識分子、軍人和工人、農民的社會群體，卻遲遲沒有引起我們的警覺。我為此深感內疚。」在這裡，江澤民談了三層意思，第一、他認為法輪功是「全國性組織」；第二、法輪功學員遍及社會各個領域和群體；第三、中共卻遲遲沒有警覺。

江澤民的邏輯是：法輪功是一個什麼樣的團體並不重要，做了什麼也並不重要。只要是「全國性組織」，涉及的人數眾多，中共就應該「警覺」，就應該鎮壓。

有人說法輪功如果不去中南海，就不會有這場鎮壓。《大紀元》專欄作家章天亮博士評論說，「中功」當時號稱 3000 萬信徒，他們並沒有去中南海，也沒有去任何地方請願和抗議，中共在鎮壓法輪功的時候，就把中功一起鎮壓了。其他如地下天主教會、

基督教家庭教會和其他氣功團體等都在中共鎮壓之列。可見，中共鎮壓你的理由只有一條，就是「你人多」。

「人多」為什麼就該鎮壓呢？於是江澤民在信中繼續編造理由，不過，他只是給出一個疑問，而沒有證據。「（法輪功）究竟同海外、同西方有無聯繫，幕後有無『高手』在策劃指揮？這是一個新的信號，必須引起我們的高度重視。敏感期已經來臨，必須盡快採取得力措施，嚴防類似事件的發生。」

1999 年 6 月 4 日是鎮壓天安門學生運動十周年，該鎮壓肇始於 1989 年 4 月 26 日的《人民日報》社論《必須旗幟鮮明地反對動亂》。對於江澤民來說，4 月 26 日也好，6 月 4 日也好，都是「敏感期」，且「已經來臨」。這裡的「敏感」是江澤民出於對權力的偏執，對一切民間活動都過敏所致。江澤民更害怕是否幕後有「高手」，是否有海外聯繫等。這樣龐大的人數，加上協調運作，就可以成為贏得民心並與中共抗衡的政治力量，儘管法輪功根本就沒有這種意向。

江澤民感到，他對民間的控制力正在逐步減弱，而法輪功則受到了民間的廣泛喜愛，這讓江澤民深感妒嫉，更有一種杯弓蛇影的恐懼。江在信中怒氣沖沖地責問中共各級官僚們：「這次事件的發生，也說明了我們一些地方和部門的思想政治工作和群眾工作軟弱無力到了什麼程度！」

在鎮壓法輪功的過程中，中共極盡妖魔化之能事，從編造「1400 例」到導演天安門「自焚」偽案。然而仔細看看江澤民的這封信，就會發現鎮壓的真正原因與後來中共說的所有一切都毫不相干，而完全出於江澤民對法輪功「人多」的妒嫉和恐懼。

事後人們發現，江澤民下令當時的政法委書記羅幹、公安部

部長周永康等人，以假情報的方式，編造了「法輪功裡通外國」的謊言栽贓，在政治局常委的討論中，把法輪功打成「敵對勢力」，從而放手加以鎮壓。

據《新紀元》出版的《習近平的太子黨盟軍》一書報導，1999 年 4 月 25 日之後，妒嫉心極重而又心胸狹窄的江澤民決心置法輪功於死地而後快，但中共政治局常委會上，其他六人都反對鎮壓。於是江背後耍陰謀，強迫其他人表態同意鎮壓法輪功。於是江派人馬找到了時任成都軍區司令員、黨委副書記的廖錫龍，要廖助江一臂之力鎮壓法輪功。於是一心想往上爬的廖錫龍夥同成都軍區情報處祕密編造假情報，謊稱從法輪功的郵箱裡獲取了法輪功搞政治、要推翻共產黨的郵件。

與此同時，江澤民還指使曾慶紅、羅幹命令在紐約的情報人員謊報法輪功有海外背景，拿了美國中央情報局數千萬的資助。於是，江澤民拿著這幾個誣陷法輪功的假情報，要挾政治局常委其他人員，逼全體政治局常委表態同意鎮壓法輪功。

因充當迫害法輪功的急先鋒，廖錫龍 2002 年被江提升為中央軍委委員、解放軍總後勤部長，並負責把活摘器官產業化、軍事化，當作一場戰爭來指揮。於是 2002 年後，中國器官移植迅速發展，到 2006 年被曝光前達到了頂峰。但廖錫龍也把自己連同江派血債幫一樣被釘上了歷史恥辱柱。

江澤民迫害法輪功想得的「好處」

新唐人電視台也有文章分析說，回過頭來看歷史，江澤民迫害法輪功可以得到以下「好處」。（不過事實證實，十多年的迫害法

輪功，江澤民沒有把法輪功迫害倒，卻把中共自己給搞垮台了。）

一、迫害法輪功可以轉移中共國內外面臨的危機

當時國際形勢下，印尼發生大規模的排華事件，很多華人慘遭屠殺，但江澤民卻以「不干涉他國內政」為由，不理不問，而台灣卻派飛機到印尼實施撤僑行動。江的此舉激起全球華人的唾罵。

在國內，中共開始所謂改革，如房改、教改、醫改、國企改制、財稅改革等，大批工人失業；兒童輟學；交不起學費而自殺的家長；農民上繳了「三提五統」後連自己的口糧都沒有留下，村幹部甚至雇傭黑社會到農民家裡搶糧食，特別是 1998 年洪水受災地區，大量農民因無法生活下去而自殺。中共政權到了搖搖欲墜的時刻了。

二、迫害法輪功可以指鹿為馬，排除異己

漢奸家庭出身的江澤民，靠著巴結、阿諛奉承、踏著「六四」學生的鮮血爬上了中共最高權力的頂峰。當時中共黨內有不少人在管理才能方面比江澤民強很多，比如朱鎔基、喬石等人。於是江澤民想藉鎮壓法輪功來打擊朱鎔基，

因為在法輪功「4‧25」上訪時，朱鎔基出面會見法輪功學員，和平解決了衝突，被外媒高度稱讚，說是「中共建政以來第一次和解決官民衝突」，朱鎔基一時民心大增，這也使江澤民妒火中燒。

同時，江澤民也想藉鎮壓法輪功來「壓胡錦濤」。胡錦濤是鄧小平隔代指定的接班人，中共邪黨臨近 16 大，怎樣確保自

己的既得利益，下台後不遭清算，自己的兒子能「繼續悶聲發大財」，江心中沒有底。政治局其餘六人，江澤民都信不過，即使跟自己走得近的李嵐清對他也是陽奉陰違。胡錦濤本人看過法輪功的書籍。迫害開始後，江澤民專門到廣州，要求把胡錦濤的同班同學張孟業抓起來，第一個判勞教，目的也是為了打擊胡錦濤，給胡套上「出賣同學」、「不仁不義」的帽子。

除了打擊朱鎔基、胡錦濤外，江澤民也想藉鎮壓除掉支持法輪功的高官。2000 年 1 月陳友煥突然被免去江蘇省委書記的職務，2003 年 2 月又免去他人大常委會主任的職務。在中共迫害滿城風雨的時候，陳友煥將自己修煉法輪功多年的消息讓本省的記者進行公開報導，也是第一個因修煉法輪功而被江澤民免職的中共高官。

2000 年 5 月，時任體委主任的伍紹祖被免職。因為伍紹祖從全民健身的角度支持法輪功。1998 年 5 月 15 日，伍紹祖親自到長春市區觀看了長春市法輪功學員集體煉功的盛況。央視當晚 10 時在第一套節目《晚間新聞》和第五套節目中分別作了報導，時間大約 10 分鐘。畫面中，懸掛著法輪大法的橫幅，宏大的煉功場面令人震撼，伍紹祖微笑著觀看。

三、迫害法輪功無任何政治風險

江澤民之所以敢對法輪功舉起屠刀，還有個原因是他讀過法輪功書籍，知道法輪功講「真、善、忍」，打不還手，罵不還口。江澤民既嫁禍法輪功，轉移老百姓的對共產黨的仇恨，又能模仿趙高指鹿為馬的伎倆排除異己。打壓法輪功在江澤民和中共看來是一著妙棋。

劉雲山為配合江澤民鎮壓法輪功，不惜動用所有輿論宣傳工具，肆意誣陷誹謗法輪功。當時江澤民給專門為鎮壓法輪功而成立的「610辦公室」發出密令，對法輪功要「名譽上搞臭、經濟上搞垮、肉體上消滅」，於是劉雲山在宣傳口極力誹謗法輪功。

從1999年7月22日抓捕法輪功學員的第三天，劉雲山控制的媒體就開始了鋪天蓋地的反法輪功宣傳，以北京的中央電視台為例，在1999年期間，中央電視台每天動用7個小時播出各種事先製作的節目，以大量歪曲篡改法輪功創始人李洪志先生的講話開始，加上所謂自殺、他殺、有病拒醫死亡等案件，極盡能事對法輪功及其創始人進行誣衊和抹黑宣傳。

最著名的例子之一，是把李洪志先生在一次公開場合表示「所謂地球爆炸的事情是不存在的」中的「不」字剪掉，並以此誣衊法輪功宣傳「世界末日」。更有甚者，以移花接木等手段，把普通刑事罪犯的犯罪行為移植到法輪功學員頭上，以欺騙世人。如京城瘋子傅怡彬殺人、浙江乞丐毒殺案等等神經病、殺人犯都栽贓到法輪功頭上，然後利用媒體煽動不明真相的民眾對法輪功產生無端仇恨，為不得民心的血腥迫害尋找藉口和支持者。

當時中共絕對控制的兩千家報紙，一千多家雜誌，數百家地方電視台和電台，全部超負荷開動起來，全力進行誣衊法輪功的宣傳。而這些宣傳，再通過官方的新華社、中新社、中通社和海外中共媒體等，散播到海外所有的國家。據不完全統計，在短短的半年之間，中共媒體在海內外對法輪功的誣衊報導和批判文章，竟然高達三十餘萬篇次，毒害了無數不明真相的世人。中共駐外使領館也擺放大量所謂揭批法輪功的畫冊、光碟和單行本；中共外交部網站上，專門開闢所謂揭批法輪功的專題欄目。

很多有識之士驚呼：「第二次文革又來了！」

製造「1400 例死亡」謊言

為了給鎮壓法輪功找藉口，劉雲山控制的宣傳口羅織了一個所謂「因為練了法輪功，有 1400 人自殺、死亡、殺人」的「1400 例」，但民間調查發現，這些案例有的是把精神病患者病發時的意外事故栽贓給法輪功，有的是以減刑為條件唆使殺人犯冒充法輪功，有的是以報銷醫藥費為誘餌讓危重病人冒充法輪功，還有的是把普通人的正常病逝說成是煉法輪功造成。所有這些案例都是中共對法輪功的栽贓嫁禍。

這些謊言宣傳，不僅成為中共煽動仇恨迫害法輪功學員的藉口，而且使不了解法輪功的廣大群眾失去了受益於法輪功的機會。1998 年國家體育總局組織北京、武漢、大連及廣東省的醫學專家，對近 3 萬 5000 名法輪功學員做了五次醫學調查，證明了法輪功祛病健身有效率高於 98％。

以中共宣傳的「1400 例」第一例為例，官方稱「天津市棉紡六廠職工孫學敏因練法輪功跳樓身亡。」但孫學敏的一位同事證實說，這純屬謊言。在 1976 年唐山大地震前後，孫學敏得了精神病，在以後的日子裡時常犯病，她在退休之前曾幾次因犯此病在家休假。大概在 1997 年下半年，有人見她到法輪功煉功點去學了兩次功，聽說也曾參加過兩次學法。但法輪功的書上明確寫道，精神病人不能煉法輪功，於是後來她就沒再練了。大概半年後，聽說她跳樓自殺了。

也有從事統計的學者站出來說，即使假定這 1400 例是真的，

這個數據也從反面證明法輪功祛病健身有奇效。

當時中國大陸有大約一億人學煉法輪功，中共公安部上報給江澤民的數據是法輪功學員人數 7000 萬（當時中共黨員人數是 6500 萬），劉雲山的中宣部對外宣稱只有 200 萬人，縮小了 50 倍。即使用這 200 萬人作為基數，得出的結論也是：修煉法輪功，能大大降低死亡率。

從 1992 到 1999 年，按中共造謠的死亡 1400 例算，平均一年 200 人，即平均死亡率為萬分之一。而根據《中國統計年鑒1996》，這段時間中國人的年平均死亡率為萬分之六十六，也就是說，修煉法輪功，死亡率至少降低了 66 倍，若按真實的法輪功學員人數來算，死亡率降低了 3000 倍。這也從反面證明法輪功祛病健身有奇效。

天安門自焚真相

劉雲山除了炮製 1400 死亡案例來栽贓法輪功外，他手下類似蓋世太保的著名謊言還有所謂法輪功「天安門自焚案」，不過，早在事發當年國際社會就戳穿了該謊言。

2001 年 1 月 23 日下午，北京天安門廣場「突發」五人自焚事件。事發僅兩小時，中共官媒新華社以超乎尋常的速度向全世界發出英語新聞，聲稱「自焚者是五名法輪功學員」。但是美國之音記者打電話向北京公安局和公安部查證，答覆竟然是不知道有這回事。中共喉舌的宣傳口徑搶到了公安調查的前面。如此快速發布消息，暴露了這並非突發事件，而是一場準備充分的陰謀。

緊跟著央視推出了攻擊法輪功的「自焚新聞」、《焦點訪

談》，而且強制全國各界、各企事業單位觀看，反覆「學習」。

國際社會質疑：央視自焚錄影有遠景、移動拍攝的近景，還有多個自焚者在不同位置的特寫，並且錄下了聲音，顯然是攝影師做好了準備才能做到的專業拍攝。2002 年上半年，參與這個節目調查的女記者李玉強在「河北省會法制教育培訓中心」曾當眾承認，「天安門自焚」鏡頭是假的，廣場上的王進東腿中間的雪碧瓶子是他們放進去的，此鏡頭是他們「補拍」的。

2001 年 8 月 14 日，在聯合國宣導和保護人權附屬委員會第 53 屆會議上，天安門自焚案被當場揭穿。國際教育發展組織（IED）發言說：「我們的調查表明，真正殘害生命的恰恰是中共當局……我們得到了一份該事件（天安門自焚案）的錄影片，並從中得出結論，該事件是由這個政府一手導演的。」該聲明已被聯合國備案。

據《大紀元》獲悉，羅幹利用河南公安廳假造出這個誣陷案。2012 年河南連續發生多起火災，河南公安廳很想找個別的方式「將功補過」，於是，在羅幹策劃下，經過曾慶紅、江澤民的同意，在中央「610」的指揮下，央視副台長、「610」副主任李東生聯合河南公安廳人為上演了這個所謂「法輪功為了升天而自焚」的鬧劇，藉口珍惜生命，從而煽起不知情群眾對法輪功的仇恨。

簡單地說，中共編造的自焚騙局至少存在 15 個疑點，也可稱為 15 個「露出馬腳」的漏洞。2002 年 1 月北美中文電視台「新唐人」製作了揭露 2001 年「天安門自焚真相」的紀錄片《偽火》（False Fire），該片從各國參賽的 600 多部影片中脫穎而出，於 2003 年 11 月 8 日榮獲第 51 屆哥倫布國際電影電視節榮譽獎。該獎項在紀錄片領域享有盛譽，其歷史僅次於「奧斯卡」

人們從中央電視台的所謂現場錄像中，至少發現了下面 15 方面的疑點，令中共無法自圓其說。

疑點 1：央視畫面上警察先到位，然後自焚者才開始點火。

疑點 2：天安門廣場巡邏的警察，怎麼會背個滅火器？後來央視辯稱是車載滅火器，但有行家指出，車載滅火器最多四公斤，畫面上那種八公斤的滅火器絕不是隨車滅火器。

疑點 3：突發事件，火燒起來幾分鐘就滅了，央視電視台記者簡直太幸運了，他們怎麼可能撲捉到這個鏡頭，而且還是長鏡頭、短焦距全方位的都有？

疑點 4：那個所謂被燒死的劉春玲，央視畫面顯示她是被後面一個武警用類似警棍的硬物猛擊頭部打死的。外國記者去她河南家中調查，發現她是個坐檯女，周圍人從未聽說她練法輪功。

疑點 5：劉春玲的 12 歲女兒劉詩穎氣管割開了，還能唱歌，大面積燒傷後說話底氣十足，外國醫生稱除非是醫學奇蹟。就在劉詩穎徹底恢復後，突然一天死了，外界質疑這是因為有人怕她洩露實情。

疑點 6：自焚未遂者自稱是法輪功，但講的話完全違背法輪功理論。法輪功嚴禁殺生，包括自殺。自焚未遂者所說的所謂冒白煙、黑煙的說法，與德、業毫無關係。

疑點 7：劉葆榮自稱自焚前「喝了半瓶汽油」才往身上倒。試問，喝到肚裡的汽油無法燃燒，而且還會令人嘔吐中毒，她喝油幹什麼？

疑點 8：劉葆榮先看到別人燃燒，還是看別人沒動？其說法前後矛盾

疑點 9：1996 年已開始煉功的女兒陳果，1997 年又在母親的

影響下開始煉功？2014 年被商人陳光標帶到紐約的所謂自焚毀容母女，自焚前已經很多年不煉法輪功了，她們信的是河南的劉雲芳。

疑點 10：三個真假王進東：官方先後報導給出的王進東照片，從臉型、耳朵和聲音鑑別，是 3 個不同的人在扮演。自焚「王進東」的坐姿不是法輪功的打坐，而是解放軍的散坐。

疑點 11：警察拿的滅火毯，材質是晴綸的，能幫助燃燒，真正的滅火石棉毯很重，得兩個人才舉得起來。

疑點 12：發稿速度異常、內容前後不一，英文稿最先出，連公安局都不知道。先說有 5 人自焚，後來又變成 7 人。

疑點 13：自焚者燃燒的不是汽油，因為不管有多少汽油，它們都會在一瞬間同時燃燒，並發出「砰」的一聲響，整個過程只有短短的幾秒。而央視拍到的延燒畫面長達幾分鐘。

疑點 14：滅火時，有個武警目不斜視地從旁邊走過，這違背人性。這邊在著火，人們都會看的，除非事先告訴他不許看。

疑點 15：不符合「中國國情」的執法行為：具有中共特色的警察應該會先一腳將「王進東」踹倒，然後用腳踩住他的頭；如果「王進東」企圖喊口號，那還得馬上堵住他的嘴。

一位看出自焚漏洞的油庫老闆說，「那個『自焚』的鬧劇實在是拍得很拙劣，不是中國沒有能人，應該是不太敢讓太多的人參與進來吧，畢竟那是一個見不得人的陰謀……」旁邊人聽了都說：「見過不要臉的，還真沒見過這麼不要臉的。」

第三節

訪歐全程「法辦劉雲山」相伴

6 月 19 日法輪功學員在葡萄牙波爾圖市劉雲山入住的希爾頓飯店前抗議。（大紀元）

俗話說，天網恢恢、疏而不漏。劉雲山背地裡幹的喪盡天良的事，不光被老天爺記下一筆帳，也被全世界正義民眾記錄下來，成為他遭受懲罰的依據。

2014 年 6 月 10 日，中共中央政治局常委、前宣傳部長劉雲山出訪歐洲四國。一踏進歐洲，劉雲山就被「國際追查」的通告與訴狀如影隨形追著跑，處處見聞「法辦劉雲山」的橫幅口號，嚇得他魂飛膽顫，許多參訪行程不敢走正門、大門，只能走後門、小門，丟盡了臉。

劉雲山一踏進歐洲的第二天，6 月 11 日，「追查國際」發出的《追查前中共宣傳部長劉雲山參與迫害法輪功的通告》就跟著他的行程一路走。法輪功學員手持附有劉雲山大頭像的通告「法辦劉雲山」，全程「陪伴」。劉雲山如驚弓之鳥，躲不開，逃不掉，步步驚心。一周裡，劉雲山怕看的都看見了，怕聽的都聽見了，

怕遇到的都遇到了，怕發生的都發生了。

高喊「法辦劉雲山」場面震撼

2114 年 6 月 15 日至 17 日，劉雲山到訪愛爾蘭，這是他此次歐洲四國之行的第三站。6 月 16 日上午 11 時，劉雲山一行到愛爾蘭工業發展機構（IDA）參觀訪問。愛爾蘭的法輪功學員一早便守候在 IDA 門前的大道上，打出「法輪大法好」、「法辦劉雲山」等大型橫幅「迎接」劉雲山。

在愛爾蘭首都都柏林的著名旅遊景點寶爾勢格（Powerscourt）莊園裡，劉雲山的隨從個個緊張兮兮，看見中國人就很緊張。當劉雲山和陪同他參觀莊園的愛爾蘭旅遊局首席執行官尼爾‧吉布森以及隨行人員進入寶爾勢格莊園後，法輪功學員在劉雲山面前大聲喊出「法辦劉雲山」、「法輪大法好」、「停止迫害法輪功」等口號，幾乎沒什麼遊人的花園，只有劉雲山參觀的人員，法輪功學員的口號聲和場面非常震撼。

之後，劉雲山一行轉移到愛爾蘭外交部，接受愛爾蘭副總理吉爾摩的接見。也許是接受了上午在 IDA 的教訓，劉雲山一行未敢走正門，車隊從外交部大樓的後門繞行進入。

然而，一隊法輪功學員早已守候在那裡，和劉雲山的車隊碰個正著。由於後門車道狹窄，劉的車隊被卡在那裡進退不得，於是形成了一幅有趣的畫面：車裡是尷尬至極的劉雲山及隨從人員，車外是法輪功學員響徹天地的「法輪大法好」、「法辦劉雲山」的呼聲，兩旁則是含笑不語的愛爾蘭警察。

一位警察問，這人真是宣傳部長（Minister for Propaganda）

嗎？你們知道這是納粹希特勒時的機構嗎？西方人一聽到「宣傳」就會聯想到德國納粹和希特勒。他說，他今天回去和同事們有個笑談了。一名執勤警察，對法輪功非常感興趣，和學員聊了起來，問了很多問題。他說，他個人並不完全同意他們的作法（指劉雲山一夥要求擋住學員抗議的場面），他表示，他們（警察們）自己心裡都有一個尺度。

劉雲山訪歐 通告、訴狀如影相隨

按照行程，劉雲山 18 日應該在葡萄牙訪問，但是中共官方沒有消息報導。劉雲山這趟歐洲四國訪問，偷偷摸摸，東躲西藏。他本人嚇破了膽，也給中共出盡了醜、丟盡了臉。劉雲山雖汲取此前一些高官的教訓，避免直接面對法輪功抗議隊伍，尤其是不要收到法輪功的起訴狀，仍無濟於事，最後還是只能灰溜溜地回國。

劉雲山在國際上並沒有什麼聲望，但是這回在歐洲他出了不少「風頭」，他因迫害法輪功被全程抗議而臭名昭著，聲名狼藉。

6 月 11 日，追查迫害法輪功國際組織（簡稱：追查國際）發出通告，繼續對主導迫害法輪功的中共前宣傳部長劉雲山進行追查。通告稱，劉任職期間，積極主導並配合中共江澤民集團迫害法輪功的政策，利用其掌控的宣傳機器，用謊言詆毀法輪功，在大陸和國際社會上煽動對法輪功的仇恨，加劇了迫害。導致成千上萬大陸法輪功學員被迫害致死，大量法輪功學員被以活體摘除器官的方式屠殺。

不僅「追查國際」通告的圖片、「法辦劉雲山」的口號橫幅

一路跟著劉雲山，最令劉驚魂喪膽的是，對他本人發出的通告、訴狀，也一直在往他手裡遞。

16 日在愛爾蘭都柏林寶爾勢格莊園裡，法輪功學員對警察說：「我們這裡有一封信，你能幫我們交給劉雲山本人嗎？」警察說：「可能交不到本人，但是可以交給他的手下。」法輪功學員說：「那也行。」就把信給了警察。愛爾蘭法輪功學員請警察轉交的是追查國際的追查報告和人權法律基金會（Human Rights Law Foundation）的公開信。

14 日劉雲山在芬蘭羅瓦涅米市天空酒店吃午飯前，法輪功學員向一中年男人走過去，他微胖高矮和劉差不多。因為總見到他和劉雲山在一起，就把一封信遞給他說：「請你把這封控告信轉交給劉雲山。」那男人聽了，驚慌地一把打掉了控告狀，並示意警察快過來。

訪歐行程不敢公布 劉怕的是啥？

此前，中共官媒新華網 6 月 8 日報導稱，劉雲山將於 6 月中旬訪問丹麥、芬蘭、愛爾蘭和葡萄牙四國。報導中未提具體日期，之後也未見報導劉雲山此次訪問的具體日程安排。直到 12 日劉雲山訪問丹麥結束後，新華網才發布了相關消息，但還是對以後的行程諱莫如深。果然，在劉接下來的訪問中，相關報導都滯後。

劉出訪的歐洲四國，都是社會治安較好的國家，無需為安全過慮。但劉雲山的訪歐行程不敢公布，保密程度到違反外交禮儀。劉的刻意低調，顯然是因為緊張害怕。害怕什麼？害怕法輪功抗議以及可能收到對他的通告、訴狀。

劉雲山步步驚心的「走後門」行程

16日至17日，劉雲山在愛爾蘭遭到抗議。知道劉不敢走正門、大門，法輪功學員在愛爾蘭工業發展機構（Industrial Development Agency）、Powerscourt 莊園、外交部，以及總理府外抗議，並在正門、大門和他愛走的後門、小門「迎候」他。劉雲山在愛爾蘭的行程，進進出出，每一步都沒能躲開法輪功學員的抗議。

6月12日，劉雲山訪芬蘭首日，早晨在總理府前，迎面遇上了冒雨抗議的法輪功隊伍。正門的人，再沒見到劉雲山的蹤影，劉是從後門離開的。由此，劉雲山的歐洲之旅開始了「走後門」的行程。

隨後劉雲山去了國會大廈，在國會大廈前，他見到更大的抗議場面。會見結束後，是一輛沒有任何標記的黑色轎車，悄悄從後門接他離開。

6月13日上午，劉雲山到國會大廈會見芬蘭議會議長及文化部部長，法輪功學員早早打著反迫害橫幅等候在那裡。下午，劉雲山和赫爾辛基市市長帕尤寧在市政廳會面。劉雲山給芬蘭當局施壓，取消了門前的抗議活動。沒想到的是，下午市政廳門前法輪功的抗議隊伍「夾道抗議」他。會見結束後，劉的隨從們都從前門離開，只有劉雲山本人從後門溜走。

6月14日劉雲山乘專機從赫爾辛基飛到芬蘭北部城市羅瓦涅米。劉得知法輪功學員的抗議隊伍已經在機場唯一出口處「等候」他了，劉下飛機後鑽進機坪附近的座車，車隊一行人從機場的備用出口駛出機場。該備用出口平常無人使用，是在一條未鋪柏油

的砂石土路上。

　　6 月 14 日上午，劉雲山到達芬蘭北部羅瓦涅米市政廳。法輪功學員在市政府對面的丁字路口和平抗議。有學員看見劉雲山沒坐在他的小車裡，而是在一輛黃色大巴上，坐在大巴左第一排的靠窗位置上。車隊拐彎時，車距離抗議隊伍三米左右，只見車裡所有人都同時轉頭向窗外看法輪功學員的抗議場面。

　　一名法輪功學員發現了坐在大巴最前面的劉雲山就走過去，對著正向外張望的劉雲山舉起真相板，上面寫著「法辦劉雲山」和對其的通告，通告上劉的照片被用紅筆打了個大大的 X。劉雲山看到後，頓時目瞪口呆，整張臉僵在那裡。

劉嚇得魂飛膽顫 執勤警察都笑了

　　6 月 13 日下午劉雲山和芬蘭赫爾辛基市市長帕尤寧在市政廳會面，但法輪功學員下午在市政廳門前的抗議活動被臨時取消了。法輪功學員認為警方突然取消申請的做法是屈從中共，違反西方民主國家的普世價值，而且也不合法。

　　法輪功學員邊向市政廳前警察講真相，邊掛橫幅，擺展板。多位警察只是注視著，並沒上前阻攔。就這樣，抗議隊伍在警察眼皮底下準備就緒。五分鐘後劉一行人的黑色車隊緩緩駛來，幾乎是貼著抗議隊伍慢慢開過去的。當劉雲山下車時被「法辦劉雲山」的呵斥聲嚇得魂飛膽顫時，現場警察目睹劉的反應，不禁地都笑了。

　　劉雲山經歷了這場驚嚇後，怕看見法輪功到了無以復加的地步。6 月 14 日，劉去北部羅瓦涅米市天空酒店吃午飯，門前遇到

法輪功抗議。這家西餐館背靠懸崖，沒有後門，只能正門進出。只見劉的隨從緊張地一次又一次地要求芬蘭警方讓抗議隊伍離開。警察回答：抗議申請是經過批准的，是合法的，我們無權要求抗議人群離開。

在葡萄牙被保鏢「架」著離開

歐洲四國好山好水，但是中共政治局常委劉雲山的 10 天訪問沒有一點好心情。6 月 18、19 日劉雲山到葡萄牙，「大頭像」不僅被中共自己的歡迎隊伍撕碎、猛踩，更被隨處可見「法辦劉雲山」的橫幅與呼聲嚇到臉色慘白，最後被保鏢架著慌忙離開。

法輪功學員的抗議得到葡萄牙民眾的支持，在波爾圖文化中心前，當地居民聽了法輪功學員現場講真相後，跑出來幫助拉橫幅，加入抗議隊伍。

期間，多家電視台及媒體對法輪功的抗議活動和法輪功學員進行了採訪報導。葡萄牙 TVI 電視台記者表示，他打算製作一部法輪功的專題片，把法輪功第一至四套動功錄製進去，並進一步揭露中共對法輪功的迫害，特別是活摘器官罪行。

劉雲山頭像被「自己人」撕碎猛踩

18 日上午，劉雲山正式訪問葡萄牙的第一站是總統府。法輪功學員早已在那裡，印有劉雲山大頭像的「法辦劉雲山」大通告牌也先於劉本人到達。當劉雲山的車隊駛近時，車上的人都看清了「法輪大法好」、「鎮壓法輪功天理不容」、「法辦劉雲山」

等醒目橫幅標牌。

在中共調來專門為阻擋法輪功的「歡迎隊伍」裡，有人被指使上前搶奪法輪功學員手中的橫幅和「法辦劉雲山」的牌子，並踢打推擠學員。其中一人將畫有劉雲山大頭像的紙牌子搶去後，拚命撕扯紙板，撕破後丟在地上，然後用腳猛踩劉雲山的大頭像。

不遠處遙控行惡的中共官員被眼前的景象驚呆了，不知如何是好，他們只得看著劉雲山頭像在「自己人」腳下被任意踩踏。而所有這一切正好被在場的葡萄牙國家電視台 RTP 的記者抓拍到，整個過程被錄入了鏡頭。

經歷了 18 日上午的「驚魂」，劉雲山為躲避法輪功學員的抗議，之後他多次突然取消行程。如當天下午 4 點，劉雲山參觀傑羅尼莫修道院、柏倫塔行程被臨時取消。事先被安排在景點做保安的警察莫名其妙，問法輪功學員：「他怎麼不來了？是不是他們很害怕你們法輪功？」學員說：「是的，作賊心虛，他們怕看到法輪功的橫幅，怕聽到我們的聲音。」在場的葡萄牙警察表示，支持法輪功學員追訴這個人權惡棍。

令劉雲山更加狼狽的是，無論他怎麼「變卦」，也「甩不掉」法輪功學員「法辦劉雲山」的抗議和送達的通告。

18 日總統府前的抗議活動結束後，葡萄牙 TVI 電視台記者採訪了現場的華人、西人法輪功學員，長達一個多小時。記者問：法輪功是怎麼回事，為什麼被當局迫害？並說：「關於中國發生的活摘器官，我們國家媒體報導了，都知道，但這是什麼時候發生的？我有個朋友去中國做了器官移植，那麼短的時間裡就換了器官，我絕對懷疑器官的來源。」他打算製作一部法輪

功的專題片。

劉被「法辦」呼聲嚇得臉色慘白

白天，在航海紀念碑景點，警方已為劉雲山清好道路。當劉的車隊駛近時突然看到有法輪功學員手舉橫幅在抗議，第一輛車急踩車調頭就跑，在頭車的帶領下，後面車也急速調頭緊跟其後駛離航海紀念碑景點，在場的人都聽到了刺耳的車聲。

現場葡萄牙警察大惑不解，問法輪功學員：「我們在這裡準備多時了，他怎麼沒參觀就跑了？」聽了法輪功學員說明原委後，警察笑著說：「繼續，繼續，我支持你們。」有的警察對學員豎起了大拇指，鼓勵法輪功學員加油。

18 日晚，劉一行人到預訂的 ALTIS 飯店吃晚飯。第一輛車看到門前有法輪功學員抗議，又是馬上急踩車調頭，領著後面的黑車隊快速開走了。

6 月 19 日劉雲山離開首都里斯本，去北部城市波爾圖訪問。上午 10 點半，在葡萄牙北部大城市波爾圖的 PALACIO De BOLSO 證卷交易所廣場，法輪功學員向來訪的劉雲山抗議，打出橫幅：「法輪大法好！」「法辦劉雲山，迫害法輪功天理不容！」

19 日中午，在劉雲山入住的希爾頓酒店，看到近距離的法輪功學員手持橫幅展牌，「歡迎」隊伍害怕地說：「哇！法輪功又來了！快、快擋住他們的橫幅！」只見他們手忙腳亂地找出幾面小旗了想遮擋法輪功學員的橫幅，還聽到他們竊竊私語說：「不行，太小了，遮不住又……」

19 日下午，劉雲山在葡萄牙的行程接近尾聲。在劉雲山要

離開文化活動中心時，必經的三個出口處都有「法辦劉雲山」的大通告。黑車隊從正門一輛輛駛出，而劉夾在一群人裡悄悄從後門步行去坐車。只見矮個子劉雲山被法輪功學員的「法辦劉雲山」呼聲，嚇得臉色慘白，站立不穩，旁邊高個子保鏢架著他慌忙離去。

劉雲山歐洲四國 10 天的訪問，一路走麥城，可謂「背」到家了。歐洲四國好山好水，但是劉雲山沒有一點好心情，他被「法辦劉雲山」的呼聲追著跑，被法輪功的抗議嚇壞了。

迄今，迫害法輪功的江澤民及其幫凶羅幹、周永康、劉京、薄熙來等 60 多名中共高官在美、澳、歐、非、亞五大洲 30 多個國家和地區被以「反人類罪」、「群體滅絕罪」或「酷刑罪」進行刑事控告或民事起訴。

政治局三常委面臨清洗

第四章

南周事件 劉挨習罵

2013 年新年前後，隨著江澤民屢次公開挑戰「習八條」，以及《南方周末》新年賀詞《中國夢 憲政夢》遭閹割事件，江、習鬥不斷升級。「南周事件」劉雲山公開與習近平唱反調，習近平喝叱不許劉雲山宣傳部門再添亂，背後牽扯的中南海高層博奕激烈。圖為民眾聲援《南周》。（AFP）

第一節

全球聲援《南周》記者
劉雲山失算

香港社民連及民主黨成員，聲援
《南方周末》，反對中共官員庹
震涉嫌竄改《南方周末》新年特
刊獻詞的停職。（大紀元）

劉雲山上台後，是如何一步步與習近平唱反調的呢？依據時間順序逐條回顧，首先是 2013 年的「南周事件」。

2013 年元旦，《南方周末》發表新年致辭，卻因為劉雲山安插在廣州宣傳部心腹庹震的干預，而引發了震驚全國的南周事件。《南方周末》工作人員聲稱自己迫於廣東省宣傳部新聞處的壓力，未經該刊正常出版流程，而對 2013 年新年特刊中的新年致辭及相關內容進行錯誤刪改，從而引發有關新聞審查制度方面的全民抗議。

《南周》事件大重播

　　《國際財經日報》引述一個自稱是「南方周末新聞職業倫理委員會」的新浪微博稱，2013 年 1 月 1 日凌晨三點，《南方周末》編輯部完成元旦特刊的全部編輯工作，此前特刊文章已經經過審查部門的幾次修改，連續加班了三個通宵的五名編輯回家休假，不過，總編輯黃燦和常務副總編輯伍小峰還是被廣東省委宣傳部約談，省委宣傳部副部長兼南方報業傳媒集團黨委書記和省委宣傳部新聞處處長在場。微博沒有提到庹震的名字，但從其用詞中可以看出，那兩位官員只是「在場」，還有誰在主持會談就不用點名了。

　　「1 月 2 日，黃燦和伍小峰在出版室臨時加班修改，共有六個版面未經過正常報紙出版流程改動。在報紙發售後，讀者發現其中出現了嚴重問題，諸如：錯別字，把「眾志成城」寫成「眾志成誠」；歷史常識錯誤，把 4000 年前的大禹治水寫成了「2000 年前的大禹治水」，還有文意不通的語句，如「歷經半個多世紀共產黨人建國的苦難輝煌」等。

　　不過這個微博沒有透露最關鍵的信息：庹震把習近平的「憲法夢」給刪了，這才是《南周》記者們最憤怒的地方，但由於在大陸那種高壓情況下，人們不願糾纏在這個政治敏感詞彙上，於是抓出庹震的行政違規來抗議。1 月 4 日早上，曾在《南方周末》工作的 50 多名編輯記者聯署發表公開信，指責庹震指示刪改獻詞是「越界之舉、擅權之舉、愚昧之舉、多此一舉」。他們要求庹震引咎辭職、並恢復抗議記者被封殺的微博帳號。

　　1 月 6 日晚上 21 點 18 分《南方周末》新聞部門負責人吳蔚

在新浪微博上發表聲明稱，由於密碼上交，「對此帳號即將發布的聲明以及今後所有內容，本人將不負任何責任。」沒多久聲明就被新浪微博後台刪除。

兩分鐘後，《南方周末》官方微博發表這樣一條「澄清」消息：「致讀者：本報 1 月 3 日新年特刊所刊發的新年獻詞，係本報編輯配合專題『追夢』撰寫，特刊封面導言係本報一負責人草擬，網上有關傳言不實。由於時間倉促，工作疏忽，文中存在差錯，我們就此向廣大讀者致歉。」

《環時》社評引發對抗

1 月 7 日，被江澤民派系人馬掌控的、被譽為「新時代文革兩報一刊」的《環球時報》發表社論《南方周末「致讀者」實在令人深思》，文章說：「這些人提出的要求很激烈，表面上是針對具體的人和事，實際上誰都看得出，他們的矛頭指向了與媒體有關的整個體制。」

不管這些人願不願意，有一個常識是：「在中國今天的社會政治現實下，不可能存在這些人心中嚮往的那種『自由媒體』。中國所有媒體的發展只能是同中國大現實相對應的，媒體改革必須是中國整體改革的一部分，媒體絕不會成為中國的『政治特區』。」

社論最後說：「希望所有喜歡《南方周末》的人配合風波的平息，別逼一份中國報紙扮演它無論如何也承擔不了的對抗角色。」

如果站在屈服於中共淫威的角度看，這的確是大實話，不過前提就是人們必須跪在言論管制面前不得有半點非分之想。然而，中宣部憑什麼剝奪人講真話的權利呢？中國為什麼就不能走

向民主法制呢？媒體為什麼不能成為改革的先鋒呢？獨裁僵化體制下的條條框框為什麼不能打破呢？於是，《環時》企圖高壓民意的言論，激起民眾更大的憤怒。

同一天，中宣部下達三點密令：黨管媒體是不可動搖的基本原則，《南方周末》此次出版事故與庹震無關；此事有境外敵對勢力介入。為了整肅大陸媒體業，劉雲山還下令讓全國媒體轉載《環時》的這篇社論，然而接下來的一幕幕卻讓人們大開眼界。

各地黨報抗命中宣部

湖南媒體人龔曉躍表示，同事們收集了能找到的所有報紙，看《環時》那篇繆種流傳的惡文的轉載量。「我看了一眼，發現中國的有良報紙與無良報紙、有底線報紙與無底線報紙、大報與小報，在今天早上劃出了明確的界線。比如在湖南，前兩名的晨報（《瀟湘晨報》）與晚報未轉載；在廣州，《廣州日報》未轉載；而在上海，幾乎無人轉載。天冷，但南方不孤單。」

人們還發現，《北京日報》、《京華時報》、《新京報》、《東方早報》、《重慶晚報》、《鄭州日報》、《新疆都市》、《消費晨報》、《烏魯木齊晚報》等，都沒有轉載。很多人怒斥《環時》「可恥」，是「匆忙為事件定調，誣衊《南周》是造反，給執政者埋雷。」還有的稱《環時》是江派的特殊「打手」，在「茉莉花事件」、「陳光誠事件」上，充當打人的「大棒」，毫無道義可言。

獨立作家金滿樓說：「中 X 部（中宣部）令全國各大媒體一律轉載《環球時報》之爛文，這不是強姦，也不是嫖宿，而是搞

千人斬，聚眾媒體於一堂，供中Ｘ部一人淫樂，肆意玩弄。這是國恥！是媒體人和民眾的奇恥大辱，是要上史書的！誰給了你們權力，誰又需要你們管理——拿開你們的髒手！」

知名律師滕彪說：「任何極權體制都是二桿子政權：槍桿子和筆桿子。但是，當筆桿子開始變成鍵盤的時候，當他們不得不用槍桿子來搶筆桿子的時候，事情正在起變化。」

「今天我在現場」

與此同時，數百民眾聚集在廣州《南方周末》集團大樓外，打標語、喊口號和演講等活動，爭取新聞自由。民眾的聲援持續了好幾天，大量警察出現在現場，但沒有干涉人們的抗議活動。後來，一些毛左也聚集在大樓外，雙方發生一些爭論，出現一些小的衝撞。

1月8日，香港各界也紛紛聲援《南方周末》，多個政黨遊行到中聯辦，抗議中共打壓媒體、控制輿論，民主黨促中共就事件展開調查；社民連強調，整個事件最關鍵的是人民的反抗，呼籲各界聲援，也有團體發起一人一相活動，號召支持《南周》。

全球關注大陸新聞自由

國際媒體也大量報導此事。1月9日《紐約時報》稱，「《南周》反審查抗議周二演變為意識形態的對抗，言論自由抗議者跟舉著紅旗和毛澤東頭像的共產黨支持者短兵相接。」《南周》編輯透露說，報紙編委正在跟報社最高管理層和省宣傳官員進行談

判，要求廢除出版前審查程序。

美聯社報導說，中美發言人就《南周》事件隔空交火。美國國務院 1 月 7 日說，媒體審查不符合中國建立一個現代化基於信息的經濟和社會的抱負。而中國外交部發言人則稱，北京反對任何國家或個人干預中國內政。

彭博社表示，媒體是反腐敗的關鍵盟友。《南方周末》以曝光腐敗官員而著名。在奧巴馬 2009 年訪問中國的時候，該報紙被白宮選中採訪奧巴馬。

英國《金融時報》指出，民眾呼喚更深層的政治改革。「超過 3000 萬中國人周一被中國最有人氣的微博嚇了一跳，著名演員姚晨在微博上引述了一句索爾仁尼琴的語錄『一句真話勝過整個世界』，並附上《南方周末》的標誌。

幾個記者的挫折迅速滾雪球一樣聚集成公眾對整體缺乏言論自由的強烈抗議。這不是偶然。在過去一年，共產黨內外要求政治改革的壓力在積聚。在微博上一張照片顯示，十幾個男女戴著面罩，舉著標語說，『四菜一湯不是真正的改革。只有新聞自由才是真正的改革。』」

《新京報》社長提出辭職內幕

隨著《南周》事件大火的不斷蔓延，後來燒到了北京的《新京報》，並引領該報人前所未有的抱頭痛哭。

內部人士透露，這次並非所有報紙都被點名要求轉發，《北京晨報》、《東早》等報紙就沒有被要求。但在被要求的媒體中，8 日唯有《新京報》、《瀟湘晨報》未轉。北京市宣傳部本來默許，

北京市宣高層曾在公開場合提到，曾給「那一廙（庹震）打過電話」，說連「屎都成了關鍵詞，還要怎麼樣？」對其頗不以為然。

但由於劉雲山下令，《新京報》必須發，於是 8 日晚上八點半，北京宣傳部副部長嚴力強親自上門督導，與《新京報》高層會談，給出兩條路：要麼轉載、要麼解散報社。該報社內部連夜舉行民主投票，拒絕轉載被全票通過。

據說《新京報》社長戴自更同奉命前來壓陣印刷廠的副部長當場翻臉，撂話說：「我現在口頭跟你提出辭職。」而且總編王躍春也表示，如果《新京報》刊登該篇社評，他也會辭職，當時《新京報》全體成員的微博已經「集體就義陣亡」。

消息傳出，很多同行、社會各界人士都對戴自更豎起大拇指，並表示大力支持。人們在他元旦發的一條微博上留言：「加油」、「英雄不問出處」、「歷史會記住」、「致敬」、「好人好報」。

戴自更元旦微博這樣寫道：「舊年永逝。在光明與黑暗之間，我們以各自方式，見證了 2012 年的日日夜夜，更一起活過『世界末日』。生活無需太多離奇，只要活著，總能輕而易舉拆穿任何一個花枝招展的騙局。做一個幸福的人，敬畏理想，相信未來——請關注《新京報》2013 元旦社論。」

著名時事評論員「五嶽散人」表示，自己這輩子最自豪的事情，就是曾經在中國幾乎所有最好的、最有骨氣的報紙上開過時政評論的專欄。北京的調查記者李大超公開表示，「從今天開始，我一個公民身分，抵制《環球時報》，所有他的讀者，我都遠之；所有關於他的新聞，我都不評論，不轉載；所有他的訂戶，我都會以我自己的行動去抗議。」

沒有誰能讓我們真的跪下

　　然而在第二天出街的《新京報》上，人們在 A20 還是看到了那篇轉載的環球社評。《新京報》一記者在日誌上這樣寫道：「做了那麼多調查報導，一直對國家的未來滿懷期待。如今，頭一回，對這個國家產生一種憎恨。幾乎所有同事的微博都被禁言了。

　　三個小時過去了。凌晨三點，大家仍沒有去意，本應空曠的編輯部裡，站滿了同一種表情的人們。有人搬來兩箱酒，拆開，每人分走一瓶，拉開就喝，就像在與一段時光告別，又像是在醉意中釋放心中的壓抑。

　　這坨屎終於還是砸到了我們頭上。重重的。我們不願意跪下。但膝蓋被砸碎，我們咬牙切齒，下跪一次。……只要報社還存在，就不會是窮途末路。沒有誰能讓我們真的跪下。」也有博文稱，「《新京報》所有女員工都哭成了一片。」

　　9 日《瀟湘晨報》也被迫轉載了《環時》社評。在第三版上有四個評論，除《環時》那篇外，還有《今天我們如何彌合信任撥正情緒》，《要跟得上時代的節拍》。在四篇評論的旁邊，是一副巨大的廣告：「撥打 96360，訂購除蟲滅害服務『殺光』為止。」人們評論說，《瀟湘晨報》的黑色幽默，諷刺之意溢於版面，但中宣部奈何不得。

　　據《明報》報導，《環球時報》網在發表那篇引發軒然大波的社論之後，主管互聯網的中共國務院新聞辦公室（國新辦）曾經令《環球時報》社將該文刪除，國新辦副主任錢小芊還曾親自前往交涉。但中宣部的態度卻剛好與國新辦相反，經過「溝通」，國新辦承認「搞錯」；而中宣部又強令全國各主流新聞網站及各

地有影響力的都市報轉載該社評。

據 1 月 10 日德國之聲報導，引發眾怒的《環時》總編胡錫進 1 月 9 日晚在新浪微博上發出信息，慨嘆中國複雜，《環時》文章被人修改了，並含混表示將刪除微博。大陸歷史學者章立凡分析，雖不清楚到底發生何事，但是透過毛左他們在微博的動態，以及胡錫進不似以往公共事件發言後的志得意滿而是表現失落，可以看出官方「滅火」出現了狀況。他認為，這次官方與《環球時報》由彼此同聲同氣變成互相「幫倒忙」：「把這個事情弄成眾矢之的，使憲政問題變成家喻戶曉的事情，現在連賣報的大爺都在說憲政了，這是以前沒有的事情。」

人們也注意到，在全國各地超過一周的言論自由公開抗爭中，中南海罕見集體沉默，沒有一名高官就此公開表態，這可能跟 3 月才召開兩會有關，但官媒卻明顯出現兩個調子，中南海高層的權鬥十分激烈，不過程中，民間力量卻越來越強大，這也是《環時》社論企圖用高壓來嚇唬民眾所沒想到的。

習將劉雲山明升暗降處境大公開

2013 年 1 月 15 日，中共 18 大常委劉雲山按既定安排，正式接替曾慶紅、習近平相繼出任的位置——中央黨校校長。過往中共政治局常委曾慶紅、習近平任中央黨校校長時都兼任負責港澳事務的重要職位，而劉雲山這次未獲掌握港澳事務的實權，黨校校長成了個虛職。

在公布劉雲山中央黨校校長職位前，習近平已經將港澳事務實權公布給別人了。2012 年 12 月底，習近平藉會晤香港特首梁

振英的公開場合，將梁振英未來的老闆張德江、李源潮推薦出來，習在當時的場合下告訴梁振英多聽張德江的意見，李源潮當時陪習會晤梁振英。

港澳一直扮演著通往大陸內地門戶的重要角色，因此，負責港澳事務的通常都握有實權。原港澳事務的實權一直被江派勢力所控制。18大習近平快速就位後，港澳系統立即大洗牌，清洗原江派人馬。

薄熙來倒台後，江派極力扶持劉雲山，望其利用政治局常委的權力，繼續控制中宣部，免於被立即清算的危機。因此，江派利用「南周事件」，讓劉雲山與習近平唱反調，從而攪局習提出的江系最怕的「憲政夢」。

但在1月9日的中南海會議上，習近平痛批劉雲山在「增加混亂」，並下令劉雲山不要報復懲罰那些違反宣傳部命令的記者。中南海這個祕密會議，被有人故意釋放給了日本媒體，結果消息傳遍全球，隨即，劉雲山被「明升暗降」的處境也準確無誤地被高調公開。

這次中共黨媒在高調強調劉雲山參加黨校畢業典禮是「首次以中央黨校校長的身分在媒體報導中亮相」的同時，也安排將和張德江一起負責港澳事務的政治局委員李源潮高調露面，意味深長。

第二節

劉雲山「左膀」
衣俊卿因豔遇被解職

　　2013 年初，就在民間舉報導致 20 多名中共官員落馬之際，中共中央編譯局女博士實名舉報上司衣俊卿淫亂。衣俊卿是江派筆桿子劉雲山的左膀。18 大後習近平力圖將筆桿子和槍桿子握在自己手中，衣俊卿被解職，可謂習針對江系筆桿子所釋放的明確信號。

　　2013 年 1 月 17 日中共官方報導說，據有關部門證實，中央編譯局局長衣俊卿因生活作風問題，不適合繼續在現崗位工作，已被免職，賈高建將擔任中央編譯局局長。

　　2012 年 1 月中旬，就在習近平王岐山利用民間舉報，處置 20 名多官員時，中共中央編譯局女博士後常豔實名舉報上司衣俊卿，這篇以《一朝忽覺京夢醒，半世浮沉雨打萍——衣俊卿小 n 實錄》為題的文章長達 12 萬字，自曝其與衣有婚外情，並多次發生性關係，還在酒店開房 17 次。

54 歲的衣俊卿曾任黑龍江大學校長、黑龍江省委宣傳部長，2010 年 2 月起擔任中央編譯局局長。他同時是中國現代外國哲學學會副會長、中國俄羅斯東歐中亞學會副會長、中國辯證唯物主義研究會常務理事。

用大陸媒體評論的話說，一個長期從事馬克思主義文化哲學研究的副部級高官，用他滿腹的男盜女娼，將他掛在嘴上的節操，「毀損得滿地亂滾」。

情婦透露衣俊卿和劉雲山、李長春關係密切

據悉，常豔在中央編譯局進行博士後研究，專攻恩格斯學說，曾任山西師範大學政法學院副教授。常豔用日記體的方式，事無鉅細地描述了與衣俊卿的情史，還在日記裡透露了一些政治官場信息。

文章更舉證詳細敘述兩人情史，包括已婚的常豔為進入編譯局工作拿到北京戶口，曾多次向衣行賄數萬元，甚至以身相許，兩人先後在多間酒店開房 17 次，以及獲 100 萬元人民幣掩口費等。

2012 年 2 月 11 日，常豔記錄說：「衣老師給我講，原來是打算讓他到中宣部任副部長，但突出不出來，所以來編譯局。雖說是個副部級單位，但是一把手。」

衣還說：「差常委裡有一個給自己說話的唄！那誰誰（我不太知道那人，所以沒記住）不就是有個人說話，就起來了嘛！下一步，就看雲山進常委的話，就好辦些。他比較了解我。」

衣俊卿還說，他給《光明日報》寫的《在中華民族偉大復興中增強理論自覺、理論自信》文章，他說：「這篇文章寫絕了，

只寫了七、八個小時。李 XX 講完話後，有好幾個人想寫，但後來《光明日報》特約他寫的。說發表後，首都師範大學等學校有人給他寫信；還說李 XX、劉 yunshan 等人看見了也高興，這是給他們的觀點做論證啊。」

這裡指的是宣傳主管李長春和劉雲山，兩人幾乎每月都要光顧中央編譯局，名義上是到這裡促進馬克思主義理論研究和建設，但實際上是光顧編譯局招募御用文人。

習近平想奪回「筆桿子」

衣俊卿是繼四川省委副書記李春城、湖北省人大副主任吳永文被雙規後，又一副部級高官落馬。

衣俊卿還有一個鮮為人知的背景，就是在中央編譯局充當江派的筆桿子。消息稱，李長春掌控宣傳口期間，衣俊卿是李長春的右臂，劉雲山是李長春的左膀；而在劉雲山掌控宣傳口後，衣俊卿成為劉雲山的左膀。

中共 18 大後，李長春面臨下台，「筆桿子」成為中共各派的必爭之地。一方面，江派和李長春都試圖將權力交給自己的心腹。另一方面，習近平也力圖將宣傳系統和軍權握在自己手中。而習將江派筆桿子衣俊卿解職，針對江系筆桿子李長春和劉雲山，釋放針對中宣部的信號。

第三節

習罵劉雲山
溫家寶直斥中宣部

　　儘管《南方周末》因新年致辭被中宣部指派的官員修改而出現錯誤，從而引發《南周》編輯記者罷工多日後，在胡春華出面下得以平息，但其背後牽扯的中南海高層博奕卻不斷被披露出來。其中看不見的硝煙令人感到十分火辣。

　　《華爾街日報》2013 年 1 月中旬刊出評論說，中國最近針對「中國夢」有各種說法，若要解「夢」，就連精神分析大師弗洛伊德也會絕望：中共高層的「中國夢」實際上是「同床異夢」。

江習鬥刀光劍影 中共高層同床異夢

　　《華爾街日報》文章稱，2012 年 11 月 18 大之前，這個夢想就開始出現了，中共官媒用「中國夢」來抗衡那個早被中共粗糙物化的「美國夢」，但直到 11 月底，中共新任黨魁習近平在國

家博物館參觀大型展覽「復興之路」重提它時,「中國夢」的概念才被瘋傳。習對「中國夢」的定義是「中華民族的偉大復興」。

習暗指鴉片戰爭是中國過去積弱不振的原因,他提出中國未來需要富強,他希望在 2021 年達成一個中度繁榮的目標。

不久之後,主管中共宣傳的政治局常委劉雲山以他自己的夢想分析說,如果這個夢想要實現,就必須聚焦中國特色的社會主義。自此之後,官方的媒體開始不眠不休地宣傳這個夢想。

中共喉舌《人民日報》用許多評論篇幅來回應,其中一篇題為《人民和他們的聲音》,成都的宣傳部黨官稱,黨的幹部深入基層和勤奮工作是實現該夢想的祕密,而另一篇《人民的聲音》中描述這項任務為「替人民著想,獲取他們的支持。」不過《環球時報》在其評論文中呈現另類的「中國夢」,其夢想是希望中國成為一個擁有南海海軍的海上強權。

《華爾街日報》評論說,以上總總顯示,中共高層的「中國夢」實際上是「同床異夢」。

文章還表示,《南方周末》的「中國夢」更成為中共宣傳部和主張言論自由的記者之間矛盾的引爆點,《南周》在題為《中國夢,憲政夢》的新年獻詞在出刊的最後一分鐘被中共的審查者刪除,取而代之的是對中國共產黨歌功的文章。

被刪的原版如此寫著:「兌現憲政,限權分權,公民們才能大聲說出對公權力的批評;每個人才能依內心信仰自由生活;我們才能建成一個自由的強大國家。」

被修改的版本目前仍被刊登在線上不顯眼的地方,還好一位「沉默中國」的網友貼上了被刪之前的原版全文。最後這些沒被批准的「中國夢」都被新浪微博的搜尋服務所阻擋。對一些中國

人來說，或許他們的未來是一個「不可能的夢想」。

江派最怕的「廢除勞教制度」被刪

2013 年 1 月 14 日，日媒稱獲得「南周事件」內部報告，報導披露，廣東省宣傳部長庹震親自刪除新年特刊稿件中的「官員財產公開」、「廢除勞教制度」等內容，因在網上批評中共當局而被勞教者的報導也被禁止刊登。再次證實此次事件涉及中共兩派之爭，而江派最怕的就是「勞教制度」和「官員財產」公開。

《朝日新聞》報導指，廣東省委宣傳部部長庹震原為新華社副社長，自 2013 年 5 月調來廣東後就開始對持改革論調的《南方周末》進行事前審查。對於新年特刊他也要求事先看一下稿件。在內容為「2013 開年 10 大猜想」的部分中，「獨生子女政策」、「官員財產公開」、「廢除勞教制度」、「增加免簽國家數量」等內容被刪除了。而在「追夢人物」這一欄裡，因在網上批評政府而被勞教者的報導也被禁止刊登。

禍起政治局常委權力分割

曾在習仲勛手下做過事的前國家新聞出版署署長、90 多歲的杜導正老先生對《人紀元》表示，新年一系列事件都是「劉雲山公開與習唱反調」引起的，這是毛左勢力與江系聯手對習李新政的攪局，尤其是江系的前意識形態主管李長春在幕後操縱，現任常委劉雲山聽命於李長春，才掀起了如此巨大的政壇風波。

美國對「南周獻詞事件」的關注態度，使事件已經摻進國際

因素，這是習近平不願看到的。不惟如此，事件也影響到了兩岸關係，台灣中華民國政府的陸委會已經發表文告，表態支持「南周獻詞事件」中受打壓的記者，並依此敦促大陸當局開放言論、放棄新聞審查。

據《動向》雜誌披露，劉雲山之所以要與習近平「過不去」，是因為劉雲山不滿習近平分割他的權力。劉雲山雖然擔任了中央黨校校長、中央書記處常務書記，但他喪失了原本應有的管理港澳事務的實權。

習近平怒稱：不許劉雲山再添亂

1月14日日本《朝日新聞》引述消息來源說，在1月9日的中南海會議上，中共領導人習近平在政治局常委劉雲山彙報南周審查風波時，表達出對媒體控制系統的不滿，並要求媒體宣傳部門不要增加混亂，並下令不要懲罰那些違反宣傳部命令的記者。

習近平也決定除去廣東宣傳部長庹震的職務。習近平似乎把防止《南周》紛爭進一步擴大並威脅到他的新領導層作為首要任務。

《朝日新聞》報導說，具有改革傾向的《南方周末》在1月3日被迫重寫新年獻詞之後，有關媒體自由的爭論爆發。中宣部於是下令所有主要媒體在《南周》審查風波上嚴守「黨」的路線。

《朝日新聞》報導說，根據一名過去參與媒體控制的黨內消息來源說，劉雲山原本決定對不遵守命令的編輯和記者進行包括撤職的懲罰，但是習近平下令，不要懲罰抗議宣傳部的記者。外界評論說，習顯然試圖通過接受記者的要求來遏制事件的影響。

報導還說，預計庹震在3月份中共人大召開之前不會離開這

個職位，因為立刻除去他的職務將透露出黨內的混亂。根據《南周》的記者和前高級編輯的說法，許多《南方周末》員工感到不滿，因為迄今還沒有報紙管理層或共產黨官員下台。

溫家寶語出驚人 稱劉雲山搞法西斯

《南方周末》元旦獻詞《中國夢 憲政夢》被廣東宣傳部長庹震大幅刪改後，劉雲山下達了中宣部的三條密令，其中之一就是「黨就是要管媒體」、「黨管媒體是鐵打的原則」。不過有消息稱，即將離任的總理溫家寶針對劉雲山的話回擊說，「不能用法西斯的方式來管媒體」。

消息稱，溫家寶對劉雲山的說法不以為然，他說，不能以法西斯的方式來管媒體，否則我們跟法西斯還有什麼區別？

溫家寶說，不可以將媒體做為自己的工具，更不是不讓媒體說實話，更不是剝奪憲法賦予人民群眾的言論自由權利。而且，不是像法西斯那樣，逼著媒體造謠生事、說假話、騙人，逼著媒體做人民群眾的對立面。

據悉，溫家寶針對中共宣傳部還發表了一些看法，溫家寶說：「他們根本不顧國家的憲法對於民主、言論自由的明確規定，這是非常錯誤的。」

戴自更抗命中宣部 反獲中國年度傳媒大獎

在這次「南周事件」中，劉雲山不但錯誤估計了形勢，錯誤判斷了習近平的態度，錯誤忽視了《南周》編輯記者的反抗，而

且劉雲山還錯誤估計了整個社會的反響和態度。劉雲山沒想到的是，「南周事件」後，《新京報》社長戴自更敢於向中共中宣部的強令說「不」，帶領員工抵制轉發詆毀「南周事件」的《環時》社評，不但在大陸民間深受好評，還因此榮獲金長城傳媒獎 2012 中國傳媒年度影響力人物。

據大陸媒體報導：中國傳媒大會 2012 年會在海南三亞舉行頒獎盛典，《新京報》社社長、總編輯戴自更榮獲金長城傳媒獎 2012 中國傳媒年度影響力人物。該獎由中國人民大學新聞學院、復旦大學新聞學院、北京大學新聞與傳播學院、清華大學新聞與傳播學院等評出。

對於戴自更的獲獎，新浪網的報導稱之為「有風骨者才會真正有影響力！」被網民調侃大陸要「逆天」了。資深媒體人，五洲傳播中心五洲暢想國際傳媒總製片人王昭翬說：「社長的風骨代表著報社的風骨。祝賀！」大陸著名學者吳稼祥：「人生漫長，關鍵幾步。」《深圳特區報》理論周刊主編周國和對這句話有共鳴，也幫著轉發。知名詩人、學者葉匡政：「祝賀！」中國殘聯理事，前《華夏時報》社長張寶林：「說明堅持就是勝利。」

《新京報》明示與《南周》同進退

1 月 7 日，劉雲山下令大陸報紙轉載《環球時報》的社論，1 月 8 日，多個省市的都市報失守被迫轉載此文，但亦有多家媒體「抗旨」未發，其中《南方都市報》、《新京報》、《東方早報》、《重慶晚報》、《瀟湘晨報》等在 8 日抗命未刊登。8 日晚，

北京市委宣傳部冷副部長親自上門督導，告訴他們，要麼轉載，要麼解散報社。隨後，《新京報》社內部進行了民主投票，遵照憲法第 35 條「中華人民共和國公民有言論、出版、集會、結社、遊行、示威的自由」，結果，「拒絕轉載」的這個選項被全票通過。據《明報》報導稱，未轉載社論的情況報送至中宣部使局面升級，中宣部長劉奇葆強令「必須發」，中共政治局常委劉雲山也批示「必須發」。

1 月 9 日，《新京報》「抗旨」未遂，但僅在《新京報》第 20 版不顯眼角落擇取《環球時報》社評刊登。與此同時，新京報網站主頁第二條刊出《南方的粥》，「一碗熱滾滾的砂鍋粥，來自南方大地，它似乎也有一顆勇敢的心，在寒冷的夜裡，惟有溫暖與這碗粥不可辜負。在這個近幾十年最冷的冬天，環球同此涼熱，從南到北，如同一個人，從頭頂冷到腳心……」擺明與《南周》同進退姿態。

中國資深媒體人、《冰點周刊》前主編李大同對戴自更直面宣傳部門的表態表示讚許，李大同認為儘管《新京報》違心刊登了《環球時報》社評，但整個過程及戴自更作為社長的「衝冠一怒」，將使中宣部門在伸出長手管制媒體時有所忌憚：「上頭會知道，以後再要這麼做就有問題了，會引起進一步的反抗。讓當局明白新聞從業者、包括公眾對宣傳部戈培爾式的控制方式到了忍無可忍的地步。」

他也認為整個「南周事件」將使中共高層把「如何管理媒體」這個議題提前：「劉雲山作了一輩子的新聞殺手，現在又是常委，如果要說新政，得看習近平有怎樣的媒體政策。」

戰火延燒 《南都報》公開諷刺「中國模式」

1 月 10 日，儘管《南方周末》恢復出刊，但事件的後續效應還在持續發酵延燒。繼一些大陸媒體用各種形式力挺《南方周末》後，1 月 13 日《南方都市報》也藉一書評，公開諷刺官方的「中國模式」。

《南方都市報》13 日在發表香港作家梁文道的評論文章說，2012 年讀到的一本壞書是張維為的《中國震撼一個文明型國家的崛起》，這本書是宣傳官方自詡的「中國模式」，「但是我覺得最大的問題就在於整本書都在談『中國模式』，卻沒有對所謂的『中國模式』給出一個明確、合理的定義，只能列出一些拼湊的特點，但每一個在我看來都站不住腳。」

所謂的「中國模式」即指，依賴外資與出口、並壟斷在政治獨裁下的所謂「中國特色」的「中國經濟發展模式」。

《外交政策》2012 年 11 月 19 日發表麻省理工學院斯隆商學院教授黃亞生的評論說，有必要打破流傳甚廣的「中國模式」的神話：即中國目前的政治和經濟制度是中國經濟增長的唯一原因。在深入透視可以發現，毛澤東先讓這麼多中國人一貧如洗，導致後毛澤東時代的中共領導層能讓這麼多人脫離貧困。他語出驚人的提出：「恰當的問題不是為什麼中國在過去 30 年發展如此迅速，而是為什麼跟亞洲其他國家相比它仍然如此貧窮？」

梁文道在文章中舉例說，比如民生偉大、保持穩定、順序正確、對外開放，這些是世界各國共有的。作者還用了「非常糟糕」來形容這本書：整本書非常不嚴謹，大量引用了一些媒體的輿論文章，都是非常灌水，缺乏很多第一手的材料和數據來支持它，

建立在這些上面的推論像建立在流沙一樣。

　　作者認為最糟的是，這本書的影響還很大，不少學者、作家、媒體人、某些政府人員都很欣賞這本書，這讓他格外擔心。

　　有評論表示，該文表面上是在批一本宣傳「中國模式」書，實質上是在嘲諷「中國模式」無稽之談、直言諷刺「中國模式」本身的荒謬。

政治局三常委面臨清洗

第五章

插手勞教
設局「習打的」

「習近平打的」事件是劉雲山刻意設下的一個局。此前,《走出「馬三家」》一文所披露的勞教所酷刑怵目驚心,引起轟動。劉雲山操控的中宣部利用「大公網」做托,殺雞儆猴,警告大陸媒體不得擅自使用境外媒體的新聞信息,以繼續掩蓋中國勞教所內的迫害黑幕。(AFP)

第一節

中南海在馬三家公開分裂

2013 年 4 月 7 日，大陸知名雜誌發表長達兩萬字《走出「馬三家」》的報導，通過大量的人證、物證深度報導了「馬三家」勞教所的驚魂酷刑，包括：奴役、關「小號」、包夾、電擊、卡齊、上大掛、坐「老虎凳」、綁「死人床」等等。

就在全中國、全世界都被馬三家勞教所的黑幕所震驚與觸動之時，大陸網站開始了悄然刪除這篇報導的行動。從諸多事件的跡象顯示，習近平雖然意圖有所改革，但來自江澤民派系的反對力量拚命扯後腿拆台，中南海的分裂情勢已越來越緊繃。

2013 年 4 月 7 日，大陸《Lens》雜誌發表《走出「馬三家」》一文，披露遼寧馬三家女子勞教所令人怵目驚心的酷刑，在中國引起轟動。但是第二天大陸各大網站轉載該文都被刪除，微博也開始刪帖。不過，有些大陸網站依然堅持傳播真相。

4 月 11 日人們發現，刪除這篇報導的有：《Lens》雜誌網、

雅虎、網易、騰訊、中華網、鳳凰網、青島新聞網等；沒有刪除的有新浪網、北方傳媒網、環球財經網、好男人網、法治天下網、天和財富網、溫商網、中國市場調研在線、青島網路電視台、中國西部開發網，人民網用遼寧省官方開始調查的報導替代了原來那篇揭黑報導。

了解中共官場運作的人都知道，這一發一刪的背後都是有原因的，絕非偶然，裡面直接牽扯到中共高層兩派之間的較勁與搏擊。中共內部的矛盾鬥爭一直在暗地裡進行，但從來沒有像現在這樣公開展現在百姓面前，裸露在全世界人面前。

一位北京知情人士向《新紀元》透露，習近平這邊想依法治國，想廢除勞教，但以劉雲山為代表的江澤民派系怕清算，竭力阻撓。

「1 月初，習叫孟建柱宣布要在 2013 年廢除勞教，兩會時，張德江拖著不辦，張管人大嘛，結果人大沒提勞教案。劉雲山更是把持宣傳口，前不久習出訪時，劉就開會定調媒體大方向，簡直是對著幹。現在高層爭得很厲害，兩邊都不讓，互相拉鋸，搞得很分裂。」

南周事件 習陣營提廢除勞教

中共 18 大之後，「江胡鬥」迅速地轉變成了「江習鬥」。胡錦濤以 18 大「全退」，換取與習近平政治上的緊密聯盟，而且在中共黨內高層達成默契，結束老人干政，「讓江澤民徹底退出政壇」。然而江澤民不甘心失去權力後的坐以待斃，頻頻題詞露相，挑釁「習八條」，同時，江派政治局常委劉雲山密

令廣東省委宣傳部副部長庹震，藉《南方周末》的新年題詞扼殺習近平的「憲法夢」，引發「南方周末事件」。

習近平因此震怒。1月7日中共政法委書記孟建柱在中共政法會議上宣布，2013年底內停止使用勞教制度。消息剛一發出，就被新華網、中央電視台、《人民日報》等轉載，但數小時後，這三家官媒都刪除了這條消息。

當時《新紀元》就評論說，這一登一刪，反映出江習鬥的激烈。回顧中共黨魁執政的特色，現在的中南海，江澤民時代靠的是腐敗特權來籠絡人心，胡錦濤時代就是諸侯割據的各自為王，表面上叫「集體領導」，但九個常委各管一攤，胡錦濤名義上有統轄權，但實際沒有實權。

同樣的局面出現在習近平時代。比如張德江要壓著不提出廢除勞教的提案，習近平乾著急也沒用，再比如劉雲山掌控的媒體宣傳，他要不刊登習的憲法夢，習就最多只能自己在家作夢，而無法把夢想實現，除非習拉下臉，非常嚴肅非常強烈地要求劉雲山。據說，南周事件後，習在中南海會上批劉雲山「添亂」。

張德江阻止勞教提案 被曝光醜聞

2013年3月中共兩會上，雖然張德江作為人大委員長，扣住了有關廢除勞教制的提案上交中共人大討論，但在3月9日的記者招待會上，人大法工委副主任郎勝公開表示：勞教制度改革不久將有成果。

郎勝稱廢除勞教制需要時間：「這樣一個執行了幾十年的制度，要進行改革也還有一些工作要做。……我想用不了太長的時

間，這項工作一定會有成效展示給大家。」

在此之前，2 月 5 日雲南省宣布，「即日起，包括涉嫌國家安全、反覆上訪、醜化領導人形象等在內的勞教審批全部暫停」，2 月 25 日，廣東省也宣布停止審批新的勞教。

人們從《走出「馬三家」》得知，一個小小的馬三家勞教所一年收入就上億，全國有 350 多家勞教所，十多年下來，黑錢有多少呢？廢除勞教所遭遇的阻力之大，也告訴人們黑幕有多深。最關鍵的一點是，大陸勞教所是器官移植醫院的器官庫，很多勞教人員、特別是每個法輪功學員一進入勞教所，就被抽血化驗，一旦有人出錢需要某種特定器官，勞教所就可能有人會突然「病死」或所謂「回家」了，其實是被害死了。

據知情人士透露，前中共人大委員長吳邦國在兩會前確定：有中共黨員身分的全國政協委員與人大代表，在兩會上對勞教制度「可以討論，不允許提案」。所謂的民主黨派也依樣畫瓢，不做該方面的提案。張德江在人大內務司法會議上公開指責列席會議的孟建柱：「在勞教制度存廢重大是非方面立場出現偏差，陷入『激進改革』的敵對勢力圈套。」

不過，李克強在兩會最後的記者會上主動提到勞教制度，稱勞教制度改革方案將在年內出台。兩會結束後不久，人們就在海內外網站上看到很多張德江的貪腐醜聞。

誰在拆習近平的台？

就在 4 月 7 日這一天，習近平在海南召開的博鰲論壇上談到，「不能這邊搭台、那邊拆台，而應該相互補台、好戲連台」，人

們一般將此話解讀為針對國際形勢而言，不過，這也是習近平在國內處境的真實寫照。

比如習近平這邊想依法治國，那邊就有張德江、劉雲山等人拆台；習近平想有個和平發展的環境，江派徐才厚、王軍等人，就背地裡操控北韓叫囂戰爭；習近平想處理好釣魚島爭端，梁光烈、周永康等人就煽風點火，激化矛盾，鼓動人們上街遊行；習近平想公布官員財產，曾慶紅就說以會引發「社會上大混亂」為藉口加以威脅，曾慶紅還公開講，馬列主義、憲法從來沒說不許官員家屬經商，周永康也利用手中控制的特務機關威脅說，如果七常委公布財產，就讓他們難堪，最終讓他們下台；習近平想懲治薄熙來，就有周永康、王軍、烏有之鄉的人跳出來保薄……

概括來說，中南海已出現高度分裂狀態，這種分裂的態勢比歷史上任何時候都更明顯更強烈，雙方激烈對抗，公開挑釁，但核心問題就是道德良知的選擇。誰站在良知道義這一邊，誰就能得道多助。

江澤民從破壞信仰入手，踐踏法律、侵害人權，一旦法律這個神器從政法委這個口開始洩漏，整個社會也就坍塌了。強權對一個人的不公，就是對全人類的不公，惡性腫瘤會蔓延侵蝕整個肌體。

這次王岐山布署的馬三家事件，可以說是高層對此問題的「壓力測試」。就像結束文革時那樣，先是推出張志新、林昭等人慘遭酷刑迫害的故事，激起民眾對惡行的憤慨，然後順理成章地廢除以前的惡政，為後面的平反開路。此前，官方不是宣判了一起因抓捕訪民、開設黑監獄而被判刑的政法委雇傭人員嗎？不過，如何真正廢除勞教、消除酷刑、懲罰惡人，是擺在北京當局

面前必須回答的一份考卷。

劉下「三不」密令 定五點宣傳基調

2013 年 4 月 10 日，曝光馬三家女子勞教所殘忍酷刑罪惡的文章在中國大陸網路和社會廣傳；同時，江澤民心腹鐵桿——原鐵道部部長劉志軍被提出公訴；而前一汽集團總經理竺廷風被調查——江澤民老根據地出大震盪；與此同時，大陸的禽流感疫情正日趨擴散。值此之際，中共負責宣傳的常委劉雲山讓中宣部下達的「三不」密令曝光。

據知情人透露，這三大最新敏感大案都指向中共前總書記江澤民，案件的背後推手是中共政治局常委、中紀委書記王歧山。4 月 10 日，針對三大案，中宣部下達「三不」密令：

1. 對前鐵道部部長劉志軍案有關問題（包括提起公訴、開庭審理、宣判等）的報導嚴格按新華社通稿刊播，各媒體及網站不自行做其他報導和評論。

2. 對馬三家女子勞教所的報導及相關內容，一律不轉、不報、不評。

3. 中紀委對吉林省原常務副省長竺廷風的處理，媒體不報導、不評論。

劉雲山封殺馬三家和《姜戈》

作為前中宣部長的江澤民鐵桿劉雲山，一直壓制網路自由、言論自由，被稱之為「納粹宣傳部長」。從 2013 年年初的壓制「南

周事件」到封殺「馬三家暴行」報導的背後都有劉雲山的鬼影，中共媒體界消息稱，這個中宣部密令背後就是劉雲山。

2013 年 4 月 11 日在大陸新浪微博檢索「馬三家勞教所」，得到的顯示是：根據相關法律法規和政策，「馬三家勞教所」搜索結果未予顯示。

一位大陸民眾表示：1997 年夏天，10 歲的我在家看了 Alan Parker 的電影《午夜快車》，電影裡那座恐怖的土耳其監獄成為我童年的夢魇，也許除了地獄，沒有比那更可怕的地方。近日看了馬三家女子勞教所的報導，我被那些文字驚出了一身冷汗，原來那座土耳其監獄就在我們的身邊。

就在同一天，獲 13 項奧斯卡提名，由昆汀‧塔倫蒂諾（Quentin Tarantino）執導的電影《被解救的姜戈》（Django Unchained）在大陸上映，首日開場一分鐘就遭全面停映。據媒體人披露，是因為裡面的酷刑場面容易讓人聯想到如今在大陸被熱烈討論的馬三家酷刑場面。

4 月 11 日陸媒報導稱，大陸各大影城接到中影集團通知，原定當日上映的昆汀作品《被解救的姜戈》因技術問題，全國臨時暫停上映，影城已售出的電影票將做退票處理。在聲明中強調是：「恢復放映時間將另行通知，請密切關注。」

網友「血一刀」在微博中憤怒的表示，自己剛剛看了一分鐘，就被叫停了：「在三里屯美嘉看第一場《姜戈》，剛看了一分鐘，停了！！工作人員進來說廣電總局和院線都來電話說要推遲！！誰能告訴我這他媽是什麼情況！！！」

有網友留言稱，看了一分鐘就被叫停，這也算創造中國電影的歷史了。香港作家、詩人、攝影師廖偉棠隨即回貼表示：不是

因為怕露，是怕人聯想馬三家。

習出訪期間 劉定五點宣傳基調

2013 年 3 月，北京經歷了一場嚴酷的倒春寒，溫度下降，中宣部的一個宣傳部長會議，更讓中國媒體人士感到了陣陣寒意。

3 月 24 日，就在習近平外訪期間，大陸傳來中宣部的五點宣傳基調，被民眾認為是「讓人感到一股倒春寒的冰冷感覺」：

1. 中國的媒體，不管是傳統媒體還是新媒體，都應當是黨的喉舌。今後不允許黨管的媒體發出與黨利益相違背的聲音，否則就收回經營權；

2. 今後不能允許反馬列毛言論公開在媒體上出現；

3. 堅持反黨等立場的所謂「新三反人員」不能繼續待在媒體，不能從事輿論宣傳工作，不換立場就換人；

4. 要加強黨對媒體的管理和引導，不能總是報導負面東西，卻對正面東西視而不見；

5. 不能讓有「新三反」傾向的人在高校從事新聞人才的培養工作，並派出黨政幹部到各高校新聞專業去與各高校新聞老師到黨政機關換崗。

在新浪微博上，網友「愛有心 - 義有我」說：「新近中央宣傳工作會，講話精神已傳達，讓人感到一股倒春寒的冰冷感覺。喉舌論，新三反，不換立場就換人……」更多民眾譴責說，這怎麼是在開「歷史倒車」？

很多人都把這筆債算到了習近平的頭上。

第二節

《走出「馬三家」》報導風波

大陸電視人錄完節目後放聲大哭

　　一本被藏匿在女子私密部位帶出馬三家女子勞教所的祕密日記，讓大陸資深媒體人曹保印放聲大哭！他說：「每一個詞背後都是血淋淋地、毫無人性、毫無法制、毫無道德、毫無文明的赤裸裸的野蠻。」這本日記究竟寫了什麼？

　　曹保印，大陸資深媒體人、著名時事評論員、兼任多家電視台的時事特約評論員，《新京報》傳媒研究院總監，他的CAOTV《保印說新聞》節目被外界認為嚴肅與幽默兼具，他自己打出口號：原汁原味，觀點保真。

　　2013年4月7日晚，曹保印坐在攝影機前說，他原本打算在《保印說新聞》第16期節目上談人間天堂——海南的博鰲論壇，但回家看到《走出「馬三家」》這篇文章後，不但改變了主意，

還想罵人：「去他媽的博鰲論壇。」他在顫抖和極度悲憤中錄製了這期節目《人間地獄——遼寧省馬三家女子勞教所》，原本 5 分鐘節目，嚴重超時變成 20 多分鐘，錄完後他放聲大哭。

2013 年 4 月 7 日，大陸著名時事評論員曹保印，在顫抖和極度悲憤中錄完了這期節目脫口秀「遼寧馬三家女子勞教所成人間地獄」。（視頻擷圖）

難以啟齒的部位 夾帶出一本祕密日記

節目中曹保印主要介紹了《走出「馬三家」》這篇文章中關於酷刑的部分。下面是部分錄音摘要。

2011 年 9 月，62 歲的王桂蘭走出馬三家女子勞教所鐵門，她從裡面帶出一本「勞教日記」，這是跟她一起被勞教關押同一房間的勞教人員劉華所寫，她將這本日記藏在陰道中逃過層層檢查帶出來的。

以往看的電影、電視很多，那些被關在國民黨監獄中的地下黨員，有的還在監獄中看報紙、看書、寫作。可是，為何到了女子勞教所，需要通過陰道帶出一本日記，這日記究竟寫了什麼哪？

日記中寫了很多勞教人員面臨的懲戒，包括小號、包夾、卡齊、電擊、死人床、老虎凳、大掛、十字掛、斜掛、平掛、懸空

掛等酷刑，他說：「每一個詞背後都是血淋淋的、毫無人性、毫無法制、毫無道德、毫無文明的赤裸裸的野蠻。」

「小號的懲罰令人不寒而慄」

「小號一般四平方米，沒有光線、沒有窗，只有一個出氣口，靠電燈照明。」曹保印援引「撫順市法律援助中心」2005 年 12 月 17 日的一份調查筆錄說，當年 8 月受命護理關在特殊小號裡的朱桂芹的勞教人員林景雲作證：「看到朱桂芹只穿著胸罩和褲頭，睡在水泥地上，只有一個草墊子和一套被服，沒有床。當 11 月來暖氣時，小號裡的暖氣片被拆除。」

他形容這個情形在東北寒冷的冬天，「這是一個什麼樣的人間地獄？居然發生在號稱依法治國的中國。」

他還例舉了另一位被關小號的訪民蓋鳳珍，「自 2009 年 2 月 25 日到 4 月被關在小號，透氣窗也被釘死了，她可以說在窒息中熬過漫漫長夜。」「躺在地上，地板上都是水，大便、尿全在地板上拉，幾天後才給一個尿盆。」蓋鳳珍由於此前被上過「大掛」，晚上連水帶血吐，第二天又吐血，「嘩嘩吐的全是黑血。吐了三回。」曹保印評論說：「這是小號嗎？這是十八層地獄啊！而在這地獄中受折磨的就是我們的姊妹、柔弱的女性。這樣的小號令人既恐怖又不寒而慄。」

「卡齊」精神刑罰 把人逼瘋

節目還介紹了馬三家的「卡齊」懲戒，就是讓被勞教人員整

整齊齊地坐在小板凳上，反覆背勞教所的行為準則，直到無法堅持、精神崩潰，處於癲狂狀態，欲死不能、欲活不成。

他評論道，這樣一種「卡齊」乃是一種精神刑罰、精神酷刑。被勞教人員有人經過「卡齊」之後，真的精神失常成瘋子。「卡齊」應該被打成十八層地獄之中去。

施以「死人床」酷刑：「真的要死人」

「死人床」是勞教所對絕食抗議者所採用的酷刑。一張皮革面的鐵床，從床頭到腳有多道鐵質搭扣以及帶索，可嚴密固定束縛絕食者全身。被縛者身體赤裸，下身臀部部位有一個大小便口。絕食者被綁縛，不能下床、不能活動，灌食和大小便都在床上解決。灌食時，將醫用的子宮擴張器強行撐開絕食者的嘴，灌食後還要將擴張器留在你的口中，被勞教人員因此牙齒鬆動，以至於一些夜班工作人員不忍目睹要求改上白班。但對這樣的虐待，當地檢察機關稱，灌食是為了維持生命，所以不能以虐待罪起訴。

他憤怒地表示：「死人床，那是真是要死人了。可是在這樣的女子勞教所死又如何，在勞教所管教人員眼中，這些被勞教人員的生命連蒼蠅也不如，而且是女人對女人，只不過是穿著一身制服就可以像野獸一樣瘋狂折磨」「這還是人嗎？」「即便連獸類也不會對同類如此！」「當你了解這些信息時，你還能說這不是人間地獄嗎？」

老虎凳歷史重演「這是煉獄」

老虎凳，這樣一種刑具，「誰能想像，在 21 世紀的中國，在提出中國夢、在要求將憲法作為管制和引導社會行為的國家，老虎凳居然重新走上歷史舞台。」

老虎凳就是一種長時間限制身體姿勢的一種椅子，由鐵製，兩邊有搭扣將手扣住，腳也上鎖，扣的高度使人無法伸直只能半弓著。曹保印介紹，長時間坐的話，會造成整個肢體的磨損和傷害，他悲憤地說道：「當你的身軀只能在老虎凳中彎曲的時候，那是一種什麼樣的滋味？」「惡毒、凶殘、野蠻、冷血、獸性……所有這些詞居然出現在女子勞教所的女警察身上，這還叫人間嗎？」「甚至比地獄還要地獄，這是煉獄，煉一種屈服、妥協、煉一種認罪，他們（上訪）何罪之有？」

「老虎凳對待的是我們母親、我們的姊妹、我們女兒，這就是社會主義的中國……」

無法想像的「大掛」

曹保印表示，自己根本無法想像什麼叫「大掛」，更不用去分什麼「十字掛」、「斜掛」、「平掛」、「懸空掛」。

所謂「大掛」就是使用手銬將人固定在床、門、牆壁等地方，雙臂被用手銬分開十字拉伸到臂長的極限，讓當事人承受超極限的身體重量，大掛有十字掛中又分為兩腳懸空或落地。受過大掛刑法的人表示，當管教拿腳一踹床，「筋就一抽，感覺胸裡面都碎了」。

節目還對包夾、電擊等進行了介紹。他警告說：「今天你可以通過這些酷刑迫使放棄權利，可明天心中的憤怒如果像火山一樣，最終引爆的將不是這些受屈辱的人，而是整個社會。」

「讓勞教局調查勞教所的酷刑，這是什麼他媽的制度啊！」

「遼寧司法廳勞教局曾在 2011 年給一個勞教人員的答覆中寫道：『你們所反映的情況，經過我們勞教局的複查，沒有發現對你們的過激行動，沒有發現對你們實施虐待和酷刑的證據。』當勞教人員提出看勞教所的監控視頻時，勞教局的答覆：『這些錄像只能保留一個月，之前的沒有了。』也就是說死無證據。讓勞教局調查勞教所的酷刑，這是什麼他媽的制度啊！這不是赤裸裸的暴力和恐怖？！」

他憤慨道：「這些公安幹警、國家人員、國家警察，對這樣的一群女性，居然採取各種酷刑。而這些人經過酷刑後，只能通過陰道帶出祕密日記，再想通過法律來定罪，可是所有的證據都被勞教所銷毀，這是什麼樣的國度！這是一個什麼樣勞教所？這又是一個什麼樣的社會？！」

他還表示，假如今天不行動起來，廢除這個萬惡的勞教制度，誰能保證，明天，我們會不會同樣被這些酷刑伺候？

最後他說：「看一個社會到底野蠻還是文明，不要看樓房有多高，而是看監獄，只有監獄真正有人性的，我們才可以說這個國家是文明的，否則無論它為自己臉上貼了多少金，它還是野蠻的國家。希望大家通過這期節目能夠認清，我們的中國夢，到底是夢，還是夢魘？我們何時才能通過我們的力量去掉這種噩夢，讓我們母親有尊嚴、讓我們每個人都有尊嚴。」

走不出去的馬三家

2013 年 4 月 7 日，當張連英在新浪網看到那篇近兩萬字的獨家調查《走出「馬三家」》時，她有點吃驚。大陸雜誌社、官方控制的網站，怎麼會公開登出揭露中共政法委樹立的「先進典型」馬三家勞教所的殘酷黑幕呢？

張連英，原中國光大集團財務處的處級幹部、大陸標準白領階層。2008 年奧運前她被北京公安綁架後，強行關進了馬三家，兩年半死裡逃生的經歷，令她對馬三家刻骨銘心。

原光大集團的處級幹部張連英（左）因不放棄修煉法輪功在瀋陽馬三家勞教所九死一生。圖為獲得自由後的張連英一家人。（張連英提供）

一個法輪功學員在馬三家的遭遇

當張連英看到《走出「馬三家」》這篇報導時，五年前她因修煉法輪功而被關押在馬三家的那近 1000 個漫長的日日夜夜，再度浮現在她的眼前。她能夠理解大陸記者和大陸媒體暫時不敢點出「法輪功」這三個字，但她堅信真相必將公布於眾。

2011 年流亡到美國的張連英對媒體說：「馬三家警察有三

句名言：『馬三家就是要叫你們什麼時候想起來都哆嗦！』『每年有兩個死亡指標，誰要，給誰一個！』『不轉化就別想活著出去！』」

張連英和丈夫牛進平修煉法輪功後，按照「真善忍」的標準來指導自己的日常生活，身心受益良多。然而 1999 年 7 月 20 日之後，江澤民發動的對法輪功的迫害，把這個家庭拋向了驚濤駭浪。因為法輪功遭受的不白之冤上訪，張連英先後三次被非法勞教，十幾次差點被害死。

2006 年歐洲議會副主席愛德華·史考特（Edward McMillan-Scott）到中國調查人權狀況時，牛進平向他講述了發生在自己身旁的法輪功學員遭受的殘酷迫害，結果，張連英一家更是成為了中共政法委打壓的重點。2008 年 4 月，夫妻倆再度被綁架，牛進平被關進北京團和勞教所，而張連英被專門送到馬三家，北京警察稱：「我們就不信沒人能轉化妳！」

「我來馬三家時一下車就看到，勞教所樓前站滿全副武裝的警察。當時是夏天，我頭被戴著坦克兵冬天的厚棉帽，全身纏裹著黑色厚的鬆緊練功帶，被堵著嘴，雙手被銬，車窗用布簾遮擋，路途十多個小時，在路上我幾次噁心得嘔吐，他們才給我取下堵在嘴上的東西。

他們把我從車中拖出來，我就高喊：『法輪大法好！』『天滅中共，退黨、團、隊保平安，沒有共產邪黨才有新中國！』幾個男警就像瘋了一樣的撲了上來，他們使勁揪我的頭把我拖下車，一男警用手使勁捂我的嘴，並用手指甲深深摳進我臉上的肉裡，一直把我拖進樓裡，在一樓大廳幾個男警對我拳打腳踢大打出手，隨後把我往樓上拖。在樓梯上三大隊大隊長張君接著捂我

嘴，手指甲又深深摳進我臉上的肉裡，我整個臉鮮血順臉往下淌。到了三樓，隨後將我雙手吊銬在上下鋪鐵架子的上面，一男警不停地用手銬和拳頭向我臉上毆打，隨後他們就用開口器撬我嘴，撬不開，他們找來食堂炒菜用的大杓子，往我嘴上掄砍，鮮血流了一地，一人砍完又換一個人砍，鮮血染紅我的衣服，染紅了大塊的地磚，惡警打了我很久才住手。

接下來，他們揪著我的頭髮把我捆綁在死人床上，一個帶著黑框眼鏡叫石宇的女警，又用杓子砍我嘴，揪我頭髮。三大隊的大隊長張君，就是那個管理科長馬吉山的老婆，兩口子一樣心狠手黑，揪我頭髮，用繩子使勁勒住我四肢和全身，看著我鮮血不住下流的嘴，馬吉山還嫌不夠又去找來繩子，在我嘴上來回拉動。鮮血染紅了繩子，染紅了衣服，他還嫌不夠，又去找來說是破壞神經的藥片，往我嘴裡灌，還問我手麻不麻，舌頭麻不麻。還放個錄音機播放辱罵我師父的錄音，夜晚打開窗戶放蚊子進來咬我，不讓我睡覺，一女警，見我閉上眼，就用長木桿捅我腳心。

第二天生活衛生科的科長于文和一個不知姓名男警用滴著水的雨傘尖杵我嘴說：『妳看妳還有人樣嗎？』幾天後當我看自己被打得滿臉青黑色，雙眼也被打得青腫，多處深深的手指甲摳的血印印在臉上，一張臉十分恐怖，看了渾身忍不住的一陣顫慄。我攥緊了拳頭，心想，我一定要活著出去，我要叫全世界都知道中共幹了什麼！

2008 年 7 月 14 日至 9 月底，僅兩個月，我被上了 10 次『大掛』，日夜不能睡覺，多次被電棍電，被男警毆打。

由於不轉化，堅持信仰，我被上了二十多次押刑，被押掛上後，有時幾天幾夜都不放下，持續長久的疼痛使我衣服濕透，

頭髮也一根根飄落在地上；有時衣服被撕爛，被扒的一絲不掛的押掛起來，特管大隊大隊長潘秋妍揪我乳頭，還拿床板往我身上掄打，直到被押昏過去，潘秋妍還曾拿相機給我錄像，並說：『給妳錄像，把妳不穿衣服的樣發到明慧網上去，讓他們都看一看。……』」

就這樣，張連英在馬三家苦熬了兩年半。等勞教期滿時，馬三家還因為她「不服從管教」而加刑 15 天。

8109 篇文章講述馬三家的祕密

十多年來，馬三家勞教所一直是中共重點樹立的典型，強迫法輪功學員放棄信仰的「轉化先鋒單位」。2001 年馬三家獲得中共「勞動教養先進單位」，女警察蘇境曾因迫害賣力而獲「二等功」、「全國英模二等獎」，獎金五萬元。在超越人體承受極限的煉獄般的摧殘下，馬三家保持了最高的轉化率。中共政法委在這裡創立、積累迫害的「經驗」，然後向全國其他勞教所、監獄推廣，結果這些惡行就在全中國普及，受害者也遍及所有中國人。

4 月 9 日美聯社評論說，「中國雜誌《Lens》對馬三家勞教所的虐待報告跟法輪功精神運動成員十年前向國際社會作出的投訴相吻合，該報導給中國改革派廢除勞教制度補充了彈藥。新一屆中共領導層說，他將改革勞教制度並承諾在年末之前推出計畫。一些法律專家說，《Lens》雜誌的報導應該會增加變革的勢頭。」

很多人權組織表示，大陸雜誌刊登的這篇《走出「馬三

家」》，只是談到普通上訪人員的經歷，而法輪功學員遭受的苦難遠遠不止這些。法輪功在海外創辦的明慧網，從 2000 年至今 13 年來，共有 8109 篇報導、期刊，揭露和抨擊馬三家勞教所對法輪功學員的身心迫害。大陸著名律師高智晟就因揭露中共勞教所摧殘法輪功學員的三封公開信，而被關押在中共監獄裡。

比如，大連法輪功學員王雲潔，2002 年 5 月 14 日正在上班時被泡崖子派出所警察抓走，在沒有任何理由、也沒有通知家屬、更沒有得到王雲潔簽字的情況下，6 月 4 日，王雲潔被綁架到了馬三家勞教所。在經歷幾個月的單獨關小號、警察包夾輪番不許她睡覺，被關在陰暗的水房、廁所、倉庫、地下室等地方，罰站、罰蹲、受盡折磨長達半年後，王雲潔依然不放棄信仰。

2002 年 12 月 3 日，遼寧省公安廳來了一批所謂的「轉化團」，又開始了近一個月的對法輪功學員的殘酷迫害。領頭的是姓孫的公安廳副廳長，還有原本溪戒毒所所長郭鐵英等人。這幫警察用高壓電棍長時間的電擊王雲潔的右乳房，還把床單撕成布條，強行把王雲潔雙腿雙盤上，用布條把她的手、腿全都綁上，並將頭和雙腿緊緊地連在一起，成為一個球狀，而且又用手銬將雙手從身後吊銬起來。後來王雲潔因乳房潰爛，於 2006 年 7 月含冤去世。

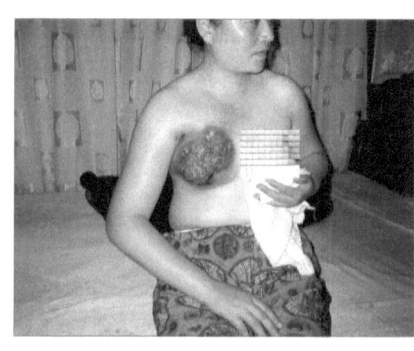

法輪功學員王雲潔遭受中共惡警以高壓電棍長時間電擊右乳房，導致乳房潰爛，於 2006 年 7 月含冤去世。（明慧網）

　　明慧網在 2006 年 3 月還發表了從馬三家勞教所倖存活下來的法輪功學員，出獄後演示他們在馬三家遭受的數十種酷刑。詳情請見「馬三家勞動教養院部分酷刑展示一覽表」http://www.minghui.org/mh/articles/2006/3/1/121865.html。

　　如果說 62 歲的上訪勞教人員王桂蘭用自己的陰道傳遞祕密日記令人驚愕，而變態惡警對法輪功女學員的陰道實施的邪惡罪行，更令人震驚。

　　遼寧本溪的法輪功女學員信素華回憶她在馬三家女二所的遭遇時，這樣寫道：「馬三家的男惡警不但強姦女法輪功學員，狠狠地踹陰部，女惡警還用三把牙刷綁在一起，刷毛沖外，插入女學員的陰道，在裡面來回刷，有的還用電棍放入陰道裡面電等⋯⋯」

　　在馬三家勞教所，這樣踐踏人類尊嚴的暴行幾乎天天發生，每個不放棄信仰的法輪功學員基本上都被折磨過。比如法輪功學員齊玉玲被電棍電乳頭；張秀杰被電棍電、打，還被電陰道部位，被電得昏死過去；王曼麗被電棍電到失去知覺；李小燕被管教用四個電棍電她的頭、腳心，把她的肉都電糊了，逼她轉化⋯⋯

　　據海外人權組織報導，2000 年 10 月，中共前政法委書記羅幹在馬三家勞教所蹲點之際，馬三家勞教所的警察將 18 位女法輪功學員扒光衣服投入男牢房，任其強姦，導致至少五人死亡、七人精神失常、餘者致殘。

　　馬三家的警察公然叫囂：「什麼是忍？『忍』就是把妳強姦了都不允許上告！」許多女學員告訴親人：「你們想像不到這裡的凶殘，邪惡⋯⋯」其中一位年輕的未婚姑娘被強姦懷孕，目前孩子已經十多歲了，還有被摧殘的女學員至今仍處在精神失常的

狀態中。

為了讓法輪功學員放棄對「真善忍」的信仰，馬三家警察除了用性摧殘、酷刑折磨、精神迫害外，他們還給法輪功學員服用破壞腦神經的藥物，直接把人變成瘋子。更可怕的是，中共還活摘法輪功學員的器官以牟取暴利。

張連英回憶說，她多次被勞教所強行抽血化驗，差點被活摘了器官。據國際人權組織調查，僅在 2002 年至 2006 年間，中共用於移植手術的器官就有四至六萬個無法解釋來源、而被指控為屠殺法輪功學員後偷盜來的器官。

走不出的馬三家困局

7 日那天，大陸很多網站，如網易、搜狐、騰訊、新浪等，大大小小近百個網站，幾乎都刊登轉載了《Lens》雜誌這篇由袁凌主筆的深度報導。《Lens》雜誌隸屬於財訊集團，曾經是王波明創辦的《財經》雜誌旗下的影像新聞雜誌，2012 年獨立發行後，依然跟王岐山等高層有密切關係。

新浪網等網站在轉載這篇文章時，給出了新的標題：《揭祕遼寧馬三家女子勞教所：坐老虎凳綁死人床》，文章一開篇就講述了一段令人難以想像的「走出馬三家」的方式：

「2013 年 2 月初，一位新近解除勞動教養的女訪民找到大連人王振，交給他一封用蠅頭小字寫在皺巴巴紙上的『呼籲書』。這是一封從勞教所發出的要求廢除勞教公開信，簽名者中包括王振的妻子劉玉玲。劉玉玲 2012 年 8 月被判勞教，眼下仍在遼寧馬三家女子勞動教養所裡羈押。這位女訪民告訴王振，

『呼籲書』是她包在裹緊的小塑膠卷內，藏在陰道裡帶出勞教所大門的。」

自古以來人們聽說過「大雁傳書」、「鴿子報信」，人類歷史上還從來沒有從女人陰道裡傳出來的公開信。然而在現實中國，僅僅在馬三家勞教所就不止發生了一次。

「這個情節，像是一年多前王桂蘭經歷的重播。2011 年 9 月，62 歲的王桂蘭走出了馬三家女子勞教所的鐵門。出門之前，她的身體經過了搜檢，防止夾帶違規物品。無人想到，王桂蘭在陰道內藏匿了一卷同宿舍學員劉華寫的《勞教日記》。『過關』之後，她一身冷汗。」

接下來，這篇原文兩萬字、上網發表時刪成 1.5 萬字、以類似檢察院起訴調查書的格式，集中講述了幾個因遭遇不公而去上訪的普通民眾被公安強行關進馬三家後的親身經歷。劉華、陸秀娟、朱桂芹、趙敏、王桂蘭、梅秋玉、王玉萍、郝威、蓋鳳珍、李平、胡秀芬、曲華松，劉玉玲……作者在採訪這些被關押上訪者的同時，還採訪了馬三家內部人士肖溪（化名）和馬三家勞教院原副院長彭代銘，以及瀋陽勞教局的人。

「廉價勞作、體罰、蹲小號、被電擊、上『大掛』、坐『老虎凳』、縛『死人床』……通過勞教人員講述、相關物證、文字材料、訴訟文書和知情人士的口述，此文試圖還原一座女子勞教所內的真實生態，為時下的勞教制度破冰立此存照。」

就在這篇文章上傳網上幾小時內，跟帖、轉載、閱讀的人數就高達 50 多萬人。比如香港作家廖偉棠說：「讀完我至今心顫，人類得多麼變態才能對同類施以這樣惡行？而且這一切發生在 21 世紀，我們的同一大地上，就在我們上網、吃飯、睡覺的同時，

一個個集中營如常運轉！請大家盡力轉發，促進罪惡被遏止，向揭露黑暗的記者與媒體致敬。」

很多人說：「今晚大陸網路充滿臭名昭著的馬三家勞教所惡行。」也有的說：「終於把長期以來被視為『境外反動勢力惡毒造謠攻擊』的材料，貨真價實、白紙黑字地擺在國內媒體的版面上了。這樣的報導也是勞教制度的掘墓人。」「這家勞教所的『威名』我覺得足以和『731 部隊』媲美，但願今天眾媒體一戰能促成徹底廢除勞教。」

人間地獄 一年上億的創收

按照中共紙面上的勞教制度，殘疾人、病人、孕婦都不判勞教，每天教育學習時間不少於三小時，每天勞動不超過六小時，不能施加酷刑，手銬不在特殊情況下不使用，勞教人員勞動後還有報酬、享有醫療、健康、衛生等權力、家人能來信、來訪等等。不過現實中，這些都成了一紙空文，真正執行的全都與規定的相反。

比如在馬三家幹活：王玉萍入院時趕上了訂單高峰期。她坐在染血的舊棉花上銨扣眼，「每天要做 800 條棉褲，還要打包。一天 20 個小時在車間。」王玉萍睡覺不脫衣服、不洗臉、洗腳，「留著勁兒幹活去」。

「生病不是免於勞動的理由。賈鳳芹保留的勞教所衛生所注射通知單顯示，她因為『昏迷待查』和『眩暈待查』輸液，得到的優待不過是『照顧勞動不加班一天』，而非休息。」

「高峰時期，馬三家的勞教人員超過 5000 人，無償勞動產

生出龐大的效益。」彭代銘說，當時一年外出勞務的收入就過千萬元，加上種地和工廠的收入，總產值一年近一億元。」

「勞教產生的龐大效益，也引發了腐敗效應。勞教生產車間的效益無需上繳財政或司法廳，勞教院自身即可支配，卻沒有財務公開制度。幾千畝地和廠房的租金、車間加工收入，幹警沒得到福利。」肖溪說。

「原來只用於特定類型人員」

文章介紹了馬三家勞教所使用的一些酷刑。在令人心驚膽戰的現場描述中，讀者往往很少注意到，所有這些酷刑「原來只用於特定類型人員，後來卻使用在普教身上。」

如文章不止一次地強調：「女教所的『小號』不止一種。據勞教人員說，最狹小的懲戒室寬一米多，長兩米，原來只用於特定類型人員，後來卻使用在普教身上。」……肖溪則對《Lens》雜誌記者證實，「老虎凳」和「死人床」都是勞教所裡使用的器具，「前者本是專用於特殊群體的，以後被用在普教身上。後者則是應付犯人絕食的裝置。」

一句話，所有這些酷刑原本都是針對一個特殊群體的，隨後蔓延到整個中國，波及所有中國人。

人們不禁要問，那些最早被施以酷刑的人是誰？他們在哪裡？假如當初我們就阻止了勞教所對他們施以這些酷刑，今天，一不小心成為訪民的我們，會遭受這樣的痛苦嗎？

答案就是：「中共最早迫害的就是法輪功。」

馬三家與薄熙來被掩蓋的最大罪行

前政治局委員、重慶市委書記薄熙來已經被判處無期徒刑，不過薄熙來最主要的罪行卻被掩蓋著，特別是他在主政遼寧時期，為了快速升官，他緊跟江澤民鎮壓法輪功，並第一個犯下活摘法輪功學員器官的罪行。

1999 年 7 月 20 日中共開始非法取締法輪功之後，全國各地的法輪功學員到北京上訪。由於中共搞株連政策，很多善良的法輪功學員為了不牽連其他人，拒絕上報自己的姓名和地址，當時到北京上訪的學員非常多，北京附近的派出所、勞教所和監獄都裝不下了，而且東北三省修煉法輪功的人數最多。

為了推行其迫害政策，1999 年 8 月 10 日至 15 日，江澤民竄至遼寧，為他個人發動的迫害法輪功政策找到積極執行、配合的地方官員，而此時的薄熙來正想討得江澤民的歡心，只要江澤民答應提拔他，讓他幹什麼，他都願意。

於是薄熙來馬上加大力度鎮壓大連的法輪功學員，與此同時，在江澤民的下令撥款下，薄熙來擴建了很多監獄，全國各地無處遣送的法輪功學員都被運到了大連，以及後來薄熙來就任省長的遼寧省。大連及整個遼寧省很快成為全中國迫害法輪功的急先鋒。

因積極配合迫害法輪功學員，薄熙來開始「青雲直上」。1999 年江巡視後不久，薄被提拔進了遼寧省省委，2000 至 2001 年期間薄當上了遼寧省委副書記、代省長，2002 年成為省長。薄熙來一當上遼寧省代省長，就下令新建、擴建了瀋陽馬三家勞教所、龍山教養院、沈新勞教所等，使遼寧省成為迫害法輪功最嚴重的地方之一。

　　時任中共中央政治局委員、政法委書記羅幹、中共公安部長劉京等鎮壓法輪功的元凶多次親自到遼寧坐鎮，中共司法部還撥專款 100 萬元給馬三家「改善」環境，而與馬三家同一城市的以迫害法輪功手段殘酷著稱的張士教養院獲賞金 40 萬、龍山教養院獲賞金 50 萬。

　　薄熙來個人也嘗到了「甜頭」：他越是積極地鎮壓法輪功，他越會得到江澤民提拔，也能從國家財政中得到越多的經費，越有利於他個人從中撈取錢財。

　　據大陸媒體報導，2000 年 7 月初，江澤民暗中直接指揮的中共中央「610 辦公室」的負責人王茂林、董聚法等，在視察馬三家教養院後，對其「成績」給予肯定。「610 辦公室」的另一負責人劉京還多次往返馬三家教養院，促使江澤民決定撥專款 600 萬人民幣給馬三家教養院，命其速建所謂的「馬三家思想教育轉化基地」。

　　2003 年經薄熙來批准，遼寧省投資 10 億元在全省進行監獄改造，僅在瀋陽于洪區馬三家一地就耗資五億多元，建成中國第一座監獄城，占地 2000 畝。1999 年以前，馬三家連年虧損，連電費都繳不上，鎮壓法輪功開始後，當地政府對於從省內各地押送到馬三家的法輪功學員，按每人一萬元撥款。

　　隨著薄熙來罪行被揭開，欠下法輪功血債的江派人馬逐一浮出水面，這持續了 15 年的殘酷迫害是江澤民一手發動的，江澤民、周永康之流是主要元凶。江澤民不可能與薄熙來案切割。

　　人類必須擺脫過去的黑暗才能走入未來。中共和全體中國人都必須直接面對這樣的問題：什麼造就了馬三家？為什麼會有馬三家？怎樣才能避免馬三家繼續或再次出現？

　　若非如此，中國人永遠不可能走出馬三家這一黑色夢魘。

第三節

「習近平打的」劉雲山設局

　　就在有關勞教所的馬三家風波還在持續的時候，2013 年 4 月 18 日，香港《大公報》在 A6 要聞版以一個整版的篇幅，繪聲繪色地講述了當代皇帝「微服私訪」的故事《北京的哥奇遇：習總坐上了我的車》。該文由《大公報》北京分社社長王文韜以及北京分社副總編輯馬浩亮共同撰稿。

　　報導訪問了出租車司機郭立新，他表示 2013 年 3 月 1 日周五晚間，在鼓樓西大街載上兩名男士，前往城西的釣魚台大酒店。其中一人坐在右前座，另一人坐後座。郭立新表示，他後來發現坐右前座的人是習近平。車費 27 元，習最後付了 30 元，堅持不找錢。郭立新並要求習近平題字，習用圓珠筆寫下「一帆風順」四字。期間，習還與司機一路議論北京環境污染、治理等時政話題。

　　因《大公報》是中共在香港的「黨媒」，報導上網後很快被迅速傳播。當天下午 2 點左右，新華社的一個官方微博帳號發布

記者李志勇的採訪，稱已向北京市交通局求證，並獲證實此事為真。然而三個多小時後，新華社突然發稿，不但否定了自己此前對該報導的求證，並且斬釘截鐵地說：「經核實，此報導為虛假新聞。」而當時，北京市交通局的微博也發布聲明，聲稱從未對外證實習的打車行程。

新華社的否定稿出來半小時後，《大公報》也刊登聲明稱，「經核，此為虛假消息，對此我們深感不安和萬分遺憾。由於我們的工作失誤，出現如此重大虛假消息是極不應該的。對此我們誠懇地向讀者致歉……」

疑點重重的「微服私訪」

在中共官方這一肯定一否定、一真一假之後，網路上頓時議論熱烈，人們開始探索這齣烏龍戲的背後到底有什麼「貓膩」，幕後的水到底有多深。

比如《南方周末》記者劉俊在微博發帖《打車羅生門的邏輯推演》，提出四大質疑：誰向《大公報》爆的料？誰參與了這篇報導？誰在說謊？他們為什麼要說謊？文章分析說，《大公報》在大陸知名度不高，相比於《北京晚報》、《新京報》或中央電視台，一個北京普通出租車司機或出租車公司老闆，想要爆料也輪不到《大公報》。

這篇重要政治新聞的作者之一，社長王文韜曾在新華社工作多年，他深知一旦這種新聞是假的，他會吃不了兜著走。副主編馬浩亮是《北京觀察》專欄的主要撰稿人，長期從事政治報導。這天《大公報》還配了一篇鄧聿文寫的評論《習近平微服私訪與

群眾路線》，鄧聿文是中共中央黨校《學習時報》副編審，2月28日因在英國《金融時報》發表文章呼籲中國應考慮拋棄北韓，被無限期停職。

當天下午2時2分，新華社新浪官方微博發表下列信息：「一則有關習近平總書記乘坐北京計程車體察民情的消息18日成為各大網路媒體的頭條。對此，新華社記者採訪了北京市交通部門和最先報導此事的媒體，北京市交通部門和該媒體都表示，確有此事，相關情況都是真實的。」此文記者李志勇在新華社專門負責北京交通新聞，他和王文韜不但曾經在新華社共事，還一起寫過很多交通新聞。他經過調查後稱消息屬實，那人們就相信了。

三個多小時後，這些所謂「證人」都反水了。文章分析司機和李志勇說謊的可能性都較小。據說出租車司機郭立新一家人都很老實，而且被稱假新聞後，郭立新「失蹤」了。新聞到底假在哪裡呢？

來自宣傳系統高層的授意

在大陸官方媒體任職過的人都知道，中共高級官員的行蹤與活動報導，特別是總書記之類的，每個字、每張照片都必須經過其辦公室的人員審核批准後才能發布，而且一般只有新華社才有資格首發，其他媒體跟著轉載。

不久法國廣播電台通過熟悉這次報導的內部人士得知，此報導「的確獲得了高層的授意與首肯，但該採訪因為是間接採訪，其實並不能證明3月1日在鼓樓西大街打車的的確是習近平本人。」

　　法廣還表示，由於獲得了上級高層的首肯和授意，屬於「放風」，因此，作為《大公報》的資深記者並未按常規新聞操作以降低風險。報導還分析稱，從網路上的迅速轉載傳播，以及黨媒快速跟進「證實」看，《大公報》是按中共中宣部原本擬定的「劇本」演出，但因中共最高層的否定，則使《大公報》處於尷尬的失語狀態。

　　《大公報》內部人士還向法廣證實，該報駐京多位高層被約談，並且嚴令該報員工不得接受外界採訪，不得透露上述稿件的操作過程。法廣報導分析：「這次假新聞事件，是習與中共文宣體制的一次碰撞與裂痕。」而《大公報》作為此次操作的執行者，雖然被指為「假新聞」，並被要求不得做任何的辯解，因為責任不在他們，因此不會受到太嚴厲的處分。

　　香港媒體被北京的中宣部「玩」了、「涮」了，這已經不是第一次了。2011 年 7 月，「江澤民死了」這則消息，也是得到「高層」肯定的，結果，香港亞洲電視被丟光了臉，這次同樣的悲劇落在了《大公報》身上，淪為高層內鬥的犧牲品。港民評論說，現在這個《大公報》，「和民國時期那個不黨、不私、不賣、不盲的《大公報》，只是名字相同而已。」

為了圓場的各類解釋

　　第二天 4 月 19 日，一個名為「博聞華夏」的網民在微博中寫道：「2 月底和朋友去了趟北京遊玩，那天星期五好不容易打了個的，司機問我怎麼走？我一外地人，只好說怎麼走都行，後來他說我像誰誰誰，我樂了，你是第一個認出我的……那司機好

激動……還跟我聊上了國事……末了，不要錢不說，硬要我給他寫幾個字。想他是搞出租的，順手給他寫了『一帆風順』……現在想起還好笑。」

微博還附上兩張攝有一男子就餐的照片，臉相酷似習近平，不少網民驚嘆「長得太像了」。同一天，一個註冊名叫馮競程的浙江金華女孩也發微博呼應說：「他真的不是什麼習主席，他是我爸爸，一個很普通的人。」不過她也說，爸爸 2013 年內沒出過其他省市，在北京打的「冒充」主席的絕對不是他。

到底有沒有這個冒充的「習大大」呢？還是真的是習近平坐上了出租車呢？儘管後來網路上釋放出很多消息，比如「真有其事」，習近平「臨時起意」，改坐了出租車，事後罵劉雲山「一蠢、再蠢」之類的話，不少都是煙霧彈。

中共在 3 月 5 日召開兩會，當時戒備森嚴，大有草木皆兵之勢，馬上要當國家主席、三權在握的習近平，其保安達到最高水準，怎麼可能私自去坐一個出租車呢？而且習近平要安排各級官員的調任，忙得哪有時間去聽一個司機嘮叨呢？中共高層出行一貫是強制交通開綠燈的，怎麼會在下班高峰時間花 26 分鐘走 8.2 公里，時速 18.9 公里的爬行呢？

鳳凰衛視和《中國婦女報》「頂風而行」

我們先按下打車的事不表，說說 4 月 19 日還發生了什麼。

在《大公報》挑起這個真假習近平「打的事件」之前，從 4 月 7 日大陸各大網站媒體都在轉載和評論財訊傳媒集團旗下《Lens》雜誌的調查報導《走出「馬三家」》揭露遼寧瀋陽馬三

家勞教所用酷刑折磨人的惡行。人們在震撼痛心之餘，廢除勞教制度的呼聲一浪高過一浪。整個大陸網站充滿了對勞教所的憤怒聲討。

儘管在 4 月 11 日主管宣傳口的中共政治局常委劉雲山下「三不」密令，禁止人們再談論馬三家，很多媒體被迫刪除、關閉了這類文章和論壇，但就在 4 月 11 日這天，香港鳳凰衛視還是「頂風」而行，在敏感時刻推出《揭祕馬三家》的電視訪談節目。

有「第二央視」之稱的香港鳳凰衛視，其實權實際掌控在中共太子黨大老葉選寧手中，而葉選寧是習近平的太子黨盟軍。於是鳳凰衛視自習近平「背傷」事件後開始高調打擊薄熙來，劉長樂率領的鳳凰衛視也徹底轉向，在政治上倒向習近平。

當地時間 4 月 11 日晚間 10 點到 10 點 30 分香港鳳凰衛視在節目《社會能見度》高調播出《揭祕馬三家》。

該電台女主持人曾子墨在節目中重點採訪《走出「馬三家」》中的主線人物：陸秀娟、劉華、王玉萍等，受訪者在節目中更為直觀地描述她們曾經遭受過的酷刑待遇，說到痛處，潸然落淚，這樣生動直觀的講述，更是深深觸動人們的心。很快這個視頻被大陸民眾轉發到微博和論壇網站，引發新一輪對馬三家酷刑的聲討。儘管後來這個視頻在鳳凰網被刪，但在國外 youtube 和大陸還在被繼續傳播。

4 月 11 日這天，同樣敢於違背劉雲山密令的還是中國婦聯組織的出版物《中國婦女報》。這天該報不顧禁令，刊登了記者王春霞在 4 月 9 日採訪《走出「馬三家」》的稿件採寫者《Lens》雜誌主筆袁凌，並給採訪文章取名為《訪馬三家女子勞教所事件記者：直面真相推動改革》文章透露，袁凌是通過了五年的調查，

收集了大量資料，直到中共 18 大後才準備推出這個兩萬字的調查報告。

袁凌說，這些受訪者遭受的酷刑，「讓人聽得心驚肉跳」，他同時發現，那些因為不公而上訪的女性，在經歷了「老虎凳、死人床」等慘無人道的折磨之後，「她們既比男性柔弱，又有一種耐力、記憶力，比男性更堅強。」

老子查兒子 調查結果嚴重失實

從 4 月 8 日開始，遼寧省官方就稱對馬三家開始調查。當時各界民眾就發現，所謂調查組是由馬三家勞教所的上級單位：遼寧省司法局、勞教局等組成，是「老子查兒子」。馬三家的惡行能持續十多年而沒被上級懲罰，這本身就說明是沆瀣一氣的上下勾結，讓他們來調查，是很難查出真相的。

明慧網資料顯示，現任遼寧省勞教局局長張超英恰恰是原馬三家教養院的院長兼黨委書記。在他 2000 年任職期間，馬三家教養院將 18 名法輪功女學員扒光衣服投入男牢房任人輪姦。據知情人披露，張超英不僅極盡全力迫害法輪功學員，此人還極為陰險、凶殘，人品極其低下。另外，2012 年初任遼寧司法廳廳長的張凡，係原遼寧省司法廳副廳長、遼寧監獄管理局局長。此人長期是遼寧省司法、監獄系統迫害法輪功的負責人，身負累累血債。

很多民眾表示，這些所謂調查組成員，其實就是酷刑的參與者，酷刑就是他們製造的，讓他們去調查酷刑，那除了掩蓋真相以外還能幹什麼呢？

果不其然，4 月 19 日，就在人們被真假習近平「打的」爭論

得最熱鬧的時候，新華社悄悄發表了關於對馬三家的調查報告，此前一天，隸屬於政法委的「法制網」未署名的新華社文章稱，「4月9日以來，調查組通過實地現場勘查，查閱有關檔案卷宗73本，調查幹警116人、207人次，勞教人員55人、146人次和14名解教人員，提取證言證詞、圖片及聲像資料663份，查明了事實真相。調查結果表明，《走出「馬三家」》一文存在嚴重失實的問題。……文中提及的原被勞教人員陸某、梅某、蓋某和趙某等四人被『上大掛』和趙某被『坐老虎凳』係惡意捏造和無中生有。」

不過被新華社稱為趙某的趙敏，在接受海外媒體調查時憤怒地指出，沒有任何政府人員來調查過她在馬三家的經歷，她說，她連一個電話詢問都沒有收到，且近段時間她都在家養病，官方虛構那麼多調查人數全是騙人的，「調查報告直接脫離了受害人，官方單方面下結論，不真實。」

不過新華社文章在否認使用酷刑的同時，還是變相承認了馬三家強制給人灌食的現象。很多讀者說，這個床你叫它護理床也好，叫死人床也好，反正就是把人捆在那灌食，叫什麼名不重要，承認有灌食，承認有這個床就是第一步。

新華社文章最後主動提到「法輪功」這個最近幾年很少在大陸媒體上公開提到的名詞。江澤民沒下台之前官媒就大肆宣稱，法輪功早就被「消滅」了，不存在了，即使《走出「馬三家」》這篇文章也有意避開這三個中共最害怕的字，只是反覆說，這些酷刑起初都是針對「特殊群體」而設立的，後來才擴散到對待訪民和其他勞教人員。

「自開展 XX 鬥爭以來，『坐鐵椅子』、『老虎凳』、『死

人床』、『上大掛』、『毆打虐待』等駭人聽聞的詞彙，充斥在境外『法輪功』媒體上。《走出「馬三家」》一文歪曲事實，大量使用境外『法輪功』媒體惡意攻擊的用語……」

從中共這個調查報告的定調來看，最後是把大陸揭露馬三家罪行，歸結為是受了海外法輪功媒體的影響，是引用了海外媒體的信息，用了海外法輪功的詞彙。暗示是被「反華勢力」在海外發布的假新聞給欺騙利用了。

劉雲山設局假新聞 懼酷刑真相續曝光

這裡又回到「假新聞」上了。

就在 4 月 18 日《大公報》發布「假新聞」的前兩天，4 月 16 日，中共新聞出版廣播電視管理總局（廣電總局）下發《通知》，要求各類新聞單位均不得擅自使用境外媒體、境外網路的新聞信息產品；4 月 19 日，遼寧官方報告又稱海內外關於馬三家酷刑的報導是「假新聞」，這一前一後兩個假新聞，一下終於讓人們看清第一個「習近平打的」的假新聞的真正作用了。

大陸電視節目製片人「東昇路小新」調侃說：新聞總局剛指示「新聞單位不得擅用境外媒體信息」，馬上就出事，的確有先見之明……

中新網英文網副總監孫恬猜測說：「大公網不會是配合著演了一齣苦肉計吧？有了這個案例，再怎麼肅整自媒體都不為過了，出師有名了啊！」

美國華府中國問題專家石藏山認為，從整個事件發生的前後過程來看，「習近平打的」事件是劉雲山刻意設下的一個局。劉

雲山操控的中宣部利用「大公網」做托，上演了一齣「殺雞給猴看」的戲碼，為的是整肅大陸媒體，不得擅自使用境外媒體的新聞信息，尤其不得觸及法輪功相關問題。其背後的實質是為了掩人耳目，繼續掩蓋中國勞教所內發生的令人震驚的迫害黑幕。

該事件因涉及「廢除中國勞教制度」，而廢除勞教無法避免地觸及中共最怕的法輪功真相問題。中國勞教制度的黑幕，從江澤民時代起，對鎮壓法輪功及大陸民眾的迫害犯下的驚人罪行，一直被掩蓋。江派常委劉雲山控制中宣部與習近平陣營就「廢除勞教制度」等相關問題，成為當時中共高層最激烈的拉鋸戰。

石藏山分析說，新聞廣電總局的這個所謂通知，其實就是中宣部想藉此讓大陸媒體繼續在勞教制度、法輪功問題上噤聲，掩蓋最大的真相。「習近平打的」烏龍事件，不過是劉雲山操控中宣部利用「大公網」做托，上演的一齣戲而已。

石藏山表示，再用一個形象的比喻來說，在象棋規則中，帥是不能出九宮的，而劉雲山藉習近平打車出宮這條信息，是在警告習近平要「守規矩、別出格」，這樣大家相安無事，否則會魚死網破。

顯然，掩蓋涉勞教所相關的法輪功真相，是目前江派對習死守的「底線」，馬三家勞教所酷刑內幕已開始探底了，劉雲山等江派用「習近平打的」假新聞威脅習近平「已出格了」。

政治局三常委面臨清洗

第六章

神韻廣傳 中共欲剽竊

劉雲山入常之後主管文化宣傳，成了大陸春晚等文藝演出的最高主管。神韻在全球傳播正統中華文化，受到全球各族裔主流民眾及全球華人的讚譽，中共極度恐慌。在進行破壞均以失敗告終後，中共撥款派藝術專家團出國抄襲神韻。圖為 2011 年神韻藝術團在紐約林肯中心演出。（大紀元）

第一節

政協委員稱
中共藝術團輸給神韻

　　劉雲山升到中共政治局常委之後，主管文化宣傳，他就成了大陸所謂春節晚會以及各類文藝演出的最高主管了，面對法輪功學員在海外推廣的美國神韻藝術團的演出，劉雲山是既吃驚又害怕，既想進行破壞卻都以失敗告終，最後只落得無可奈何乾瞪眼。

中共派出表演團體 與神韻競爭失敗

　　據香港最暢銷英文報《南華早報》報導，一些擔任中共政協委員的大陸藝人，在政協討論會上「感嘆大陸政府支持的國內演出團體在海外表現不佳，與法輪功主辦的演出（神韻）競爭失敗。」

　　著名詞曲作者徐沛東說，在最近幾年，由大陸藝人組成、政府資助的出國表演團體，比不上法輪功主辦的在北美和歐洲的表演受歡迎。徐說，他對這個演出（神韻）感到震驚，因為神韻是基於中

國傳統的民間故事和神話傳說。他還指責中共政府摧毀中國文化。

「平心而論,該演出(神韻)非常吸引人,結合現代舞台設計,主要由第二、三代華人組成的演員隊伍訓練有素。」「更重要的是,神韻是一個商業演出,在賺錢。」徐沛東說。

《南華早報》還報導,大陸資深男高音歌唱家郁鈞劍提出,大陸藝術團在海外演出的演員陣容小,導致大陸頂尖的藝術家往往被迫參加製作粗糙的出國演出。「這樣的製作損害國家形象,因為演出規模非常小,隨隨便便就上台表演,什麼舞台設計都沒有。」郁鈞劍說。

徐沛東:大陸表演水準參差 損害中國形象

中國作家網 3 月 7 日報導,6 日下午,中共政協文藝界臨近分組討論結束前,徐沛東開始發言。他說,中國大陸演員出國表演水準參差不齊,產生很多問題。「現在已經有中央領導找我談過,說能不能不讓那麼多人都去維也納金色大廳(演出)?我說,不是我讓去的,是他們自己要去的。」

作為中華海外聯誼會理事,徐沛東苦笑道:以前國內文藝團體去維也納金色大廳演出時,場租費是一萬歐元,後來漲到兩、三萬歐元,現在沒有個七、八萬歐元拿不下來,價格全是自己抬起來的。「所有演員都想到維也納金色大廳去鍍金,回來後就自己吹噓,甚至連小學生樂團也能進去,回來就報政績。」(到了 2014 年 7 月,江澤民的情婦宋祖英公開承認,這個壞頭就是由她開始的。)

徐沛東說,像這樣的現象已經有好幾年,而且魚龍混雜,什麼樣的層次都有,亂象叢生。對於外國人來說,他只知道中國人

來了，但是他不知道你是不是中國最優秀的文化，他覺得中國文化藝術就是這樣了。

徐沛東認為，制止這種亂象，要麼需有個立法，要麼得有專門的監管部門，不一定要層層審查，但是要有制度，畢竟外交無小事。他說：「對外文化交流代表的是國家的形象，但是我們現在很多出國演出，是自己拿錢賺吆喝，檔次參差不齊，什麼亂七八糟的都有。」

另外，據鳳凰網轉載《城市晚報》的消息，也提及徐沛東的話。報導說，談起文化「走出去」，徐沛東顯得有些痛心疾首：「現在什麼東西都拉出去演，演出組織很不嚴肅，演出水準參差不齊。這個事情非常值得嚴肅討論。」

神韻復興文化 大陸官員富豪專程出國觀看

根據神韻藝術團網站的消息，神韻藝術團 2006 年在紐約成立，目前已擁有數百萬現場觀眾。在世界頂級劇場的起立喝彩的觀眾中甚至包括躬逢盛事的歐洲王室成員。北美演出場場爆滿，亞洲各地座無虛席，票房火爆。

神韻 2012 年不僅在北美、歐洲和亞洲創下轟動票房，更廣泛吸引許多大陸官員、企業富豪專程或組團出國看演出。

「我抑制住自己淚水不流下來，但我的心在澎湃，我的心在顫抖！」2012 年 4 月，來自中國大陸的經貿商人郭先生專程搭飛機去紐約看神韻，他雙目含淚，非常激動地表示：「中共首腦們應該好好看看神韻。」

郭先生說：「神韻演出的音樂、歌曲、天幕，尤其是中國傳

統的舞蹈，中國幾千年神傳下來的故事，很純正、很純美。我看到歌唱家的那種歌唱，發自肺腑，我感覺內心有一種共鳴。所以神韻的真誠，讓人感到內心深層的共鳴、感情能夠溝通。這是我人生中第一次看到中國這麼美麗、這麼真誠的演出，給我的啟發和教育很大。」

郭先生對神韻去中國大陸演出滿懷信心。他說：「神韻一定能盡快地到中國，讓中國人民能看到這樣精彩絕倫的演出。我們要讓世界知道，植根於我們中華的這些文化和瑰寶。世界各個地方的華人都應該知道，並為自己民族的文化作出貢獻。我要把神韻的信息告訴給更多的親朋好友，以此貢獻自己的一份力量。」

有大陸企業家透露，許多大陸官員、企業富豪也低調專程到台灣觀賞神韻，並且組團進場的大陸民眾人數越來越多，「到台灣進行神韻之旅」儼然成為大陸新興的旅遊熱潮。

「神韻把中華傳統文化找了回來。」大陸人士韓女士語帶哽咽地表示，看到神韻演出，有種非常莫名的感動，讓她止不住地落淚，「說不出來的感動，看碟（光碟）和看現場很不一樣。」

「神韻絕對是中國的希望！神韻帶給中國人最傳統的美。」來自大陸的陸先生也感動地說：「神韻特神奇、非常好、特震撼，看了心情特別沉澱、特別祥和。」

「神韻的確是中國文化的體現，同團的人都邊看邊哭。」大陸華人王先生表示，數十位大陸民眾專程組團到台灣看神韻，每個人都相當感動。王先生並由衷地期盼：「我希望有一天神韻能在大陸公演！」

在當今的中國大陸無法觀賞到神韻，傳統文化在中國已幾近湮滅。神韻藝術團的宗旨是復興五千年神傳文化。

第二節

中共撥款組專家團出國抄襲神韻

中共派出專家團 多次現場「偷學」神韻

2013 年春，中共派出由二十多人組成的專家小組多次到世界各地神韻演出劇院現場「偷學」，這些人看節目看得非常仔細，甚至記錄筆記，但看後面無表情，匆匆離去。

2013 年 4 月 9 日，神韻藝術團辦公室和神韻演出主辦單位全球發布聯合聲明，重申神韻節目受專利、版權和著作權保護。

北京消息人士透露，2013 年兩會幾位藝術界的政協委員對海外神韻演出的講話，對文化部和中宣部的刺激不小。之前，北京藝術界幾個大腕，聯合社科院的一位所謂專家，聯合提出了一份如何針對神韻演出的報告，獲得中共中央中宣部等部門的重視。

這份報告表示，由於中國在世界上地位崛起，法輪功團體舉辦的神韻演出在全球引起轟動，票價也高，但觀眾卻眾多，全球

對中華文化的關注與日俱增。在藝術演出方面，過去幾年中國各演出團體外出演出的節目，屬於低層次低水準，而且節目設計並未真正國際化，對西方市場了解不足，那種中西混雜的文藝節目，無法獲得海外高層次觀眾的認同。

這份報告認為，中共官方文藝團體具有的專業優勢，加上國際化的商業包裝，可使中國文藝演出走向國際舞台，這樣可奪回神韻在中華傳統文化方面開拓的國際市場。

據說，該份報告獲中共高層有關部門的重視，已撥出專款，先由以北京藝術團體為主組成幾組專家團隊到海外「臨摹」。中宣部認為，即使無法打敗神韻演出，也可干擾神韻在國際上的蓬勃發展。

外派藝術專家：神韻演出「沒法學」

來自北京的消息說，一些演藝界專家，最近多次組團前往台灣、日韓和歐洲，對神韻演出進行觀摩，包括神韻的舞蹈形式、服裝、動態天幕、色彩、現場伴奏等，甚至祕密攝錄影音資料。

一位接受任務，曾經前往日本觀看神韻演出的藝術專家對友人表示，神韻演出「沒法學」。她認為不是技巧的問題，而是中國文藝團體大多「中西混雜」，很難進行純粹的中國特色藝術表達。她認為，或許北舞組團可以拚一下，但編舞方面需要下工夫。

軍藝的一位舞蹈專家則表示，北京幾位專家曾經談過此事，對此事都「沒有信心」。他認為，表面上的東西容易，比如天幕、

服裝，甚至音樂、編舞素材等，但中國的演員很西化，表現在基本身體形態和敘事藝術風格上，這不是短時間內能夠改變的。他也認為，尤其在市場方面，如果不能得到西方機構的大力配合，恐怕難以成事。

相對而言，曾經成功組團海外演出的一些藝術界大腕比較樂觀。不過一位大腕的朋友評論此事時說：「只要中央願意撥款，真正效果如何誰知道啊。只要國內媒體炒作一下，起碼在中國大陸，大家都認為很成功就行了，就可交差了。」

神韻藝術團與主辦單位 發布聯合聲明

自神韻演出問世以來，世界各地的神韻演出主辦單位要求劇院裡的現場觀眾不得攝影攝像，違者必究。鑑於最近頻頻出現違規現象，2013 年 4 月 9 日，神韻藝術團辦公室和神韻演出主辦單位發布聯合聲明，重申神韻演出受專利、版權和著作權保護。

聲明說，神韻演出的技術、內容及創作，包括動感的天幕與演員的切換配合、天幕場景隨演出需要的瞬間轉換或流暢的轉換，天幕與演員及音樂的互動等都受到專利、版權和著作權的保護。其他演出單位及個人、團體等請勿效仿和抄襲，違者必究。

神韻創票房佳績 爆滿盛況成常態

2013 年神韻全球巡迴演出自 2012 年 12 月 13 日於阿根廷首

都布宜諾斯艾利斯拉開序幕，目前神韻三個藝術團已經在全球南美、北美、歐、亞、大洋洲 82 個城市頂級劇院進行了 245 場演出。神韻聲譽日隆，在主流社會不斷發酵，頻頻創下滿場、爆滿、一票難求的盛況。

多個城市主辦方和劇院透露，神韻演出特點是高價票走俏，許多城市開演數周前最高檔票就已售罄，供不應求。加拿大魁北克聖路易士弗雷謝特劇場（Grande Theatre）劇場經理 Marcel Dallaire 表示神韻為劇院創下了兩個奇蹟：一是票早早售罄，這在劇院歷史上從來沒有過。二是劇院沒有一個多餘的座位。

越來越多觀眾不僅偕親朋好友齊觀神韻，更搶購高價票，以期從最佳視角欣賞神韻超一流的製作及演出。

頂級舞台藝術 神韻震撼西方主流社會

神韻自 2006 年成立以來在短短幾年內風靡全球，獲得主流社會各界人士的讚賞和敬佩。各地的演出吸引了眾多豪商巨賈、達官貴族、政府要員、藝術名流，越來越多主流人士對神韻滿懷感恩、傾盡讚譽，激動心情溢於言表。

主流人士盛讚神韻是藝術的奇蹟、最高檔的演出，因為能在西方立足的藝術經典大多需經過幾十年甚至上百年的歲月沉澱，才能獲得主流認可，而神韻在短短的幾年時間就成為西方主流的新時尚。

神韻藝術團每年推出一套全新節目，許多觀眾不僅每年都追看神韻，並且邀請親朋好友結伴、組團觀神韻，他們自發地成為活傳媒，將神韻的美好向更大範圍輻射，掀起一波又一波「神韻

熱」。觀看神韻已經成為主流社交圈的時尚活動。

專家：意識形態之戰 中共恐懼滅亡

美國華府中國問題專家石藏山認為，神韻演出在海外廣受歡迎的盛況，與神韻復興中華五千年傳統文化的努力，引中共恐懼。因為越多人摒棄中共的意識形態，中共離滅亡的日子越近。

石藏山說，中共失去了統治中國的文化道統，它們系統破壞中華五千年的傳統文化，用馬列暴力革命的思想作為中國人的精神支柱，實際上就連中共高層也沒人信仰馬列主義。中國社會出現精神真空，中共將中國人變成失去靈魂的軀殼，並用邪惡的黨文化來充塞中華子孫的頭腦。

第三節

破壞傳統文化元凶
無資格學神韻

　　2013年4月12日，《大紀元》網站發表特稿《破壞中華傳統文化元凶中共窮途末路「學神韻」》，全文轉載如下：

　　中共開始派一批官員與專家小組到海外低調組團「考察」神韻，暗地裡記錄神韻演出中舞蹈、服裝、音樂、製作等等各方面的表演與技術細節，以圖用偷雞摸狗的方式在中國大陸批量製造山寨版「神韻」模塊，以假亂真，渾水摸魚，最後輸出國門，以冒牌雜貨衝擊被世界高度認可的神韻藝術團在全球範圍內獲得的聲譽。

　　中共對享譽全球的神韻藝術團，由實在無法壓制到現在改變策略，組專家小組到海外來偷雞摸狗，擬採取抄襲等下三爛的流氓手段來模仿神韻。

　　目前在中國西安、吉林等地已有組成模仿神韻的山寨版藝術團，消息來源稱「但苦於怎麼樣也學不來，特別是中華傳統文化

的內涵，學不來。」

8 年來中共動用國家外交、國安、財政資源竭盡所能的破壞神韻，黔驢技窮後，到目前依然在尋機搞破壞的同時，正祕密布署開始全面的模仿、抄襲神韻，可稱之為形勢所迫的要「學」神韻了。

中共開始「學」神韻了，多少是個轉變。但是，中共的這個「學」，卻不是光明正大的虛心求教；更不是敞開中國的大門，讓神韻把真正的中華傳統文化帶給翹首以盼的中國大陸民眾，而是如同做賊一樣的搞偷雞摸狗的「盜搶」，這正是中共最擅長的技能，即盜取他人的成果。正如中共幹的那些不擇手段的竊取西方大公司的技術機密，不惜用軍方駭客部隊盜取大量商業信息與祕密一樣，中共對神韻演出的所有所謂「學盜」，不僅屬於流氓作風的版權侵犯，而且是嚴重的違法行徑，並一定要被追究。

神韻擁有原創及天幕等關鍵技術的專利與版權

神韻藝術團是受到美國法律保護的正規商業演出團體，擁有對其原創作品及關鍵技術的專利與版權。為此，神韻藝術團辦公室與神韻演出主辦單位於 2013 年 4 月 9 日就神韻演出的技術、內容及創作，包括動感的天幕與演員的切換配合、天幕場景隨演出需要的瞬間轉換或流暢的轉換，天幕與演員及音樂的互動等的專利、版權和著作權發出聯合聲明，內容如下：

神韻演出的技術、內容及創作，包括動感的天幕與演員的切換配合、天幕場景隨演出需要的瞬間轉換或流暢的轉換，天幕與演員及音樂的互動等都受到專利、版權和著作權的保護。其他演

出單位及個人、團體等請勿效仿和抄襲，違者必究。特此聲明。

國際版權法條款下保護神韻藝術團的專利，國際社會都會遵守，唯獨中共流氓會不屑一顧。這也難怪，因為中共邪黨向來就是以破壞國際準則為樂趣，以不尊重他人為習以為常，中共的起家就是靠「假、惡、鬥、騙、偷、殺、搶」。

詆毀神的中共與復興神傳文化的神韻是對立關係

破壞中華傳統文化的元凶中共來「學」以傳播純正中華傳統文化的神韻，這本身就是巨大的嘲諷，中共將折騰出一個什麼樣的怪物。

首先要問，中共有資格「學」神韻嗎？回答是沒有，而且永遠沒有，也不配。

神韻是什麼？是神傳之作，是播撒於人間的神韻律之美，傳播中華五千年神傳傳統文化的精髓。經過近八年的全球巡迴演出，已有超過數以百萬計的東、西方主流觀眾現場欣賞了神韻，獲得了全球各族裔主流民眾及全球華人的認同，由此也把神韻讚譽為「世界第一秀」揚名四海。

神韻的演員們是信神的，神韻的創作者們是信神的，神韻的神性與神韻藝術家們敬天敬地的心靈相貫通，這是怎樣的天人合一的純善純美的境界！觀眾表示，舞台上的演員們個個都像天使下凡。那種身心合一的展現，深深感染著觀眾，演出現場眾多的觀眾因感動而落淚，這是世界上任何的演出都無法看到的景觀。

可是，中共宣揚的是什麼？徹頭徹尾的無神論，這個不信神、詆毀神的邪惡組織，卻要表現充滿神性的中華傳統文化，如何操

演呢？說白了，只能偷梁換柱、東施效顰。

在黨文化的世界裡，中共將中華五千年的歷史故事、文化寶藏，篡改和歪曲成為不倫不類、道德低下的流氓作品，並用來毒害中華子孫。中共治下的文藝創作，無論多高尚的遠古內涵，多動人的歷史傳說，最終都被糟蹋了，並為邪黨所用。

不信神的中共根本沒有半點「學」神韻的資格。那種「學」，說白了，就是在侮辱、踐踏中華傳統文化。

中共是破壞中華文化的元凶 文革餘悖猶存

事實上，全面地踐踏傳統文化，正是中共拿手好戲，中共統治的歷史也不斷上演這樣的一幕一幕。從流氓起家的中共，在篡奪政權後，根本無法在中華五千年的神性大地上久存，其必須通過無數大小的政治運動，直至把中華文化徹底摧毀，取而代之的是一套騙人的黨文化與周密的從生到死的洗腦術。在這樣的土壤中，中共邪惡之身方能汲取養料及藏身。

神韻橫空出世，震驚全球，立即也從北京中南海裡傳出了驚恐哀嚎：「經過這麼多年的運動及文革的血雨腥風，懂中國傳統文化的文化菁英不都整死光了，怎麼突然冒出了這個神韻，他們是如何做到的？」

無神論中共是永遠無法相信神蹟的，但是，在中共面臨解體的今天，看到神韻在全球受到世界範圍的認同，出於對權力的自保也不得不面對今天的事實，要開始「抄襲」神韻了。

中華幾千年的古訓告訴世人，正統文化的承傳是民心所向，民魂所繫，誰能真正地詮釋中華文化，誰就代表了中華民族的真

正道統。由此可見，中共對神韻的懼怕，已不是一般意義上的打壓異己，而是從根本上、從本性上，神韻在恢復中華傳統文化的同時，中共賴以生存的邪惡土壤將蕩然無存。

可謂，神韻興，中共亡。

從這個意義上看，中共能「學」得了神韻嗎？真「學」成了，中共也就解體了。中共只能假學、歪學、套上偽裝，自欺欺人地學，學表面、棄內涵。這個一貫打壓傳統的元凶，卻嘟囔著要恢復傳統，其唯一能做的就是重新包裝而已，可是邪惡的本質永遠無法改變，換湯不換藥。

中共「學」異象 佐證神韻在全球的巨大成功

當然，從另一角度看中共迫不及待地開始「學」的異象，也從側面說明了神韻的巨大成功。這個成功不僅是神韻演出本身的高水準，而且也創造了世界範圍內高票房的市場奇蹟，僅神韻2013年在美國、歐洲、亞洲等世界著名城市已完成的演出，就創出近90％場次觀眾爆滿的傳奇紀錄。

就拿緊鄰大陸的台灣為例，神韻延續2012年37場在台灣演出全數爆滿的熱烈氣勢，2013年增至46場，其中44場演出票房爆滿、2場滿場，許多場次更是門票銷售一空、一票難求，6萬3500名現場觀眾熱烈感動，2013年的神韻晚會再度為台灣藝文界寫下一頁傳奇。神韻也再度蟬聯台灣藝文演出的年度票房冠軍。

神韻在台灣巡演多年，「世界第一秀」的頂級口碑也已在政商主流社會與菁英階層間廣為流傳，每年神韻到台灣演出，也成為台灣年度一大盛事，受到各界矚目與歡迎。幾乎每場神韻演出

都可以見到專程來到台灣看神韻的大陸民眾與港澳民眾，其中不乏頂尖企業家、藝術家、中共官員以及官二代等。

神韻的衝擊波，甚至湧進了中共「兩會」。2013 年 3 月，在中共政協文藝界分組討論上，有人對比神韻，公開表示對大陸演出的不滿，稱由法輪功主辦的神韻藝術團演出票房非常成功。而大陸表演團體在海外的表演水準「亂七八糟」，損害中國文化在國際上的形象，政府外派的演出藝術團與法輪功舉辦的神韻演出競爭失敗云云。

可見「神韻的演出非常吸引人」與「票房成功」，這些因素對中共當局的刺激巨大。趕緊全面地把神韻「拷貝」過來，創效益，創名利，這種急功近利的思維，也是典型的黨文化模式的表達。

鄙之一笑，廣而告知吧

舞是人跳的，音樂是人演奏的，要想「學」神韻，先要學會做人。成功是順應天道的表現，這些最基本的人文常識，中共黨文化思維無法理解。「橘生淮南則為橘，橘生淮北則為枳」，人文環境變了，性質也就變了。

中共「學」神韻，注定成為一大笑話，這個笑話也笑出了中共的無恥與貪婪，更笑出其邪惡本性的不可改變。就讓天下人知曉吧，在中共最後滅亡前夕，這個不自量力的流氓出於自保開始偷雞摸狗地「學神韻」。

鄙之一笑，廣而告知吧。

第四節

神韻 2014 全球巡演再創奇蹟

2014 年 3 月 8 日，神韻世界藝術團在康涅狄格州沃特伯里市派雷斯劇院謝幕的情景。（大紀元）

　　2014 年 5 月 11 日，神韻藝術團四個團同步結束 2014 年巡演之旅，載譽返回紐約。本年度神韻藝術團新增了一個團，共四個團協同四個交響樂團，自 2013 年 12 月 23 日起，在包括北美、南美、亞洲、歐洲及大洋洲在內的五大洲，19 個國家，117 個城市，演出 400 多場次，歷時逾四個半月，全球巡演盛況空前，劇院爆滿成常態，再創奇蹟。

　　神韻觀眾們表示，神韻奇蹟般高超的表演藝術，當之無愧「世界第一秀」的美名，來自天上的舞蹈感動世界名流。

四團巡演盛況空前 劇院爆滿成常態

　　神韻藝術團自 2006 年創立至今，每年給觀眾帶來一套全新節目，在短短的八年間迅速崛起，成為世界頂級藝術團體。神韻

所到之處，屢創票房奇蹟。

在「世界娛樂之都」的美國南加州大洛杉磯地區連演 16 場均爆滿，臨時加演兩場也爆滿，即便加座也一票難求。北美包括紐約、舊金山、休斯頓、多倫多、蒙特利爾等各大城市也是爆滿盛況連連。

台灣 37 場演出場場爆滿，創造台灣第一的票房百分百。

在澳洲，神韻首次蒞臨西澳首府珀斯，連演六場，一場滿場、四場爆滿、最後一場一票難求，創當地劇院三十多年所未見的票房奇蹟。

奇蹟般高超 百年難遇的文化奇觀

神韻演出超越了語言、文化、地域、種族的障礙，被觀眾們稱為「百年難遇的文化奇觀」。2014 年的 400 多場演出吸引了世界各族裔主流民眾，其中不乏政界，商界名流，富豪巨賈，以及好萊塢巨頭。神韻成為主流社會各界人士的共同美談。

美國前眾議院議長（Speaker of the US House of Representatives）、2012 年美國共和黨總統候選人紐特‧金里奇（Newt Gingrich）說：「我

12 月 27 日晚，神韻國際藝術團在亞特蘭大開始 2014 年巡演。圖為美國國會前議長紐特‧金里奇和夫人在接受採訪。（大紀元）

非常喜愛神韻演出。神韻讓成千上萬的人們對中華文明能有一個更好的理解。（我妻子）卡莉絲塔是一個音樂家，她可以從不同的角度看到神韻的特色。我認為神韻的演出非常、非常地激動人心。」

金里奇先生補充說，「我認為神韻能夠把跨越五千年的歷史通過傳奇和故事生動地展現出來，這非常的神奇；神韻把動態的天幕和舞蹈演員那麼完美的結合了起來。神韻是這樣的生動和活靈活現，她讓觀眾們不由得幾乎要從椅子上蹦起來，不斷的猜測下一個節目是什麼，下一個是什麼……」

金里奇的妻子卡莉絲塔是美國知名作家、藝術家、和電影製片人，她興奮地說，「神韻是音樂藝術的完美展示。神韻舞蹈的整齊劃一令人吃驚，他們是那麼的優雅，那麼整齊劃一的優美，真是令人印象深刻。」

金里奇說，他的朋友們都認為神韻能夠取得今天的成就，是一個非常偉大的創舉。

美國紐約大都會芭蕾舞團（Metropolitan Ballet Company）前專業芭蕾舞演員 Marjorie Faver 女士稱讚神韻演員是「世界上最偉大、最有天賦、最美麗的舞蹈演員」。她說：「他們空中的踢腿，起跳的高度，如同水面滑行的舞步，所有的動作和舞姿，其精準度，都令我激動、震撼！」

美國華盛頓州著名建築設計師 Robert Aujla 說：「所有的細節都難以置信的美，這是我所見過的世界上最美的演出」，「我無法用語言來形容神韻演員的美」，「神韻演出融入大量製作和表演，竟然完美無瑕，這簡直是奇蹟。」

美國俄亥俄州藝術評論家 Mark Horning 先生看完神韻後，撰文盛讚神韻是百年難遇，令人難忘的藝術奇觀。他說：「神韻吸

取了五千年的舞蹈精髓，秉承了純正的藝術價值。流動的色彩和表演完美合一，令人驚歎的翻騰等高難度舞蹈技巧讓人看得不由得屏住呼吸。」「神韻自始至終都讓人目不暇接，樂在其中，演出充滿驚奇、興奮和光明。如果你一直在等待一場偉大的演出，這正是你所想要的。」

神韻征服好萊塢巨頭

神韻藝術團自成立八年來，每年給觀眾帶來一套全新節目，不僅創造了票房奇蹟，也成為好萊塢巨頭們觀摩和追捧的盛會。（大紀元）

著名好萊塢大片製作人 Avi Arad 成功締造了《蜘蛛俠》、《鋼鐵俠》、《復仇者聯盟》、《X戰警》等好萊塢超級英雄。他讚歎說：「演出非常棒，非常出色！」Avi Arad 說：「整台演出，整體效果非常好，背景（天幕）、舞蹈、現場樂團、音樂等等，都非常好，服裝很獨特。整台演出令人愉悅，引人入勝。」

以經典大片《阿甘正傳》而獲得奧斯卡和金球獎雙料最佳導演的羅伯特·澤米吉斯（Robert Zemeckis）攜妻子和孩子一家來觀賞神韻。他用了一連串「非常」來表達讚歎：「非常絢麗多彩，而且非常同步，非常好看，（舞劇）故事情節也非常妙趣橫生。」羅伯特·澤米吉斯說：「我覺得這是呈現（中國傳統文化）的一

種偉大方式，讓我增長了見識。」「我認為演出令人興奮和感動，一種令人歎服的感動，讓你很想看下去。」

澤米吉斯的名作還包括金球獎影片《回到未來》（Back to Future），開創真人和動畫相結合先例的名片《誰陷害了兔子羅傑》，湯姆‧漢克斯上演的《荒島餘生》（Cast Away）等，他並作為好萊塢頂級導演躋身星光大道。

創造了《美女與野獸》、《阿拉丁》、《泰山》、《小美人魚》和《魔髮奇緣》的迪士尼傳奇動畫大師 Glen Keane 表示：「神韻非常純正、純美，還有一種純真的品質，我非常非常欣賞。能夠欣賞不同文化的舞蹈，我真的非常陶醉。尤其是從一個全新的角度去看事情。」

他還說：「神韻的天幕非常有趣、吸引人。我非常欣賞動態天幕達到的效果。」他並表示會推薦給他的朋友：「如果真正想要在這個世界上看到生機勃勃、不同凡響、舉世無雙的演出，一定要來看神韻。神韻美不勝收，又極富精神內涵，啟迪人們找尋創世主，讓人精神振奮，太美妙了！」

91 歲高齡、從 1940 年代開始在好萊塢活躍達 40 多年、參演了 100 多部影視作品、包括 1940、1950 年代好萊塢經典大片《殺手》（The Killing）、《龍爭虎鬥》（Kiss of Death）和《紅河谷》（Red River）的好萊塢老牌明星 Coleen Gray 女士激動地說：「看完演出，我感覺如此美妙！如同隨著舞蹈演員們登入天堂！太美了！我從晚會中學到了很多關於中國的傳統，我想要翻翻百科全書，更多了解數千年的中華文化，晚會美麗而富有教育意義！」

她說連續兩年都沒買到票，此次能觀賞神韻充滿感激：「真的神奇！一個充滿舞蹈之美、視覺之美、想像之美的夜晚！太美

了！連續兩年我們都沒買到票，我們太高興了這次能來。我心中充滿感激！我們將會告訴每一個人明年早早買票都來看神韻！」

因出演《歡樂一家親》（Frasier）和《淑女也瘋狂》（Samantha Who）等經典喜劇而獲得三次艾美獎、四次獲得艾美獎提名的著名影視明星簡・斯馬特（Jean Smart）則已是第二次觀賞神韻。斯馬特說看神韻演出對女兒、對她自己都「非常重要」。她還讚歎神韻演出所展現的專業精神和紀律，感謝神韻給她留下深刻印象。她說：「當我想到他們在全美（全世界）巡迴演出時，簡直超乎想像。三個星期前我到西雅圖看望母親時看到了（神韻）海報，這讓人意識到他們在從一個城市巡迴到另一個城市……令人難以置信的壯舉。」

富豪巨賈爭相觀看「世界第一秀」

富貴如浮雲，回歸才是真，今日心願了，感激讚神韻！神韻的觀眾中的億萬富豪、石油巨頭、一擲萬金的慈善家，都對神韻表達了深深的讚歎和感謝！（大紀元）

阿肯色州知名的富豪巨賈和投資家、家族企業繼承人 Herren Hickingbotham 先生對演出的各方面都讚不絕口：「演出非常迷人，這些演員很有天賦，編舞、服裝、現場樂團伴奏以及音樂都令人歎為觀止！」「帶我們領略了中國不同朝代的文化和各個朝代的

多彩服飾。」同時演出深刻的精神內涵也給他留下很深的印象。

達拉斯的石油大亨 William A. Custard 夫婦非常感謝神韻盡善盡美的藝術：「藝術是普世的，今晚神韻的演出，可以讓不同文化歷史背景的我們共聚一堂。」「整個晚上我們覺得身心在昇華。演出服裝非常的美麗，看起來給人感覺熱情洋溢，真是太美了！神韻的音樂也很棒。」

Custard 夫婦認為每個人都會受益於中國傳統文化：「我認為神韻今晚的表演是絕佳的，非常的優秀，非常的激動人心。而且，從這些古老而又美麗的文化中，每個人都會受益匪淺。」

舊金山億萬富豪 Dario Sattui 先生深為中國古典舞高難度的技藝而折服，「晚會的舞蹈非常精湛，服裝非常漂亮，音樂很好聽。所有的節目我都很喜歡。」

美國賓夕法尼亞州匹茲堡交響樂團首席第二小提琴家兼杜肯大學小提琴教授 Louis Lev 說：「我多次看過神韻演出，這是一個精彩至極的演出，堪稱完美的傑作。」

美國科羅拉多州參議員 Nancy Todd 說：「我從 2007 年開始，每年看神韻。」「我們看過很多演出，沒有任何一個演出可以比得上神韻。」

韓國西洋畫家盧龍澤說：「神韻不愧為世界第一秀，真的給人很深的感動。」

韓國現代詩文學執行編輯、哲學博士、詩人金淑熙說：「看這美麗的場景，內心領悟了很多東西，這段時間很珍貴，這是最頂級的表演。」「聽說神韻是世界一流的藝術表演團體，果真名不虛傳。舞蹈、音樂、舞台都很出色，是一場感動人心的演出。演出想表達的信息進入我的心坎裡。」「舞蹈演員的服裝很華麗，

就像天上的仙女一樣。」「我想這是一種神的境界。」

　　韓國國樂家李春義說：「神韻是最頂級的藝術團，而且擁有著更崇高和更至高的未來前景。」「神韻之美無法用語言形容，親眼觀看才能感受到有多麼殊勝壯麗。」

　　台灣行政院前院長游錫堃稱神韻是「國際頂尖的藝術表現」。

心靈神聖之旅 帶來感動、震撼

　　美國前總統雷根內閣的幕僚比爾・普林斯（Bill Prince），曾專門負責制定美國政府在移民、緝毒等領域的政策策略。他在看完神韻後說：「我認為每個人都應該來看看神韻，這是一個令人驚奇的演出，非常富有娛樂性，也非常富有教育意義。」「神韻演出非常具有創意，色彩豐富，是一個心靈和神聖的經驗之旅，非常精彩。」「神韻給我們帶來了中國的傳統文化，她不光用言辭表達，還用了豐富的色彩和令人很震撼的音樂。神韻就是具有驚人的美麗。」

　　德國聯邦財政部副部長 Michael Meister 先生認為神韻之所以引人入勝，是因為神韻「有著中國文化的深厚根基，可以讓人們體驗一種完全不同的文化」，「深邃的智慧，超越一切時空」。

比爾・普林斯（Bill Prince）曾是美國前總統雷根內閣的幕僚，專門負責制定美國政府在移民、緝毒等領域的政策策略。2014 年 1 月 8 日，他和太太一起來看神韻演出。（新唐人）

俄國著名的前國家隊體操運動員，Omega 體操學院教練 Ludmila Lobaznyuk 說：「神韻晚會的每個細節都讓我感動。舞蹈演員表演的翻騰、跳躍，每個高難度技巧都令我感到震撼。每個舞蹈都難以置信，我相信神韻舞蹈演員是最棒的演員。」

美國電影製片人 Anthony Greene 先生說：「神韻在一瞬間就感動了我」，「如同插上接頭一樣的感覺」。「神韻演出擴展了我對藝術的理解。」

美國資深國會議員：神韻能量巨大將改變世界

資深國會議員德納‧羅拉巴克（Dana Rohrabacher）盛讚神韻演出：「超一流！」「引人入勝！」「我認為演出的創意和才華比得過我一生所見過的任何百老匯作品。服飾難以置信的美麗，每種色彩和色彩的組合，以及舞蹈動作帶起的色彩互動，極具藝術性和創造性。她是如此美麗，讓我目不暇接。」

他說：「我覺得這樣宏偉壯觀、基於中國文化的藝術在美國這裡得以展現和繁榮發展，卻無法在中國大陸演出，是一種恥辱。」並說：「讓我們期待有一天，我們都可以在北京看到這場演出。」

他還說：「我認為這場演出能量巨大，如果中國人民意識到他們被剝奪了與生俱來的權利，那將改變中國，進而改變全世界的形勢。」

一位初次來美國畢業於北京大學的老教授在洛杉磯看過神韻後說：「神韻所弘揚的價值觀與普世價值一脈相承，所崇尚的道德觀是人類乃至宇宙共同遵循的準則。神韻是藝術的精品，文化的極品，是人類共同的精神財富。」

政治局三常委面臨清洗

第七章

劉逼習左轉
習清黨泡湯

習近平上台之後，所行政策有些接近胡錦濤的左右平衡術，不願得罪黨內保守派，因此並未大力插手意識形態和宣傳事務。不過，劉雲山（左一）一再以左派特有的話語系統綁架習近平向左轉，突顯出習近平的左右妥協，已日益變成左右分裂。（Getty Images）

第一節

左派發難 推通報「七不講」

　　2013 年 5 月，中國多家媒體報導稱，近日中共中央辦公廳印發了《關於當前意識形態領域情況的通報》，似乎透露中共將更加收緊對意識形態的管控。

　　英國廣播公司（BBC）報導說，他們的記者試圖搜索查找《通報》的具體內容，發現許多有關報導的搜索結果都發生鏈接錯誤、空白或者無法進入。有報導稱，這一通報下發到縣團級以上的中共幹部，所以外界並不了解通知的詳細內容。

　　不過，中國很多地方的報紙和網路都報導各地學習這一《通報》的內容。比如，《安陽日報》刊發《中辦印發意識形態領域情況通報安陽政協學習》一文，提及「要切實加強對當前意識形態工作的領導，把加強意識形態領域的工作列入重要議事日程，做到有載體、有活動，形成學習制度。」

加強意識形態控制

人民網的「強國社區」5 月 13 日發出的一個帖子，報導遼源市委以及重慶市體育局學習《中辦發〔2013〕9 號》文件，稱兩單位「迅速貫徹落實《關於當前意識形態領域情況的通報》」。雖說《通報》的具體內容零星，但從各地黨報的紙媒報導中也可窺見一斑。

《遼源日報》5 月 10 日頭版刊登相關文章稱，要帶頭強化四種意識：政治意識、大局意識、責任意識和憂患意識。如什麼「要有堅定的政治信仰」，「要切實嚴守政治紀律。要在思想上政治上行動上同黨中央保持高度一致。在幹部、組織、人才等重大政策、重大問題、重大布署上，時刻講政治、顧大局、守紀律。」「要鞏固和加強宣傳陣地管理。著力加強對意識形態工作的領導，教育引導全市各級領導幹部特別是『一把手』，充分認識加強宣傳思想工作的長期性、複雜性、尖銳性，把意識形態工作納入重要議事日程，經常分析研判，及時有效應對」等等。

重慶媒體則在刊登這一通報時透露：「中央對當前意識形態領域值得注意的七個方面的突出問題分析深刻、態度堅定……充分認識西方宣揚的觀點、理論的危害性。」

報導要求「加強宣傳文化陣地管理，不斷完善和有效落實管理制度，從源頭截斷錯誤思潮和言論的傳播渠道。強化網路管理，加強輿論引導，淨化網路環境。」但報導並沒有透露這一通報中的七個方面究竟是哪些。

「七不講」尚未見到官方文件

有分析稱，這份通報極有可能就是此前大陸網路盛傳的「七不講」傳言的官方版本。網路盛傳中共中央推出「七不講」禁令，要求教師不要與學生討論普世價值和新聞自由等議題。據微博流傳的消息，這「七個不要講」的範疇包括「普世價值、新聞自由、公民社會、公民權利、黨的錯誤歷史、權貴資產階級和司法獨立」。

在《通報》已被地方黨報證實而「七不講」仍只是網上傳言的情況下，此通報顯示中共在意識形態方面的如何走向頗費猜疑。「毛左」的紅歌網站聲稱，通報顯示了歷史虛無主義等幾種錯誤思潮，是「對於反對、詆毀毛澤東的人的有力回擊」。

所謂「七不講」，指的是在互聯網上廣泛流傳的，關於在中共宣傳部門要求中國高校教師在講壇上有七個不要講：即「普世價值不要講、新聞自由不要講、公民社會不要講、公民權利不要講、中國共產黨的歷史錯誤不要講、權貴資產階級不要講、司法獨立不要講」。

「美國之音」引述一些海外觀察家的分析認為，「七不講」太離譜，和中共領導人習近平、李克強在 18 大之後竭力打造的開放和改革的形象明顯不符。外媒記者問及一些北京的高校教師，是否接到有關「七不講」的通知，一些教師表示不知情，也有網路傳言個別高校教師已經收到「七不講」。七不講的有關內容僅僅在網上流傳。有分析甚至認為，這是左派所造謠言，抹黑習李政權。

令外媒感到困惑的是，「七不講」三個字已經變成敏感詞遭到屏蔽。在新浪微博搜索網頁上，搜索關鍵詞「七不講」，結果

是「根據相關法律法規和政策，搜尋結果未予顯示」。甚至連搜索《關於當前意識形態領域情況的通報》，也被屏蔽。到目前為止，地方媒體報導的有關學習中共中央辦公廳印發《關於當前意識形態領域情況的通報》的新聞鏈接均已失效。

鑒於「七不講」真假難辨，海外媒體呼籲中共公布真相。路透社援引香港《明報》的文章稱，如果「七不講」是誤傳謠言，有關方面應盡速澄清，如果確有其事，中央應及早糾正錯誤，收回成命，莫讓「七不講」成為實現中國夢的「七傷拳」。

涉及高層權力鬥爭？

「七不講」對中國自由派知識分子有如晴天霹靂。「是非、黑白都不能講了，一切都成問題了，太嚴重了。超過中共執政以來一切最左的時候、最嚴厲的時候。」中國法學界人士俞梅蓀對表示，「什麼都不能講了，那生活就要窒息了，太嚴重了。但這根本剎不住了，現在誰都會講。」

他認為「七不講」並非空穴來風，而是十分肯定的真有此事，但具體傳達到什麼級別目前尚不清楚。「大家都很著急、也很厭惡這個事情……」

俞梅蓀則認為，這種混亂局面一定和高層鬥爭有關。「這個也有可能是上面的鬥爭吧，比如說主管意識形態的劉雲山他自作主張搞一套，利益集團肯定有一批人是這樣的堅持左的利益集團、為利益集團的衛道士，有這麼一批人，就是有相當一部分人，不是劉雲山個人的事，這是有一大批的人，他是代表那種觀點，代表這種捍衛這個利益集團的這種觀點。」

　　前中共總書記趙紫陽祕書鮑彤則認為，大家應該有耐心，「如果看不懂現在局勢，那就再耐心一些看，繼續看一看。」他認為，現在中國輿論包括中共官方媒體都呈現出很多混亂，但這並非是壞事。他對《新紀元》表示：「說話不一致不怕，要每一個說話都拿出自己的根據出來，比方說，3000 萬餓死是假的，那 2900 萬就是真的？到底多少總有一個說法，你自己都不知道哪一個是真的，你怎麼能說人家是假的？」

　　面對有關「七不講」的傳言，很多人都在問，這些都不講了，習近平、李克強怎麼還能奢談改革呢？不過北京消息說，「七不講」原本準備通知全國高校，但卻被緊急叫停了，而中宣部文件也只是以密件的方式傳達，並沒有在官方媒體上大肆宣傳，這顯示劉雲山搞出的通報和「七不講」，並沒有得到習近平陣營的贊同，這說明在意識形態領域的管理上，中南海再度出現爭論，劉雲山的攻擊遭到習近平的還擊。

習近平被擺上台

　　在「七不講」中，所謂「不能用前 30 年否定後 30 年，也不能用後 30 年否定前 30 年」是習近平 2012 年底在中共中央黨校講的原話。而習近平上台之後，提出三個自信，也和上述兩個中宣部的傳達有「默契」之處。

　　不過，一位熟悉中共高層的北京分析人士認為，習近平的講話，更多強調現階段的平衡，傾向技術操作，而劉雲山推出的文件，則將之形成一種意識形態理論的立場基礎，並且以左派特有的話語系統加以表達，實際上是把習近平擺上台，逼他對此提前表態。

他也透露，習近平希望在未來五年內採取類似胡錦濤的方法，對中共內部的左右拉鋸，對自由派和黨內保守派的爭論不持明顯立場，拉開距離，以便在施行平衡統馭之策時留出足夠的空間。正因為此，習對劉雲山這個逼迫他公開亮出底牌的逼宮方式非常惱火。

左派在密謀行動

在中共內部，傳統左派主要集中在宣傳、意識形態和理論研究及教育系統內。包括中宣部下屬的多個機構，社科院系統，以及一些大學院校的馬列教研室。來自北京的消息說，當時理論系統和社科院的一批人非常活躍，並且召開了三次祕密的研討會，討論如何針對中國大陸社會輿論的自由化傾向。

在左右之爭甚囂塵上的時期，一位原任中宣部長的著名左派，提出要「以習近平近期講話為核心，在意識形態和理論界果斷出手。」由此，才有被評論為「抽空中國夢」的「七不講」出台。

此後不久，人民網刊登了社科院副院長李慎明發表在《紅旗文稿》雜誌上的文章，題為《正確評價改革開放前後兩個歷史時期》，此文違背事實，為中共過去 60 年的歷史大唱讚歌，並否認中共在大躍進、反右運動中的罪惡歷史，稱 3000 萬餓死數據是刻意編造，反右也不是「血淋淋」的，並沒有一個被處死等等。

另一方面，在劉雲山的主持之下，中宣部也採取了更為強硬的控制措施。尤其針對互聯網，在中共官方媒體推出了系列「打擊網路謠言」的文章，希望能夠扭轉大陸互聯網輿論的「全面右傾」。第一波，將有大規模粉絲並通過了微博認證的所謂「大 V」

為主要打擊對象。據不完全統計，僅在兩星期內，中國大陸自由派近 200 著名的大 V 遭到註銷微博的懲罰，而左派的大 V，則只有毛左極端人士張宏良一個人。

200 比 1，可以說基本體現了劉雲山的意圖。

習近平左擋右支 處於被動

與此同時，一位相當接近中南海高層的人士向《新紀元》透露，習近平最近日子不好過，關鍵問題是中共目前面臨兩個巨大難題。一是國際局勢敏感緊張，對日、對美關係，南海問題，對印度關係方面，都令主管國際事務的習近平十分頭痛。第二則是中國經濟出現了明顯的問題，雖然 2013 年一季度仍有 7.7％的增長，但數據有明顯的水分，而地方 20 多萬億債務問題、出口減速、通貨膨脹、企業倒閉和失業增加等問題，都令習李疲於奔命。

正因如此，此時的習近平，更不樂見中共黨內左派和自由派的爭論升級。

在中共左派和自由派的中間，還有一個數量占絕對優勢的群體，即傳統的官僚體系，這批人並不在乎意識形態問題，而更在乎具體政策的走向。如何拉住這批人其實是左右之爭的焦點所在。有趣的是，18 大之後，中共「老虎蒼蠅一起打」的第一把火，燒的正是這批人，而他們也是左派和自由派共同的批判對象。

「對於習近平來說，保住經濟局勢穩定是第一位的，這需要國際關係上的基本平穩。」北京的一位分析人士認為，「習近平『打左燈向右轉』的策略，現在正好被黨內傳統左派和毛左大大的利用了，習近平看來相當被動。」

劉雲山害怕「宗教」

被稱為「言論沙皇」的江派背景常委劉雲山，一直被認為是近年來壓制中國大陸言論的罪魁禍首，2013 年初爆發的南周事件和 4 月份的馬三家酷刑報導被封殺，背後都有劉雲山的黑影。2013 年 6 月中旬，據海外中文網站阿波羅網首發的一封北京來信稱：劉雲山一項新的流氓政策已悄悄出台。

消息稱，凡是書名中有「宗教」二字的學術著作，一律送新聞出版總署和宗教事務局聯合審查。於是，所有書名上有「宗教」二字的學術著作立刻成了被宰的雞——因為，他們還要求各個出版社和作者同時送交每本書 5000 元左右的審查費！這哪裡是審查，簡直就是掠奪民財、藉機發財。

消息還說，如《老子宗教思想研究》、《孔子的宗教觀》、《周易陰陽宗教》、《商代的宗教鬼神觀念研究》等一系列學術著作也慘遭審查和被逼每本書稿繳納 5000 元的審查費。

一時間，北京幾所大學和中國社會科學院的十幾位宗教學者們紛紛叫苦，並決定撤稿。

劉雲山「三個蛋」公布文宣風水場

2013 年 6 月，一位署名張恩銘的作者在海外中文網站發文《劉雲山下了三個蛋》，稱前些時間，特色主義主流輿論下了三個蛋：「宇宙真理」論、「黨性神聖」論、「憲政性資」論。為支撐支持這三個巨蛋，相關理論文章也集中火力，正在對自由民主理論瘋狂圍攻。

有分析指出，近段時間黨媒出爐的「反憲政」文章，背後都是主管文宣的劉雲山操縱，意在逼習近平向左轉。

中共中宣部前一段時間突然發出《關於當前意識形態領域情況的通報》，要求大陸各級政權加強對意識形態控制，幾乎與此同時，有大學教師透露教育部對高校教師發出「七不講」的口頭通知。

來自北京的分析說，「七不講」原本準備通知全中國高校，但卻被緊急叫停，而中宣部文件則以密件方式傳達，主要中共官方媒體也沒有大肆宣傳，顯示這次劉雲山主導的意識形態突擊，在最高層出現爭論。

中共政治局常委劉雲山，按照 18 大的分工，中共政治局常委劉雲山主管宣傳、意識形態和教育。這次一個文件和一個口頭通知，都由劉雲山主導。

另一方面，在劉雲山的主持之下，中宣部也採取了更為強硬的控制措施。尤其是針對互聯網，在中共官方媒體推出了系列「打擊網路謠言」的文章，希望能夠扭轉目前互聯網輿論的「全面右傾」。

4 月 29 日，鮑彤在自由亞洲電台發表評論文章，指中共江派背景常委劉雲山操控的「主旋律」宣傳系統成事不足，敗事有餘，再次喊話劉雲山引咎辭職。

第二節

知名大 V「陰謀」現網路

「大 V」微博求證官方設「紅線」

2013 年 5 月 2 日，中共官媒新華社網站報導稱，極少數網民不時在網上散布各類謠言，還有一些「大 V」帳號以「求闢謠」、「求證」等方式「故意擴散謠言」。中共國家互聯網信息辦宣布，將在全國集中布署打擊利用互聯網造謠和故意傳播謠言。

對於中共官方設定的「求證」轉發即為「傳謠」的網路新規則，在中國互聯網上再掀波瀾。公眾紛紛質疑，官方如何界定轉播者是「故意」行為？難道「求證」也犯法嗎？還有評論稱官方媒體如果涉造謠、傳謠將如何裁定？

《國際公關》雜誌原常務副主編丁來峰認為，官方此種做法是因噎廢食，「古代帝王也有准許風聞言事，大 V 自會愛惜羽毛。如果都要完全證實才能轉發評論，那麼微博就變成傳統媒體的揚

聲器了，不能再有自己的獨家信息。」丁來峰說：「現傳統媒體大部分新聞線索都來源於微博，說明微博傳播的信息大部分是靠譜的。典型的因噎廢食，隨便壟斷話語權。」

兩「大 V」遭銷號

對於中國「網路總在沸騰」一事，官方惱怒。5 月 10 日，官媒報導，因故意傳謠，「蕭山君子」、「何兵」兩個新浪微博客帳號分別被註銷和暫停。

報導稱，「蕭山君子」帳號 2013 年 5 月 8 日晚 7 時許，將 2009 年已被有關部門闢謠的一則假新聞製作成微博，稱「籍貫貴州的北京大學 09 屆畢業生王某因開辦的網站沒有通過備案、網站被關，砍死貴州省通信管理局機關某幹部」。

官媒指控，該帳號還發微博說：「本可以避免卻因官僚和貪婪而鑄成悲劇，值得反思！」該微博被轉發 5000 多次，而「大 V」帳戶「何兵」的微博先後轉發兩次，使「謠言」進一步擴散。

知名學者吳祚來發布微博聲援何兵。他說：「有關方面不應該封殺中國政法大學何兵教授微博，如果覺得他傳播了謠言，請予以公示，並引進公證機構或司法程序，不能為了維護某些特權利益，就動輒說人家造謠。」

擁有 392 萬粉絲的知名作家慕容雪村對此表示：「雖然早就知道，但這個新聞還是明確了一個事實：國信辦可以直接命令新浪銷號或禁言。這次還算有理由，那麼以前那些數不清的銷號、禁言，都有什麼理由？本人被禁三次，理由何在？」

時事觀察人士分析說，中共當局在民眾眼中沒有任何誠信，

網民只相信網路信息，所以中共就用打擊「大V」的方式，來搶占網路輿論陣地。

早在 2012 年 1 月，中國著名法學家、北大教授賀衛方即宣布暫停更新新浪微博。那是繼知名學者張鳴、于建嶸之後，又一位大V「被迫」離開新浪。當時張鳴在新浪的博客點擊率已達 948 萬，而微博粉絲超過 28 萬。原河北廣播電台編輯、中文獨立筆會作家朱欣欣認為，現在的中國網民練就一套如同「戴著鐐銬跳舞」的語言表達本領。思想及言論不能開放，缺少良性互動，結果或成順民或暴民。

迅速引來網民圍觀

青瑗：連國信辦都伸出黑手進行打壓網路輿論了，還連累了知名政法學者何兵。

燕春寒：這是一個很敏感的信號，我猜測會用這種理由逐漸消滅「大V」。誰能保證自己轉發的每個微博都是事實？

青城平民：我們把微博當作一個平台，而現在卻成了案板！我們何必呢？

光華村：那個說王立軍「休假式治療」的微博關了沒有？

小管：網上天天喊毛主席萬歲的牲口為什麼不因為造謠封號？

Lucifer-U：新聞連播播了那麼多假新聞，歷史書那麼多假歷史，是不是 CCTV 也該停兩天，教育部直接起開？

孤嶺雪：公知注意了，也許是別有用心的人故意散發假消息拉人下水，給予相關部門以查封 ID 的藉口。

最「牛」微博直衝官方「氣管」

時年已 83 歲的大陸著名經濟學家茅于軾，以敢言著稱，很多言論頻頻衝破當局禁區。如茅于軾曾發表文章《把毛澤東還原成人——讀《紅太陽的隕落》》揭露，歷數中共前黨魁毛澤東的罪惡，包括心理陰暗、姦淫婦女無數、搞階級鬥爭、因政治原因害死 5000 萬人、將國家領至崩潰邊緣等，並稱「這禍國殃民的總後台還在天安門城樓上掛著，在大家每天用的鈔票上印著。中國的這幕滑稽劇現在還沒有真正謝幕。」等等。

不過，茅于軾在微博上無論怎樣嬉笑怒罵，官方始終沉默。倒是有幾個毛左不斷肇事。2013 年 4 月 25 日茅于軾在遼寧大廈演講，現場有毛左砸場引起混亂，鬧事的毛左被帶到當地派出所。據悉，鬧場的人是遼寧省黨史學會副祕書長王新年。

5 月 4 日，茅于軾在湖南長沙再遭毛左組織更多人圍攻，並打出誣衊性的和聲援薄熙來字樣的橫幅。同時毛左代表人物張宏良、孔慶東、司馬南等在微博客上發表言論攻擊茅于軾等人。

很快，公眾發現這些毛左「文革餘孽」接連「出事」。北京大學教授孔慶東此前因辱罵他人而吃官司，被北京海淀法院以侵犯名譽權起訴，7 日被判敗訴，並被要求向一在校大學生賠款道歉；中國政法大學副教授吳法天要面對一女研究生以被騙情、索財罪名控告，上庭受審。而「烏有之鄉」的主要撰稿人張宏良 5 月 11 日半夜驚魂，遭到保定警方強行驅逐。

網路分析認為，這一系列事件，從毛左攻擊茅于軾到保定警方驅逐張宏良，背後定有當局高層的默認和授意。近代史學者章立凡微評則認為是「以其人之道還治其人之身」。

「我不信」時代「自媒體」興起

如此這般，中國的政局十分詭異。經濟學者韓志國表示，中國已進入「我不信」時代。他說：「不信政府而信輿論，不信聯播而信微博，不信宣言而信傳言，不信主流媒體而信自我判斷——中國進入『我不信』時代，表明靠謊言和諾言欺騙民眾的時代已經終結，也表明整個社會的公信力已經喪失殆盡。操控輿論的惡果終於顯現，沒有新聞自由與司法獨立，社會已很難重歸正途。」

此次何兵再次被微博噤聲，為其聲援的知名律師鍾錦化在微博上表示：「在互聯網時代，在世界已像個玻璃房時代，妄圖再說一套做一套，用謊言愚弄欺騙民眾，或者捂堵民眾的嘴巴，再也不可能奏效。只會把自己最後一塊遮羞布暴露在眾人面前，醜態畢現！只會更加激怒民眾，讓自己死得更快更慘一些！這不是對你們提希望，這是對你們的嚴重警告！」

美國著名科技記者、專欄作家丹‧吉爾默（Dan Gillmor）2004 年曾出版《We the Media》一書，首次提出「自媒體」概念。吉爾默認為，讀者從「旁觀者」轉變成為「當事人」，每個平民都可以擁有自己的「網路報紙」（博客）、「網路廣播」或「網路電視」（播客），可以在自己的「媒體」上自由表達。傳統媒體無法再扮演「守門人」和過濾者的角色。

中國大陸的大 V 們，每一個都有幾十萬甚至數百萬的粉絲，一個消息發出去，「一石激起千層浪」，產生的社會效應不可估量，令中共恐懼，全民反抗暴政的時代即將來到。

第三節

政治局不同意「大清黨」

中共左派發出反常「噪音」

　　2013 年 5 月份，首先由中國的大學教授透露，教育部和中宣部一個通知口頭傳達給高校，被外界總結為「七不講」：普世價值不要講、新聞自由不要講、公民社會不要講、公民權利不要講、中國共產黨的歷史錯誤不要講、權貴資產階級不要講、司法獨立不要講。

　　隨後，中共中央辦公廳印發了《關於當前意識形態領域情況的通報》的通知，該通報據稱僅傳達到縣團級以上。但目前大陸官方大媒體並未提及這一文件，並且提及的地方新聞報導在網路上也被迅速刪除，致使外界無法了解這一通報的準確內容。但來自北京的消息說，其中「不能用前 30 年否定後 30 年，也不能用後 30 年否定前 30 年」的說法，的確是習近平年初在黨校講話的內容。

《人民日報》下屬《人民論壇》雜誌 5 月 17 日報導說，2013
年 1 月 28 日，中共中央政治局在研究黨員發展和管理專題會議上
稱，要強化黨員管理，及時處置不合格黨員，縮編黨員隊伍。

研究中共黨員退黨問題課題組成員、山東大學政治學與公共
管理學院教授張錫恩，在上述會議上提出建議稱，可以採用把「榮
譽黨員」分離和「預備黨員」延緩分離等手段，將正式黨員縮編
3000 萬左右。加上生老病死的自然淘汰，黨員可減少至 5100 萬
人左右。

緊接著，5 月 21 日中共黨刊《求是》雜誌子刊《紅旗文稿》
刊發人民大學法學院教授楊曉青的文章，題為《憲政與人民民主
制度之比較研究》。該文稱「社會主義」即中國現行政治體制，
與「憲政」不相容，除了為中共自身合法性做出辯護之外，更明
白否定了司法獨立和軍隊國家化等和憲政密切相關的具體內容。

中南海發生分裂

在左派大力以中共保守派話語系統詮釋習近平「中國夢」
的同時，中共宣傳系統也在堵截所有自由派的言論在官媒出現。
2013 年 2 月 9 日中央黨校《學習時報》刊登的武漢大學教授虞崇
勝《深化政治體制改革要破除六大思想禁錮》的文章，被從新華
網清除。

虞崇勝的文章強調，要破除「搞民主就是搞資本主義」的思
想禁錮，要破除「權力分立和制衡是資本主義政治制度形式」的
思想禁錮，要破除「借鑒人類政治文明成果就是照搬資本主義政
治模式」的思想禁錮。這顯然和劉雲山推動的左派反撲完全異調。

此前一個多月內，200 多個自由派大 V 微博被封殺，過濾詞大幅增加。然而，有關的行動，公安和國保並未同步配合，異議人士的監視並未明顯加強，黨內自由派繼續在網路上發聲。

除了官媒公開的左派言論之外，沒有任何一個政治局常委，包括劉雲山本人，公開表態強化意識形態控制，也沒有人進一步深度闡釋「中國夢」的內涵。北京的觀察人士認為，這說明中南海沒有達成統一的一致意見。

習近平和左派妥協

一位接近中共高層新近退休高官的人士向《新紀元》透露，18 大之後習近平受到了來自黨內的極大挑戰，包括太子黨內部和習近平關係密切的人士，對 18 大之後右派的非毛否共聲音也十分不滿。

這位人士表示，習近平「三個自信」其實來自某太子黨，而非外界傳說的是來自王滬寧。他認為，習近平不喜歡毛澤東，不喜歡過去二十年以來的放任權貴政策，但卻不願意全面否定他的前任，否則中共將立即面臨亡黨亡國危機。

一位第三代太子黨人物在香港對朋友說，「習終究是自己人」。他是在談到政改和自由化問題時這麼描述習近平的。香港一位熟悉中共情勢的分析人士認為，這說明習近平向左派和太子黨做出了某種妥協。

美國中國問題觀察家石藏山認為，習近平上台之後，所行政策有些接近胡錦濤的左右平衡術，他不願意得罪黨內保守派，尤其是在屁股尚未坐穩的情況下更是如此，因此似乎並未大力插手

意識形態和宣傳事務。

石藏山認為，目前中國面臨最大的眼前問題，是國際環境和經濟。習近平和李克強兩個人有些焦頭爛額，無暇顧及其他問題。

不過，左派的反撲和習近平的妥協，對習李聲譽極為不利。北京的一些知名自由派知識分子，已經做出放棄幻想，在未來三、五年面對更嚴峻局面的準備。「習近平絕不可能放棄中共一黨專政」，一位不方便透露姓名的著名自由派知識分子表示，「未來中國大陸社會矛盾激化甚至出現革命已經不可避免。」

事實上，習近平的左右妥協，已經日益變成左右分裂。

王岐山「潛伏」一個月

自從 2013 年 3 月 10 日講過「農民小康」問題之後，王岐山直到 2013 年 5 月 17 日才在中央巡視工作組動員大會上公開講話。然而其間的一個多月，卻是中紀委最忙碌的時間。中國上下各類蒼蠅老虎不斷被打，但這位中紀委書記卻採取了沉默是金的政策。

北京的消息說，中紀委派出專門小組，對銀行、金融、股市、債市機構進行全面調查，銀行將是第一個被清查的行業。消息說，「如果按法規辦，銀行的大老虎少說一個連。」

中共黨內左派並不反對，甚至支持中紀委全面清查貪官，一個重要原因是左派集中的宣傳、理論、社科系統，大多是清水衙門，也缺乏和商人集團合作的資本。大陸一個作家表示左派文人「賣臉也就是一兩百萬，和有些部委比起來實在可憐」。他認為，因此黨內左派陷入自我悖論，一方面痛恨黨內貪腐官員群體，另一方面卻要在理論和宣傳上保護他們，長期下來「就心理變態了」。

不過，左派有更極端的招數。

「清除三千萬黨員」未獲認可

山東大學教授，也是該省國際共產主義運動研究協會副主席的張錫恩在《人民論壇》雜誌上發表文章，提出建立中共黨員的「退出機制」，建議落實自由退黨，入黨預備期加長，退休老黨員變成榮譽黨員，不符合要求的勸退一部分，開除一部分，把中共「正式黨員」縮減到 5100 萬。

他的這個建議得到不少人支持。深圳大學政治系客座教授鄒樹音說：「過去，退黨是個嚴重錯誤。因為所有人都認為只有犯下嚴重政治錯誤的人才被開除出黨。」為了避免各派爭端，應只對黨員重新安置，但不能開除。今天，「大家都知道黨如果不將內部的惡質清除，可能會重步前蘇聯的後塵。」

中央黨校前副校長李君如表示：「多年前，中共決定撤銷支部。但最終放棄了這一計畫，因為太難執行了。」鄒樹音強調，精簡黨員隊伍是中共高層的熱門話題。這一問題應該公開討論，而不是隱藏起來。

中共歷來不允許退黨，黨員都要為其主義奮鬥終生，現在公開建議要自由退黨，也算是對近年海內外「退黨運動」的一種回應。截至 2013 年 5 月 26 日，已有 1 億 3892 萬 4086 人公開退出中共黨、團、隊。

北京的消息說，張錫恩的建議於 2013 年早些時候曾在政治局學習會議上提出過，但並未獲大部分政治局委員認可。

石藏山認為，這個清黨的建議突顯了兩個層面的問題。第一

個層面是中共對黨內管理感到頭痛。目前中共擁有 8300 萬名黨員，從中央到地方，有 13 個層級的橫向黨建機構，再分成無數的豎向條塊，黨管理過於複雜，所有的地方黨委都感到力不從心。所以第一是中共內部有人希望重整黨管系統。

第二則是迎合現任黨內最高領導的意圖，希望把「裸退」的機制固定化。像江澤民、胡錦濤、溫家寶都變成「榮譽黨員」，而「榮譽黨員」和「正式黨員」同時出現。不是「正式黨員」，也就不能在黨內決定中發揮作用。

第二個層面，就是中共內部實際上已經根基動搖。文章承認，如果把「消極黨員」排除，可以減少 800 萬黨員人數，大約占現在中共黨員人數的 10％。這些消極黨員，實際上就是對中共意識形態發生懷疑，對現在中共制度不信任的這批人，以及根本否定共產主義運動的那些人。也是黨內保守派認為的「右派」。這和過去十年，中國發生退黨運動有直接關係。

第四節

陸媒得精神病 打成一團

　　2013 年「八一」中共建軍節那天，中國最轟動的新聞不是中共軍方晉升了六名上將，而是新華網奉命刊發署名「王小石」的長文《中國若動盪，只會比蘇聯更慘》，據港媒披露，這篇寫作低劣、數據老舊、觀點偏頗的文章，卻被劉雲山下令各大網站放在首頁顯著位置兩天，比中共政治局文件的待遇還高。

　　文章開篇稱：「微博上的天使、導師、公知們天天造謠傳謠製造社會負面新聞，營造一種中國即將崩潰的末世景象，詆毀現有的社會主義體制，宣揚歐美的資本主義憲政模式。在此過程中不斷煽動民眾怨恨現政權，並痛罵中國人奴性十足，赤裸裸地煽動民眾當炮灰引發中國社會動盪。」

　　此篇極力渲染仇恨的文章，遣詞造句充滿殺氣。「西奴」、「帶路黨」等網路咒語登上了官媒網站，讓人彷彿回到 40 年前的文革。如此一篇漏洞百出、荒謬惡毒的文章，出現在烏有之鄉

等毛左網上倒也罷了，這次卻出現在各大門戶網站的頭版頭條，讓很多人還以為網監、網管得了神經錯亂。

文章把大陸出現的社會動盪，全都說成是「公知們天天造謠傳謠製造社會負面新聞造成的」，而非社會秩序混亂，公平正義缺失的反映。人們不禁要問：廈門公交縱火案、首都機場爆炸案、唐慧勞教案、張氏叔侄殺人案等等，都是公知造的謠？

俄羅斯人均國民收入約中國人的十倍

文章拿蘇聯解體後的一些陣痛、一些混亂的資料為例，不過資料的真實性和年代大有問題。例如，俄羅斯 2000 年時 GDP 約為 1992 年的 57%，是前蘇聯整個 15 個加盟國的 45%，而不是王小石所說的十分之一的慘狀。文章不談從 2000 年開始到 2007 年，八年間俄羅斯的經濟迅速增長了五倍，並超出 1992 年蘇聯解體時 GDP 總量的 2.6 倍，也超過同時期世界平均水準。

擺脫蘇共奴役之後，俄羅斯的國民收入如今已邁入發達國家行列，2012 年人均收入 1 萬 2700 美元，2013 年將達到 1 萬 5000 元美元，是中國的十多倍，而且俄羅斯人享受全民免費教育、醫保以及住房分配制度，民眾生活質量比中國人高很多。

王小石還提到俄羅斯軍費開支 50 億美元，僅為美國的百分之一，但公開數據顯示，俄羅斯 2012 年全年軍費開支高達 633 億美元，對此有網民調侃：「請問剩下的 580 億哪裡去了，被王小石買茅台喝了？」

仔細分析不難看出，王小石這篇文章是以價值評價事實，先有結論，後找事實，此為中共黨文化灌輸下的一貫思維方式。

其實用任何一個或兩個原因去說明蘇聯滅亡都不足以全面說明，但是蘇聯滅亡後的俄國共產黨領導人久加諾夫總結的原因卻值得人們思考。他說：「意識形態壟斷，大搞一言堂；權力壟斷，大搞政治暴力；利益壟斷，大搞特權」，這些導致了蘇共解體。

王小石就是社科院副書記李慎明

那誰是「王小石」呢？有網民誤認為是原中國證券監督管理委員會發行監管部發審委工作處助理調研員王小石，這可真是冤枉了被判 13 年仍在獄中的小職員王小石！好在網路時代，任何隱藏的東西都會現出原形。

中共中央民族大學哲學與宗教學系教授趙士林刊文稱，網曝王小石就是社科院副院長李慎明。趙士林稱，經過幾十小時的努力，經網友人肉搜索，比對文章風格等方式，終於確認王小石就是李慎明。網友揭發，此人實為社科院黨組副書記、副院長李慎明，河南人，少將軍銜，時年 64 歲。

李慎明被認為是「王小石」的主要依據是，在王小石的文章和李慎明發表在社科院網站的文章中，有一句一樣的話：2003 年，筆者在訪問俄羅斯時曾與徹底否定斯大林的歷史學家麥德維傑夫交談了四個多小時。要麼二者為一人，要麼二人共同見了麥氏。而且「王小石」文章中涉及俄羅斯的部分，和李慎明為俄羅斯歷史學家羅伊·麥德維傑夫的《蘇聯的最後一年》寫的前言和附錄部分一模一樣，引用自己的東西，當然就不要註明來源了。

李慎明無正規學歷

極左的社科院黨組副書記、副院長李慎明，最大的「短板」是沒有正規學歷。

港媒稱，李慎明在這次 5 月逆流中最為積極。他藉解讀習近平的「兩個互不否定」展開「毛澤東保衛戰」，堪稱滿紙荒唐言。其謬論包括「說毛澤東根本不會搞經濟建設，只會搞階級鬥爭，這是一種誤解」；大躍進餓死 3000 萬人是「有人刻意編造的虛假資料」；「沒有處死一個右派，卻全部被描述成『血淋淋』的」。

1978 年，李慎明調任解放軍報社記者，後被有「新疆王」之稱的王震發現，將他調到身邊擔任祕書。他在這名左派元老身邊工作了十年，耳聞目染，頗受主子影響。王震死去後，李慎明即被宣布晉升副軍級，幾個月後接到了解放軍軍事醫學科學院副院長兼紀委書記的任命，晉升正軍級。

1997 年，李慎明被江澤民犒賞了一個少將軍銜，同時拿到了一個中央黨校科學社會主義專業研究生證書，繼而憑此資歷和「學歷」被安排為國家級的中國社會科學院副院長，博士生導師。事實上他既沒有受過一天全日制的正規大學教育，沒有經過正規學術訓練，更沒有任何學位。

2006 年，李慎明主持的社科院「蘇共亡黨與蘇聯解體」課題組製作的《居安思危——蘇共亡黨的歷史教訓》八集 DVD 黨內教育參考片，在中共黨內組織官員播放。2011 年，李慎明的班子又錄製並完成了系列電視教育片《居安思危》之三——《蘇聯亡黨亡國 20 年祭——俄羅斯人在訴說》四集和六集版。並以其解說詞為基礎，出版了同名《居安思危》系列書籍。

2013 年 8 月 5 日，《環球時報》發表文章稱，「中國與蘇聯的可比性和不可比性孰大孰小很難說，但是蘇聯動盪導致國家解體簡直就像專門為中國敲的警鐘……」

對此，民眾評論說，正確的說法應該是：「中國若動盪，土共將比蘇聯共黨更慘。因為蘇共還算能順應大勢及時解散，但土共就做不到，所以必須執行叢林法則。」

憲政姓資姓社 互相打鬥

同是 2013 年 8 月 5 日，兩種截然相反的觀點同時發表在中共官方媒體上。一方認為，憲政是顛覆人民民主專政的有效武器，另一方則認為，政治體制改革有極強的現實緊迫性，勢在必行。港媒認為，這是中共媒體「罕見的精神分裂」。

8 月 5 日，中共喉舌《人民日報》海外版發表一篇題為《「憲政」本質上是種輿論戰武器》的文章。該文章稱，「絕大多數主張『社會主義憲政』的學者，其實認同的還是自由主義思潮，只不過要通過和平演變的方式最終達到『資本主義憲政』的目的。」文章用隱晦的手法暗示，中國絕不能搞憲政。與此同時，中共中央黨校主辦的《學習時報》刊發《執政黨應該善於領導政治體制改革》。

《人民日報》文章作者馬鐘成是社科院世界社會主義研究中心特邀研究員，可以說是李慎明的同事，不難看出，這些文章都是劉雲山有意安排的。不過，此「反憲政」的論調一如既往地引爆網路怒罵狂潮。

有民眾嘲諷中共對蘇共解體的悲傷，是「爹活時不盡孝道，

爹死又垂首頓足」的假惺惺，更多網友公開怒吼，無論中共如何找蘇共滅亡的原因，「共產黨必亡」是必然真理。

政治局三常委面臨清洗

第八章

過濾習講話
文宣高層換人

一直由江系李長春、劉雲山（圖）掌控的宣傳口，在中共高層
2013 年開始的激烈博奕中給習近平製造了不少麻煩，這讓習在震
怒的同時也開始清理宣傳口。（新紀元資料室）

第一節

黨校副校長換人
外文局副局落馬

習近平派「文膽」緊盯劉雲山

面對劉雲山搞出的一系列麻煩和亂子，習近平開始對其掌控的中央黨校採取措施。2013 年 9 月 29 日，中央黨校突然出現人事變動，中央政策研究室常務副主任何毅亭出任中共黨校常務副校長，趕走了此前撰文鼓吹「黨校姓黨」的原常務副校長李景田，令人生疑的是，官方並未公布李景田的新去向，李被撤職的傳言不斷。

中央黨校網站「中央黨校校務委員會」欄目 29 日顯示，何毅亭出任中共黨校常務副校長。公開資料稱，何毅亭為陝西漢中人，北京師範大學畢業，研究員。他多年在中共中央政策研究室工作，此前為中共中央政策研究室常務副主任，是中共第 18 屆中央委員。何毅亭與習近平是同鄉，且有相同的知青經歷，被認為是習近平的「鐵桿文膽」和智囊之一。

中央黨校官方網站稱該校「是輪訓培訓中共高中級領導幹

部和馬克思主義理論幹部的最高學府，是中共中央直屬的重要部門」。劉雲山 2013 年初接替習近平，以政治局常委身分兼任中共中央黨校校長。

外界觀察認為，近期中共中央黨校出現混亂聲音，公開分裂，而暗地裡劉雲山動作不斷，因此習近平派「文膽」何毅亭盯住中央黨校這塊「陣地」。

被認為是改革派的中共中央黨校黨建教研部主任王長江，6 月 10 日在倒憲潮的當口，在《學習時報》上撰文《靠什麼化解幹部任用上的社會質疑》，詳述中共「官二代」接班的信息，嚴重解構中共的執政合法性。他批評某些學者千方百計歪曲民主的缺陷，試圖以否定西方民主來導出中國可以不要民主的結論。

此外，中央黨校教授蔡霞在「共識網」上撰文稱：「公權力肆無忌憚地壓制公眾言論，勢必激起反彈，是要把公眾逼到搞街頭政治。現在公權力的恣意妄為正在把溫和派逼成激進派，把網路政治逼成街頭政治，這是在給習挖坑。」

目前，中央黨校意識形態分裂，各派對峙、相互開戰，突顯中共高層的分裂加劇。

劉雲山給習近平「挖坑」

一直以來，中共主管宣傳的政治局常委劉雲山明的暗的與新任中共黨魁習近平唱反調。此前劉雲山試圖公開綁架習近平左轉，惹怒習近平，不斷遭到習警告。

隨著「江習鬥」激烈升級，江派頻頻藉官媒放話，試圖抹黑習近平。如釋放的假消息「習近平戴婚戒」、「習近平打的」等，

劉雲山主導新華社報導，藉用「闢謠」的方式，表面上是替習開脫，其實是在大眾面前戲弄習，目的就是降低習的威信，讓習成為人們茶餘飯後消遣的爭議話題。

此外，外界觀察認為，劉雲山「造謠」、「闢謠」還有另一個目的。

2013 年 4 月 7 日，與習近平、王岐山關係密切的大陸《財經》雜誌旗下的《Lens 視覺》發表《走出「馬三家」》一文，揭露了馬三家勞教所的部分黑幕，引發國際對法輪功學員受迫害的關注。此後，這篇文章在大陸媒體上被刪除之後再出現，發生「拉鋸戰」。官媒稱此文在「造謠」，並炮製習近平坐出租車的假消息，欲再次「證明」現在是謠言滿天飛，給外界以「馬三家」一文不可信的暗示。

中共體制內不滿劉雲山者大有人在

2013 年 2 月初爆發的《南周》事件，被指是江派常委劉雲山一手操縱，由廣東宣傳部刪除《南周》新年獻詞中的「憲政夢」，令習近平難堪。此事件也引發輿論譁然。後來又傳出習近平在常委會議上斥責了劉雲山。

6 月 22 日到 6 月 25 日，罕見連續四天的政治局專門會議上，習近平要求：中央政治局成員要帶頭「自覺維護中共中央權威」，在思想上、政治上、行動上「保持高度一致」，「認真執行」中央政治局作出的決策，「堅持重大問題按規定請示報告」。

6 月 26 日，題為《劉雲山死都不知道是怎麼死的》的文章在海外媒體上流傳，傳該文為中共中央辦公廳官員化名所撰。

文章稱，劉雲山掌控的宣傳口腐敗已達到無法想像的程度，並放風稱「除掉劉是不錯的選擇」。

黨校前常務副校長李景田去向未明

雖然何毅亭的任命已下達，但上一任中央黨校常務副校長李景田的新去向未公布。此前的 9 月 16 日，李景田在《學習時報》上撰文，全文 60 次提到馬克思主義，並強調「黨校姓黨」。

李景田聲稱，在面臨西方敵對勢力「西化」、「分化」面前，必須堅持黨校姓黨，將馬克思主義作為所謂「中國特色社會主義」的根本指導。他還稱黨校的一切教學、科研及辦學活動要恪守黨紀、遵循黨線。

很多人猜測，被劉雲山重用的李景田，可能就是因為太「左」了才被撤職或調職，而且李的被調離，也說明習近平對劉雲山的不滿。對於劉雲山來說，煩心事還不止這一件。

外文局副局長落馬 習要清理中宣部

2013 年 10 月中旬，中國外文局副局長齊平景被官方調查。從官方提供的簡歷看，齊平景雙規前擔任中國外文局副局長。顯然齊平景所涉違法行為，應該發生在其擔任國圖公司總經理和外文局副局長期間。

資料顯示，國圖公司隸屬於中國國際出版集團，是中國最大的專業性書刊進出口公司之一，而中國國際出版集團的另外一個名稱是「中國外文局」，是承擔中共圖書、期刊、網路對外宣傳

任務的新聞出版機構，在世界其他國家設有 21 個海外分支機構，涵蓋翻譯、出版、印刷、發行、互聯網和多媒體業務、理論研究等領域。外文局的上級主管單位是隸屬國務院的中共中央對外宣傳辦公室（即國務院新聞辦公室），該辦公室主任有時也身兼中宣部副部長，如現任的蔡名照和其前任王晨。

作為國圖公司總經理以及外文局副局長的齊平景，如果與宣傳口的諸多上級沒有產生交集，包括蔡武、王晨乃至李長春、劉雲山，實令人無法置信。實際上，蔡武是追隨李、劉的馬仔之一。王晨則在 2014 年 5 月被習近平的親信蔡名照所取代，前往人大養老。

一直由江系李長春、劉雲山掌控的宣傳口，在中共高層 2013 年開始的激烈博奕中給習近平製造了不少麻煩，這讓習在震怒的同時也開始清理宣傳口。

2013 年 1 月，「南周事件」後，劉雲山的「左膀」、中央編譯局長衣俊卿因「性醜聞」曝光被免職；5 月，蔡名照接任中宣部副部長、中央對外宣傳辦公室主任等職。6 月，據說是某中共中央辦公廳官員撰寫的文章《劉雲山死都不知道是怎麼死的》在網路廣傳。

文章披露，根據中紀委掌握的消息，現在幾乎所有的宣傳部門，尤其是負責互聯網管理（刪帖）的，幾乎都是收錢辦事，各大新聞媒體尤其是網站，逢年過節竟然要向國新辦與北新辦（負責互聯網）的高層送幾十萬甚至上百萬……文章稱，根據中紀委的情況通報，「宣傳口腐敗已經達到無法想像的程度」。據悉，由最高層掌握的調查組已經對宣傳部門進行調查，劉雲山不但有大量的財產說不清，他的親戚與爪牙不是在海外住豪宅，就是在國內各地把握新聞口，對新聞與網站收買路、放行錢。情況之嚴

重，已經超過胡作非為的政法口。

齊平景被指的罪行應該還是離不開貪污腐敗。外文局營業收入、利潤總額、總資產三項主要經濟指標 2012 年分別是 13 億元、5939 萬元和 22 億元，而國圖公司圖書版權輸出總量居全國第一。2011 年，國圖公司出口貿易額是 2198 萬美元，2012 年則為 2428 萬美元。

2012 年 4 月 23 日，齊平景曾在微博上引用了這樣一則諺語：「積財千萬，不如薄技在身。」是什麼讓其發出了這樣的感慨？4 月 19 日的微博或許透露了些端倪：「想起這些年，從懂事到臨近退休，無休止的爭論讓人厭倦，毫無意義的鬥爭毀掉多少階級兄弟。小平老人家南巡講話一錘定音，不再爭論姓社、姓資、姓宣、姓貿這些可笑的話題，但歷史的慣性卻始終衝擊著社會。」上述言論透露的信息是：他意識到了自己錢再多，也不如有一技之長；姓社、姓資、姓宣話題雖然可笑，但反映出還是有股勢力在阻擋歷史的前進，其與宣傳口的關係不可謂不深。

如果齊平景案是中紀委掀開宣傳口腐敗的第一步，那麼下一步將指向誰？且拭目以待。而這顯然也是要警告不斷挑釁的李長春、劉雲山等江系人馬。

第二節

劉雲山兩次屏蔽習政改言論

習近平 APEC 談政改 遭劉雲山屏蔽

習近平在 2013 年 10 月 7 日亞太經濟合作會議（APEC）領導人非正式會議的閉幕演講中大談改革和改革困境，中共三大官媒迴避報導後突然換稿，終於刊登習近平講話全文。據悉 2013 年 6 月中習近平曾批評「個別常委擅自做主的問題」，矛頭對準了劉雲山。

習近平在演講中大談改革，從「改革之路從無坦途」到當前改革都是「難啃的硬骨頭」，甚至警告「改革瞻前顧後有可能前功盡棄」。這個演講視頻在大陸網路流傳，但非中共喉舌央視製作。

中共三大官媒：新華網、人民網和央視的大頭條通稿最初都對習近平的改革言論「忽略」。但在深夜 1 點突然換稿，簡單提

到改革，但迴避困境。直到幾個小時之後，才有稿件提到改革的困境，突顯這些話對中南海的敏感程度。

10 月 7 日，在習近平講話後，「財新網」在頭條重點呈現並強調「習近平演講透露全面深化改革總體方案」，而且多篇報導涉及改革的內容。有分析稱，習近平陣營的改革受到中共體制內江派利益集團的極力頑抗，官媒竟然「無視」習的改革講話，反而是「財新網」來表達習將進行改革和透露其中遇到的阻力。

新華網頭條最先呈現的標題為《習近平出席 APEC 領導人會議並講話全文亞太地區三個「沒有改變」》。人民網的頭條則是《亞太經合組織應該展示勇氣和決心維護和發展開放型世界經濟》。央視官網的頭條標題為《習近平出席亞太經合組織第 21 次領導人非正式會議並發表重要講話》。非常罕見的是，習近平演講大談改革的視頻在大陸微博流傳，但不是由官方發布，而是轉自有人上傳到新浪網的視頻。

三家黨喉都在習講話完之後出現的頭條報導中完全「忽略」了改革部分，但是在北京時間 1 點 17 分，黨喉忽然更新了稿件，簡單提改革，但是過濾了習近平強調的改革困境。再次突顯中共中央對政改的敏感程度。2 點 18 分，官媒終於刊登習近平講話全文。

習會晤梁振英 政改言論再遭過濾

2013 年 10 月 5 日早上，正在印尼峇里島出席亞太經合組織（APEC）會議的習近平，與香港特首梁振英見面 40 分鐘，但只開放媒體採訪一分鐘。會後梁振英接受媒體採訪時說，習近平表

示，所有有關政改的事情，必須符合基本法及人大常委決定，全
社會應依法辦事。

不過新華社發稿時，完全沒有談及政改問題，只是強調習
近平希望特區政府繼續堅持依法施政，抓好發展經濟、改善民
生工作。

習近平對香港的言論，在海外和大陸被定為兩個調子，說明
香港局勢非常敏感，中共高層分崩激烈。尤其一直被指執行江派
旨意、搞亂香港的中共地下黨特首梁振英上台後，配合中共江澤
民集團亂港，攪局習近平陣營，將香港捲入中共權鬥核心戰場。

美國華府中國問題專家石藏山認為，按照慣例，新華社發稿
一般都要經過習近平辦公室審視，政改問題被過濾，說明局勢非
常敏感，「他們肯定認為政改問題太敏感，怕黨內分崩，引起不
同意見，所以最後還是決定要刪除。」

梁未從習那獲得他想要的

石藏山解讀，習近平強調要依法辦事，亦是對梁振英的一個
警告，「北京對梁過去一年多很多突破原來做法的方式很不滿，
這個早有所傳。香港最關鍵的是司法信心，這個東西一破，過去
用了那麼多勁全廢了。」

習近平一方面說的是政改問題，另一方面，顯然也有對梁的
提醒。「警告梁有些做法過分了。其實香港沒有政改，基本法中
早就說了一人一票選特首，只不過是過渡期多長的問題。」

石藏山又說，習近平並沒有提到「安定團結」、「穩定」、「肯
定特首工作」，或對泛民批評等像其他官員的濫調，而是仍然提

到要依法辦事，「顯然梁沒有從習近平那裡拿到他想要的東西。」

另外，梁振英又聲稱同習近平較多時間談經濟，包括為辣招措施辯護，以及頻頻大搞內交，聲稱就國家下一階段發展，香港的角色和貢獻提出一些具體想法，希望中央支持等，習近平並沒有具體回應。

鄭大班：習不支持梁振英

香港數碼廣播有限公司創辦人、資深傳媒人鄭經翰（鄭大班）對《大紀元》表示，很明顯習近平不支持梁振英（CY），「（習）都沒有講他（梁）的事，都沒有讚他，又沒有鼓勵他，什麼都沒有。梁振英沒有東西講，都是聽他說，這是我的直覺。」

他認為，總體而言，習近平態度對梁振英不是太好。「一般來說一定會說支持他施政，他根本就不支持梁振英。」

對於香港某傳媒頭條寫「習近平肯定特首和特區政府」等，鄭大班直指，那些傳媒是「梁粉報紙」，「你不要信，他們梁粉報說的東西你也相信？我認為事實正好相反，梁振英私下被罵了一頓。」

社民連立法會議員梁國雄議員認為，根據梁所言，明顯習近平很不滿意梁的表現，所以說的都是表面的官話，「這是套話，何謂依法施政？施政就是施政，梁振英做的事，共產黨無否認的，你們支持他吧，共產黨當然不會出聲。」

曾鈺成唱反調 親共派分崩

另外，對於習近平政改言論，親共政黨民建聯主席、立法會

主席曾鈺成提到，若 2017 年普選特首、2020 年普選立法機關，將如何處理功能組別的問題，同意現行模式需要取消或改革，目前應集中研究 2017 普選特首；他早前又提及中央要放下「心魔」，遭親共喉舌《文匯報》攻擊，他解釋「心魔」不是貶意詞，只是一種看法或信念。

香港時事評論員程翔認為，連曾鈺成的言論都受到批評，說明中共正在颳一股左風，《文匯報》是其中的一個打手，「那麼上面吹左風的話，下面的左風就更厲害。特點就是擴大矛盾面，而且要清理門戶，就連自己陣營裡的人，都覺得這不行那也不行，都會想要清理門戶。」

他指，目前梁振英的行為，連傳統左派都受不了，「很多建制派都是香港人，他們有善良的意識，他們都會知道什麼是對香港好的。所以連建制派裡面，很多人都出來說一些公道話。」

對於曾鈺成和梁振英公開分裂，程翔就說：「誰跟梁振英沒有分裂跡象？為什麼香港人都不喜歡他，你說誰喜歡他？明明一開始的時候是豬狼對決，大家都知道他是狼，大家都說寧可要豬的蠢，也不要狼的狠。」

習近平屢次拒見梁

自梁振英上任後，習近平多次拒絕和他見面。包括 2012 年 12 月 7 日，習近平抵達深圳，展開上任後首次離京巡視，梁振英「巧合地」前往廣州，但兩人沒有會面。

2013 年 4 月兩人在博鰲會談會面，習近平也只是和梁會面，但沒有交談，至今為止，兩人真正公開見面和交談的只有兩次，

包括 2012 年 12 月梁振英到北京述職。不過當時習近平未發言，先介紹港澳協調小組新班子，分析稱，原本由江派控制的港澳系統已由習近平掌權，他暗示梁振英不要跟錯隊。

梁乃江派特務在香港攪局

《大紀元》早前報導，梁振英是由中共鎮壓法輪功的血債幫江澤民、曾慶紅等選定的特務，讓習近平對其很不放心。梁振英上任之後執行江派旨意，先搞國民教育唱紅，同時動用警察和食環署等政府資源，配合中共黑幫青關會和愛字頭組織打壓法輪功和泛民主派，經濟上模仿重慶薄熙來的「唱紅打黑」模式，將中共奪取天下的「打土豪、分田地」方式移植到香港，以及高舉扶貧旗幟，目的是煽動仇富，意圖將針對港府和中共的民怨轉移到李嘉誠等富豪頭上，製造社會混亂。

第三節
習清洗宣傳口 劉親信被撤換

劉雲山是江澤民強力塞進中共政治局七常委之一，其主要工作就是掌控中共的文化宣傳口，不過相比於 17 大江澤民安插在常委中主管宣傳的李長春，18 大後的劉雲山就明顯大大處於弱勢。特別是 2014 年 2 月 27 日中共「網路安全和信息化」領導小組成立，習近平成為組長，副組長為李克強和劉雲山。李克強還排在了劉雲山之前，無疑標誌著劉雲山的文宣權力被大大剝奪。

除此之外，劉雲山原來布署在中共主要喉舌：新華社、《人民日報》、《北京日報》的人馬，也被習近平不斷清理，很多被撤換、被調離、被退休，有的還離奇死亡了。

習近平親信慎海雄任新華社副社長

2014 年 7 月 16 日，中共官媒報導了中共國務院任免國家工

作人員的名單，其中任命慎海雄、于紹良為新華社副社長，彭樹杰為新華社副總編輯。

慎海雄是浙江湖州人，自 1989 年至 2012 年，一直任職於新華社浙江、上海兩個分社，2012 年 8 月任新華社副總編輯。習近平則於 2002 年 10 月至 2007 年 10 月主政浙江、上海，與慎海雄有交集，慎被稱為習的「專用記者」。

于紹良曾在新華社河北分社、陝西分社任職，2008 年 12 月任新華社辦公廳主任，2010 年 5 月任人事局局長。彭樹杰一直任職於新華社，從總編輯室總編輯助理（副局級）做到副總編輯職位。

早在 2014 年 2 月 24 日，中紀委第二輪巡視組向新華社發出警告，稱「新華社消極執行中央禁止公款吃喝、反對浪費的八項規定」等。中紀委表示，新華社存在九大問題。王岐山則對此稱，新華社問題是「冰凍三尺非一日之寒」。

巡視組在調查新華社時，遭遇了各種各樣人為製造的阻力，如新華社官員稱某些資料是「絕密」、「機密」而阻止中紀委調閱，有的搬出某高層已作出批示而禁止中紀委調查；有的還策劃、組織人馬，反對巡視組進行調查。

不過巡視結束後，人們還是看到新華社出了很多事。2014 年 3 月，中國出版集團 3 高官落馬，中共外宣辦、國務院新聞辦副主任李伍峰離奇墜樓；新華社遭點名，被曝各種人為阻力干擾巡視組。4 月 18 日，外宣辦五局副局長高劍雲被雙規。

據「財新網」2014 年 4 月 29 日報導，新華社安徽分社副社長、總編輯宋斌 4 月 28 日晚 19 時許被發現在其辦公室身亡。其同事稱，28 日傍晚看見有警車停靠在宋斌辦公室所在的新華社安徽分社大院裡。

2014 年 7 月 11 日，長期由江澤民派系控制的《北京日報》，發布了 68 人的任免名單，其中梅寧華不再擔任北京日報社黨組副書記、社長，嚴力強不再兼任北京日報社黨組書記。原中共北京市委副祕書長傅華任北京日報社黨組書記、社長；李洪洋任北京日報社黨組成員、副社長。

人們發現，江派鐵桿人物、長期把持《北京日報》的梅寧華，2014 年剛 60 歲就被強制退休了，此職位的正常退休年齡應是 65 歲。梅寧華是典型的「毛左」代表人物，曾經與司馬南、孔慶東等人，為薄熙來的「唱紅打黑」極力助威。

薄熙來出事後，從 2006 年就開始擔任北京日報社黨組書記、社長的梅寧華，在 2012 年 8 月 17 日被降級為報社黨組副書記，正書記由北京市委副祕書長、宣傳部副部長嚴力強兼任。

梅寧華在大陸新聞界名聲很差。比如 2008 年 4 月，《南方都市報》發表長平的文章《西藏：真相與民族主義情緒》，梅寧華就在《北京日報》旗下的《北京晚報》刊登署名「文峰」的文章：《造謠自由的南都長平》，於是，「北晚文峰」和「南都長平」發生了激烈交鋒，梅的立場被很多人不齒。

五天內「宣傳口」四名高層換人

2014 年 3 月 27 日，習近平外訪歐洲期間，劉雲山控制的央視突然高調報導江澤民出書；同日，新華網在報導習近平訪法時，把習從「主席」降格為「副主席」，引發外界關注。

作為反擊，2014 年 4 月 30 日，中共喉舌《人民日報》社長和總編輯一起換人，這是五天之內「宣傳口」四名高層換人。

4月26日早上6時許，新華網發布消息，擔任黑龍江副省長的張建星近日調任《人民日報》社副社長，《人民日報》社編委委員、祕書長閻曉明提任《人民日報》社副總編輯，評論部主任盧新寧近日已任編委委員。米博華不再擔任《人民日報》社副總編輯，何崇元不再擔任《人民日報》社副社長。

四天後，新華網轉載人民網的消息說，4月30日上午，《人民日報》社召開高層會議，由中央組織部副部長潘立剛宣布，因年齡原因，張研農（1948年11月出生，65歲零5個月）不再擔任《人民日報》社社長職務，楊振武任《人民日報》社社長，李寶善同志任《人民日報》社總編輯。

楊振武上任第一天，《人民日報》海外版罕見以整版篇幅刊登習近平以前在黨校的兩次講話全文，標題為《習近平痛批：中央黨校不是公關社交場所》，明顯是針對、警告劉雲山。

楊振武與習近平在河北正定縣工作時就認識了，兩人關係一直很密切。1955年12月出生在河北的楊振武，1978年南開大學中文系畢業後，一直在《人民日報》社工作。1982至1985年，習近平在正定縣工作室，楊振武是《人民日報》駐河北的首席記者。楊寫了一篇以習近平為人物原型的報導，從而幫習近平進入了鄧小平的視線。

2007年習近平到上海後，很快升到北京，但2009年習還是把楊振武安排到上海擔任宣傳部部長、上海市委常委。2013年4月，習近平把楊振武調回北京，擔任《人民日報》總編，為一年後將他升為社長做好了準備。

新上位《人民日報》總編的李寶善是團派出身，曾是《求是》社長，曾任中共山西省委宣傳部副部長兼省政府新聞辦公室主

任。1995 年任職於中央宣傳部，先後擔任新聞局副局長、文藝局局長、新聞局局長、副祕書長。2003 年 12 月任《求是》雜誌社總編輯。2008 年 6 月任《求是》雜誌社社長。2014 年 4 月任《人民日報》社總編輯。

另外，除了兩名最高層異動外，《鄭州晚報》消息稱，此前擔任黑龍江副省長的張建星近日調任《人民日報》社副社長，《人民日報》社編委委員、祕書長閻曉明提任《人民日報》社副總編輯，評論部主任盧新寧近日已任編委委員。米博華不再擔任《人民日報》社副總編輯，何崇元不再擔任《人民日報》社副社長。在一周之內，替換了 4 名最高層，相當罕見。

從這些調令中不難看出，習近平的人馬大量取代了江澤民安插的人，劉雲山想發號施令都難了。

第四節

央視曝洗錢
王岐山敲打劉雲山

　　2014 年 7 月 11 日晚上 8 點半，中共喉舌中央電視台正要播出《經濟信息聯播》。不過，與往日不同的是，原本一男一女主持的 50 分鐘直播節目，這天卻只有女主播謝穎穎，那個著名的「白臉小生」芮成鋼哪去了呢？

　　按慣例，假如哪位主播生病了，央視仍有好幾個預備播音員臨時頂上或輪換，不會讓位置空著，何況播出的畫面可以看到男主播的話筒還擺在那兒。再說，央視的主持人一向是照稿宣讀的播音員，臨時換人並非難事。很明顯，這不是出了意外就是故意為之。

芮成鋼的出風頭

　　果不其然，第二天海內外媒體紛紛報導，芮成鋼 7 月 11 日被中紀委抓走了。同一天央視共有三人被抓，除了 36 歲的芮成

鋼之外，同時抓走的還有 46 歲的央視財經頻道副總監李勇，以及另一名製作人。

李勇 11 日正準備隨團去巴西，參加央視「金磚峰會」的直播報導，但在機場海關被攔下。有消息說，芮成鋼是被檢察院直接從直播現場帶走的，也許王岐山想故意製造一種氛圍，威儡央視的某些人。

芮成鋼 1977 年 9 月出生在安徽，父親黃家佐是《新來的小石柱》的作者，取意小石柱的名字石成鋼，隨母親芮淑敏姓了芮。1999 年進入中央電視台擔任主播，曾專訪過數百名國際商界、經濟學界以及政界領袖人物。

心高氣盛的芮成鋼因為一系列出格舉動而「馳名中外」。他 2007 年 1 月寫的《請星巴克從故宮裡出去》一文，一夜點擊量 50 萬，所提建議成為兩會議案，最終致使星巴克搬離故宮；2010 年 11 月在韓國舉辦的 G20 峰會上，被奧巴馬誤認為是韓國人的芮成鋼表示，「I think I get to represent the entire Asia（我想我可以代表整個亞洲）」，語出驚人，引人側目。

在 2011 年 9 月大連的達沃斯論壇上，芮成鋼奚落美國駐華大使駱家輝「坐經濟艙來參會，是否有意在提醒美國欠中國錢？」2012 年 4 月，芮還把姚明作為 NBA 球星每年 4000 多萬人民幣的收入，與揚州市委書記不足 20 萬的收入對比，被人稱為毫無邏輯。芮成鋼還把美國前總統克林頓拉近為「我的一個非常要好的朋友」。

與芮成鋼相比，李勇則比較低調。李勇是央視高級編輯，資深新聞和財經節目製作人，CCTV-2 財經頻道副總監。他 1993 年調入央視，曾擔任《晚間新聞》、《早間新聞》等欄目製片人，1999 年曾主持創辦《現在播報》欄目。

據《新紀元》獲悉，芮成鋼們的火速被抓，並不是偶然的，他們早就被盯上了。

李東生之後 央視大地震不斷

長久以來，中共宣傳部被中共江派前常委李長春、現任常委劉雲山先後所把持，自「18 大」後，劉雲山把持的宣傳口不斷針對習李政權造事，令習李難堪。隨著習江鬥越演越烈，當局反腐已從政界、國企擴大到軍隊、宣傳系統。

2013 年 12 月，曾擔任央視副台長的原公安部副部長李東生落馬後，引發了央視人事大地震，數百人被中紀委調查。

此前《新紀元》報導了玩弄「筆桿子」的李東生為何一夜間拿起了「槍桿子」，這與周永康、江澤民迫害法輪功直接相關。當時李東生作為鎮壓法輪功的專職機構「610」辦公室的副主任，參與、策劃了由羅幹等人一手編造的「天安門自焚」偽案，大肆誹謗、誣陷法輪功，從而得到江澤民的賞識和提拔。

5 月 28 日、29 日，中共官媒罕見密集報導江澤民姘頭李瑞英被強制退出央視《新聞聯播》的消息，6 月 1 日，最高檢察院通報，央視財經頻道原總監郭振璽涉嫌受賄已被立案偵查。據悉，郭振璽利用央視廣告部門和財經頻道大肆斂財，擔任財經頻道總監九年間，其個人不當獲利至少達 20 億元。

6 月 6 日，央視財經頻道製片人王世杰也被帶走調查，他同時擔任財經頻道運營組財務總管。與王世杰一同被帶走的，還有一名年輕女主持人和一名女編導。

從那時起，李勇、芮成鋼就已經被中紀委盯上。郭振璽非常

看重芮成鋼。2008 年 4 月芮加盟財經頻道後，郭一直力捧他。也有消息說，除了牽扯郭振璽案外，芮成鋼自身也有經濟問題。芮的家人成立了一個公關公司，他的部分高端訪談對象，包括上多少分鐘央視，都明碼標價。

不過令人吃驚的是，早已被打草驚蛇、明知處境危險的「央視菁英們」，仍然高調針對當局。

就在 6 月 30 日江澤民的「軍中最愛」、前中共軍委副主席徐才厚被查後的 7 月 9 日，央視推出一個特別報導，表面上是報導「中國銀行借優匯通洗黑錢」，但實際矛頭卻是對準了曾經主管銀行的前副總理王岐山。

7 月 9 日早上，央視《新聞直播間》欄目播出了一則爆炸性調查新聞，矛頭直指中國五大國有商業銀行之一、主管外匯兌換的中國銀行（簡稱中行），稱《中行公然造假洗黑錢外匯管制形同虛設》。

央視一直以來受到現任常委、掌管文宣的劉雲山操控，屬於江澤民派系掌控的地盤。國家新聞出版廣電總局 6 月 18 日下發通報，禁止記者和記者站未經該單位同意私自批評報導。由此可見，上述新聞能播出，無疑是得到央視主管批准，以及更高級別的首肯，絕非偶然事件。

央視在節目中強調中國銀行某支行的工作人員說，「我們不管您的錢從哪來，怎麼來的，都可以幫您弄出去。」

央視稱中行是地下錢莊 監守自盜

央視報導說，在北京，一到周末大大小小的移民仲介就辦起各個國家的移民諮詢會。「您只需要花 50 萬歐元投資於葡萄牙

不動產項目，您就可以擁有五年的黃金居留身分，五年過後就可獲得永居，六年獲得國籍。」

由於外匯管制，中國大陸每人每年最多只能換匯五萬美元，若想湊足動輒幾十萬、數百萬美元的投資移民款，前些年根本做不到。不過垷在中國銀行能做了。央視記者宣稱調查發現，在收取千分之四左右手續費之後，中行就會給客戶提供一個叫「優匯通」的服務，這是一項「見不得光的銀行業務」。

優匯通全名叫「跨境人民幣結算業務」，銀行先幫客戶開一個中行廣州分行的帳戶，把數百萬人民幣轉到廣東分行，再把人民幣匯出到中國銀行在倫敦、東京、巴黎等地的分支銀行，最後在國外兌換成相應外幣。以前中國只允許擁有海外公司的大型企業使用該管道，對個人是禁止的。被採訪中銀行工作人員說：「這雖然是人民幣跨境業務，但是沒有通過外管局的兌換系統，其實這麼做是一個灰色地帶，打一個擦邊球。」

但央視並不認為這是打擦邊球，報導把中行說成地下錢莊，並藉專家之口稱其是在違法犯罪。報導還說，廣東一個越秀支行，一年內就把 60 億的人民幣送出了國門。這個支行的業績，只是排名第五。

據中國社會科學院稱，近三年，中國年均向海外移民人數已經接近 20 萬。假如每人以 200 萬人民幣來算，20 萬人就是 4000 億。如此龐大的資金外流，央視稱中行是「監守自盜」的罪犯。

習改革試點被央視稱為地下錢莊

這一結論讓中行坐不住了，當天下午，中國銀行趕緊發表聲

明，稱他們這項業務是得到中央銀行批准的。親習近平、王岐山的「財新網」也發表多篇文章為中行解釋，稱這是習近平陣營在金融領域改革的一個新措施，只是在廣東試點。

報導說，「廣東省於 2012 年下半年已經開始試行個人跨境人民幣匯款，容許內地居民以個人名義進行人民幣匯款，而無需轉換美元再匯款。但這次試點相當低調，且限制條件嚴苛。被嚴格限制在包括中國銀行等幾個銀行分行範圍內，而且不許對外大加宣傳。」

一名業內人士則很氣憤地認為央視用社會新聞的思路操作財經新聞，濫用媒體話語權。據這位前財經媒體人的說法，這項業務屬中外資銀行的常規業務，而且一直在做，廣東地區非常普遍。文章還分析了中行的這種試點與地下錢莊的區別：地下錢莊的信息，官方無法追蹤，除非被打擊到了，而優匯通通過銀行匯款，至少需要做國際收支統計申報，是可以監測到的，不易形成統計遺漏。「貪官、罪犯轉移資產大多仍用地下錢莊，而中行這項業務的客戶則要以移民、要境外購置資產的普通居民為主。」

儘管大陸媒體做了解釋，民眾的負面反饋還是非常強烈。7月 9 日當天，大陸兩市跳水，滬指跌 1.23％，深成指重挫 2.25％；港股則急跌超過 300 點，下跌股份超過 1000 支。中國銀行被揭涉洗黑錢，股價跌近 3％。

央視曝光洗錢背後的派系大戰

資料顯示，現任中國銀行行長田國立，1997 年任中國建設銀行行長助理；1999 年開始歷任中國信達資產管理公司副總裁、總

裁、董事長；2010 年擔任中信集團副董事長兼總經理；2011 年出任中信銀行董事長；2013 年 5 月，任中行董事長。

在其簡歷中可以發現，田國立是王岐山當年主掌建行時的舊部，曾經擔任過王岐山的助理。田國立任中行董事長和黨組書記，外界普遍認為是王岐山在為自己的舊部在金融領域布局。

央視揭洗錢事件矛頭還對準了中央銀行，而現任央行行長、朱鎔基的心腹周小川也不得不表態稱，中行洗錢傳聞需花時間弄清楚。值得注意的是，現任中紀委書記王岐山也是朱鎔基的圈內人。據說，現任國務院副總理馬凱、從中投公司回歸的財政部長樓繼偉和「破例」第三次出任央行行長的周小川，均是朱鎔基擔任國家經濟體制改革委員會（體改委）主任時的老部下。

1996 年周小川任央行副行長、黨組書記；1998 年周小川任建行行長、黨組書記；2002 年成為央行行長至今。可以說，周小川被提拔幾乎因為朱鎔基的緣故。

據說朱鎔基一直不滿江澤民，也就是說，江澤民派系掌控的央視，這次把矛頭直指朱鎔基、王岐山的親信，其背後含義是很深的。

央視企圖點燃民眾怒火

作為央視高層，不可能不知道優匯通是習近平陣營上台實施的金融改革試點，中行工作人員在採訪中也會告訴他們，但央視一直不點出這點，而是不斷點燃民眾的憤怒之火。

央視三人被抓，最關鍵的是，播出中行所謂洗錢節目的時間，7 月 9 日，正是第六輪美中戰略與經濟對話在北京召開的日子。

這邊談判桌上，中國副總理汪洋和國務委員楊潔篪等人，正在與美國國務卿克里和財政部長雅各·盧，就人民幣匯率的結構性改革討價還價，而那邊央視卻在把人民幣結算改革說成是犯罪，公開唱對台戲，令王岐山十分憤怒。

《新紀元》獲悉，王岐山一氣之下，下令馬上抓捕此央視三人，給挑起該事端的央視後台來個下馬威，也就是對劉雲山施以一點顏色瞧瞧。於是，芮成鋼在直播前被火速帶出，令央視節目差點開了天窗。

為何美國要與中國反覆談人民幣匯率問題呢？為何汪洋、王岐山、李克強等人要施行優匯通試點，讓大陸資金逃出海外呢？這裡面原因很複雜，概括起來，可從兩方面看。

首先，這是中國加入世貿（WTO）的承諾要求。2001 年 11 月 11 日，中國在加入 WTO 時，就承諾要逐步開放中國的資金市場，保證人民幣能自由流通和兌換，因為這是自由貿易的基石。美國作為 WTO 的主要執行人，有責任不斷敦促中國放開對人民幣的管制。

在世界其他國家，都沒有像中共那樣規定：公民每人每年只能兌換五萬美金的外幣，只要民眾的收入合法，兌換多少都是人民的自由。十多年來，中共一直在延續對人民幣匯率以及外匯的強行管制，這令國際社會十分不滿，「取消中國最惠國待遇」，不承認中國是自由經濟的各種呼聲不斷高漲。面對強大的國際壓力，中共不得不對金融進行改革，不得不逐步放寬對人民幣兌換的限制。

另一方面，北京也看到，民眾通過地下錢莊流出的錢數量巨大，中國富人想移民海外，北京是卡不住的，與其讓地下錢莊來

掙這個錢，不如由國有銀行——中國銀行來做，這樣既讓官方有途徑可查資金流向，也能讓銀行增加收入。

　　李東生落馬後，央視在中紀委的調查下，依然上演中行洗錢的鬧劇，直接和習主張的改革唱對台戲，這說明習李王的改革，遭到了既得利益集團的拚命反撲。

政治局三常委面臨清洗

第九章

劉家掌控內蒙
家產數百億

中共政治局常委劉雲山被曝是現任七常委中貪腐最嚴重的一個，其家族斂聚數百億資產。劉雲山長期對習近平當局的政策進行消極抵制、封殺。此番中紀委巡視後上報新華社九大問題，直接針對劉雲山。（Getty Images）

第一節

劉雲山家族被曝坐擁數百億

中南海掌握劉雲山家族貪腐

多家港媒雜誌 2014 年 5 月引用中南海消息稱，劉雲山家族是現任七常委中貪腐最嚴重的家族，坐擁數百億的資產。

報導稱，「劉雲山主要在內蒙發跡。劉氏家族始終以內蒙為依託，大肆竊取國家財富，滿足其家族無限貪慾。」

「2004 年前，劉氏家族已經暗中實際掌控了大象投資公司，並且操作了對內蒙伊利股份法人股的操控，股改後，其掌握的伊利法人股時值超過數億元。同時還控股了另一家內蒙上市公司——金宇集團的大部分法人股。而且，在內蒙掌控了相當多的礦產資源的所有權，包括煤礦、鉬礦等等。」

劉雲山的兒子劉樂飛涉嫌吸取黑金。報導中表示，2004 年，年僅 31 歲的劉樂飛被劉雲山強力安插到中國最大的機構投資

人——中國人壽保險股份有限公司，出任投資管理部總經理，負責掌管超過 5000 億元保險資產的投資運用。同時每年還有將近 1000 億元的新增現金保費資產需要進行投資運用。而這塊肥肉被劉雲山牢牢盯住。

「入主中國人壽投資管理部以後，劉樂飛左右一明一暗，手托兩家公司，輕鬆運作，大肆斂財，實現其竊取國家資財的終極目的。」

劉樂飛在其父任中宣部副部長時候，分到財政部綜合司工作，歷任首創證券執行董事、中國銀河證券總經理、中國人壽保險股 CEO。2008 年出任新成立的中信產業基金董事長兼 CEO。劉樂飛 35 歲即管理四個基金，總規模達 350 億元人民幣。

劉雲山的二兒子劉樂亭同樣把手伸入商界，涉及藥品和保健品業、房地產業，是內蒙多家製藥企業的幕後老闆。據悉，劉家兩兄弟還幕後操控內蒙古著名地產商雅世春華置業有限公司，旗下地產項目遍及內蒙古多地，其中包括呼和浩特最大的房地產項目東岸國際。內蒙包頭市的東河區舊城改造，主要也是劉氏兩兄弟旗下的公司奪得。

內蒙政法委副書記死緩 劉雲山地盤起風波

內蒙古一向被認為是中共常委劉雲山的地盤，不過早在 2013 年 10 月一個月之內，內蒙就有兩名高官進牢房，那時劉雲山就已處在被動的位置。

2013 年 9 月 30 日，內蒙古自治區黨委政法委原副書記楊漢中受賄罪和濫用職權罪一案，在包頭市中級法院一審宣判，被處以死刑，緩期二年執行；9 月 4 日，內蒙古自治區黨委原常委、

統戰部原部長王素毅被開除黨籍、開除公職；收繳其違紀違法所得；其涉嫌犯罪問題被移送司法機關。

內蒙古一向被認為是中共常委劉雲山的地盤。一月之內，內蒙古就有兩名高官進牢房，而且其中央黨校的心腹李景田又被撤職，這不能說是偶然的。

楊漢中索房 21 套 情婦親屬成犯罪幫手

楊漢中出身貧寒，早年喪父，其父曾是山西省陽高張北地區有名的石匠，他從小立志也要成為一名好石匠。1998 年秋，44 歲的楊漢中成為滿洲里市代市長。面對形形色色的商人主動前來尋求「幫助」，從小窮慣了的楊漢中開始鬆動了，從最初的推託演變為接受，直至發展到主動索賄。

內蒙古包頭市檢察院起訴意見書顯示，2000 年至 2012 年，楊漢中歷任滿洲里市市長、市委書記，興安盟盟委書記，內蒙古政法委副書記期間，索取收受賄賂共計 49 次，其夥同情婦、親屬、司機共同受賄、索賄就有 19 次，金額累計 1778.7 萬元人民幣，10 萬美元，占楊漢中全部受賄金額的 44%。

興安盟地區屬內蒙古的經濟欠發達地區，區域貧困程度較為嚴重。按照興安盟統計局公開的數據顯示，2007 年到 2012 年，五年間興安盟城鎮居民人均可支配收入平均值僅為 9882 元人民幣，若將楊漢中受賄的 4037 餘萬元人民幣除以 12 年，所得的年平均受賄金額為 336 萬元人民幣，這相當於 340 名興安盟普通城鎮職工一年的收入，這其中還未計入其受賄的外幣數額。

王素毅收受他人巨額財物涉嫌犯罪

　　王素毅曾先後擔任呼和浩特市委常委、副市長；巴彥淖爾市委副書記、市長、市委書記。還曾擔任內蒙古自治區發改委副主任、西部開發領導小組辦公室主任（正廳級）。內蒙古自治區黨委原常委、統戰部原部長。據傳，他與劉雲山關係密切。

　　王素毅落馬主要與其在巴彥淖爾市大興土木所引發的亂象有關。在王素毅主政巴彥淖爾市的七年時間內，巴市首府臨河區快速城鎮化，徵用周邊數十萬畝土地。通常是政府拿少量的錢，徵收土地和房屋然後高價賣給開發商，有報導說中間的差價達到五倍以上。

王素毅與在內蒙古發家的劉雲山有交集

　　劉雲山出生在山西忻州，但在內蒙古包頭的土默特右旗長大。劉雲山 1993 年進入中宣部任副部長前，幾乎長達 24 年，幾乎都在內蒙古的宣傳系統工作。

　　王素毅 1982 年於山西礦業學院地下採煤專業畢業後，一直在內蒙古計委交通能源處工作，到巴市之前，王素毅還擔任過呼和浩特市常委和副市長等職。計委要招商引資，宣傳部負責宣傳。土素毅和劉雲山在上世紀 80 年代就開始有了交集。

　　據報，進京之前，劉雲山家族始終以內蒙為依託，大肆竊取國家財富，滿足其家族無限貪慾，其家族在內蒙掌控了相當多的礦產資源的所有權，包括煤礦、鉬礦等等，而地域遼闊，礦產資源豐富的巴彥淖爾成為劉家最能撈錢的地方之一。

陸媒曾報導，2010 年 10 月 16 日，剛剛從巴市升遷為內蒙古統戰部長的王素毅，揭牌內蒙古敕勒川文化研究會，劉雲山題詞祝賀。敕勒川地處呼和浩特、包頭、巴彥淖爾三角地帶。2011 年，由王素毅主政的市委和巴彥淖爾軍區黨委聯合搞的軍地理論宣講團，被劉雲山、徐才厚批示，中宣部授予全國十大「理論宣講先進集體」稱號。

2013 年 9 月，對劉雲山來說，除了內蒙出事外，中央黨校常務副校長被換成了習近平安插的何毅亭，心裡自然不爽。常務副校長一職雖然名義低於校長，但掌管黨校的日常事務，實權很大，再加上何毅亭背後有習近平，實際上在中央黨校架空了劉雲山。那時劉雲山在中共常委中實權越來越少，被牽扯的案件越來越多，劉面臨被動、危險的處境，能否保住自己的兒子貪腐不被查，恐怕也是有心無力。

第二節

中國人壽總裁辭職 涉劉樂飛

劉雲山之子劉樂飛（圖）兩度任職中國人壽要職，萬峰和劉英齊都起到了關鍵作用。此次中國人壽高層人士大變動的背後，閃現劉雲山家族利益的影子。（新紀元資料室）

　　2014 年 3 月 25 日，就在人們驚訝於三峽集團公司董事長、總經理被同時撤換的第二天，被稱為「A 股虧損大王」的中國人壽集團的正、副總裁在同一天辭職。大陸國有企業高強度的密集性人事變動，讓很多人意識到，一場國企高層人事巨變正在發生。

中國人壽高層的大變動

　　中國人壽 2014 年 3 月 25 日公告稱，總裁萬峰因工作變動，即日起辭去總裁職務，並轉任為非執行董事兼副董事長，而副總裁劉英齊亦同日以工作變動為理由辭去職務。除正副總裁換人外，國壽集團還出現三大變動：電商公司董事長兼總裁劉英齊接替劉健出任國壽財險總裁，國壽副總裁劉家德出任國壽養老險公司總裁，國壽資管副總裁崔勇接替劉英齊出掌電商公司。

　　據悉，2012 年初，中國人壽集團、人保集團、中國太平保險集團和中國出口信用保險公司四家保險公司升為副部級單位，其組織關係及人事權統一由保監會移至中組部。

　　現年 56 歲、執掌中國人壽股份公司近七年的萬峰，資歷頗深，他先後在中國人壽吉林分公司、深圳分公司、香港分公司、香港太平人壽任職，2003 年起出任中國人壽股份副總裁，2007 年 9 月正式出任中國人壽保險股份有限公司總裁。

　　此次接任國壽股份總裁的林岱仁，歷任中國人民保險公司江蘇省分公司人險部副經理、人險處副處長、處長兼南京人壽保險股份有限公司副總經理等職。1996 年至 2003 年期間，歷任中保人壽保險有限公司江蘇省分公司、中國人壽保險公司江蘇省分公司副總經理、總經理、黨委書記。2008 年 10 月起擔任國壽股份執行董事。

　　而辭去副總裁職務的劉英齊，2003 年 8 月至 2006 年 1 月擔任中國人壽監事會主席，2006 年 1 月起擔任中國人壽保險股份有限公司副總裁。

　　面對中組部掀起的國壽人事大地震，雖然其業績比 2013 年盈利升逾一倍，但券商對國壽的業績普遍不看好，其中瑞信調低評級，指國壽缺乏增長動力，新增業務價值增長緩慢，總裁又辭任，有多項負面因素。3 月 25 日國壽股價報收 21.25，略增 0.47％。

中國人壽和劉雲山的幕後交易

　　這次對中國人壽的大洗牌，發生在中石油、中石化、中移動等國企巨無霸的連續人事變動之後，被稱為是中共兩會後央企地

震的第一波。除此效應外，人們從中還看到中國人壽背後牽扯的劉雲山家族利益。

2004 年 8 月，劉雲山將年僅 31 歲的兒子劉樂飛安插到國內最大的投資機構——中國人壽保險股份有限公司，任投資管理部總經理，負責掌管超過 5000 億元保險資產的投資運用。當時萬峰和劉英齊都是公司的副總裁，對錄用劉樂飛起到了關鍵作用。

劉雲山控制的大陸媒體把劉樂飛吹噓為「金融神童」，不過真實情況恰恰相反。

劉樂飛出生於 1973 年，22 歲時畢業於中國人民大學，獲經濟學學士學位，進入財政部綜合司，很快就變成副處長——這對一般大學生而言簡直比登天還難。據說劉樂飛的妻子賈麗青是前最高檢察院檢察長賈春旺的女兒，而賈春旺之前曾擔任權傾一方的公安部長。

劉樂飛 25 歲任冶金部直屬的中冶安順達實業總公司副總經理，同時兼任首創證券公司執行董事；31 歲擔任中國銀河證券有限責任公司投資管理總部總經理；33 歲時擔任中國人壽首席投資官；36 歲擔任中信產業投資基金管理有限公司董事長。2011 年《財富》雜誌「亞洲最具影響力的 25 位商界領袖」排名中，劉樂飛位列第 22 名。

然而據知情人透露：劉樂飛水準很差，他在社科院讀碩士時，英語無法通過國家考試，連碩士學位都沒有拿到。不過官方簡歷稱劉樂飛 1998 年畢業於中國社科院研究生院。

官方簡歷還稱，劉樂飛 2006 年畢業於中歐工商管理學院，主修財務金融方向，獲工商管理碩士學位。檢索發現，這個中歐工商管理學院，是由上海市和歐盟共同出資創辦的合作機構，「於

1994 年 11 月 8 日在上海宣告成立。校園位於上海浦東新區，並在北京和深圳設有辦事處。」

由於有劉雲山、賈春旺的關係網庇護，劉樂飛自 2006 年 7 月起擔任新設立的中國人壽首席投資執行官。劉樂飛 2008 年離職後，中國人壽取消了首席投資官職位，由此可見這個職位是專門為劉樂飛所設立。2012 年底，劉樂飛再次回到中國人壽任職，此時中國人壽的總裁和副總裁分別是萬峰和劉英齊。

從這些蛛絲馬跡中可以看出，中國人壽高層人士大變動的背後，閃現著劉雲山家族利益的影子。《新維月刊》2012 年 2 月號曾刊登封面文章《劉雲山子的百億王國》，而近來劉雲山權力的敗落，也成了人們關注的話題。

劉雲山的權力被架空

劉雲山當時是「18 大」最具爭議的入常人選之一。中共黨內外對劉雲山的工作、人品、作風劣評如潮。據港媒報導，劉雲山在「18 大」中央委員選舉時得票倒數第一，雖然劉得票最低，卻照樣「入常」。

劉雲山是江澤民的親信，據媒體報導，劉雲山當年被江澤民看重，一個很重要原因就是，劉雲山執掌中宣部之後對付異見人士手段強硬，在網路控制上更加嚴厲。中國大陸近十年來萬馬齊喑有他的「功勞」。早前有民眾在網路揭露說，劉雲山兒子掌管兩家大財團大肆斂財，實現其竊取國家資財的終極目的。

「18 大」後，有爆料稱，習近平和王岐山「反腐」從金融行業高官開始，目標對準了金融領域的私募基金案，劉雲山、李長

春家族首當其衝。

中共兩會後，特別是 2014 年 2 月 27 日，習近平、李克強分別出任中央網路安全和信息化領導小組組長與第一副組長，劉雲山排在李克強之後，這標誌著劉雲山的文宣權力部分被奪。而 3 月 24 日，中共文化體制改革工作會議上，中宣部部長劉奇葆和副總理劉延東分別以小組組長和副組長身分出席並講話，這令劉雲山在文宣系統的權利再次被架空，假如中國人壽的問題繼續深挖下去，劉樂飛的種種劣跡也就會浮出水面。

第二部｜張德江「太鐵」

第十章

張德江挺梁振英
受習冷遇

2014 年 7 月，張德江南下深圳公開力挺江派在香港所培植的祕密
特務、香港特首梁振英（圖）。而此前，攪亂香港局勢的梁早已
被習所拋棄，因此政治局常委級別的張德江此番興師動眾的出行，
受到習冷處理，未得到中共第三號人物應有的官式報導和認可。
（大紀元）

第一節

白皮書唱反調 張遭冷處理

香港泛民主派批評張德江分化香港和操縱政改，社民連議員梁國雄諷刺張德江的鳥籠政改無恥。（大紀元）

中共江澤民集團日漸潰散，第二大佬曾慶紅被傳祕密抓捕關押，名列第三的張德江不得不走到前台，南下深圳，公開力挺江派在香港所培植的祕密特務梁振英。而此前，梁攪亂香港時局，備受香港民意唾棄，也傳早已被習所拋棄，有消息還說，若出現極端情況，當局不排除抓捕梁，以消港人民憤。

因此，張此行南下的目的被外界視為刺激香港社會、故意激化社會衝突、與習近平公開「唱反調」。不僅張的行程未獲大陸官媒報導，有分析稱，張如此公開反習，恐怕會遭遇如同周永康、徐才厚的下場，迅速走上不歸之路。

2014年7月19日，身兼中共中央港澳協調工作小組組長的中共人大常委會委員長張德江南下深圳，一連三天在紫荊山莊舉行了10場會面，先聽取香港特首梁振英的政改報告，之後會見六大商會、建制派政黨自由黨、經民聯、新民黨及民建聯等核心成員。

此前四天，梁振英向中共人大提出修改 2017 年特首選舉辦法的報告。正當香港社會等待中共人大 8 月底決定政改框架之際，張德江突然南下活動，三天會面中，人大副祕書長李飛、港澳辦主任王光亞及中聯辦主任張曉明出席了會談。

張德江南下 未獲大陸官方報導

雖然此前香港有近 80 萬人投票支持普選行政長官應有公民提名的方案，但據多家媒體報導，張德江對此並不接受，張還表明不認同佔領中環，稱是街頭政治。對於香港民眾強烈呼籲梁振英下台，張德江反其道表示支持梁振英，同時讚梁「硬朗、有決心」，是「敢擔當的人」。

《新紀元》此前報導了受江澤民集團直接操控的中共地下黨員、香港特首梁振英，實質上已經被北京習近平當局拋棄。在 7 月 1 日香港大遊行之前，當局不許梁再激化局勢，緊急勒令梁振英接連放假四天，有消息還說，若出現極端情況，當局不排除抓捕梁振英，以消港人民憤。

習近平在掌權後會見梁振英時，曾經對梁的「工作態度」有過意見。但是從沒對梁本人有過評語，也從沒談及梁在工作上的成績，與前兩任特首的成績獲時任黨魁的肯定，大有分別。

美國華府中國問題專家石藏山稱，「張德江讚揚梁振英的話，相當罕見。那些都屬於是對個人的評語，很感性的話，顯然代表其個人。」於是接下來發生了說奇怪也不奇怪的事。

對於政治局常委級別的張德江如此興師動眾的出行，一般官方都會在當天所有媒體頭版重要位置播報。奇怪的是，中共官媒

「新華網」、「人民網」並沒有作出相應的官式報導，人民網只是引用了中新網的報導，在其「港澳欄目」中做了轉載。而「中新網」這篇名為《梁振英向張德江彙報香港政改報告》的報導，只是其香港記者所發。也就是說，張德江此次南下並未得到中共第三號人物應有的官式報導和認可。

有些網站也不知是否有意，如「騰訊網」發出的類似報導文題變成《張德江深圳聽取梁振英整改報告強調依照基本法》，標題中的「政改」與「整改」，雖然一字之差，但是意味深長。

張德江步江澤民後塵去深圳

四個月前的 3 月末，江澤民也選擇將深圳作為其南行的城市。據說深圳市委書記王榮是江澤民集團的地方大員，江澤民的姪女目前住在深圳。江澤民到達後，人們看見江派控制的政法委系統加大對民眾的管制，4 月初，廣東茂名民眾反 PX 項目與官方的衝突突然升級，官方出動大批警察抓人、打人，很多無辜學生也被抓、被打。

當時就有報導稱，江澤民在深圳接見了梁振英，並力挺梁。有人猜測這次張德江的南下挺梁，也是聽命於江的安排。

1946 年 11 月 4 日，張德江出生在遼寧台安縣桓洞鎮十八戶屯，其父張志毅後來官至中共少將，曾任廣州軍區炮兵副司令員，濟南軍區炮兵副司令員，1998 年去世。由於父親在中共黨內屬過氣人物，沒有實權，對張的仕途影響不大。

1975 年，張德江自延邊大學朝鮮語系畢業後，留校做政工，1978 年後的兩年他在北韓金日成綜合大學進修經濟，回國後任延

邊大學副校長。

張德江的仕途栽培人是曾經官至中央軍委委員、解放軍軍事科學院院長的中共解放軍上將趙南起。

1927 年出生的趙南起，文革被打回地方。1978 年起曾擔任過吉林延邊州州委書記、吉林省副省長、副書記等軍隊地方雙重職位。提攜張德江時，趙南起是政協副主席。於是 1983 年張德江被提拔為延吉市委副書記，1986 年進京成為中共國家民政部副部長。

1989 年「六四」後，江澤民當上了總書記，趙南起時任總後勤部部長、軍委委員。趙的後台是洪學智，江與洪學智、趙南起合作，對付楊尚昆的勢力。憑藉這層關係，趙向江推薦了張德江，張開始受到江的重用。

坊間有傳說，迷信的江澤民因為張德江的名字對自己有利，加上張也會討好江，於是江有意培植張。無論是把他調到浙江還是廣東擔任省委書記，都是故意讓張在政治權力上「坐享其成」，以便接替賈慶林進入政治局常委。

張德江對江澤民的討好很露骨。比如，沿襲北韓思維模式的張，曾公開撰文反對私營企業家入黨，但在江澤民發表私營企業家可以入黨的講話後，張立刻 180 度大轉變，吹捧江「樹立了又一座理論豐碑」。1999 年江澤民鎮壓法輪功後，張德江又是「緊跟形勢」，殘酷迫害法輪功，結果張在澳洲等國被以酷刑罪起訴。

張德江涉深航貪污大案

趙南起不但提拔了張德江，還提拔過早期的徐才厚，因此

張、徐二人都把趙當「恩公」對待。有報導稱，徐才厚得勢後，曾兩次為趙南起動用權力，其中第二次也是徐本人被查處的犯罪內容之一。

當時趙南起在其女兒和早期警衛參謀被查實「涉嚴重經濟犯罪」後，親自出面向徐才厚求助，徐在直接收受了以趙女兒為首的經濟犯罪團伙的巨額賄賂後，出手「撈救」。據報，目前趙南起已被中紀委調查。

張德江「回報」趙南起的行動更出格，不惜讓數億國有資產被鯨吞。曾經擔任趙南起警衛員的李宜時，2005 年已改名換姓為李澤源，號稱出資 27 億元人民幣，擊敗中國國際航空公司、中信集團、平安保險乃至外資巨頭，以高價搶得深圳航空公司的所有權。

為完成對深航股權的競購，李澤源在 2005 年 3 月匆匆成立了匯潤公司，註冊資本 1000 萬元，由李宜時（即李澤源）、趙南起之女趙麗、秦晚江、宋祖英的妹妹宋祖玉四名自然人股東發起。

不過，李澤源這夥人並沒有這麼多錢，他們本無競標資格，但是李通過趙，找到時任廣東書記張德江，最後其公司不但被認定具有競標資格，還擊敗了非常強大的競爭對手，成功拿到了深航的主權。

隨後不到四年的時間裡，李澤源就以偽造融資租賃合同的辦法，從深航「套走」20 億元到海外，給深航留下近百億的財務黑洞。而他之所以能夠「空手套白狼」，除了違規借用新華人壽前總裁關國亮 8 億元資金外，背後更牽涉多位中共黨政軍高層以及高幹子弟，包括張德江、趙南起、前中共國防部長秦基偉之女以及宋祖英背後的江澤民等。

2009 年 11 月，李澤源因涉嫌經濟犯罪被查。薄熙來事件後，2013 年 4 月李澤源案開審，2014 年 1 月 17 日，李被判刑 14 年。在整個過程中，深航案成了懸在張德江頭上一桶隨時會傾斜的髒水，李澤源甚至在法庭上公開講出，他的這些違法行為得到了當時的廣東省委領導（張德江）的點頭支持。

張德江的吉林幫開始瓦解

然而在反腐之火燒著張德江之前，北京當權者先行令其周圍的貪官落馬。6 月 14 日，出生吉林、54 歲前沒有離開過吉林的蘇榮，在中共政協副主席的位置下落馬。這位 18 大後首個落馬的「國家領導人」，造成官場巨大震動，不僅牽扯到「石油幫」的幫主周永康和曾慶紅，更牽扯到「吉林幫」的幫主張德江以及後面的江澤民。

早前，江澤民在吉林長春第一汽車廠（一汽）工作，號稱對吉林「有感情」，因此「吉林出高官」，張德江、王剛、杜青林、蘇榮都成「國家領導人」，而張德江被稱為「吉林幫」幫主。

張德江的父親張志毅曾被稱為「炮兵鼻祖」，1964 年中共第二次授銜時成為少將，但由於有國民黨從軍背景，始終不被中共信任，「文革」期間受到打擊。據說當時是紅衛兵的張德江極力與父親「劃清界線」，以致長期以來父子關係惡劣。在張德江進京的五年間，蘇榮多次到遼寧看望在鞍山的張志毅，以致深得張父信任。據說蘇榮後來還調和了張氏父子關係。張志毅病重期間，甚至要求張德江與蘇榮結為異姓兄弟，後因種種原因沒成行。

此前《新紀元》報導了蘇榮的落馬，並不完全是官方所稱的

「涉嚴重違法違紀」，從其落馬時間看，與警告張德江直接相關。

2014 年 6 月 10 日，負責港澳辦的江派常委張德江，和負責新聞宣傳口的江派常委劉雲山，聯手拋出所謂香港白皮書，強調「一國」而非「兩制」，強行破壞港人引以自豪的司法獨立，造成香港近 80 萬人參與公投、51 萬人上街參加「七一」遊行。白皮書出台後四天，蘇榮就被公布落馬。

與習唱反調 張德江公開挺梁

如今的香港民眾對梁振英可謂非常厭惡。從梁上台初始，「梁振英下台」的呼聲就一浪高過一浪。張德江違背民意、南下力挺梁振英的消息傳回香港後，激起香港民眾以及眾多議員的強烈抗議。

社民連的梁國雄議員專門在開會時，拿出一個鳥籠道具，諷刺北京給香港的政改方案只是「鳥籠政改」，並題詩一首：「張牙舞爪，德才不濟，江河日下，無中生有，恥寡鮮廉」，橫著看每句的第一個字就是：張德江無恥。

前面說到張德江與徐才厚的相似之處，他倆不但有相同的仕途恩人，如趙南起、江澤民，而且兩人在政治站隊的關鍵時刻也有相似的表現。

2012 年 3 月中共兩會期間，王立軍出逃引燃的政治大火已經燒到了薄熙來，很多中共官員都力圖切割，及時遠離薄熙來。當時唯一公開站出來支持薄的就是周永康，結果後來周永康被抓，而另外半公開支持薄的就是徐才厚。兩會上徐才厚雙手緊握薄熙來的手以示支持鼓勵的照片，前段時間在徐落馬時廣為流傳。

如今張德江也公開和習近平唱反調。習為了安撫港人，不斷

壓制梁，而屬江派的張為了激怒港人，不斷挺梁。習、江雙方分裂態勢日益公開和明顯。

香港原來是江派第二大佬曾慶紅管轄的地盤，如今曾慶紅也傳被祕密抓捕關押，江派面臨「山中無老虎」的窘境，名列第三的張德江不得不走到前台來，公開挺梁振英這個江派培植了幾十年的祕密特務。

資深媒體人、熟悉中共高層政治內情的中國問題專家季達表示，張德江挺梁振英，但誰挺張德江？張德江本人地位岌岌可危，他越高調挺梁，梁的處境越危險；現在梁振英的處境更慘。

香港問題專家廖仕明表示：「在七一大遊行之前，習近平拿下徐才厚；之後在張德江來港之前，立即更換了駐港部隊司令，並著手對張德江的吉林幫進行清洗。中南海高層圈內一直有消息稱，習近平最終會逮捕江派三常委——劉雲山、張德江和張高麗。現在張德江親自南下香港攪局，煽情發表挺梁言論，目的是刺激香港社會，故意激化社會衝突。」張德江如此公開反習，恐怕會如同周永康、徐才厚那般，迅速走上不歸之路。

第二節

張德江的發家往事

張德江在向江效忠的同時，對胡溫也不過分怠慢。薄熙來倒台後，張德江歸順胡、溫、習之意圖明顯。（AFP）

　　張德江是中共建政以來先後任四省（直轄市）一把手的官場第一人。但他和上海市委書記俞正聲一樣，因年齡界限，2012 年的中共 18 大是他們擔任政治局常委的最後機會。

　　張的官運亨通，除了有江派的照應外，還與其注重自身外在形象和八面玲瓏的性格有關。張不像中共很多官員那般張揚，為人低調內斂，而且他懂得如何自我調整，緊跟領導。長期政工領域的經驗，加上早年曾留學北韓，因此被視為意識型態保守僵化的一類。

　　張德江並非江的嫡系，與江澤民關係，應該說是一種權力捆綁。張在向江效忠的同時，對胡溫也不過分怠慢。在其出任廣東省委書記的 2004 年，胡錦濤考察廣東，並給予肯定，希望廣東能做全國經濟、社會發展的「排頭兵」。2005 年，溫家寶到廣東視察時，張德江也恭敬有加。

朝鮮進修 趙南起扶持

1946 年 11 月 4 日，張德江出生在遼寧台安縣桓洞鎮十八戶屯。據說，張德江已多年沒有回過台安老家，老房已幾度轉手，最後 次回鄉，是 80 年代末，在其當民政部副部長任內，那時他還給當地一所聾啞學校題了字。

有人說張德江是平民階層出身，也有人將張德江納入太子黨陣營。原因是其父張志毅曾是中共前炮兵少將，更有「炮兵鼻祖」一說。其父歷任廣州軍區炮兵副司令員，濟南軍區炮兵代司令員、副司令員、顧問，1964 年晉升為少將軍銜，1998 年去世。由於屬軍隊過氣的中共黨員，沒有實權，並未在張德江的政治路途上發揮大作用。

1966 年文革開始，全中國的學校「停課鬧革命」，那些沒法正常念書的高中、初中畢業生和在校生，被稱為「老三屆」。在中國「老三屆」之稱，基本上就是「荒廢學業」一代人的代稱，張德江屬正趕上沒有機會入讀大學的應屆高中畢業生，更被稱為「老高三」。兩年後，1968 年 11 月，張作為「上山下鄉插隊知識青年」來到吉林省汪清縣羅子溝公社下鄉插隊。

據官方媒體採訪當地的農民介紹，張德江是第七生產隊的隊長，經常代表七隊在大會上講話。當然，活也沒少幹，鏟地、割莊稼、上山冬採，趕軍拉燒柴，放扒犁，張德江在當地人眼裡屬能吃苦的那類。每當黃曆新年時，集體戶的同學們都回家和親人團聚去了，張就主動留下來看房子。兩年後，張升任吉林省汪清縣革委會宣傳組幹事、機關團支部書記。由於表現好，張成為100 多名下鄉知青中第一個加入中共的人。

1972 年 5 月，張德江進入延邊大學朝鮮語系就讀，並以政治表現突出而留校，做政工幹部。1978 年 8 月，趁著「文革」餘溫，赴北韓金日成綜合大學進修經濟，1980 年 8 月回國，任延邊大學黨委常委、副校長。

「老三屆」的張德江幾乎已沒有資本攀升其人生的遙遙仕途，但卻意外的得到一位軍頭貴人相助，張德江從此步入政界，此人就是趙南起。

趙南起 1927 年生，中共解放軍上將，官至總後勤部部長，中央軍委委員，解放軍軍事科學院院長。

趙南起文革中被打倒，1973 年復出。復出後，在通化軍分區做政委，後為吉林省軍區政委。同時趙南起還擔任地方職務，自 1978 年起曾擔任過吉林省延邊州的州委書記、人大主任、吉林省副省長，一直到相當於吉林省委副書記。

提攜張德江時，趙南起正任職政協副主席。於是，1983 年張德江出仕從政，擔任吉林省延吉市委副書記。1986 年至 1990 年間，他曾離開吉林擔任中共國家民政部副部長、黨組副書記。

1989 年「六四」後，江澤民當上了總書記，趙南起時任總後勤部部長、軍委委員。趙向江推薦了張德江，張開始受到重用，這也是外界認為其是江澤民嫡系的緣由。

1990 年 10 月，在江的重用下，張重返吉林省擔任省委副書記兼延邊州委書記。1995 年 6 月任吉林省委書記、省人大主任，直到 1998 年赴任浙江省委書記。

作為仕途首站，張德江在吉林確實是好好「發揮」了一番。自由亞洲電台曾報導，張德江在延吉的時候搞圖們江下游開發，提出五國（俄羅斯、日本、北韓、南韓、中共）共建北方香港，

並由聯合國投資。

被江澤民看中「德江」好名

1998 年 9 月，張德江改任浙江省委書記；2002 年 11 月至 2007 年 12 月，任中共中央政治局委員、廣東省委書記；2008 年 3 月起，任中共中央政治局委員、國務院副總理。江澤民曾經公開說：「我今天確實高興，因為廣東省有你掛帥。」張德江深得江的歡喜由此可見。

北京政治觀察家表示，當初江澤民把張德江從吉林調到浙江，就是想苦心栽培張。多年來，浙江一直都是中國經濟最發達的省份之一。16 大後江又將其調任廣東省委書記，被護送進政治局當委員。外界認為，無論是浙江還是廣東，張德江都是坐享其成，可見江澤民對張的器重和刻意栽培。

這期間，張雖「政聲不佳」但「官運亨通」，到 17 大時，張德江因封鎖負面真相、整肅敢言媒體、甚至動用武力來鎮壓維權民眾，在廣東民間引發轟轟烈烈的「驅張運動」。張的民望下跌，反對聲不斷，在江澤民的強力干預下才保持了政治局裡的席位，而且還被江推進溫家寶的第二屆內閣班子擔任副總理。

張德江為什麼會得到江澤民的信任和栽培呢？有人認為張很聽話，是個權力追隨者，誰當權就聽誰的。

但民間也有個有趣的說法，張無形中彌補了江的一個鮮味人知的「恐懼」。江對名字、名稱有一種特別的迷信。

據《江澤民其人》一書記述，2000 年 12 月有一位叫鄭鎮江的軍事戰略專家外逃美國，叛逃消息上報江澤民後，底下人說，

沒想到江非常惱怒，說「要不惜一切代價將人找回來」，理由是：
「不能讓他在海外到處『鎮江』。」

2005 年 4 月 30 日通車的潤揚大橋，是江澤民耗資 50 億人民
幣興建的一座橫跨長江連結鎮江與揚州的長江公路大橋，此懸索
橋全長 4700 公尺。2000 年 10 月 20 日，江澤民參加了大橋奠基
儀式，並親手揭起奠基石上的紅綢。

潤揚大橋原名叫「鎮揚大橋」，因這座橋連結鎮江與揚州所
得名，可揚州是江澤民出生地，江澤民一聽「鎮揚」就變了臉，
這豈不是要鎮住他嗎？有人想起鎮江的古名「潤州」，將大橋定
名為「潤揚大橋」，江澤民這才拍了板。

江喜歡好名字，認為能給自己帶來吉利，比如（周）永康、
（李）長春、（曾）慶紅、（賈）慶林，這些名字都受寵。「德江」
更是江看中的好名，叫一聲「德江」，似乎就是給江本人補「德」、
頌「德」。毀掉「德江」，也就表明江無德可用。因而北京圈裡
的人都說「張德江是江必保之人」。

政聲不佳惹公憤

張德江任廣東省委書記期間曾發生不少震驚全中國的事件，
均與他脫不了關係。2003 年隱瞞非典疫情（又稱薩斯，嚴重急性
呼吸綜合症，SARS）、孫志剛事件，2005 年的太石村罷免村官
事件、東洲事件，以及後來的《南方都市報》案，其對事件的處
理手法備受質疑。

張德江從浙江轉赴中國經濟第一省廣東，碰到的首個難題不
是經濟問題，而是那場讓中國人談之色變的「非典」事件。廣東

掩蓋「非典」疫情，致使疫情擴散。當時張德江的一番感言恰恰生動的描述了廣東政府的欺瞞作為。他說，在「非典」疫情讓全國各地都深陷恐慌之際，廣東人一如平常，照常在餐廳吃飯，這其實也是在特別替政府著想。他並為此「非常感謝廣東，同時也被廣東人民感動著」，殊不知可怕的病毒就這樣在人們不知不覺中傳遍了全球。

2003 年廣東發生大學生孫志剛死於收容所的事件，造成全中國輿論討伐，最終導致溫家寶發令取締臭名昭著的收容所制度。同年還整肅了披露該案情和「薩斯」疫情的《南方都市報》，逮捕了正副總編輯並判了刑。

在此期間，還發生了東莞石龍萬人抗暴、揭陽萬人抗暴、太石村等多起造成多人死傷的血腥事件，一些民眾發起了「驅張運動」。

張德江在廣東主政期間追隨江澤民迫害法輪功。從 2002 年到 2006 年，被迫害致死的廣東法輪功學員有 30 多人，被抓、被判刑的也有不少。2005 年 11 月，張德江在率團赴澳洲參加會議時被澳洲法輪功學員以酷刑罪告上新南威爾斯（簡稱紐省）高等法院。張德江被控告的消息令參加此次會議的中外代表震驚，也震驚了中南海。2006 年 6 月初，紐省高等法院舉行了聆訊。

張任副總理後，2009 年負責處理及調查造成 108 人死亡的黑龍江鶴崗新興煤礦爆炸事故事的搶救、善後工作。2010 年 8 月 25 日，負責處埋及調查河南航空 8387 號班機空難事故搶救、善後工作。

張德江在 2011 年處理溫州動車追尾事故中引起極大公憤。事發後僅僅 8 個小時就下令停止搜救乘客，而事實上，在其下令停止搶救 13 個小時後，兩歲半的女童小伊伊被發現獲救；而另

一個 3 歲男孩身上沒有傷，20 個小時的等待使他窒息而死。負責生產安全工作的張德江被指下令停止搜救乘客，並就地掩埋車體。其後，張德江在媒體上消失了一段時間。

張德江被曝與趙南起、江澤民情婦宋祖英共同涉入深圳航空百億黑幕。

2009 年 11 月，李澤源因涉嫌經濟犯罪被扣留調查，掀開了這家中國第五大航空公司的重重黑幕。因為深航一案，張德江被記下一筆爛帳。

第三節

空降重慶收拾殘局

2012 年 2 月 6 日，重慶副市長王立軍夜奔美國駐成都領事館，重慶市委書記薄熙來緊急布署重慶武警去成都搶人未果，王立軍最後被北京高層派人帶走，一場涉及中共政局巨變的王、薄事件正式登場。

2012 年 3 月 13 日，依舊來北京參加中共兩會的薄熙來與時任副總理的張德江，在主席台比鄰而坐，時有交頭接耳，最後兩人還握手告別。

2014 年 6 月 30 日，前軍委副主席徐才厚被開除黨籍並移送軍事法庭審判，當時網路上就傳出 2012 年 3 月的兩會主席團上，徐才厚安慰鼓勵薄熙來、兩人緊密握手的照片。有人戲稱，就是這種照片表明了徐才厚與薄熙來密謀政變的親密關係，結果導致徐的加速落馬。估計類似的照片和解釋不久也會出現在張德江的審判案例中。

張德江與薄熙來握手的二天之後，3月15日，中共「兩會」剛剛結束，新華社發布消息：中共中央決定，張德江兼任重慶市委委員、常委、書記；薄熙來不再兼任重慶市委書記、常委、委員職務。

此時的張德江已在重慶召開幹部會議，宣布撤銷薄熙來重慶市委書記職務。對於為何選擇張空降重慶收拾殘局，消息人士透露，中共中央認為，一是如要鎮得住重慶，職位必須要高過薄熙來，張德江已連任兩屆政治局委員，又是中共國務院副總理，滿足要求；二是不能有太多事務纏身，能夠脫得開身，張德江雖任副總理之職，卻並未有專職相關領域，張德江更多的角色是替中共中央處理天災人禍造成的重大事故，「滅火」、「滅震」，當高級「消防員」。

沒有誰比張更適合這次重慶「救災」，唯一令胡、溫擔心的是張的立場。薄熙來是江系周永康的死黨，張德江以其江系背景，去的又是薄的大本營，是去平亂、還是添亂？外界很難分辨。但對於張來說，這也是一次自然轉換角色的機會。至少表面看來，會審時度勢的張，選擇了與胡溫在薄案上暫時保持一致。

張德江重慶上任伊始，不僅迴避所謂「唱紅打黑」的重慶模式，而且還放話，指自己來重慶是「唱黑打紅」，「唱的是黑臉，打的是那些不與中央保持一致，利用任何理由和藉口阻礙構建和諧社會的所謂紅人」。張德江的一番言辭，顯示了其轉向胡溫的態度。隨後，張立即著手做了兩件事：一件是人事調整，一件是掃除「文革遺風」。

張到任當天，重慶民眾大唱紅歌的一個主要場所——重慶人民大禮堂前廣場，突然立起了一個告示牌，稱居民投訴受滋擾要

求停止唱歌。隨後，被薄熙來唱到社會各個角落與階層的「唱紅」活動被紛紛被以各種不同名目加以制止。

同時，張德江對重慶展開大規模的人事調整，尤其是重慶市副局級以上的幹部都被大清點，徹底清除薄熙來的勢力。薄熙來被免職僅僅十大，因薄熙來、王立軍事件而被「雙規」的人數就高達 52 人。一些關鍵職位全面換人，重慶市人大常委會批准任命了 38 個區縣檢察長。張德江以「實際行動」向胡溫靠攏，薄熙來運籌多年卻瞬間破滅的從重慶向中常委的最後一躍，很有可能要由張德江代其「圓夢」了。

暴力治渝 民怨四起

薄熙來在重慶的四年，「唱紅打黑」留下了一大堆社會問題，包括數以千計的冤案、高達 5000 億元以上的政府債務、大批怨聲載道的徵地強拆受害訪民等，加上各種政治勢力的較量、衝突，這時的重慶，誰接收，誰都感到棘手。

果不其然，儘管張德江任重慶市委書記後，外調了 57 名司局級官員來重慶助陣，但由於他不改極左的思想，仍然採用他當年慣用的高壓、掩蓋問題的手段，終於激起了重慶一系列大規模維權抗暴事件。

重慶原有 40 個縣區，2011 年 10 月，薄熙來強行變成了 38 個，把南面的原重慶市萬盛區和相鄰的綦江縣合併，成立重慶市綦江區，把西北邊的雙橋區和大足縣合併，設立重慶市大足區，擴大了重慶市的管轄範圍。

據重慶報紙報導，原萬盛區面積約 566 平方公里，人口 27

萬人，下轄兩個街道、八個鎮，地區生產總值：49.27 億元（2010
年），地區特點：重要能源基地和旅遊經濟試驗區。而原綦江縣
面積：2182 平方公里，人口 95 萬人，下轄三個街道、17 個鎮，
地區生產總值：170 億元（2010 年），地區特點：中國農民版畫
之鄉，中國西部齒輪城。

　　薄熙來這樣做的目的，是把以農村為主的大縣，提升為以城
市為主的市區，這樣就能在城市化的口號下，進一步徵收農民土
地，大發土地買賣的橫財。因為只有賣地，政府才有錢可賺，重
慶官員才有貪污土地轉讓金的機會。

　　不過合併後的新區百姓待遇，卻按照以前低一級的縣來對
待，於是原來歸屬城市的萬盛區和雙橋區的居民，就會遭遇福利
減少的現實。比如萬盛區合併後，居民的醫療保險被減少兩成，
最低生活保障費也降低了近三分之一。這些區的民眾早就積累很
多不滿情緒，但由於薄的高壓政策，百姓敢怒不敢言。

居民樓遭催淚彈 民眾喊「打倒黃奇帆」

　　2012 年 4 月 10 日薄熙來下台後，萬盛區數以萬計的民眾開
始舉行大規模示威，抗議萬盛與綦江併區。這時的張德江不是下
來傾聽百姓呼聲，或宣布暫時停止合併工作，反而調派幾千名警
察武力鎮壓，引發警民大規模衝突。

　　據悉 4 月 10 日的萬盛大遊行，民眾計畫組織得比較嚴密：
安排退休人員堵高速、其他人員堵政府大樓和準備石塊磚頭。因
預計會有激烈衝突，亦通知餐飲行業和商戶關門停業一天。網友
描述 4 月 11 日萬盛的景象：「剛到城邊上，城區已經被封了，

到處都是煙霧彈，辣椒水，有車被推倒，接著就有很大的煙，說是被燒了，大部分的地方信號被屏蔽。路人有的興致勃勃看熱鬧，有的面色驚慌。」

5月26日和6月1日，萬盛區市民再度舉行大規模示威，與張德江調派的武警、特警發生激烈衝突，綦江區委書記王越遭到毆打，一名15歲的中學生被警察毆打致死。「六四」敏感日前後，萬盛區上萬民眾連續多日遊行抗議，他們每天都到子如廣場「散步」，並舉行罷市活動，很多商店都關門，要求市政府撤銷併區。在警民衝突中很多百姓被抓、被打傷。

據《大紀元》報導，萬盛居民楊先生表示，市民對政府暴力鎮壓非常不滿，特別是6月7日晚上，警方向居民樓發射催淚彈，使居民被嗆得喘不過氣，小孩嚇得「哇哇」大哭大叫，老年人流著淚不停咳喘，有的被炸傷，還有人眼睛被炸瞎。政府居然向民眾的家庭樓房發射催淚瓦斯，侵犯了最基本的人權，說明中共政府視民為敵。於是更多百姓站出來要求重慶政府給個說法，人們還喊出了「打倒黃奇帆」的口號。

市民鄧先生分析說，現在萬盛和雙橋的民眾抗議一點沒有平息的跡象，民眾持續抗議，重慶市府張德江、黃奇帆好像突然間坐上了「火藥桶」，不得不連夜布置「解決方案」。

他表示，為什麼重慶高官就不能像廣東烏坎那樣，退後一步解決問題？而非要對民眾的訴求採取血腥方式？「你看，百姓都在喊『打倒黃奇帆、還我萬盛區！』矛盾非常激化。重慶馬上就要失控了！」

6月15日，外媒進一步報導了重慶失控的局面，數千解放軍湧入。當局已調派幾千部隊進入萬盛。有消息稱成都軍區大量裝

甲車已到萬盛。

失地農民攔路喊冤被暴打 上千人受傷

受萬盛區示威的影響，6 月 6 日前後連續多日，雙橋區上萬民眾也堵路抗議雙橋區與大足縣合併，張德江緊急調動數千警力暴力鎮壓，警民衝突造成至少五人死亡、上千人受傷。

雙橋區一名女士對《大紀元》記者說：「今天來的警察更多，有兩千人以上，老百姓起碼有一、兩萬人，人山人海。我們老百姓手無寸鐵，警察怕民眾拿磚塊當武器，收費站地上的磚塊被全部運走，這幾天，天天都有大量民眾聚集在加油站。」

在現場的黃群女士（化名）表示，6 月 6 日「鬧得更厲害，昨天打傷這麼多人，沒有人出面調解。今天商店、門市、賣菜的都在罷工，全部都去了。現在很混亂，生活都不知怎麼過？」她還說：「今天警察有一、兩千人，用大客車裝來大足、重慶、雙橋的防暴警察。民眾一上去，警察就拿著警棍就亂打，還放催淚彈嗆人。今天聽說打死一個人，有人確實看到打死一個 40 歲左右的，拖到旁邊，沒有站起來，地上有很大一灘血。」

「當場打倒十八、九個人，被送到醫院治療，有一個孕婦被打，肚子裡的孩子聽說保不住了。被打的最年輕的才 19 歲，婦女都不放過，許多人頭被打破。」全副武裝的防暴警察，拿著警棍亂打，老百姓手無寸鐵，警察攻打過來，民眾就往後跑，跑得慢的民眾就被打。警察還用催淚彈打向人群，民眾被嗆得不行，有的民眾因此昏倒。

還有目擊者在網上描述稱，當時的場面「人山人海」，幾萬

老百姓密密麻麻地站在一起，期望當局能到現場解決問題，「但老百姓們等來的卻是戴著頭盔、手拿警棍像土匪一樣的警察。這些警察見到老百姓就是一陣狂打、亂打、暴打！可憐這些手無寸鐵的老百姓，被這些簡直不像人的土匪警察們打得血肉橫飛，倒地不起，有的百姓已被亂棍打死，有的百姓在送往醫院的途中死亡。」

雙橋市民：手持金箍棒、打狗棍

據當地市民介紹，2011 年底原雙橋區在「紅岩重型汽車廠遷至江北區後」，行政區被撤銷，與大足縣合併成立了大足新區。原雙橋區更名為雙橋經濟開發特區。

原雙橋區在薄熙來當政時，被樹為全國的所謂樣板。全區率先實現了農村城市化，無一農村戶口，都吃商品糧。農民的上萬頃農田被招商引資炒得十分火爆，很多農村耕地被原雙橋區政府大量圈占。徵收價每畝約一萬元左右，不過轉手倒賣給開發商，每畝高達幾十萬元，甚至上百萬。造成雙橋區糧田大量荒廢，工廠林立，公路縱橫交錯，密如蜘蛛網。

徵地讓雙橋官員一夜間腰纏萬貫，不過他們卻擱置了對農民的承諾。雙橋農民因此上訪維權，要求落實兌現政府的承諾，但事後，民眾的訴求仍被當成「足球」踢來踢去沒人管。2012 年 6 月 5 日至 7 日，大足新區政府舉辦「第六屆中國大足五金博覽會」，希望吸引國內外商人來大足投資。當民眾得知將有中共中央、市級官員出席剪裁儀式時，農民便在大郵公路要塞處設障守候，造成交通中斷，並攔路喊冤，希望當局能解決被拖欠數年的各種遺留問題，兌現過去承諾的民生福利。

　　不過百姓最後等來的是張德江從永川、大足、榮昌等區縣調動的公安、防暴警察、武警、城管、保安數千人，攜帶防暴裝置，手持械具、電棍等，用暴力驅逐聚集的農民群眾。而被鎮壓的農民，潰散在山丘田隴，死者數人，釀成流血事件。後來械鬥升級，受傷農民逾千人。

　　雙橋民眾對此非常憤怒，他們說：「當局的殘酷鎮壓，已經嚴重激怒了雙橋民眾，民眾的憤怒被警方的惡行全面引燃。大部分民眾熱血激湧，使其為人的英雄正義感油然而生，致使大部分群眾最終決定手持齊天大聖的『金箍棒』和丐民的『打狗棒』，向萬惡的『維殺分子』舉起了正義之棍。我們不再沉默，更不會再軟弱！」

張德江搞鎮壓 民眾高喊「打倒共產黨」

　　張德江主政廣東期間，對付民眾維權慣用武力鎮壓的高壓手段，尤其是張德江下令武警開槍打死汕尾東洲抗議村民事件，被稱為「六四事件」農村版，廣東民間曾發起「張德江不倒，廣東人不安」的「驅張運動」。

　　張德江所採用的正是政法委書記周永康長期濫用的暴力維穩模式，加劇了官民衝突和社會動盪。2012 年，胡錦濤提出社會管理創新八條意見，團派主將、廣東省委書記汪洋隨後樹立烏坎模式，默許數千烏坎村民大規模遊行示威，警車開路護航廣州數百民工遊行討薪等。但是，汪洋為胡試驗的創新維穩樣板，目前還沒有在全中國得到推廣。

　　重慶萬盛民眾抗擊政府高壓的消息經過《大紀元》報導出來

後，很多大陸民眾翻牆出來看到這則消息後留言說：「不該喊打倒黃奇帆，這些又不是他一人的決定。應該喊打倒共產黨！」

王立軍事件後，很多民眾看到中共的貪腐與殘暴，紛紛表達對共產黨的厭惡。據退黨服務中心介紹，主動做三退的民眾越來越多，大陸很多官方網站出現了「打倒中國共產黨」「推翻共產黨」等反共標語。

比如 2012 年 4 月 18 日，大連市甘井子區政法委網站出現「打倒中國共產黨」和「中國共產黨之墓」的墓碑圖片。4 月 23 日，山東省沂源縣的中共縣委黨校網頁驚現「推翻共產黨重建新中國！」的字樣，網站上的中共黨徽也被打上了兩個大大的黑「XX」。

4 月 28 日，黃山市司法行政網出現了「共匪不滅！國難未已！消滅共產黨！」的口號。

有評論認為，整個中國大陸現在是民情突出的表現，老百姓已經是忍無可忍，開始反抗了。

5 月 9 日，廣西柳州地區的融水苗族自治縣 28 個政府部門網站全部被「攻陷」，內容號召全民大起義推翻共產黨！「打倒中國共產黨！」「推翻共產黨，重建新中國！」「中國共產黨你是一個只會欺負自己百姓的孬種！」「共匪不滅，國難未已，消滅共產黨」「全民大起義，推翻共產黨」等，規模之大，前所罕見。

北京知識界新近成立了中國科學家自由民主黨，其指導思想是普世價值的民主主義，致力在中國實現保障公民充分自由和三權分立的社會民主制度。有消息稱，現在北京方面也開始找退路，假如共產黨真的無法再坐穩江山了，高層需要提前做好各種準備。

政治局三常委面臨清洗

第十一章

溫州動車慘案的惡人

2011 年 7 月 23 日溫州兩火車相撞事故發生 5 小時後，鐵道部即宣布停止救援，隨後不久，負責指揮救援的張德江也以「迅速恢復生產」為藉口，下令掩埋火車，毀滅事故責任的相關證據。就在他下令停止搜救 13 個小時後，兩歲半的女童小伊被發現，全國嘩然。（Getty Images）

第一節

中國高鐵追撞慘案真相

　　張德江激起民憤最大的事件，是他在處理 2011 年 7 月 23 日溫州兩火車相撞慘案中，不顧還有很多乘客沒救出，以「迅速恢復生產」為藉口，下令掩埋火車，毀滅事故責任的相關證據。以下轉載事故發生的那一周《新紀元》周刊封面故事《中國高鐵追撞慘案真相》（第 235 期，2011 年 8 月 4 日出刊），以悼念那些不幸慘死的亡靈，也警示依然活著的人們。

　　2011 年 7 月 23 日，雷雨交加的周末夏夜，中國高鐵「和諧號」兩班列車在溫州發生追撞事故，其中六節車廂嚴重壓毀，傷亡情況不言而喻。號稱世界第一的中國高鐵竟禁不住雷擊，設有層層防止追撞技術，卻最終撞車了。24 日事故發生 5 小時後，人們還沉浸在驚愕與悲痛中，中國鐵道部一早就宣布停止救援，出動挖土機清場、毀屍滅跡。

　　在車體殘骸間遍尋一夜，未找到搭上死亡快車的親人，幾

近絕望的家屬頓時明白，官方不是搶時間救人，只要搶時間趕通車！民憤由此如燎原之火延燒開去，中國高鐵追撞事故也意外追撞出中國鐵道部的陳年弊端。

「和諧號」是大陸對高速鐵路動車組的總稱，老百姓被迫「和諧」配合中共邪惡政權。這次「7．23」溫州慘案，其根源還是中共的「豆腐渣」高鐵工程害死了無辜百姓。上蒼用和諧號的覆滅警示中國人：與中共和諧，就等於邁上了死亡快車，只有否定中共，不與中共為伍，才是得救的希望。難怪中國民眾高呼：「到時候了，該下車了！」

倖存者驚魂一刻

多次的強烈撞擊，伴隨刺耳的金屬摩擦聲和尖叫。停下來時，周圍一片狼藉，手摸到的都是泥巴和炸得破碎的海綿。身邊還有兩個活人，後邊一個男的說他腿被壓住了。有屍體倒在橋上⋯⋯

2011 年 7 月 23 日，一個貌似平常的夏日。窗外不時下著雨，偶爾還有閃電。陳曉蘇坐在從北京開往福州的中國高鐵（又稱和諧號）動車 D301 的第五節車廂 33 號。事故發生時，前面四節車廂都飛出了高架橋，第四節懸在了半空中。相比那裡的乘客，她這裡輕鬆多了。

「晚上 8 點多，當車快到溫州南的時候，不靠站就停下來了，當時雷雨交加。」陳曉蘇回憶，「重新開動的時候廣播說，由於天氣原因會晚點，請我們諒解，我說晚點也不說具體晚多久，剛講完突然停電，劇烈的顛簸。我整個人摔在地上，隨著巨大的衝力向前滑，我馬上用右手抓住旁邊的扶手，不至於飛出去。持續

這個姿勢有一會，就出現了第二次非常劇烈的顛簸。

「這次顛簸沒有規律性，而且比第一次劇烈非常多。車廂在不停劇烈地震動。我又被重重地摔在地上，之後甩著滑出去了一大截，只能用一隻右手把住欄杆，人處於貼著地板半躺的狀態。如果說第一次我只是下意識地的抓住欄杆，這一次我回過神，心裡開始恐懼，我怕車子出軌，不知道是什麼樣的地形。就當恐懼要蔓延的時候，車子停住。我想第一次應該是司機手剎，第二次是追撞。」

「周圍都變成了廢鐵」

網名叫「西瓜要減肥啊」的女孩，正好坐在被《南方周末》採訪的王海茹和曹衛東夫婦旁邊，D3115 次 16 號車廂 25 座。很幸運他們都從旁邊的窗子逃出來了。

「我們在永嘉停了近 20 分鐘後，好不容易聽見廣播說，下一站就是溫州南了。走到半路又停了，然後又開了，剛剛顯示時速 15km 的時候，就感覺強烈的多次撞擊，我們都不知道怎麼了，只有各種撞擊聲和尖叫。等停下來的時候我周圍都變成了廢鐵，手摸到的都是泥巴和炸得破碎的海綿。不知道怎麼回事，像地震一樣，猛烈的幾次撞擊。」

「然後我發現身邊還有兩個活人，我就一直哭。撞擊的時候我覺得我要死了。我手上還抓著手機，我就開始打電話給朋友，讓他們報警，周圍的人讓我爬出去看看，我看看外面很深，好像是懸崖，然後他們就叫我不要爬了，邊上的車體都炸得亂七八糟，很燙，我也不敢動，後邊的一個男的說他腿被壓住了，過了一段

時間，前面有人在叫，說往橋那邊走，我就跟著他們一直走……感覺像是經歷了一個世紀那麼久，而撞擊又是那麼突然，幾分鐘，生死兩重天。往前面走的時候，有屍體就在橋上，看了好難過！往下走，一直有人問我從哪裡來，我一直哭……」

D3115 司機：「他非要讓我停」

王海茹回憶說：「就像碰上地震一樣，身體止不住地往下滑，感覺像掉到了車下面。」逃出後，她遇到了 D3115 的列車司機。只見他軟癱在一邊，反覆喃喃自語這麼一句話：「我這一生都不會再開車了，我沒有責任的。當時我說能過去的，應該走的，但他非要讓我停。」溫州里安市文聯祕書鮑永遠證實，他當時也在場，聽司機這麼說還給了他一根菸。按常理司機說的他，就是指調度了。

逃過死亡的陳姿對《大紀元》回憶說：「出事的時候我被摔暈了，摔下去就什麼都不知道了。等我醒來的時候，我趴在泥土地裡，後來被別人救起來送到醫院。我的丈夫還沒有找到，出事之前我們都在一起啊。」

另一位倖存的張女士帶著 12 歲的女兒黃雨淳乘坐 D301 的第 3 號車廂。出事前幾分鐘，女兒要去 2 至 3 號車廂的過道去坐一下，結果再也沒有回來。

「屍體放在第一節車廂，埋了」

溫州雙嶼鎮正嶴村的劉先生，事發一個半小時後來到了現

場。25 日他對《大紀元》記者說：「當時我站在距離現場不到 10 米的地方，現場十分慘烈，我看到被摔得血肉模糊的屍體，還看到地上的殘肢斷臂，車廂裡傳出哭喊的聲音，場面很恐怖的，有膽小的圍觀民眾當時就被嚇跑了。後來來了幾十輛救護車，警察也來了，圍觀的人群被趕出現場，只能在 50 米遠的地方觀看。很多附近的民眾紛紛到醫院去無償獻血，我也去了康寧醫院獻血，在康寧醫院聽到醫生說，實際死亡人數已超過 45 人。」

他還提到一個非常重要的信息：「後來他們把摔得血肉模糊的屍體和摔斷的殘肢斷臂，都放在第一節車廂裡，這一節車廂前半部已經被摔爛了，看形狀很像是車頭。他們用 7、8 個挖土機挖了一個很深的大坑，就地埋了，這樣做太過分了，就是死了也要看到屍體嘛，斷肢也可以冷藏起來嘛。」

「怎麼求，他們就是不動手（救人）」

溫州市鰲江鎮的聯防隊員周德服的妻子、兒子、岳父、岳母和小姨子都在 D3115 的 16 號車廂。當他晚上 11 點趕到現場時，四周已經拉起了警戒線。「我求了很多次，他們（警察）就是攔著，層層攔著，不讓靠近。」凌晨 1 點，周德服終於沿小路爬上高架橋，摸索著來到 16 號車廂附近，但由於沒有專業救援工具，他再一次陷入絕望中。

「我都差點要跪下了，求他們救人，他們就不動手，求了這麼多人，他就是不動，就說這節車廂的人已經沒有生命的跡象了。我那個二妹夫和三妹夫都在現場，他們都說裡面還有（活）人。」

第二節

「和諧」急掩埋
民眾怒討真相

關於事故原因，官方一再說謊。追撞事件，撞開了中國高鐵的潘朵拉之盒。為了準點，拿數千乘客性命來冒險；出事之後，不搶救人，卻爭搶通車時間，傷亡乘客連同車體就地急速掩埋，虛假的實名制也讓官方拿不出乘客名單……

2011 年 7 月 23 日 23 時 16 分，大陸官方媒體新華網出現只有一行字的快訊：「快訊：浙江溫州動車車廂脫軌事故已造成 11 人死亡」，直到快 4 小時後，才又推出新聞報導：「23 日 20 時 50 分，北京南至福州 D301 次列車與杭州至福州南 D3115 次列車在溫州附近發生追尾。D301 次列車第 1 至 4 位脫線，D3115 次列車第 15、16 位脫線。截至發稿時止，事故已致 16 人遇難。」

新華社在後續報導中把火車相撞時間更正為 20 時 30 分左右，也就是說，新華社第一篇快訊是在事發後 2 小時 46 分鐘才發出一行字，不過就在 20 時 38 分，事發 8 分鐘後，大陸推特上就有倖存

乘客袁小芫發出的信息了。從那以後，在官方與民眾、傳統媒體與網路新秀的博奕中，一場探尋真相與掩蓋事實的競賽，每分每秒地進行著，人們感嘆，現在是「到了用網路倒逼改革的時候了」。

六道門防追撞，火車司機質疑

24 日官方公布事故發生在甌江大橋，前面 D3115 次動車遭到雷擊後失去動力停車，造成後面 D301 次列車追撞。後車的第 1 至 4 位車輛脫軌墜落高架橋，前車的第 13 至 16 位車輛脫軌。當時前車有 1072 名乘客，後車 558 人。

消息傳出，全世界在震驚之餘都發出巨大的問號：號稱世界第一的中國高鐵就這麼禁不住雷擊？30 年前中國鐵路就擁有防止火車追撞技術，這樣的事怎麼會發生呢？人們紛紛評論，其中「一個火車司機對 723 事故的分析」比較有代表性。

帖子寫道：「事故發生時，我正開著列車過黃河大橋。在我看來，追撞完全沒可能發生。第一，官方稱雷擊讓前面的車失去動力。而這兩列車在同一股道朝同一方向，動力來源是同一接觸網，沒有理由前車失去動力而後車正常運行的。

第二，如果是雷擊導致前車不能運行，首先有 ATP 系統（列車自動保護系統 Automatic Train Protection-ATP），該設備能向軌道發射信號，後面列車接收信號後會自動採取限速措施。這叫『閉塞分區』。

第三，哪怕 ATP 壞了，我國所有列車都安裝了『LKJ 監控系統』，LKJ 接收地面色燈信號來控制列車。只要這列車的輪對在鋼軌上，就會控制其後方的色燈信號機顯示各種顏色。當兩車

相距很遠時就是綠色，越近顏色就依次變成黃綠、黃色，最後到閉塞區間就是紅色。當後面火車接受到前面火車的紅燈信號後，LKJ 系統會自動減速停車，哪怕司機睡著了都會停車的，怎麼可能相撞呢？

第四，LKJ 是有雙重保險的，哪怕 A 組插件壞了，還有 B 組代替。即使 A、B 組同時故障，LKJ 會進入 30 秒倒計時，30 秒後列車自動剎車。現在客車運行間隔是四個閉塞分區，並有一個空閒分區，是在 5 公里甚至更遠的地方就開始倒計時剎車了。

第五，假如軌道電路故障，色燈信號機不顯示了，後面 LKJ 無法收到信號的話，後面列車會自動停車。

第六，最後還有人工調度，調度室能看到所有列車的位置，兩列車之間還有無線調度電話和更先進的通信設備 GMSR。」

列車司機總結說，「絕對不可能的事發生了。事故中 D301 次列車司機潘一恆已經殉職，胸口被閘把穿透。果斷採取了緊急制動措施，為後面的旅客多贏得了一分生機。希望有關方面不要把所有屎盆子、尿罐子都往司機頭上扣，盡快公布事情真相。」

事故原因，政府一直撒謊

25 日「天涯社區」裡出現了「網友關於溫州動車事故原因的詳細分析，精確到分鐘！」的長帖子，裡面有一位叫 hzzzx 的網友提供的火車調度工作記錄。通過一系列分析後，人們推論說：因為雷擊，溫州一帶的若干信號機發生故障；上海調度下令進入「非常站控模式」，即人工控制模式，並命令 D3115 即使遇見紅燈還是繼續前行，但要保持低速（20 公里／小時）目測駕駛。

從列車時刻表上看：D301 應該比 D3115 早到福州站 19 分鐘，而當時是該在前面的反而在後面了。有人說，前面車是想給後面車讓路，但沒到另外軌道就被撞了。後面的 D301 為什麼一直前行呢？很可能是出事時，ATP 和 LKJ 系統兩套信號系統都壞了，都給出綠色前進信號，當司機看到前面列車緊急剎車時，由於自身速度太快，已經無法阻止相撞了。

也有消息說，追撞發生前兩分鐘，調度要求後車降弓滑行減速；但後車司機未及時執行。殉職的 D301 次司機一連工作了六個多小時，沒有副駕駛，可能出現了疲勞駕駛。不過 25 日中新浙江網記者趙嘩嬌報導稱，鐵路調度程序員出現 BUG（故障）是本次事故的根本原因，警方已經拘留了兩名無證程序員。一天後官方否認了此說。

經過討論，民眾普遍認同了三點：一、政府在撒謊，前面車沒有失去動力；二、中國高鐵質量太差，信號系統不堪一擊，不但不工作，反而給出相反信息，錯得離譜；三、調度、管理存在嚴重失誤，為了準點，拿數千乘客性命來冒險。

直到 28 日官方才給出另一個事故原因：溫州南站的信號設備存在設計缺陷，遭雷擊發生故障後，錯把紅燈顯示為綠燈。不過官方至少還隱瞞了下面四方面實情：

一、它只承認溫州南站的信號設備出問題，其實整個高鐵的 LKJ 系統設計都錯了，全國其他站都必須更換。25 日 17 時 30 分，京滬高鐵定遠附近再次發生供電設備故障，造成 20 餘趟列車普遍晚點 3 個小時以上，這說明中國高鐵普遍存在質量問題。

二、它沒承認高鐵的 ATP 系統有問題。ATP 是第一道安全措施，這個壞了，第二道門 LKJ 才起作用。ATP 由地面的自動閉塞

設備和車載的各種控制部分組成。中國高鐵車廂主要是從日本和德國那引進仿照來的，前不久中國還就高鐵技術申請國際專利，並出口子彈頭車廂給東南亞，現在看來，大陸高鐵車廂的安全設備很可能質量不過關。

三、LKJ壞了，傳統火車還有30秒倒計時剎車，高鐵有嗎？調度當時在幹什麼？據溫州南站站長披露，這次是上海在調度。事故調查的關鍵應該是調查當日的調度記錄，黑匣子在上海。

四、司機的培訓：官媒《人民日報》2010年12月14日報導了「提速先鋒」李東曉。從沒上過大學的他，在十天內把《CRH3型動車組技術資料》一本670多頁由外行翻譯的德文書，改編成中國司機看得懂的「土教材」，第九天就把京津城際的「新娘子高鐵」接到了北京南站。從此大陸高鐵司機就以這個土教材來培訓。鐵道部主管的《旅客報》2011年7月1日也炫耀，德國人需要兩、三個月學會開動車，中國鐵道部要求必須十天學會。

虛假實名制，死亡人數潛規則 35

直到24日晚上22點，鐵道部發言人王勇平公布的死亡人數還是35，而「東方衛視」現場記者丁桃稱他們已知的死者就有63人，網上很多來自現場的帖子都說，至少200人死亡。

這時民眾還發現了另一個祕密：高鐵的實名制購票，只是配合公安監控民眾的把戲而已。據上海鐵路局官員透露，實名制購票是為了防止犯罪，包括防止上訪者與異見人士，那個身分證刷卡器儲存的只是公安部門提供的敏感名單，一旦有敏感人士購票，就會發出警告或者留下記錄，對於一般人購票，只不過把身

分證號碼打印在火車票上，機器裡不留存根。所以這次鐵道部根本無法提供乘客名單。

人們還發現 35 是個神奇的數字。有網友列舉了 20 多條最近十多年大陸天災人禍的死亡人數都是 35。原來中共內部有關「坎」：公布死亡人數超過 36 的，就得上報省委，市委書記官帽可能不保。這個潛規則被海外媒體曝光後，25 日官方把死亡人數上調為 38 人，並最後定在 39。有當地醫生揭發說，他們把人送到醫院，搶救一下就死了，但這些都不算在官方的死亡人數中。

箝制媒體，中宣部下指令

24 日人們都還沉浸在驚愕與悲痛中，當日的官方幾大報紙的頭版報導，卻令民眾甚為驚訝。《人民日報》、《經濟日報》、《光明日報》、《解放軍報》，其頭版頭條都是中央軍委舉行晉升上將軍銜儀式。民眾稱，這張照片應送到世界新聞博物館去，讓全世界人民參觀一下，一個人民共和國是如何關心人民疾苦的。

據路透社報導，事故第二天，中共中央宣傳部就發出指令，限制大陸媒體對災難的報導。中宣部要求以「大災面前有大愛」為主題報導此事，「不質疑，不展開，不聯想」，同時還要求媒體不要調查事故原因，並提醒記者報導此事應以官方信息發布為準。通知還強調特別是要「管好子報、子刊和網站，不要鏈接高鐵發展相關信息，不做反思性報導。」

浙江《錢江晚報》記者也向《大紀元》證實，「事件剛發生時，中宣部的通知半天發來一次，接著一天來三次通知。就是每天都有收到中宣部的指令，對媒體每天的報導都有要求。」人們在報

紙電視上看到的，只有連篇累牘的領導關心、民眾捐款捐物捐血，彷彿溫州沒有災情發生，而是在舉辦一次慈善活動。

不過接下來官方的作為，就更令全球困惑了。

5 小時停救援，挖坑埋罪證

24 日中午，新華網發表《動車追撞已有 35 人死亡搜救工作基本結束》。報導證實了官方在事發 5 個小時後就停止了救援工作。報導稱：「截至凌晨 1 時，跌落橋下的車體已經完成第一輪搜救。但是兩節擠壓在一起的車體裡可能還有乘客，因此消防隊員攜帶生命探測儀，用繩子吊著進入垂直吊掛著的車體中進行檢測，但未發現生命跡象。」

24 日早上 10 點，人們就見官方幾台挖土機，在奮力挖掘一個直徑約十米的大坑，計畫要把 D301 的車頭第一號車廂砸碎後埋入坑中。官方理由是，現場很泥濘，需要填出一塊平地，好讓大吊車進場來吊走高架橋上的其他車廂。

民眾反問說：72 小時都是救援的黃金時間，為什麼還不到 10 多個小時就停止救援了？現場地勢平整空曠，很容易就可以把落地的三節車廂移動到旁邊，為什麼非要挖坑來埋車頭呢？明明是新挖坑，還謊稱是填池塘，這不是明擺著毀滅證據嗎？

拷問與憤怒，掩埋不了

掩埋發生後，據新浪微博調查顯示，在很快被官方關閉之前，人們對政府處理的滿意度說「呸！」的有 11 萬 4851 人，占

98％。動車掩埋車體的理由，選「毀滅證據」的占了98％。連平時的五毛都倒戈不少。

一位天涯網友分析說，掩埋車體是為了防止對機車安全性能做鑑定。「如果機車的安全性能不達標，那麼賠償數目是驚人的。國際上如果使用不符合安全標準的交通工具導致人員傷亡，該國將會被相關的國際組織問責（這不是主權的干涉而是人生命權力的問題），並最終作出數額巨大的國家賠償。」

另一網友透露說，「我家臨近南車集團在南京的工廠，工廠裡的人都知道，高鐵不能乘。原因是廠裡的每個車間主任，把活都拿到自己家開的小廠子裡幹了，利潤是最大化，質量是最小化。不合格就請鐵道部住廠檢查員去玩小姐。」

國際社會也紛紛譴責，日本提出派專業救援隊來支援，被拒。許多專家表示，從法律角度看，官方首先應該盡最大努力清理出遇難者的遺體和遺物，歸還給家屬，一般事故發生後，所有殘骸、哪怕是一個小碎片，對還原現場、找出原因、避免再出事，都具有極高的調查和保留價值。從災難取證科學的角度看，研究火車在相撞情況下不同位置的受損情況，對於進一步改進安全措施非常重要，何況一個國家應該把災難現場作為博物館保留下來，不斷警示人們不要讓悲慘重演。怎能直接掩埋呢？

「反正我信了」「這只是一個奇蹟」

24日晚間22時50分，鐵道部發言人王勇平在溫州水心飯店舉辦「7・23」甬溫線特別重大鐵路交通事故新聞發布會。他解釋掩埋是為了搶險，「目前他（接機的人員）的解釋理由是這樣，

至於你信不信，我反正信了。」說這話時他還用力一甩腦袋。面帶笑容的王勇平以及他這番話激怒了民眾，很快網路上流行一個「高鐵體」造句模式，如「唐僧師徒四人西天取經。唐僧欲走捷徑。悟空說：『坐飛機吧！』八戒說：『還是神六快。』沙僧拿出四張動車票：『師父，還是動車快，能立馬送你上西天。』至於你信不信，由你，反正我是信了！」

接著有記者問：「在你們宣布沒生命體徵、開始拆解車廂時，為什麼又發現一個活著的女孩？」表情焦慮，坐立不安的王勇平回答說：「這只是一個奇蹟。」現場有記者大喊：「這不是奇蹟！」接著記者問：「那你們做的決策是不是錯了？」王回答說：「我只能說，它就是發生了。」

新聞會上記者們情緒激動，提問尖銳，現場氣氛緊張，浙江衛視曾停止直播。發布會進行短短 30 分鐘後，王匆忙離開，被一百多位記者圍堵，記者們高喊：「什麼都沒回答，不許走！」工作人員攔住記者，有記者當場怒吼：「為什麼要阻止我們？！我想揍他！」

警察作秀，小伊伊被家人救出

24 日 17 點 40 分，據官方報導，一名特警隊長不顧上級指令，在對高架橋上殘留的第 16 號車廂進行搜救中，發現一名生還的小女孩、2 歲半的項煒伊。她的雙親都已遇難。這距離事故發生 21 小時，在新華社宣告停止搜救的 16 小時後。

不過人們很快發現，小伊伊不是警察救出來的。很多目睹者對《大紀元》說：「全部武警在那裡列隊歡迎領導，等候了一個小時，不知道哪來的領導。（警察）不去營救，就在那裡作秀！」

原來那是鐵道部部長盛光祖到達現場。

在騰訊微博上，王惠（其夫鄭杭征死在車裡）發帖說：「小伊伊不是他們救的，是伊伊的家屬自己去爬車廂找到的！」這個帖子很快被刪除了，但人們記得，這個溫州特警隊，就是處理上訪村長錢雲會被卡車碾斷頭的那夥人。

只要通車，不要救人

據「鳳凰視頻」26 日披露，24 日 17 時 39 分和小伊伊一起被發現的，還有個不到三歲的小男孩周仁特。他全身沒有一處傷，可能是被窒息死亡。因為當時車廂溫度達 50 攝氏度。假如能在 24 日早上搜救，孩子很可能就活下來了。

有一張新華社記者拍攝的掩埋現場的照片，人們從照片中發現，車窗裡有一個人的手，從手的外形看，不是死者那種僵硬的手，彷彿還在竭力掙扎著呼救，但他已經被埋進了土裡。

26 日，香港《蘋果日報》在頭版以巨幅大字表達出民眾的痛恨：「只要通車，不要救人，他媽的！」把中國這句三個字國罵，用這樣的方式發表在報紙的首頁，這恐怕是人類新聞史上少有的一例。此前，一向文質彬彬的作家荊楚也一邊流淚一邊痛呼：「鐵道部、中宣部，我 X 你十八代祖宗！」人們相信，假如一直堅持營救，會有更多人獲救的。

死亡人數至少上百

從現場照片看，死亡最嚴重的是 D301 落地的 1、2、3、4 節

車廂，和 D3115 後面被壓扁的第 15、16 號車廂。當時 D301 是以很高速度撞車的，前 3 節車廂被撞擊落地後，都被壓縮得幾乎只有原來的一半長了，人們起初還以為是一節車廂摔成了兩半，可見其受損強度之烈。據香港記者現場報導，血肉之軀受到高速衝撞的鋼鐵擠壓，被抬出來後有些或高度腫脹，或面目全非，很難辨認。

另外，前車最後兩節車廂也被飛來的後車壓扁了，16 號車廂被壓縮得不到原始體積的三分之一，而第 15 節車廂後半部分車頂，被壓塌得緊緊貼在了車座上沿，人脖子以上部位都壓沒了。官方稱這兩節車廂死亡最多。

據以往資料查詢顯示，D3115 列車仿照日本川崎重工的 CRH2-139E 型，14 至 16 節車廂均是一等座車廂，滿員時 72 人。後面 D301 是仿照加拿大龐巴迪的 CRH1-046B 型。《南方都市報》稱 D301 第一節車廂是二等座，滿員 101 人，2、3、4、5 車廂為軟臥改成的軟座包廂，六人一小包間，滿員各 60 人。

不過，按鐵道部規定，身高 1.1 米以下兒童免票，不占座位。從事後家屬尋找失蹤孩子的信息中可看出，死者中有不少是兒童，每個車廂有幾個兒童，六節車廂就可能有二、三十了。另外，除了這六節車廂外，其他車廂也有很多人嚴重受傷後死亡的。

由於官方無法給出乘客名單，民眾只好先計算人數的大概上限（滿員但不算兒童）：72+72+101+60+60+60=425。由於是暑假旅遊旺季，車廂人比較多，特別是 D301，有網友說座票幾天前就賣光了，在南京上了很多人，具體人數很難估計了。官方稱救出了 210 人（包括傷員），那剩下的近 200 人就很危險了。有消息說，保險公司收到醫院的死亡人數是 179 人，也有消息說死亡人數 249。不過，公布死亡真實人數是政府的基本責任，如今逼

得民眾在那裡猜測，這是政府的瀆職。

賠償規則，政府再愚弄

25 日晚間 8 時，有網民寫道：三、四千市民及遇難者家屬聚集在溫州世紀廣場上點燃蠟燭，為遇難亡靈和受傷乘客默哀祈福，同時要求政府交代事故真相。很多遇難家屬在廣場上慟哭，場面讓人心碎，還有數百人高呼「反對集體火化，公布死者名單」，也有人喊：「去市府求真相！」

溫州平陽的蘇先生對《大紀元》說，其家人金顯眼和 9 歲的侄子金揚鐘證實遇難，但當局的死亡名單中也沒有金顯眼。他介紹說，為防止家屬相互商量，政府對每家死者派出一個工作組：「一對一地找我們談賠償協議。」25 日，據溫州市鹿城區委、區政府透露，「目前該區已有 57 個工作組 24 小時奮戰在接待死傷者家屬一線。」言外之意，至少有 57 個家庭有親人死亡。

25 日官方開始對事故進行賠償。按照鐵道部的規定，每位死者賠償 15 萬元、強制保險 2 萬元、行李損失賠償 0.2 萬元，共計 17.2 萬元，再加家屬交通費、埋葬費、贍養費等共計不超過 45 萬元。對於積極接受賠償的，政府還給 5 萬元獎勵。第一位獲得 50 萬元賠償遇難者叫林焱，官方大量報導此事，但民眾發現，此人卻不在官方公布的 39 位死亡名單中。到本文截稿日期，只有兩位家屬接受了賠償。

到底應該如何賠償呢？不少律師指出，目前執行的是 2007 年的《鐵路交通事故應急救援和調查處理條例》，但政府應該按照 2010 年 7 月 1 日實施的《侵權責任法》來賠償，每一位死者

要賠償 60 多萬，加上保險賠償金大約為 80 至 90 萬。為阻止民眾了解國家法律，26 日溫州司法局及律師協會向該市的律師事務所發出緊急通告，阻嚇律師為民眾提供法律援助。

另外據《21 世紀經濟報》報導：據多方核實，從 1999 年到 2010 年，鐵道部共收取「人身意外傷害強制保險費」高達 168.75 億元，但這些錢並沒有委託第三方保險公司經營，資金去向成謎。

鳴不平，大陸名人也發聲

官方對慘案的處理方式，不但激怒了廣大基層民眾，也讓大陸不少名人公開站出來表示不滿。大陸還一度流傳電影演員湯唯和葛優的微博（很快被官方刪除），稱「一個強盛的國家，開放槍枝都不會顛覆；一個虛弱的政體，買把菜刀都需要實名。」「死一個大一點的領導，就有無數的花圈；而死了幾百個百姓，只有不停的和諧，只有冰冷的數字，只有漸漸的遺忘。」儘管還未能考證是否是兩人所發，但有一點是明確的，這代表了大眾的心聲。

電影演員伊能靜倒是公開表示，法國飛機失事，殘骸數年沒有清理，用來研究如何防止悲劇再發生。中國高鐵經常被雷擊，怎麼避免下次雷擊呢？她說：「我也會坐動車，但我很怕死，我怕原本是期望回家的路，卻成為家人奔喪的路途。我不問政治也不懂政治，但我不想活在恐懼裡，我無法對他人生命冷感！因為我們都在其中！」

「因為我們都在其中！」這話說出了 13 億中國人的最深感受。

第三節

鐵道部獨立王國 為民召災

搬道工出身的劉志軍，憑著阿諛
奉承江澤民和耍弄各種權謀詭
計，在 2003 年坐上了鐵道部部
長寶座，力推高鐵、中飽私囊，
2011 年 2 月被揭貪污 8 億人民幣。
（大紀元資料室）

在大陸，鐵道部儼然像一個國中之國，有自己的公檢法系統，從部長到到各級官員大多是江系人馬，近親繁殖，外人難以監管。中國高鐵每公里建設成本近 2 億人民幣，大投資、大回扣的豆腐渣工程，終究製造出大災難⋯⋯

提到中國鐵路，官方經常報導的是「中國鐵路用幾年的時間跨越了西方幾十年的路」，「中國高鐵世界速度第一」等豪言壯語，然而老百姓卻稱之為是「老大難」的「鐵老大」和「鐵衙門」，這次「7・23」溫州慘案後，民眾直接呼籲「取消鐵道部」，消滅這個「半軍事化獨立王國」。

大陸學者劉軍寧在微博上寫道：「有人呼籲撤職鐵道部長，我倡議撤銷鐵道部。因為鐵道部是為政績服務的，不是為民生服務的，是腐敗窩。它本身是計畫經濟和全民軍事化的產物，早就應該被淘汰。在國際上，向中國提供先進鐵路技術的國家，沒有

一個設立鐵道部。」

很多民眾跟帖表示支持，稱「百姓不需要鐵道部，鐵道部在浪費百姓錢財的同時，還草菅人命」。作為一種交通工具，鐵道部併入交通部是理所當然的，但 1998 年國務院「大部制」調整時，鐵道部硬是存活下來了，民間普遍認為，這背後有江派人馬在撐腰。

江派主導的鐵道部貪腐無度

搬道工出身的劉志軍，憑著阿迎奉承江澤民和耍弄各種權謀詭計，在 2003 年坐上了鐵道部部長的寶座。據鐵道部職工介紹，劉有兩個凡是論：「凡是前任部長幹過的事情，我一律不幹；凡是前任部長用過的人，我一律不用。」為了名利雙收，他不顧國情和專家的竭力反對，非要上馬高速列車。

2004 年黃菊分管鐵道部，由黃菊親自定板，急功近利的高鐵一擁而上。賈慶林在劉志軍的好友、中共政協祕書長錢運錄的安排下，一年之間就視察了高鐵兩、三次之多，而周永康更是高鐵的主要支持者，經常頻繁出現在高鐵列車上。這次溫州慘案的處理，據說也是周永康幕後一手操縱的。7 月 28 日溫家寶帶病出現在現場，主要是想澄清：埋車頭的指令不是來自胡溫，所以被埋車頭又被挖出拉走。

2011 年 2 月，劉志軍被揭貪污 8 億人民幣，不過真實情況遠遠不止這些。有民眾揭發說，「劉志軍時代的鐵道部系統在海外吃回扣、貪污腐敗工程款、由鐵道系統倒買倒賣火車票，總數額高達 600 億人民幣，其中和劉志軍家族有關的有 120 億。」有社團透露說：「參與到國外採購高鐵相關設備的 28 位原鐵道部官

吏中，有 19 位在海外有帳戶；所有 28 位都有親屬在海外，其中 16 位有直系親屬在海外，鐵道部官員都是些『裸官』、或者『外國家屬』。」

以號稱「中國高鐵第一人」的鐵道部運輸局局長、鐵道部副總工程師張曙光為例，多家媒體曝光他為在美國的妻女存了 28 億美元，如果換成 100 元的人民幣，足可以繞地球兩圈。這位「院士」的著名神話是：「中國列車的安全是有保證的，我們安全試驗距離已繞地球一圈了。」

獨立王國 近親繁殖

在大陸，鐵道部儼然一個國中之國，有自己的公安、檢察、法院系統，還有自己的醫院、學校和企業，外人很難監管。2009年國務院給其編制是七個部長級職位，但如今鐵道部是 9 個部長級高官，多出了一個副部長和享有副部級待遇的原總調度長安路生。

更令人驚訝的是，從部長盛光祖，到六位副部級高官，再到五位總工程師、總規畫師、總經濟師、總調度長、安全總監，竟然全部是長期任職於鐵路部門的「內部人」，港媒評論說，「可謂完完全全的近親繁殖」，「突顯鐵路部門是獨立王國」。「這與中共領導人外出視察喜歡搭乘暢通無阻的專用列車有關，與丁關根、韓杼濱、劉志軍等部長受鄧小平、江澤民寵信有關，與萬里、呂正操、段君毅、丁關根、韓杼濱等部長晉升國家領導人有關。」

人事制度上的官官相護，令監管制度、問責制度徹底失效。過去 30 年火車事故不斷，死傷數百人的特大事故就至少有 8 宗，丁關根、韓杼濱任上分別發生兩宗。1988 年 1 月，昆明開往上海

列車翻車，至少 300 多人傷亡，由於裡面有外國人死亡，丁引咎辭職，但隨即出任國台辦主任，後更晉升中央政治局委員。韓杼濱也未被問責，1998 年還升任最高檢察院檢察長。

安路生兩度出任總調度長、兩度出任上海鐵路局局長；安全總監耿志修也曾因膠濟鐵路發生火車嚴重超速事件而被免職；副部長胡亞東曾因 500 人傷亡的膠濟鐵路慘禍被記大過，但如今他們不是正在享受著高官厚祿與花天酒地嗎？

據民眾透露，這次「7．23」溫州慘案，鐵道部和中央領導一行 150 人，加上省裡 50 人，「200 人一天三頓香格里拉自助餐，人均一日吃掉 1000 塊，每晚房費人均 500 塊。200 人剛好一天 30 萬。再窮不能窮幹部，再苦不能苦領導」。

中國高鐵：大投資、大回扣、大災難

據鐵道部 2010 年財務報告顯示：截至 2010 年底，鐵道部總資產 3.29 萬億元，負債 1.89 萬億元，資產負債率 57.44％，2010 年末累計虧損 772 億元。目前中國高鐵每公里的建設成本接近 2 億人民幣，然而票價收入僅能維持運營費用，根本無力償還每年的貸款利息，更不用說償還本金了。面對如此高額的負債，7 月 21 日鐵道部發行 200 億元債券，各地均出現認購不足現象，百姓說：「誰還為鐵路買單啊？」

民眾稱大陸高鐵是「三邊工程」：邊勘探、邊設計、邊施工，所以工程期間意外不斷，通車後更是事故頻生。為什麼要建高鐵呢？從鐵道部貪腐官員的角度看，高鐵是「大幹快上」的項目，「大項目，大投資，才能有大回扣」，不過大災難也就難以避免！

這次溫州慘案揭示的高鐵質量漏洞，簡直令人心驚膽戰。

從 2004 年開始，鐵道部花巨資從德國西門子和日本川崎重工等外企引進高鐵技術。短短 3 年內便將最高時速 200 公里的初期階段的高鐵動車組投入使用。第二年即 2008 年，中國在北京至天津路段開通了時速達 350 公里的高鐵，當時日方堅決反對，因為引進合同的最高速度是 300 公里，最後日方要求鐵道部立下書面字據，超速出事故與其無關。2009 年開通武漢至廣州高鐵後，又將時速提高到 394 公里。外國專家對此十分擔憂，但外交部發言人卻譏笑說：「他們吃醋了」。

高鐵是政治需要的產物

中國高鐵的產生還有其政治背景。2008 年 11 月，中共國務院宣布未來兩年投放共 4 萬億元刺激經濟增長，對抗國際金融海嘯，其中近 1 萬億元用於鐵路建設，主要是支持高鐵計畫快速擴展。這對於鐵道部來說，等於中央開了一張巨額支票，任其花費。

中國真的必須要高鐵嗎？用老百姓的話說，「中國人缺的不是時間，而是血汗錢」，只要在原來基礎上發展普通鐵路，多開幾趟列車，什麼問題都解決了。很多專家也表示，中國鐵路的當務之急應該是大力發展普通列車，這更符合中國的國情。建高鐵，投入太大，要重新建鐵路和造列車，一節動車的生產成本在 1000 萬元以上，而一節普通列車車廂成本為 200 萬元，新修高架橋那樣的鐵路，投入太多，根本收不回成本。國外高鐵基本都是虧損的，日本新幹線也是在虧損 35 年後才開始盈利，中國哪有日本那樣高密度的運輸需求？美國等發達國家至今沒有高鐵，高鐵也

同樣並不適合中國國情。

以 2010 年鐵道部統計來看，全年鐵路旅客發送量為 16.76 億人次，但最頻繁的武廣高鐵一年僅發送旅客 0.2 億人次，這與其巨大投入極不相稱。不過京滬高速鐵路也成為繼三峽之後的第二大工程，總投資 2209.4 億元。專家稱這是：「燒錢啊！」用鐵道部發言人的話說，「中國高鐵是中國共產黨領導下創造的人間奇蹟。」

專家：更多中國高鐵隱患尚未公開

2011 年 7 月 15 日，《華夏時報》刊登了《中科院院士簡水生：讓時間去考驗京滬高鐵吧》，文章表是，京滬高鐵接觸網的動態接觸和防雷技術不過關，然而 8 天後，京滬高鐵之外的甬台溫鐵路就因雷擊導致信號失靈，而引發災難。簡水生教授是大陸著名的光通信領域專家，他對京滬高鐵的總體結論是，「更多隱患尚未公開」。

採訪中，他首先否定官方宣傳的「哪怕斷電了，京滬高鐵列車自備的電源也能走 120 分鐘」的謊言」。「120 分鐘的自備電源可以跑多少公里呢？600 公里，但實際情形人們已看到了，根本動不了。」他還說：「我覺得，京滬高鐵整個的防雷系統還不行。防雷系統應在沿線都做好。地質條件不好的地方，導電力不高，雷電發生時，結果就可能很糟糕。」

中國工程院院士、北京交通大學鐵道專家王夢恕也表示，中國高鐵縱使有防雷設施，也只能防高空雷擊，不能防「滾地雷（球狀閃）」。由於中原地區較少有「滾地雷」，故高鐵在設計時均沒有考慮這一問題，但這次「7·23」溫州慘案就是滾地雷引起的。

據悉為討好胡錦濤，劉志軍把高鐵的設計全部交給從未搞過鐵路建設的清華大學，很多偽專家在那不懂裝懂，設計存在嚴重失誤。

讓簡水生最擔心的還是輪軌材料的耐受性問題。「軸是中國人自己製造的，但軸承卻不是我們製造的。為什麼中國搞導彈比搞飛機容易呢？導彈一次就發射出去，但飛機要使用 N 次，高鐵一年 365 天，天天都要跑的。材料性能的穩定性就是很大問題。」

他披露說，中國高鐵測試 300 公里運行時，在實驗室條件下，跑到 2 萬多公里就不行了，所以盛光祖不得不把高鐵運行速度降下來。「現在我們是把瞬態的東西，看做自己的成績，這怎麼行？人家國外一個實驗根本不能算數的。法國高鐵實驗在好幾年前就跑過了一趟 574 公里，但當時鋼軌就已經不行了，都撐了。」

巨大危機：中國高鐵的無砟道床

簡水生還表示，中國的高鐵全部採用無砟的整體道床，歐洲高鐵都是有砟的，只有德國做了 10 公里的無砟道床實驗，也沒用在正規運行中。「但當時的部長卻拍板決定中國的高鐵都採用這種無砟整體道床，誰也不敢提不同意見。」

他分析說，「列車前行的時候，是以二分之一 MV 平方向前衝的力量，將鋼軌整體向後拉，若鐵軌上舖有石頭，此時鋼軌就被石頭子卡住了，所以鐵路上的石頭子經常是粉碎的，養路工人得經常更新石頭。而無砟整體道床靠的則是壓在鋼板下的彈簧抵消應力。時間長了，彈簧就會發生崩裂，鐵軌就會變形，高速行進的列車就會翻車。即使可以更換彈簧，耗材費用也很可觀。而且高架上 900 噸一根梁的價格，與平地上建設有砟道床的價格相

比，要貴得多。何況現在要修 1 萬 6000 公里高鐵。」

為什麼劉志軍要選用無砟道床技術呢？善良的人們想不到的是，在貪官心目中最重要的是如何從中撈錢。選無砟道床，就必須得新建鐵軌，同時新建高架橋，「四縱四橫」一鋪開，就是數千億的投資歸他管，他的權力、金錢和地位、榮譽什麼都來了，這不就是他的人生目標嗎？

假如高鐵設計有問題，為什麼還通過專家論證呢？簡水生回答說：「被請去做檢查評估的人，未必全是專家。我不多說了，讓時間去考驗吧。」為中共建黨 90 年獻禮的京滬高鐵，開通後五天內就發生了六次事故。高鐵的安全性有問題，早就不是祕密，甚至官媒《人民日報》都曾引述一位鐵路工程師的話說，「這輩子出門絕不坐高鐵。」

第四節

被「和了邪」的死亡快車

上蒼用兩次「和諧號」的覆滅警示中國人:與中共和諧,就等於邁上了死亡快車。只有否定中共,不與中共為伍,才是得救的希望。

「和諧號」是大陸對高速鐵路動車組的總稱。鐵道部的表面解釋是取義「人與自然的和諧」。中共標榜的和諧,實質是讓老百姓不要反抗,無論中共如何暴政,百姓都要擁護共產黨的領導,維持黨天下的穩定,不要站在中共的對立面上。

很多人第一次對「和諧號」有深刻印象,要數 2008 年 4 月 28 日發生的和諧號撞車慘案。從北京開往青島的 T195 次列車因為超速,在轉彎處部分車廂脫軌顛覆,導致 3 分鐘後開來的煙台開往徐州的 5034 次列車翻車。官方公布事故造成 70 人死亡,416 人受傷,但官方稱 5034 號客車裡一個人也沒死,令外界質疑欺負慢車旅客。如今多年過去了,很多受害者還在為賠償不到位

而上訪。

和諧號最與眾不同之處在於它的政治用途。該車列車長李莉被當局挑選為奧運火炬手，該車也被稱為「奧運首列」。每次李莉都被安排把火炬拿到列車上，挨個車廂宣傳中共虛假的面子工程——奧運。一月後該車慘遭顛覆之災，李莉也被撞死。

這次和諧號相撞也跟中共搞政治有著緊密的聯繫。2009年10月1日開通的甬台溫高速鐵路，是為「迎接新中國成立60周年獻厚禮」工程，號稱是當時最為先進的鐵路。不過據《檢察日報》報導，在短短一年多的趕工過程中，至少發生4起大的死亡事故。D301也是2011年7月1日為中共建黨90年獻禮的產物，重新組裝後剛正式使用，還沒滿月便厄運臨頭。

為什麼列車一為中共的政治賣力，就會交上厄運呢？主動配合了中共的邪惡政治，和「邪」了，所以惹火燒身，厄運連連。

用中國傳統文化觀點看，1949年後僅僅各種政治運動，中共就害死8000萬中國人，這比吃人魔鬼還要凶殘。它在短短60年裡就把中國上下五千年的傳統文化毀於一旦，它不但誹謗佛法，還肆無忌憚的迫害修煉人了。「7‧23」溫州慘案，其根源還是中共的「豆腐渣」高鐵工程害死了無辜百姓。

從2005年以來，大陸民眾自發興起了「天滅中共，退黨保平安」的自救運動，退出當年加入的共產黨、共青團和少先隊，在心裡站到了中共暴政與惡行的對立面上，也就是不跟中共為伍，不和「邪」了，這就把自己從中共死亡列車上解救出來了。

如今越來越多人體認：上蒼用這兩次和諧號的覆滅警示中國人：與中共和諧，就等於搭上了死亡快車，只有否定中共，不與中共為伍，才是得救的希望。

政治局三常委面臨清洗

第十二章

深航醜聞
與張坐冷板凳

中共江派常委張德江一直以來跟習近平「對著幹」，在「廢除勞教」問題上廝殺相搏的　來一往中，逼得習李再「隆重推出」深航大案。被招住死穴的張德江，在國安委的運行程序上再向習近平發出阻擊，習近平憤怒，強行運作「國安委」，讓張德江坐了一回冷板凳。（AFP）

第一節

張德江被深航案掐住死穴

2013 年 4 月 9 日，深航前掌門李澤源在北京二中院受審時供出，當年深航競購時有廣東省政府官員的「打招呼」才得以實現。當時擔任廣東省委書記的就是張德江。（新紀元資料室）

誰能想到一個三次走進監獄的人，竟然能在保釋期間，以超出自身財力 300 倍的價格，購買了眾人都想爭的香饃饃：深圳航空公司，而且是從飛機行業的龍頭老大的口中奪走了這塊肥肉？沒有異常強大的幕後黑手，這一切都不可能發生。

騙子空手套白狼 300 億國有資產差點流失

李澤源，原名李宜時。1956 年出生在遼寧興城，祖籍四川，戶籍深圳。1979 年，不到 23 歲的他因犯銷贓罪，被吉林省長春市朝陽區法院判處有期徒刑兩年。1982 年又因投機倒把，被北京市公安局東城分局勞教審查。1988 年因犯詐騙罪，又被廣州市中級法院判處有期徒刑三年。

出獄後正趕上海南開發最火爆的時候，他又以中共軍事科學

院企業管理局局長的身分在海南倒賣地皮，並經常身穿大校軍服在夜總會燈紅酒綠地享受。後由於分贓不均被內訌舉報，被抓時人們才發現他根本不是軍人。於是 1994 年他又因偽造證件罪、詐騙罪、走私罪，被軍事法院判處有期徒刑 15 年，2003 年 1 月被四川法院裁定假釋，假釋考驗期至 2008 年 8 月。

就在這監外假釋期，他幹出了驚天動地的事。期間他改了名字，因為算命先生說，「宜時，一時也。一時富貴，一時福氣，終究要倒楣。」不過他改名的真正目的是不想讓人知道他那劣跡斑斑的過去，然而改名後的他並沒有改行，依然繼續行騙。

深圳航空公司原是國有股份制企業，由廣東廣控（集團）公司、中國國際航空股份有限公司控股。廣控持股 65％，國航占 25％。1993 年開航後，15 年一直盈利。2004 年由於新的《商業銀行法》規定，商業銀行系統不得向非銀行金融機構和企業投資，而廣控的母公司正是廣東發展銀行。

深航股權轉讓的消息一經傳出，包括其第二大股東國航在內，深圳國資委、中信集團等大型國企以及國外淡馬錫、花旗銀行在內的諸多巨頭，均參與進來，誰也沒想到在股權拍賣前夕，2005 年 5 月 23 日，競買者中殺出一匹黑馬——深圳匯潤。

公開資料顯示，深圳匯潤成立於 2005 年初，有李澤源、趙麗、秦畹江和宋祖玉四個自然人股東，註冊資本 1000 萬元。其中李澤源出資 890 萬元。不過彼時拍賣公告的要求是，競買人淨資產不得低於 15 億元人民幣，資產總額不低於 30 億元人民幣，同時還需提供 2004 年度經審計的財務報告。很明顯，匯潤根本沒有資格參與投標，即使算上匯潤臨時拉入的合夥人：哈爾濱的億陽集團，其總資產不到 20 億元，淨資產 6.12 億元，仍不符合競買

人要求。

然而就是這樣一家名不見經傳的麻雀小公司，在 2005 年 11 月 16 日拍賣日，上演了一齣「小蛇吞大象」的具有中國特色的「資本大騰挪」術，借用中共官員的話，美其名曰「借船出海」。那一天，匯潤與億陽拿出 27.2 億元的高價，聯手拿下了深航 65％的股權。收購完後，億陽很快把股份轉讓給匯潤，退出了深航。

按照轉讓合同，這 27 億元應分三次付款。第一筆 8.16 億元的首付款準時到位了，但第二筆 13.6 億元的資金，匯潤遲遲不能兌現，之後勉強支付了 10 億元。在這種情況下，匯潤要求廣東省有關當局部門將深航的股權過戶給匯潤，遭到第二大股東國航的極力反對，但最後匯潤在沒有支付完剩餘 20％收購款、欠廣控集團 5.4 億的情況下，實現了股權過戶。

誰有能力這樣公然違背規矩辦事呢？

此時的李澤源，由於還是「犯人」，無法出現在檯面上，於是他把曾經擔任遼寧葫蘆島市市長的趙祥推到前台，借助其較為廣泛的中共人脈，推動深航與地方政府建立良好關係。其次，他請來南航前高管李昆來具體管理業務，李澤源只是以名義上的「顧問」、實際的「大老闆」身分開始掌控深航。

由於李澤源一開始就上演了「空手套白狼」，支付給廣控的那 20 億都是從別人那裡借的，於是他接手深航後，首先要做的就是找錢來還債，當然最方便的就是從深航拿錢，來支付以前李澤源收購深航的錢，於是出現了「挪用資金」的事。

大陸民間有句話形容一個人傻：「被人賣了，還幫人數錢」，

此時的深航就扮演了這樣一個角色：被賣給李澤源後，自己掙來的錢，卻被用於支付李澤源買自己的錢。假如不是後來由於內訌導致李澤源被舉報，按照李澤源當初的想法，只要順利經營深航幾年，原本屬於國有資產的深圳航空公司，就變成了李澤源和其背後後台老闆的私人財產了，空手套來一隻大肥羊。

到 2010 年初，深航的機隊規模達到了 150 架，航線 300 多條，員工 1.5 萬人，總資產近 300 億元。人們不禁後怕，假如沒有東窗事發，這 300 億國有資產就流於私人腰包了。

李澤源招供 點中張德江「死穴」

2009 年 11 月 29 日，由於趙祥等人的舉報，李澤源被中共公安部辦案人員從南昌帶走。不過這個案子一直拖到 2013 年 6 月 5 日才進行最後一次庭審。這次李澤源在供詞中說，當年深航競購時，曾有廣東省政府的官員「打招呼」，他的競標才得以實現。當時擔任廣東省委書記的就是張德江，這等於直接公開地把矛頭對準了張德江。

回頭看李澤源的詐騙經過，不難看出背後的大後台是誰。李澤源為準備競標購買深航時成立的深圳匯潤公司有四個股東。除李澤源占大股外，股東趙麗就是李澤源的「恩師」趙南起上將之女。趙南起卸任前是中共政協副主席，位居中共領導人行列。而趙南起正是張德江的政壇「伯樂」。

朝鮮族的趙南起參加過韓戰，當過志願軍司令員彭德懷的朝語翻譯，長期在吉林延邊工作。文革結束後趙南起擔任中共延邊自治州委第一書記，「發現」了延邊大學副校長張德江，將他帶

入政壇。知情者說，張德江後來擔任民政部副部長、延邊州委書記、吉林省委書記，趙南起都是背後重要推手。

而早前的李澤源（當時叫李宜時）曾以軍事科學院企業管理局局長的身分頻頻現身，當時軍科院院長正是趙南起。知情者說，李澤源長期打著趙南起的旗號，以上將門生兼老鄉的姿態出現，遊走江湖。正是憑藉這麼眾多的關係，李澤源2005年底才得以在爭議聲中正式入主深航。而當時主政廣東的張德江親自過問此事，也讓李澤源「事半功倍」。另一股東宋祖玉，就是江澤民姘頭宋祖英的妹妹。有枕邊風吹著，有江大老虎坐鎮，李澤源當然敢蛇吞象了。

在掌管深航的四年期間，李澤源等六人不但挪用了深航20.3億元，還編造飛行員簡歷，把不合格的人冒充合格飛行員，其中深航有107人被查出飛行經歷造假。2010年8月24日黑龍江伊春空難造成42人遇難，2008年初的桂林飛機事故等，都是由於飛行員培訓、能力、特情處理、安全等環節沒做好而造成的明顯過失。當時民航局一度打算全部停飛涉事飛行員，但最終沒有採取這項措施，據說是李澤源「繞過民航局找了上層領導，對此事做了『酌情處理』的批示」，而張德江在2008年前後出任的中共國務院副總理，主管的正是工業和交通運輸。

高層政治分裂 張德江被翻經濟老帳

2012年王立軍、薄熙來事件後，張德江臨時代理重慶市委書記期間，對於是否要對深航案開庭，中共不同派系間就有放風。據說胡溫就想用此案警示張德江，隨後張對胡溫大表忠心，才算

過關。

18 大張德江被江派人馬強力推進了政治局常委，做了排名第三的人大委員長，不過到 2013 年 1 月，習近平、李克強想廢除勞教，但江派非常害怕他們在勞教所濫用酷刑和活摘法輪功學員器官的惡行被曝光，於是下令張德江故意拖延，習李原計畫在 2013 年 3 月的兩會上由人大決定廢除勞教，但張德江與中共政法委書記孟建柱互相推諉，故意拖延，逼得習李在 4 月 9 日「隆重推出」深航大案。

由於李澤源身體情況，直到 6 月 5 日最後庭審時，李澤源才當眾供出了當年廣東有「領導」曾經在他收購深航的時候「打招呼」，充當他的保護傘。華府的中國問題專家石藏山評論說，至此，這名「廣東領導」與張德江之間只是一紙之隔，一捅就破。張德江這次被牢牢按住了「死穴」。

習藉廣東反腐 清除江派勢力

被人按住死穴的感覺自然不好過，於是 2013 5 月 30 日至 6 月 1 日，張德江以人大委員長調研的名義來到廣東，有人猜測是為了給深航等貪腐事件「擦屁股」，以便自己能脫身出來。此前習近平、王岐山宣布把廣東及上海定為反腐試點的重點地區，目的就是打擊江派，因為廣東、上海是江派的主要根據地和老巢。

現年 49 歲的胡春華被看作是胡錦濤的親信和改革派人物之一。胡春華上任後，不僅緊跟習近平打「老虎」、「蒼蠅」，在政治上對於新任的習近平也極為擁護，多次強調學習針對江澤民老人干政的「習八條」，另外也緊跟其前任汪洋的施政路線。

2013 年 3 月，習近平、李克強曾會面胡春華，提到廣東必須解決好三個老大難問題：中共黨的建設和反腐工作；除黑掃黃賭毒；社會治安、商品市場假冒偽劣產品，並稱「這是硬任務，要啃下。」分析人士認為，這三個「難題」必將牽出廣東官場長期以來的腐敗問題，習、李要求新任廣東一、二把手的胡春華、朱小丹繼續汪洋的清洗「任務」，進一步清洗江派在廣東的勢力。

5 月 29 日，中共廣東省紀委官網發布消息稱，中共廣東省人大常委會副祕書長陳華一正接受調查。陳華一於 2003 年擔任廣東省政協副祕書長（正廳級）；2005 年任廣東省人大常委會辦公廳副主任，2006 年 1 月起至今任廣東省人大常委會副祕書長，時任人大主任是與江澤民有淫亂醜聞的黃麗滿。

這已是近一個月來第二個接受調查的廣東省人大官員。此前 4 月 26 日，廣東省人大常委會副祕書長李珠江正接受調查。與此同時，中紀委派出 70 人，對牽扯到李長春的茂名窩案進行再次調查。

傳廣東省委反擊張德江 張氣急離場

據《動向》報導，2013 年 5 月 31 日晚，張德江在廣東省委常委擴大會議上歷數了廣東省領導班子以及社會十大突出、積重難返問題，激起廣東省委官員的反擊。

張在會上說：「……黨政領導班子和隊伍建設面貌變化是不火、不新，社會秩序、精神文明面貌現狀是令人民群眾擔憂、令中央不放心。」張的講話還沒說完，不但廣東省紀委書記黃先耀、省委書記胡春華在中途插話，作出反問、反擊外，省委副書記、

省長朱小丹，省組織部長、省委辦主任、省人大主任、省高級法院院長、深圳市長、廣州市委書記等，都就張的講話作出反擊。

他們說，廣東的這些問題是很嚴重，但都是「上二任、三任遺留下來、積壓下來的，是被人為過失、瀆職擱置……」。廣東省委辦、省組織部還事先做了準備，翻出張德江任廣東省委書記期間職責範圍應作批覆表態的 2440 多封信函等，僅批覆了 618 封，僅參加過省人大有關會議 11 次，到山區、鄉村考察六次等。

結果雙方嚴重對立，張德江多次打斷他人講話，他的話還沒說完就被廣東的人打斷，張窩火得不行，最後氣得摔了杯子，憤而離開會場。此事還造成了張德江取消 6 月 1 日下午的安排，提前返京。廣東省委辦、省政府辦在事後稱：「臨時有情況，提前返京。」第二天又改稱：「張德江委員長身體不適，省委取消了有關安排。」

據說中共中央已派中辦主任栗戰書、中紀委常務副書記趙洪祝負責調查此事，只要調查稍微深挖一下，張德江的貪腐問題和濫用職權，就很容易查出來了。

第二節

習要動常委
張德江張高麗阻撓

2014 年 7 月 29 日，前政治局常委、政法委書記周永康被官方正式宣布立案審查，不過 2013 年 8 月習近平因所謂背痛而神祕消失 14 天之後，習近平就提出要查辦周永康。當時就遭到江澤民集團的拚命阻止。為了讓江澤民同意處罰周永康，王岐山下令調查江澤民家族的「老根據地」中國移動，害怕兒子江綿恆落馬的江澤民，馬上命令江派安插在常委中的二張——張德江與張高麗，聯手提出「寬免退了休的高官貪腐」議案，為周永康和江澤民開脫。不過，二張的議案遭到習近平陣營的否決。

讓我們回到 2013 年 10 月，看看張德江、張高麗當時是如何為打周老虎、江老虎設置障礙的。

據《動向》2013 年 9 月報導，8 月中旬，中共中央政治局、國務院、中紀委決定聯合出擊調查中央的企業和中央地方在境外國外視窗公司的腐敗問題，這其中包括中石油、中石化、華潤集

團、光大集團、四大商業銀行、中國移動、中國電訊、中國國航、中國南方航空等。

　　這裡面特別值得一提的是被出擊調查的中國移動。中國移動是江澤民家族的「老根據地」，江當政時期，其子江綿恆在短短幾年時間就建立起他的龐大電信王國，如上海信息網路、上海有線網路、中國網通等。

　　此前王岐山任國務院副總理時，曾查處過中國移動的三大案：2011 年的馬力案、2011 年的葉兵案和 2012 年的魯向東案。魯向東案發前任中國移動執行董事兼副總經理，葉兵則是中國移動下設全資公司卓望的首席執行官，馬力是中國移動數據部的副總。不過這三個案子都遭到來自江澤民的阻力。

　　然而江家的干預並沒有讓王岐山止步，反而迫使王再度抓人。2013 年 4 月王岐山「雙規」了廣州移動總經理李澤欣，7 月是廣東移動總經理孫煉，8 月是中國移動廣東公司董事長兼總經理徐龍。

　　據大陸媒體報導，自從 2009 年 12 月中國移動原黨組書記副總裁、江綿恆的親信張春江落馬開始，到 2012 年 4 月，中國移動「落馬」的管理層已經多達 12 人。2012 年 1 月，溫家寶的國務院曾點名批評中國移動等央企「奢侈浪費」、「用人唯親」、「管理不嚴」。

　　張春江的落馬與江綿恆直接相關。張春江當時所在的網通能夠吞併中國電信北方 10 個省區的資產和業務，就是因為網通幕後老闆是江綿恆。江綿恆當時操控的國企向銀行、中央不斷伸手要錢，而這些大型國企實際上是把銀行和中央撥的款，不斷通過各種變相的「貸款、經濟刺激政策、與外資合資」等方式再轉手

給該企業上層家族牟利。

江綿恆一直被稱為「中國第一貪」，他牽涉中國近年多起最重大貪腐案：「周正毅案」、「劉金寶案」、「黃菊前祕書王維工案」、中國最大金融醜聞「上海招沽案」等，這些案件都涉及到天文數字的貪污受賄、侵吞公款。王岐山打老虎，能否一直打到「江老虎」，這是人們最關心的，也是腐敗分子最害怕的。於是，有人出面來阻止王岐山的打虎了。

張德江、張高麗再為腐敗「叫屈」

據《動向》2013 年 9 月報導，中共人大委員長張德江，常務副總理張高麗，在政治局聯署提出寬免高官在經濟領域，配偶子女定居境外、外國，特權斂財非法性的議案，二張提出對「已退離休（已逝世）黨政、國家副總理（國務委員）、人大副委員長、政協副主席及以上幹部的家屬，包括配偶、子女、直系兄弟姐妹」等，區別對待，允許其搞特權，「原則上不搞審查」。不過此提議被否決。

中共中組部調查稱，中央、省部門在港、澳特區視窗公司擔任高級管理人員的，80％是官二代、官三代，有 1 萬 7500 多人；中央黨校、國家部門、地方黨政部門省部一級幹部子女已在香港特區定居的有 12 萬 5000 多人，在澳門特區定居的有 1 萬 1200 多人。在香港特區擁有億元以上資產的官二代、官三代有 10 萬 3000 多人。在澳門特區擁有億元以上資產的官二代、官三代有 6600 多人。在港、澳特區定居的官二代、官三代中有 95％已持有英國、加拿大、美國、澳洲等西方國家定居權或國籍。

　　據《爭鳴》6月報導，張德江、張高麗等提出《關於強化廉政建設制度化，特赦在限定時間內自首的經濟領域違紀、違法公職人員的建議》，他們特赦貪官的理由是：腐敗違紀、違法的情況遠比所想像、所掌握的要嚴峻、複雜、惡化；黨內外對反腐敗工作及進展普遍產生畏難、悲觀情緒。

　　《新紀元》在 2012 年 12 月 27 日出刊的封面故事《反腐升級 習近平害怕「魚死網破」》中，談到《京華時報》發表了反腐專家李永忠的「出格」言論：對腐敗官員不能趕盡殺絕，要赦免。他說，「如果我們用『絕不赦免』的方法，可以推算，『腐敗呆帳』只會越來越多，存量會越來越大，抵抗也會越來越頑強，最後可能出現魚死網破，甚至魚未死網已破的態勢。」

　　李永忠是中國紀檢監察學院副院長，制度反腐「專家」，國家行政學院等院校兼職教授，中國經濟體制改革研究會特約研究員，有數十年的「反貪經驗」。

　　張德江、張高麗的說法與這位反腐專家的言論很類似，不過，習近平、王岐山並沒有採納。

第三節

電力「南霸天」案
牽扯二張常委

　　2014 年中國新年剛剛結束，廣東省傳出國企高管落馬的消息。2 月 9 日，廣東省紀委通報，廣東電網公司原總經理吳周春正被調查。

　　據公開資料顯示，現年 63 歲的吳周春大學畢業後一直在電力系統工作。1984 年被任命為湛江市供電局局長，2003 年起任廣東電網公司總經理，2009 年調任南方電網有限公司總經理助理、南網國際有限公司董事長，幾年前已退休。

吳周春「廣東電霸」遭舉報五年

　　吳周春在 2009 年調往南方電網時，民間有傳言稱其離開廣東電網公司可能是由於涉嫌人事腐敗、工程腐敗。據《第一財經日報》了解，至少在過去五年，吳周春一直遭到舉報。

據悉，南方電網公司成立於 2002 年，公司經營範圍為廣東、廣西、雲南、貴州和海南，覆蓋供電人口 2.3 億，廣東電網公司是南方電網公司的全資子公司，是大陸最大的省級電網公司。南網國際有限公司也是南方電網公司的全資子公司，主要負責南方電網對外投資和國際合作項目。

吳周春在任職廣東電網公司總經理期間，上任三年內廣東電網完成建設投資超過 500 億元，超出原計畫投資 141 億元。從 2009 年開始，有舉報者開始在天涯等論壇上對他進行舉報，他被稱為「廣東電霸」。

據《第一財經日報》報導，南網系統的人都知道吳周春以貪財出名。內部人士透露，有一次，某人為了巴結吳周春，甚至直接奪走吳周春手中的鋼筆扔掉，隨後給他塞上一支金製鋼筆。

有舉報信中稱，吳周春為了安排自己的親戚進入湛江供電局，授意時任湛江供電局有關官員給予安排，並紛紛在供電局的各個要害部門任職。比如，財務部、規劃部、市場部、工程部等。

另據 2012 年 1 月，在珠江網上的一封舉報公開信透露，吳周春在老家湛江培植了包括廣東電網公司湛江供電局局長劉泗聰、廣東雷能集團董事長蔡建中在內的地方「電霸」。舉報信稱，吳周春、劉泗聰、蔡建中、吳仁偉（吳周春侄兒）官商勾結，劉泗聰和吳仁偉的關係更加密切，兩人為洗黑錢，共同在廉江等地種植桉樹林和開農場，將多年的巨額貪款轉成正當收入。

據悉，許多舉報信最後都落在了劉泗聰手裡。而劉泗聰認為，他們在廣東政府關係很硬，沒人敢動吳周春，也就沒人敢動湛江。

廣東電力市場「三駕馬車」

據悉，在網路上還流傳著一封舉報信，信中的內容涉及了三個大人物，他們分別是吳周春——電力「南霸天」；賀丹青——廣州利建集團老闆，廣東地區的「賴昌星」；袁懋振——中國南方電網公司董事長，賀丹青稱之為「契爺」。

舉報信中稱，他們是南方電力市場的「三駕馬車」。他們互相勾結，不僅製造廣東電力市場的昇平假象，而且犯下 10 多年來壟斷市場貪腐巨案。涉及的具體工程包括西場變電站項目、珠江新城項目、華南新城、省婦幼保健院等等。

舉報信中還稱，三人中袁懋振氣焰最為囂張，他從 1994 年開始任職南方電網公司，在 2010 年 2 月離任南方電網公司董事長職務時，國家審計署在對其進行的經濟責任審計中，發現其涉案 9.72 億元的國有資產流失案，但其安然無恙，2013 年 7 月還出任中國航空工業集團公外部董事。事發後他不僅封殺輿論，還四處活動，企圖花重金「擺平」，並聲稱「上面有人」。

「上面有人」扯出張德江、張高麗

時政評論人周曉輝在其署名評論文章中稱，袁懋振所指的「上面有人」有兩位候選人，他們是江派人馬：中共人大常委會委員長張德江和現任政治局常委張高麗。

張德江於 2002 至 2007 年時任中央政治局委員、廣東省委書記，張與袁多有交集。早在 2005、2006 年，張德江就多次說過：「中國的電力體制改革，我認為南方電網是一個成功的案例，應

該好好總結。」特別在 2005 年 7 月，張德江還下令全省各地要積極支持電網建設。

張高麗也曾在廣東任職 30 餘年，從 1988 年開始，先後出任廣東省副省長、深圳市委書記，期間還當選廣東省委常委和中央候補委員，在攀上江澤民後，於 2001 年調至山東。張在任職廣東期間，主管工交基建，也包括電力系統。

2009 年 11 月 4 日，時任天津市委書記張高麗會見了參加中國電力論壇的袁懋振。會見中張高麗稱讚南方電網發展得很好，而袁懋振則感謝張高麗一直以來對南方電網的關心和支持。

周曉輝在該文中的最後表示，如果為吳周春、袁懋振提供庇護的是某個政治局現任常委，那麼，兩人長期的安然無恙就可以解釋得通了。只是不知大年過後，中紀委首曝吳周春一案的真實目的，是為了燒烤某個政治局常委，還是要將其作為「一案雙查」的試驗田？

張德江與張高麗都是江澤民的心腹，他們與現任另一江派常委劉雲山對現任當權者不斷攪渾水，《大紀元》曾獲悉，中共高層和民間都在流傳，解決中國當下的問題的唯一出路就是，逮捕這三常委、逮捕江澤民，解體中共。

第四節

周永康案政協「你懂的」人大被敲

2014 年中共兩會上，政治局常委俞正聲主掌的政協組織罕見捅破周永康案，眾多政協委員放言「打大老虎」。有消息稱，政協改革兩方面內容已經開始施行，除恢復「雙周協商座談會」外，還加入了立法監督議題。政協將監督目前江派政治局常委張德江主掌的人大。

習近平加強政協 議政權力與力度

在中共話語體系之中，政協應起到對政府、人大，即對行政、立法的監督作用。而現實是，受制於缺少決策權，政協多淪為「清談機構」。

綜合北京「兩會」釋放的消息來看，在具體方案公布前，政協改革的兩方面內容已經開始施行。

據《明報》消息，據參與起草方案的人士透露，改革的其中一項「突破」，就是加強政協議政的頻度和力度。中共政協主席俞正聲在 2014 年 3 月 3 日所作的政協工作報告中，已經透露即恢復自「文革」後停止的「雙周協商座談會」。

值得注意的是，在已召開的六次雙周座談會中，每次都有部委副職官員出席，解釋政策並聽取政協看法。

報導稱，政協改革實質上成為了習版「政改方案」的首要內容。改革所要解決的問題，就是使政協足夠「強勢」。

政協向周案發聲 炮轟江派核心人物

2014 年 3 月 1 日昆明血案發生後，包括媒體在內的各界開始質疑案件被昆明當地定性成新疆分裂勢力所為的種種疑點。隨後《大紀元》獲悉，中南海高層內部已斷定昆明恐怖事件就是江澤民集團精心策劃所為。

此後中共中紀委明顯加快了對江澤民政變集團核心人物、中共前政法委書記周永康黨羽的清除。2014 年開年後，多名周的高級馬仔落馬，且習近平陣營媒體以及大陸官媒發動新一輪起底周永康之子以及其兄弟等家族成員黑幕，並曝他們大多都已被抓捕控制。另一個江派核心人物前中共政治局常委曾慶紅也處於習陣營的清剿之列。所以江派發起恐怖襲擊的目的是：逼習近平收手，只限於查處周永康的「貪腐」、「涉黑」罪行，而迴避「政變」、「活摘人體器官」等罪行。

昆明「3‧01」血案發生後，原來一向低調的中共政協突然連連就周永康案發聲，炮轟江派核心。

　　昆明血案發生的第二天，3月2日下午，中共政協在大民大會堂召開新聞發布會，其中有記者就周永康被抓捕的傳聞提問時，政協發言人呂新華公開表示：「無論什麼人，無論職位有多高，只要觸犯黨紀國法，就要嚴厲懲處。我只能回答成這樣了。」並在最後，他以一句「你懂的」點破迷局。

　　3月3日，中共全國政協常委、歷史學者葛劍雄在接受港媒採訪時稱，他早已根據公開發表的信息確定前常委的確已經有人出事，並分析稱「有一個或者不只一個」前常委出事，但中央還沒公開，自己不能說。

　　在中共官方未正式公布和定性周案之際，「中共全國政協」，一個並不在中共國務院架構下的黨管機構，卻出人意料的以半公開的形式變相確認周永康已被抓捕的消息，此舉實屬反常。

　　時政評論員章鳴泉發表評論文章表示，俞正聲處事之圓滑黨內外皆知，他在政治局排位中排在第四位，處於七常委的中間位置。此前中共政協突然密集發聲，並觸及當前最敏感話題——「周永康案」，這背後浮現出政協主席俞正聲的身影。如果沒有俞的授意，試想政協大會發言人呂新華何以敢率先以一句「你懂的」，捅破周案最後一層窗戶紙。

　　葛劍雄還同時向記者提起林彪事件，來對比出事的中共政治局常委。而林彪在文革時期被中共定為「叛黨叛國」的叛徒。這無疑向外界釋放出強烈信號，「周永康反黨集團」抑或「周永康政變集團」呼之欲出。

習近平版「政改方案」 政協監督人大

同時，外界關注到，在三中全會改革決議中的完善人大制度與基層民主，在此次二會上卻未被上升到「政改」高度。

據《明報》引用來自權威人士的消息稱，政協 2014 年的年度協商計畫受到了中共政治局的直接關注，協商內容中除了保留民生、經濟等傳統議題之外，還加入了立法監督等敏感議題。

政協不干預法律事務本來是大陸政治生態中的「潛規則」，也造成了政協的議政難以觸及影響社會發展的根本性問題。

2013 年底，北京市人大在大氣污染防治條例立法前，北京市委將草案送至北京市政協，希望市政協「協商」該條例。據悉，這次安排的初衷正是試驗政協參與立法監督，「北京模式」很可能成為未來政協改革的「藍本」之一。

報導稱，將政協改革視為政改突破口，最大原因是因為加強政治協商改善了決策程序，難度與阻力又相對較小。

張德江醜聞集中被曝 警告意味濃

此前，中共江派背景常委、中共人大委員長張德江曾一直挾人大對抗習李廢除勞教制度。

張德江曾在北韓金日成綜合大學經濟系學習，江澤民上台之後，他從北韓回國後，靠奉承江澤民一路高升，從延吉市委副書記升到省委書記、政治局委員乃至目前的政治局常委。

2013 年 4 月 9 日，中共官方曾突然推出涉及 20 多億的深航資金黑洞大案，暗指張德江是深航幕後老闆李澤源的大後台，張

德江被推向風口浪尖兒。此後深航案不斷升級，6月5日最後一次庭審中，深航幕後老闆李澤源在供述當年深航競購內幕時表示，曾向廣東省政府的領導「打招呼」。

此後，張德江貪腐醜聞以及其妻子任職銀行高管、年薪百萬薪酬超標的醜聞也再次被聚焦。

2013年12月14日，中共官方通報，江派背景前政治局常委李長春和現常委張德江當年主政廣東時一路提拔、重用的廣東省國家稅務局原黨組書記、局長李永恆被調查。張德江再被警告。

對於張德江的醜聞集中被曝光，華府中國問題專家石藏山表示：「明顯是中央有人要整他。其挾人大對抗廢除勞教的做法，遭習近平警告的意味相當濃厚。」

核心問題不解決 任何改革無操作性

2012年，王立軍攜帶機密材料逃往美領館，揭開了江派周永康和薄熙來密謀政變，罷黜習近平，奪取最高權力的黑幕，事件導致中共內部分崩離析。江派因迫害法輪功而恐懼失去權力被清算，全力阻擊習、李改革，甚至多次採取暗殺行動。其中包括在圍繞廢除勞教制度、上海自貿區、薄熙來案審理攪局、利用陳光標在紐約炒作13年前的「天安門自焚偽案」失敗後，又向習、李、胡、溫陣營發出「同歸於盡」的死亡威脅，利用海外媒體釋放中南海高層海外祕密資產的黑材料，促使局勢升級，習近平頻頻出手回擊。

十多年來，中共司法制度因鎮壓法輪功而出現真空，導致整個社會司法混亂，國家進入失控邊緣。廢除勞教制度點中江澤民

的「死穴」。

中共三中全會《決定》宣稱勞教制度被廢止，但將來當局可能以所謂「違法行為教育矯治法」、強制隔離戒毒所及新生學校等等名頭代替。目前，部分被釋放或拒絕轉化的法輪功學員，繼續被以各種理由抓去洗腦班、黑監獄或判刑迫害。據悉，2013 年上半年全國被判刑、送洗腦班人數是勞教人數的 45 倍。

外界普遍認為，中共獨裁暴政的本質決定其變相鎮壓民眾的手段不會消失，如黑監獄、法制教育中心（洗腦班）等比勞教制度更惡劣。

中國著名維權律師江天勇曾對《大紀元》表示，中共專制體制不變，勞教制度不會被真正取消，只是換個名頭而已，更多的人會被送到洗腦班。即使把政法委撤銷了，照樣有其他的來履行它的職責。

第五節

習近平讓張乾瞪眼
坐了回冷板凳

中共江派常委張德江一直以來跟習近平「唱反調」。2014 年
5 月據港媒披露，在國安委的運行程序上，張德江曾向習近平發
出阻擊，引發習近平憤怒，強行運作「國安委」，把張德江撂在
一邊，讓其乾瞪著眼坐了一回冷板凳。

據說，兩會原計畫是通過立法程序將「國安委」從黨權序列
正式並列國家行政權力序列，以便「國安委」運行起來名正言順。
然而，張德江不甘權力貶值，對習近平的主張展開程序阻擊。

兩會前的人大內部會議中，張德江明指「近期以來，黨內民
主生活很不正常，非程序的觀念與行為越來越多」，直接針對習
近平。

2014 年 4 月 15 日，「中央國家安全委員會」第一次會議召開，
習近平繞過立法程序強行運作「國安委」，等於把張德江撂在了
一邊，讓張德江乾瞪著眼坐了一回冷板凳。

張德江曾在勞教制度上攪局

張德江自入常以來，與劉雲山一起在江澤民、曾慶紅等江派大佬的支持下，不斷給習施政設陷阱、造事攪局。

2013 年年初，習近平當局試圖取消備受外界詬病的勞教制，然而由於勞教制度是江派的死穴、非法關押著大量法輪功學員，作為人大委員長的張德江一直拖延不辦；另外習近平要廢除「刑不上常委」的規定，勾結老人黨反對、拖延的又是張德江；罪證確鑿的天下第一貪「周永康案」久拖不決，與江、曾保周派裡應外合的，也是張德江。

習近平回擊廣東「掃黃運動」

對於張德江的不斷出手攪局，習近平出手反擊。

2014 年 2 月，中共廣東省委書記胡春華擺出大陣式進行「掃黃運動」，繼而席捲全國。港媒披露，習近平藉東莞事件告誡張德江，「令其清醒、識做，不要逼我一路深挖，直把你挖成第二個周永康。」其背後還有一層用意，就是指向正在發動另類政變的曾慶紅。

政治局三常委面臨清洗

第十三章

心腹相繼落馬 張危矣

在東莞掃黃被針對後，「吉林幫主」張德江再失去對老巢吉林的
控制。圖為中共「吉林幫」主要成員，從左依次為蘇榮、回良玉、
王儒林和張德江。（大紀元合成圖）

第一節

東莞掃黃針對張德江

2014 年廣東掃黃四個月後，大陸官媒高調報導「破獲涉黃刑事案件 1121 宗，打掉涉黃團伙 214 個，刑事拘留 3033 人」，其中特別提到東莞黃江太子酒店老闆梁耀輝正處於被逮捕階段。梁耀輝是在張德江主政廣東時爆紅暴富，曾慶紅則被指退休後常住東莞，「情陷東莞」。

東莞掃黃重炒「太子輝」仍被調查

《羊城晚報》報導，2014 年 6 月 12 日一早，廣東省公安廳召開新聞發布會，粵公安廳自稱，截至 6 月 10 日，全省共「破獲涉黃刑事案件 1121 宗，打掉涉黃團伙 214 個，刑事拘留 3033 人。」

其中，有「太子輝」之稱的黃江太子酒店老闆梁耀輝由於是人大代表，經由中共人大會議才罷免其代表資格，東莞警方對其

進行拘留，「目前正在逮捕階段，還在繼續對其犯罪事實等問題查清。」《南方日報》13 日報導，目前梁耀輝已被公安機關移送檢察院審查逮捕。

2014 年 2 月 9 日，中共央視播出暗訪東莞色情業的節目。9 日下午，廣東省委書記胡春華迅速在東莞「掃黃」，出動 6000餘警力，梁耀輝名下的太子酒店牽涉其中。央視稱，東莞五星級酒店太子酒店桑拿中心，明目張膽的從事招嫖賣淫活動。

2 月 14 日，廣東當局宣布，免去嚴小康的東莞市副市長、市公安局局長職務。5 月 8 日，東莞常務副市長梁國英落馬被查。

不過，6 月 13 日，港媒報導，目前深圳夜場全部重開。有夜場負責人稱，其實深圳掃黃主要是為政績，「適當做一場大龍鳳，給上面看就算了」，只要無人舉報，一般不會主動掃黃。但包括東莞黃江鎮「太子輝」旗下的夜總會、桑拿，還有前涉貪的當地各相關公安局長圍事的業者，仍被關閉。

早在 2 月東莞大「掃黃」時就有報導稱，中共總書記習近平在藉東莞事件警告現任江派常委張德江，並指向江派二號人物曾慶紅。而現在官媒對於已經落馬的「太子輝」的報導更是證實了這點。

「太子輝」見不得人的發家史

被稱為「太子輝」的梁耀輝 1967 年 6 月生於黃江玉塘圍村一個貧困農家，初中沒畢業就棄學經商。早年，他開了一家理髮店，利用其髮廊裡有 50 多個小姐開始了其色情事業的開端。

隨後，梁耀輝投身走私車生意，但只做路虎等高檔整車的「生意」路線，讓其在兩、三年內賺到了第一桶金。

1995 年，他用第一桶金興建舊的太子酒店，色情服務從髮廊移入酒店。2003 年，梁耀輝投資 3 億元，修建了今天的奧威斯太子酒店。這家酒店號稱是「全國最大」五星級酒店。酒店位於東莞市鳳崗鎮，總用地面積 13 萬 2800 平方米，建築面積 25 萬 8000 平方米，樓高 22 層，各式客房 2588 間。

梁耀輝另一個公開身分是中源石油集團（國際）有限公司董事長。2007 年梁耀輝任董事長的廣東奧威斯實業投資集團股份有限公司成立，旗下產業還涉及石油、地產、金融投資等。

近幾年，梁耀輝還在國外投資油井，據稱其在哈薩克斯坦有 10 個油井，曾於 2007 年、2008 年分別以 10 億元、20 億元登上胡潤百富榜第 654 名及 406 名。

隨著生意越做越大，梁耀輝也逐漸步入「政壇」。公開資料顯示，2008 年梁耀輝當選第 11 屆中共人大代表廣東地區代表，2012 年當選中共第 12 屆人大代表。

對太子輝後台的追責說法四起

不過，2 月太子輝被東莞掃黃「掃出」。3 月份的中共兩會未見梁現身。4 月 14 日，中共黨媒新華網報導，梁耀輝涉嫌「嚴重違法」被刑拘與罷免人大代表資格，但沒有指明具體內容。

4 月 16 日，兩大京媒《新京報》與《京華時報》刊載評論性文章，稱要揪出「太子輝」幕後「保護傘」，並質疑「太子輝」是如何從「黃道」走進了「油道」。《中國青年報》更直接指「誰在給『太子輝』撐腰？」，文中稱「太子輝」能夠順利地兩度成為中共人大代表，背後沒有關鍵性的人物撐腰，能成嗎？

6月12日，「新華網」署名博客再發文章指，梁耀輝已被刑拘，目前處在逮捕階段，其背後有沒有大保護傘，也是值得關注的。「從黃色產業的滋生來看，如果沒有保護傘的因素，不可能如此坐大成勢。」

「太子輝」在張德江主政時暴富

現年47歲的梁耀輝被人稱作「太子輝」，除了是太子酒店董事長外，還是中源石油集團董事長，可以說是廣東的本土勢力。梁耀輝起家時並不富有，創業頗為艱難；但隨著其國外油井生意的發展，竟登上胡潤內地富豪榜的第654名及406名。而涉案的太子酒店開業於1996年，無線電視2005年熱播的《酒店風雲》，就曾假該處拍攝。

除了有錢之外，梁耀輝在政界影響力也不容輕視：他是唯一在2008年、2013年連任兩屆的東莞市人大代表。整個東莞市，包括市長在內，共有四名人大代表，據東莞市官員透露，民營企業家連任兩屆的情況「並不常見」。

2007年與2008年是梁耀輝最為高調的時期。隨著汪洋在廣東清洗江派官員，「太子輝」逐漸變得低調，但資產卻絲毫沒停止增長。2010年，梁興建了「全國最大酒店」奧威斯國際會議酒店，2012年在廣東南雄與各方融資120億，興建奧威斯樂園，號稱將建成世界最大的飛船探險峽谷。

有爆料者稱，太子輝的「保護傘」為往屆廣東高官。從其經歷來看，其最高調時期就在張德江剛剛調任國務院副總理之時。外界普遍認為，東莞的色情業在張德江執掌廣東時期，不斷上升，

等到汪洋接手廣東的時候，東莞已經成為著名的「性都」。

香港白皮書出台後兩天 張德江、曾慶紅再被擺上台

這次張德江、曾慶紅再被警告，已有先兆。

2014 年 6 月 10 日，中共國新辦發表《一國兩制在香港特別行政區的實踐》白皮書，重談「23 條立法」老調，首次變相改動「一國兩制」定義，引香港各界強烈抗議。

據消息人士透露，白皮書出台背後涉習江在中南海決鬥，江派意圖攪局香港，反而被習近平擺上台，中南海在香港問題上出現兩種聲音。

華府中國問題專家石藏山表示，白皮書的出台，外界明顯感到曾長期控制中共港澳辦、國新辦的中共江澤民集團試圖激怒香港人，在香港問題上給習近平難堪和壓力。習那邊顯然同時在利用這次機會，讓江澤民集團做法曝光，同時也將其擺上台。

自 2003 年曾慶紅接手港澳小組組長的職務後，在香港各個重要位置，安插特務人員。曾的勢力一直盤據在中央港澳系統，現任香港特首梁振英也是江派的死黨。

到了「18 大」後，江派張德江接手港澳小組組長職務，江澤民勢力一直有著對港澳系統的控制權。他在這份白皮書出台過程中充當的角色，令人聯想。

張德江一直在與習近平作對

據悉，張德江自晉升常委後，一直在與習近平作對，包括

在江派大佬、前政治局常委周永康案上與江澤民和曾慶紅裡應外合，阻撓周案的進展。

2014 年 3 月的中共兩會，原計畫是通過立法程序將國安委從黨權序列正式並列國家行政權力序列，以便國安委順利運行。然而，張德江不甘權力貶值，對習實行程序阻擊。

對於周永康案的定性，習力主對周永康經濟政治問題一起查；而張則主張只定性貪腐，「政治方面不好把握，應慎重從事」。罪證確鑿的天下第一貪周永康案以致久拖不決。

2013 年初，習近平試圖取消勞教制，一直拖延不辦的就是張德江。港媒稱，習近平要廢除「刑不上常委」的規定，張德江勾結老人黨反對並拖延。

據悉，2014 年 2 月開始的東莞掃黃，習近平就是想重重「敲打」一下張德江，「令其清醒、識做，不要逼我一路深挖，直把你挖成第二個周永康。」

東莞黎志輝落馬 指向曾慶紅愛將

2014 年 2 月 14 日，中共東莞當局決定，免去黎志輝中堂鎮黨委書記職務，同時免去其鎮人大主席職務。

據悉，黎志輝落馬，指向的是原香港中聯辦副主任、前東莞市長黎桂康。2001 年至 2003 年，黎桂康出任中共東莞市市長。2003 年 7 月，曾慶紅開始主管中聯辦，同年 12 月，黎桂康升任中聯辦副主任，成為曾慶紅手下的愛將。

2012 年 7 月，香港媒體曝出中聯辦副主任黎桂康因其子牽涉東莞虎門鎮貪腐受牽連而遭雙規，雖然後來證實並非事實，但此

番黎志輝落馬，表明黎桂康被雙規的傳聞亦非空穴來風。

黎志輝是黎桂康的中堂老鄉、宗親，作為中堂鎮委書記，黎志輝多年來為黎桂康的兒子黎俊東拓展商業帝國出力。黎俊東在中堂鎮經營有五星級酒店凱景酒店，旗下的 KTV 包廂、桑拿洗浴，也是不少常客必去之處。除了各類投資之外，黎俊東早就移居香港，還是廣東省政協委員。

江派大佬曾慶紅被曝「情陷東莞」

據悉，曾慶紅在「17 大」退下後，經常住在東莞，被指「情陷東莞、樂不思京」。退休後除了北京有重要會議要開，一年之中至少有十個月，都是「靜居性都綠蔭深處某別墅」，享受著當年張德江培植的親信、現任廣東省一名高官的「侍奉」。

2013 年 1 月下旬，前廣東省省長黃華華向王岐山遞交一封長達 4 萬多字的信件，分四個部分，第三部分即：黨內高層在廣東的特權、貪腐典型情況。其中特別提到持有別墅、豪宅的高官中，首先提到的就是中共前政治局常委、國家副主席曾慶紅。

曾慶紅弟弟曾慶淮也在東莞有發展。曾慶淮是中國文藝界最重要的「幕後大佬」，在大陸影視圈裡，曾慶淮最出名的是搞出了「潛規矩」。曾慶淮不光自己享用，還兼給他大哥曾慶紅拉皮條，並收集情報。

6 月 12 日，官方報導廣東原政法委高官被火化，其中報導的中南海高層「露面」，未見中共江派三大佬江澤民、曾慶紅和周永康的名字。此消息釋放一個信號：中共江澤民集團的處境已經岌岌可危。

第二節

蘇榮落馬 吉林幫主慌了

2014 年 6 月 14 日，人們在報紙上剛看到中共政協副主席蘇榮從青海考察回來不到四天，他就被中紀委宣布，正在被調查，有的說他已被逮捕。

在 52 歲之前，蘇榮沒有離開過吉林，被官場歸為「吉林幫」成員。「吉林幫」的幫主是江派常委張德江，他和蘇榮都曾主政吉林延邊，再挖下去，「吉林幫」的出現和江澤民有關。早前江澤民在長春一汽工作時就喜歡拉幫結派，江號稱對吉林「有感情」，上台後不斷提拔吉林官員，於是北京官場有了「吉林出高官」的說法，張德江、王剛、杜青林、蘇榮都成了中共「國家領導人」。

此前幾個月就有消息說蘇榮出事了。被撤職並已逃往海外的所謂中共「最美政協委員」、哈爾濱翔鷹集團董事長劉迎霞，其主要靠山就是「吉林幫」高官。早年劉迎霞靠走「上層路線」接政府重大工程發家，劉進京後迅速搭上了「東北幫」，尤其是「吉

林幫」，當中一個關鍵人物就是王剛。有消息稱，王剛不僅是劉迎霞的後台，而且是她十多年的情夫。王剛是由曾慶紅一手提拔上來的心腹之人。劉迎霞被撤職消息曝光後的第三天，海外網站曝蘇榮被調查，當時就有「吉林幫」會引來政治風暴的傳聞。

2014年中共兩會期間，王岐山在參加中共人大吉林代表團的審議時，當面「叫停」吉林省委書記王儒林的發言，斥其搞「形式主義」。當時有媒體稱，打狗還要看主人，其實那時王岐山就是想給「吉林幫」一點顏色看看。

2014年3月10日，王岐山參加吉林代表團的審議。王岐山發言後，主持會議的吉林書記王儒林拿出一摞稿子，正想做總結發言，王岐山要求他「講短點」，王儒林回答說，可能短不了。王岐山生氣地說，「我剛才又沒稿子，你怎麼知道並事先列印出來那麼多呢？這不是形式主義麼？你不用念了！」面對王岐山不留情面的「叫停」，王儒林只好收起講稿，草草講了幾句話即宣布討論結束。

有人把這場非公開會議細節透露給了香港記者，第二天港媒就發表了王岐山怒斥王儒林的報導，隨後大陸媒體紛紛轉載，令王儒林顏面盡失、惱羞成怒。王勒令全團上下，一不准任何人出外應酬，以防再度發生意外；二要求嚴查究竟是誰洩露了這一細節；三是透過江派常委劉雲山掌控的宣傳口刪除這一消息。

當時《大紀元》分析說，打狗還要看主人，王岐山其實就是不給張德江面子。

6月12日，大陸官媒高調報導廣東掃黃四個月：「破獲涉黃刑事案件1121宗，打掉涉黃團伙214個，刑事拘留3033人」，其中特別提到東莞黃江太子酒店老闆梁耀輝正處於被逮捕階段。

梁耀輝是在張德江主政廣東時開始暴紅暴富，曾慶紅則被曝退休後常住東莞。不難看出，習近平陣營是在藉東莞事件警告張德江，並把矛頭指向江派二號人物曾慶紅。

張德江作為江澤民派系安插在政治局常委的「釘子」，過去在很多事情上一直和習近平唱反調，真正發揮了「釘子」的作用。比如 2013 年年初，習近平當局試圖取消備受外界詬病的、點中江澤民死穴的勞教制度，作為中共人大委員長的張德江一直拖延不辦；而習近平要廢除「刑不上常委」的規定，勾結老人黨反對、拖延的又是張德江；罪證確鑿的天下第一貪周永康案久拖不決，與江、曾保周派裡應外合的，也是張德江。

蘇榮被調查，很多大陸民眾感概說，幾個月前《新紀元》等海外媒體就報導了蘇榮將會落馬，當時蘇榮還出來「闢謠」，3月 6 日，蘇榮在兩會期間被問及被調查時，閃爍其詞，以「呵呵呵呵」作答，還在最後向記者說「謝謝你們」。儘管表現得「若無其事」，但不到 100 天其結局再次印證了那句話：中共所說的「謠言」，就是「遙遙領先的預言」。

也是在 2014 年的中共兩會期間，中共政協委員、原曾慶紅的祕書施芝鴻 3 月 5 日就打大老虎的問題上，向港媒表示，對於海外稱曾慶紅捲入周永康案，「這又是瞎掰，無中生有，空穴來風。」直接替曾慶紅發聲，不過現在有傳言指曾慶紅被軟禁，已經被很多人知道了。

第三節

廣州書記牽出四常委

廣州市委書記萬慶良（左）的落馬，促使與廣東有關係的四常委張德江、李長春、周永康、曾慶紅的腐敗內容再被翻出。（大紀元合成圖）

廣州書記萬慶良的落馬，顯示習近平陣營與江澤民集團在廣東官場的較量已經爆發。與廣東有關係的現任與前任的政治局常委張德江、李長春、周永康、曾慶紅等，其腐敗內容再被翻出，實質上都已經被「架在火上烤」。

2014 年 6 月 27 日，廣州書記萬慶良被查，此舉標誌廣東本土勢力遭受重大打擊。自從李長春、張德江主政廣東 10 年，廣東地方勢力很多都投向了江澤民集團。自 2007 年汪洋、2013 年胡春華主政廣東後，發起了對江派的多次清洗，以近日萬慶良落馬動作最大。

廣東本土勢力與江澤民集團合流

廣東本土的地方勢力主要分為客家、潮汕、廣府三大勢力，

其中又以「客家幫」勢力最大。

從 1990 年代起，中共意識到地方勢力過大會出現問題，開始壓制廣東地方勢力，李長春 1998 年空降廣東後，在廣東形成了「外來書記、本土省長」的模式，直到現在依然如此：書記是胡春華、省長是朱小丹（生在廣州的外省人）。

但是，自從 1998 年李長春、2002 年張德江主政廣東後，連續 10 年江澤民集團要員的主政，一度使得廣東的本土勢力漸漸都轉向江派。如：曾有「南粵政法王」之稱的陳紹基是周永康的鐵桿；目前以落馬的廣州書記萬慶良和周永康、曾慶紅走得很近；前廣東統戰部長周鎮宏的後台是李長春；現任廣州紀委書記、曾慶紅的姪女上位是被前廣州書記林樹森提拔；前廣東省長黃華華屬於江派等等。

在 2007 年汪洋接手廣東之前，整個本土勢力已經占據官場各個重要職務。

汪洋對廣東江派地方勢力動手

有報導稱，汪洋主政廣東後，也想清理東莞及廣東本土勢力高官，但廣東官場關係錯綜複雜，雖然汪也清洗掉了大批江派官員，最終只是觸及了部分廣東本土勢力的高官。汪洋執政廣東的時候，深圳原市長、江派官員許宗衡在 2010 年 8 月落馬，但許卻是湖南人，並不屬於廣東本土勢力。2009 年陳紹基落馬，其人屬於「廣府幫」。

以東莞為例，「客家幫」除了萬慶良外還有一代表人物倒向了張德江，當時汪洋想要觸及但最終未能成行。

胡春華向中央要人 廣東政治風暴近

據報導，早前中共中央第八巡視組向政治局常委會遞交報告，習近平下令，要查處廣東內部的問題。

胡春華主政廣東後，發覺廣東官場貪腐問題遠超乎想像，本地勢力結合江澤民集團「占山為王」，各大常委在粵均有代理人與資產，關係盤根錯節。報導稱，胡春華 2013 年 5 月開始三度向中央反映，期望中央增派官員「強化權威」。

因為習近平和胡錦濤陣營的聯盟，習親自點名工信部副部長馬興瑞南下擔任廣東副書記、政法委書記。馬興瑞是習近平妻子彭麗媛的鄆城老鄉，還是中央委員。

此舉終結了過去廣東的政法勢力都掌握在本土人手中的情況。廣東過去幾任政法委書記從陳紹基、梁偉發到朱明國，都是本土勢力。中南海此舉已經預示廣東將出現政治風暴。

中央第八巡視組也在 2013 年 10 月底進駐廣州軍區所屬珠江賓館，實際上封堵了廣東官員外逃之路。

東莞掃黃 事先只有少數人知情

2014 年 2 月份發起的東莞掃黃，其實針對的就是張德江和曾慶紅。東莞本來就是在張德江庇蔭下出現黃業發達的現象。

有消息稱，央視在 2 月份曝光東莞黃業問題之前，連本土勢力的省長朱小丹也不知道。廣東方面真正知曉內情的只有胡春華、副書記馬興瑞等少數人。

央視曝光之後，胡春華下令稱東莞要對全市進行拉網式排

查打擊。

省公安廳要在全省進行專項掃黃整治行動，「像 2013 年打擊毒品一樣掃黃，先治標，打出聲威，再治本。」公安部、廣東省公安廳派出工作組到東莞組織查處，連夜動用 6000 警力展開大掃黃。

萬慶良落馬 江派常委再被架火上烤

6 月 27 日，廣州書記萬慶良被查，具有特殊標誌。萬慶良一度被視為廣東省長的繼任人，雖然也曾經擔任地方團派的工作，但是總體與江派走得更近。

萬慶良曾是省長候選人，也是廣東「外來書記、本土省長」的模式的延續。但是，萬的落馬，使得這個模式極可能被徹底打破：即未來廣東省長、書記可能都會是外來者。

習江鬥在廣東，也以江澤民集團再次潰敗而告終。同時，江澤民集團的一眾現任和過去的常委，因萬慶良以及其他廣東官員落馬的案件，不斷被當局翻出把柄，被「架在火上烤」。

從目前來看，整個廣東的問題中涉及的前常委就有周永康、曾慶紅和李長春，現任常委中涉及張德江。

萬慶良落馬因揭陽窩案？

據陸媒的報導，萬慶良 2008 年升任廣東副省長，其搭檔陳弘平升任揭陽書記。陳此後靠著萬的關係，先後敲定了包括潮汕機場、中石油煉化項目、投資 100 億美元的烏嶼核電項目、中海

油 LNG 接收站、華潤電力等在內的重大項目。其中 2009 年底才最終獲得「路條」、首期投資達 585 億元人民幣的「中石油廣東石化煉油項目」，也與萬慶良有直接關係。而這些項目幾乎都是江澤民集團曾慶紅、周永康等人的控制領域。

此外，萬慶良早年任地方官時，為討好時任廣東政法王、省政協主席陳紹基，設法搭上陳的情婦、廣東電視台李姓女主播，並親自從香港買了一只價值 50 萬港幣的玉鐲，送給李。前「南粵政法王」陳紹基，是前政法委書記周永康的鐵桿。

屬於「客家幫」的萬慶良送禮給陳紹基的情婦，而陳紹基本人屬於「廣府幫」，萬的此舉當時一度被視為叛出客家幫，最終還是本土高官、江派黃華華出面為萬「擺平此事」。

萬慶良在主政揭陽的時候，為了討好時任書記張德江，迎合江派通過迫害法輪功而升官的政策，對揭陽的法輪功學員進行嚴重迫害，萬也因此被海外追查。

馬興瑞的職務調整或成風向標

萬慶良落馬當天，中共喉舌《人民日報》發布微博快訊稱，《人民日報》記者羅艾樺轉中共廣東省委常委會消息：廣東副書記馬興瑞兼任廣州書記。詭異的是，上述消息出現在中國各大網站其後又消失不見。隨後《人民日報》公布馬興瑞兼任廣州市委書記的消息未經證實。

近年來歷任廣州市委書記中，有朱小丹、黃華華、朱森林等幾人最終出任廣東省長。馬興瑞若真的兼任廣州市委書記，實際標誌著廣東省長將第一次由外來者擔任。

第四節

徐才厚案調查涉張德江

　　繼中共前政協副主席、上將趙南起被調查的消息後，廣東省紀委官網 2014 年 7 月 4 日公布廣東省金融辦原副主任、廣發銀行原董事長李若虹正接受調查。陸媒指李若虹也涉及深航收購案，且現在的調查都已涉及深航案背後的另一人物——原廣東省委書記張德江。

「財新網」：李若虹涉深航收購案

　　多項調查顯示被稱為中國「最壞私有化」的深航收購案仍在發酵。廣東省紀委官網 7 月 4 日下午公布，廣東省金融辦原副主任、廣發銀行原董事長李若虹正接受調查。據「財新網」的報導，年近花甲的李若虹，曾執掌原廣東發展銀行（後更名為「廣發銀行」，下稱廣發銀行）長達十年。在本世紀初發生於廣東的兩宗

商業大案中，均有李若虹的身影出現。

其一是廣發銀行 580 億元的不良資產處置弊案。

另一個則是被稱為「最壞私有化」的深航收購案，也出現了李若虹的身影。據「財新網」報導，2005 年初，深航其時的第一大股東——廣發銀行下屬廣控集團，有意出手 65％的深航股權。深航公司所有人李澤源發動一連串公關手段，將包括李若虹在內的諸多顯赫人物納入己方陣營。

按南方航空公司原副總經理李昆向警方供述的說法，李澤源最初並不認識廣發銀行的高管。為了結識時任行長的李若虹，李澤源設法查到他出差時的下榻酒店，與之會面。此後李澤源以 27 億元「天價」，如願從廣發銀行手中購得深航 65％的股權。

但深航資本大戲不足四年即告穿幫。2009 年年底，李澤源被警方拘捕。案情顯示：李澤源借錢收購深航股權，掌控局面後再逐步將深航資金倒出，以償還債務，實為「空手套白狼」。2014 年 1 月，李澤源因挪用資金罪被處有期徒刑 14 年。

入主深航後，李澤源繼續重用深航財務總監謝雲雙。熟悉深航事務的人士透露，謝雲雙與李若虹關係深厚。

「深航案」張德江已現形

被稱為「最壞私有化」的深航案，此前報導指牽涉原廣東省委書記張德江。

2014 年 6 月 5 日李澤源在最後一次庭審中供述當年深航競購內幕時提到，曾向廣東省政府的領導「打招呼」，而此前所有的深航報導都指是李澤源找到了前廣東書記張德江，張因此而涉

案。這也是在中共官方推出深航大案後，第一次得到了當事人的間接認證。

早前報導引用知情人士的話透露，時任廣東省委書記、現任政治局常委張德江，當年對深航股權拍賣亦非常關注，甚至親自過問，最終導致李澤源入主深航。2005 年得到深航競標之前，李澤源的公司本無競標資格，但是李找到張德江，結果其公司非但被認定具有競標資格，還擊敗了同時競標的國航，成功拿到了深航的主權。

此前的報導稱，曾三次入獄的李澤源如何能掌舵深航，四年時間給深航留下近百億的財務黑洞，其幕後不僅涉及江澤民的姘頭宋祖英的妹妹宋祖玉，連目前已落馬的徐才厚以及中共現任政治局常委張德江也深涉該案。

李澤源被指曾是趙南起的警衛

據近日的報導，趙南起在其女兒和早期警衛參謀已被查實涉嚴重經濟犯罪後，親自出面向徐才厚求助，徐才厚直接收受了以趙女兒為首的經濟犯罪團伙的巨額賄賂而出手「撈救」。

外界猜測，趙南起的這名神祕的「早期警衛參謀」，很有可能就是 2013 年深航案的主角李澤源。

據大陸媒體《南方周末》披露，李澤源曾擔任某位軍委「領導人」的警衛員。李澤源小學三年級輟學，14 歲謊報 16 歲參軍，「被安排在軍委領導身邊工作」，幫其擦皮鞋，整理衣服，調整汽車內溫度，叫其起床，等其看完新聞吃完早飯，再送其去辦公室。

網路的消息全都指向，李澤源侍候的「領導人」就是當時的軍委委員趙南起，李澤源很可能就是趙南起向徐才厚求助要「撈

救」的「早期警衛參謀」。

傳張德江老上級被調查

據媒體報導，當年為完成對深航股權的競購，李澤源在 2005 年 3 月匆匆成立了項目公司「匯潤公司」，註冊資本 1000 萬元，由李宜時（即李澤源）、趙麗、秦睌江、宋祖玉四名自然人股東發起，其中李澤源個人持股 89%。

據悉，股東趙麗就是趙南起之女。趙南起卸任前是中共政協副主席，位居中共領導人行列。而趙南起正是張德江的政壇老上級，令這宗收購案更加錯綜複雜。

有報導稱，文革結束後趙南起擔任中共延邊自治州委第一書記，「發現」了延邊大學副校長張德江，將他帶入政壇。知情者說，張德江後來擔任民政部副部長、延邊州委書記、吉林省委書記，趙南起都是背後重要推手。此外，趙南起還是已被開除的前軍委副主席徐才厚早年在吉林省的第一個提拔人。

7 月 1 日的海外報導披露，中共前政協副主席趙南起一直被中共中紀委調查。據悉，趙南起涉嫌對其子女及過去部下嚴重經濟犯罪「知情不報」甚至說情庇護。

而「財新網」李若虹涉深航收購案的報導，又將當年李澤源打著趙南起的旗號，去求張德江，使得時任廣東書記的張德江，在深航競標資格等問題上動用權力，讓其老上級的部下李澤源入主深航的歷史被翻了出來。

如果李澤源真是趙南起要「撈救」的「早期警衛參謀」，那麼徐才厚和張德江都牽涉李澤源案。徐才厚下台已經被報導很可能

部分和李有關，張德江在深航案上的把柄也因他而落入當局手中。

張德江勢力範圍被清洗

張德江是江系人馬，1999 年江澤民發動迫害法輪功後，張德江迎合江澤民，在廣東不遺餘力地迫害法輪功，為自己在江澤民集團內部謀取繼續往上爬的政治資本。在其任職期間，廣東省是法輪功遭受迫害較為嚴重的省分之一。

中共「18 大」上，胡錦濤為保中共不立刻崩潰而達成權力平衡，張德江等三名江派常委入常。但實權則掌控在習近平、李克強、王岐山三人手上。

此後在習、李廢除勞教的問題上，有報導稱張德江挾人大進行對抗，故意拖延。中南海隨即拋出「深航案」，張德江的醜聞被曝光，警告意味濃厚。

2014 年 6 月底落馬的廣州市委書記萬慶良也被曝與江派人馬周永康、曾慶紅、張德江有關係。

廣東此前一直被江派人馬李長春、張德江所把持，是江派的一大窩點。汪洋於 2007 年至 2012 年任廣東省委書記期間，在廣東圍剿江派勢力，包括江系前廣東省委書記張德江、李長春的舊部。中共「18 大」，胡春華接任廣東省委書記，延續前任汪洋的動作，繼續對廣東官場江派進行清理。

據港媒報導，胡春華調任廣東之後，習近平特別關注廣東反腐，並要求將陳年老帳徹底結清。2014 年初，港媒披露了習近平關於揭廣東官場蓋子的祕密指示。

第五節

給江慶生 搞港遊行鬧劇

　　第一節講到身為中共人大委員長、名義上的第三號大佬、主管香港問題的頭號人物張德江，於 2014 年 7 月 19 日南下深圳，3 天內與香港特首梁振英、香港六大商會、建制派自由黨、經民聯、新民黨及民建聯等的核心成員進行了 10 場正式會面，不過出人意料的是，習近平辦公室並沒有允許官方媒體給予這次出行應有的政治局常委規格報導，官媒「新華網」沒有報導，「人民網」只是轉載了中新網香港記者發在「港澳欄目」中的小文章。

　　當時人們只看到，江澤民集團日漸潰散，在江派第二大佬曾慶紅被祕密抓捕關押後，名列第三的張德江不得不走到前台，南下深圳公開力挺江派在香港所培植的祕密特務梁振英。這也是江澤民南下深圳 2 個多月後，張德江南下深圳力挺梁振英，公開和習近平唱反調。不過張德江到深圳到底對香港親共團體的首領們談了什麼、安排了什麼，當時外界都不得而知。而等到 8 月 17

日江澤民過 88 歲生日時，這個謎底就揭開了。

香港是習江博奕的主戰場

2014 年 8 月 17 日周日，香港親共團體策畫了一個號稱十多萬人參加的「反佔中」遊行運動，反對香港市民提出的「佔領中環、爭取普選」的「佔中」運動。中環是中聯辦等大陸官方機構所在地點，對於下一屆香港特首的選擇，香港民眾要求實行一人一票的普選，而不是由中共小圈子進行的變相指定。但香港民眾的這種心願，卻被張德江、劉雲山等江派人馬在 6 月 10 日拋出的香港白皮書所顛覆，白皮書變相剝奪了港人治港的鄧小平政策，從而令港人極端憤怒，結果引發了近 80 萬香港人參與的公投，以及 51 萬人參加的「七一」遊行。白皮書發表僅 4 天後，江派副國級官員、中共政協副主席蘇榮落馬，外界稱這是習近平回擊江派的香港攪局，旨在打擊江派吉林幫，敲打張德江。

（更多詳情請看新紀元出版的特刊 4《習江曾 戰火延燒海外：香港綁上中南海政爭戰車》。）

據《大紀元》集團獨家獲悉，張德江那次南下深圳、廣泛會見香港地下黨組織的首領，主要就是為了安排「反佔中」運動，一是給一個月後的江澤民生日「送大禮」，二也是滿足江派人馬生死存亡的需要：利用香港最後這塊依舊掌握在江派手中的「最後根據地」，挑釁習近平陣營，以雙方列陣的方式擺出決戰架勢。據悉遊行前，香港各種協會特務頭目還被召集到深圳祕密開會，布署這次遊行，與會者在開會前手機都被收走，非常保密。

　　不少大陸民眾不關心香港的政局，認為離自己太遠，不過關心中共政局的人一定不能忽視香港政局的變化，因為香港是中南海兩派博奕的最後主戰場。

　　以前江派人馬還控制大陸一些省分，比如周永康原來掌控的四川省、新疆自治區，曾慶紅掌控的上海，江澤民心腹季建業掌控的南京、羅志軍掌控的江蘇、冀文林、譚力、蔣定之掌控的海南，萬慶良掌控的廣州、還有薄熙來的同盟秦光榮掌控的雲南、蘇榮控制的江西等，隨著周永康、蘇榮、萬慶良等人的落馬、曾慶紅被祕密關押，剩下的江派人馬都不敢出頭了。

　　周永康被拿下後，大陸所有省分都公開表態支持中央拿下周永康，儘管有些省分表態很遲緩，有的表態措辭很特別，如上海的韓正在擁護習近平的同時，還抬出胡錦濤的科學發展觀來「對付」習，海南省的表態中找不到「與中央保持一致」的話語，但畢竟他們都公開宣布支持中央懲罰周永康。

　　唯獨香港還掌控在江派手中，那裡畢竟是曾慶紅「苦心經營」了幾十年的老地盤，於是香港成了江澤民反撲習近平的最後一張牌。2014 年 6 月 10 日，江澤民下令讓張德江、劉雲山推出所謂《香港白皮書》，目的就是激怒港人，讓北京當局難堪，從而亂中搞事。

　　不過就在江派一系列動作之後，習近平這邊也採取了很多措施，比如 6 月 27 日中紀委宣布調查廣州市委書記萬慶良，3 天後的 6 月 30 人，在宣布徐才厚被開除黨籍並移送軍事法庭審判的同時，也正式宣布萬慶良被免職。萬慶良其實是曾慶紅在香港安插的各類特務的主要聯絡人，廣州也是香港江派人馬的大後方。萬慶良被抓後，江派對香港的控制力就大大減弱。

江派耗資上億 「反佔中」撕裂香港

2014 年 8 月 17 日的反「佔中」遊行（左圖），警方宣稱有 11.18 萬人，民間統計只有 8 萬多。而 2014
年 7 月 1 日大遊行（右圖），民間估計有 51 萬人參加，但梁振英控制的香港警方宣布只有 9.8 萬人。
不過同一地點的現場照片對比，數據真假立判。（大紀元）

　　江派人馬在香港開始行動，策畫出了一系列違背香港民意、
旨在撕裂香港的事，特別是 8 月 17 日江澤民生日這天的「反佔中」
運動，從早上的跑步、中午的獻花、到下午的遊行，整個一齣鬧
劇出籠。

　　據主辦方聲稱，有 1500 個團體參加，香港親共的建制派、
曾慶紅培植的地下特務等，都使盡招數拉人來參加遊行，被梁振
英控制的香港警方也積極協同，宣稱「反佔中遊行」有 11.18 萬
人從維園出發，遊行組織者「保普選反佔中大聯盟」則宣稱遊行
有 19.3 萬人參加，不過，香港大學民意研究計畫在灣仔軒尼詩道
與軍器廠街交界的行人天橋點算，推算出遊行的總人數僅介乎 7.9
萬至 8.8 萬之間，而且這 8 萬人中很多是從大陸用錢買來的。

　　2014 年 8 月 17 日的反「佔中」遊行，警方宣稱有 11.18 萬人，
民間統計只有 8 萬多。而 2014 年 7 月 1 日，民間估計有 51 萬人

參加，但梁振英控制的香港警方宣布只有9.8萬人。不過同一地點的現場照片很能說明問題。

這個由上千個親共陣營工商、勞工、政治團體組成的「保普選反佔中大聯盟」對外宣布，早上先在中環舉行「萬人跑步上中環」活動，警方為此封閉了一條行車線，但香港傳媒報道現場參加人數稀少，不足500人，主辦單位稱有1500人參與，警方估計有880人。從一萬人到不足500人，反差很大。在中環遮打道行人專區的反佔中「獻花」，也同樣是人丁稀少。

等到了遊行時，原計畫2時從維園出發，也許是因為大陸來的人想早點回家，遊行提前了半個過小時。現場民眾看見，參加遊行的大部分是與大陸有關的社團，如深圳、廣西、惠州、廣東潮汕、湛江市等等，他們都是一團團前來，有的坐巴士，有的坐地鐵。

據港媒報導，遊行前後多個親共團體在酒樓包場，據報維園附近至少7間酒樓共預訂了逾200桌，向參加遊行的會員提供膳食。據消息人士稱，這次活動的籌委會主要是由「鐵票」福建幫牽頭。由於萬慶良的落馬，原來唱大戲的廣州人退下來了。

香港市民陳先生對《大紀元》記者表示，一位跟中共關係很近的福建朋友游說他去參加「817」反佔中遊行，說一個人有500港幣的報酬，而且遊行後還有專車載去吃一餐。也有一位香港媒體業廣告員洪女士說，有人她叫去參加「反佔中遊行」，有300報酬，不過這位女士回答說，絕不會幫共產黨抬轎；還有一位《大紀元》的女讀者也收到類似的邀請，她直言給2000元也不會去。

據觀察，這些親共社團都曾有組織地對長者進行「教育」，並按團體穿著不同「制服」，但仍有遊行參與者根本不知道遊行的目的，有的回答記者提問時說是來「保佔中」的。

英國《金融時報》以《香港親中遊行惹來偽造人群指控》為題報道說，這次遊行有用金錢賄賂人的，遊行人數存在虛報、以及遊行中的大陸人比香港還多等虛假情況，比如報導說，「深圳社團總會」安排了多達 2 萬人參與遊行，每人獲發 300 元及免費午餐。美國有線電視新聞網（CNN）也報道稱，有錄像片段顯示有人向參加者遞鈔票；還有照片顯示遊行人士在酒樓享用免費午餐。

商會領袖：耗資一兩億來撕裂香港

據《大紀元》網站報導，某商會領袖透露說，他收到梁振英副手親自打電話，「讓我站出來反佔中。」而中共港區全國人大代表、前立法會主席范徐麗泰等亦拉他出來，但該商會領袖以自己立場中立婉拒，直言：「反佔中令香港社會撕裂，只會令香港更加亂，不想香港變成和大陸一樣。」

他說，今次有中聯辦幕後協調，亦有不少地下黨組織全力活動，「基本上香港地下黨商會都出來了」，還有不少紅色富豪給錢支持，「每個人派錢 200 至 400 元，之後還有獎賞，保守估計每人 600 元，10 萬人就是 6000 萬，還有簽名都要給錢，以及包酒樓、宣傳等等，至少一、兩億。」「以前立法會選舉都沒有動用這麼多人力、物力，足以證明今次中共的恐懼。」

不過他說，參加「反佔中遊行」的頭面人物寥寥可數，真正的大富豪沒有幾個真的站出來。早前梁粉富豪羅康瑞只是簽名而已、霍英東孫子霍啟剛也只是陪周融參加記者會，但遊行時候都「縮沙了」（退縮），估計只是幕後付錢。

習借器官話題點江澤民死穴

8 月 17 日張德江謀畫的這齣鬧劇剛一結束，習近平當局就至少出手了三個外界能夠看得見的回擊。

第一，8 月 18 日早晨 6 時 50 分，中共官媒「新華網」就發表報導《中國將嚴查違法買賣人體器官 器官捐獻將建監管體系》，報導說，將建設全面立體的人體器官移植監管體系。此消息引起國際高度關注，這是中共官方首次間接承認中國大陸確實存在「人體器官的非法買賣、私下分配，及移植死囚器官」等罪惡。

特別值得留意的是 18 日傍晚 17 時 50 分，親習近平陣營的「財新網」馬上跟進報導說，據國家衛生計生委統計，中國每年約有 30 萬人需要器官移植，但僅有約 1 萬人能夠真正完成移植，器官捐獻不足是主要原因之一。文章暗示中國存在黑器官來源。

第二，8 月 18 日北京警方突然高調對外宣布，香港影星成龍的兒子房祖名吸毒被抓。其實成龍兒子 4 天前就被抓了，但此事一直沒有公開。按中共以往慣例，這類事發生了，警方敲詐點錢財，或關十幾天也就放人了，並不會這樣公開宣布，而且還在電視上大肆宣傳。成龍與江派人馬關係很近。

第三，8 月 18 日，中共官方通報兩名官員被查，分別是南京市溧水區區委書記姜明，和江蘇連雲港市副市長、公安局局長陸雲飛，此人另一職務是連雲港市「610」主任。

江澤民與習近平衝突根源

江澤民與習近平最大的衝突根源是，江在 1999 年 7 月 20 日

發動了對億萬法輪功群眾的殘酷鎮壓，因為欠下血債太多，江澤民生怕失去權力後遭到民眾的清算，於是一直利用各種方式從胡錦濤、習近平手中搶奪權力，甚至不惜發動政變和策畫暗殺。光外界知道的，習近平就三次差點被周永康暗殺。

no zuo no die「**不做不死**」

據大陸官媒報導，就是香港大遊行之前的 8 月 8 日，廣東紀委書記黃先耀在全省第 13 期領導幹部「黨紀政紀法紀培訓班」上給廣州官員敲警鐘，稱要「認清形勢，明確責任，嚴明紀律，要守住底線，不越紅線，不碰高壓線」，最後黃還用網路用語告誡與會幹部：「no zuo no die」。

8 月 17 日是江澤民的生日，8 月 22 日是鄧小平的生日。習近平陣營高調「紀念」鄧小平之際，沒人理睬江澤民，於是張德江搞出香港大遊行來生祭黑老大江澤民，擺出一幅要和習打擂臺的姿勢。

很明顯，張德江和習近平幹上了，就如同 2012 年 8 月的周永康一樣。

第三部｜張高麗太貪

第十四章

借政府名義
貪百姓錢

張高麗的貪婪在中南海圈子裡很是出名。繼涉天津千億資金私募詐騙大案後，又被曝從主政深圳時在濱海大道項目中工程貪腐，賺了幾個億。濱海大道兩邊的石頭都是採購自他老家福建晉江石潘徑村，這就是廣為流傳的「高麗石」……（Getty Images）

第一節

學歷、女婿 醜事一籮筐

中共 18 屆政治局常委的七人中，無一具有歐美留學背景。聲名狼藉的張德江與張高麗兩人都曾留學北韓金日成綜合大學，但張高麗卻在簡歷中隱瞞了這段經歷。而且張高麗的長相很「特別」，以至於幫他拍照成了攝影記者的苦差事。而他的女婿親家更是「有名堂」。

張高麗曾留學北韓

18 大常委名單公布後民間戲稱，金日成的朝鮮大學打敗了美國的哈佛大學，入常呼聲很高的哈佛受訓生、前哈佛校長得意門生李源潮，敗給了兩名曾留學金日成綜合大學的張德江和張高麗。

海外知名經濟學者何清漣在推特爆料說：「我查了一下，張高麗的簡歷上現在只寫其廈門大學學歷，不寫其金日成大學的短

期受訓（相當於二年制研究生學歷）。這一點，當時在深圳可是作為坊間笑談，認為是其保守由來。但張德江的大學學歷仍然保留了金日成綜合大學，估計是抹了這段就連大學也未畢業。」

18 大前，天津薊縣一場大火讓張高麗更加臭名遠揚，其名中的「高麗」二字也成為民眾調侃的話題：張高麗與「高麗人」有關聯（「高麗人」通常指朝鮮族人）。

陰險打壓輿論「美化」個人

何清漣曾在《深圳法制報》任專稿部副主任，對曾任深圳市長兼市委書記的張高麗的醜聞知之甚多。

2000 年張高麗任深圳市委書記期間，何清漣發表了《現代化的陷阱——當代中國的社會經濟問題》，引起社會各界的強烈反響。但深圳市奉中共中宣部命令對何清漣採取「隱形封殺」，傳達時沒文件，且不准與會者記錄和錄音。何清漣被毫無理由地調離職位，不准發表任何文章。在遭受長達一年半的全天候監視後，何清漣於 2001 年赴美。

何清漣曾透露，張高麗主政深圳期間忌諱很多。他的臉一邊大，一邊小，所以媒體只能從一個角度給其拍照，如果記者從另外一個角度照，照片要是見了報，第二天早上他的祕書可要把報社的總編罵得狗血淋頭。

為張高麗攝影的記者都感到是一種苦差，如果拍得沒讓張高麗滿意，輕則就是要挨批評，重則要被處罰——寫檢討，還被扣發獎金、工資等。張調到山東後惡習不改，據山東跑時政的電視記者透露，張高麗因為臉上某個地方有疙瘩，就要求電視台拍攝

時，個人鏡頭不能太大，結果每次拍攝出來的鏡頭都是人物小之又小，背景大而又大，被電視台指責構圖不合格。

乘龍快婿因裙帶而飄揚

何清漣還介紹說，為了為家鄉親戚謀福利，張高麗任深圳市委書記期間，將深南大道人行道的彩色地磚都換成大理石，下點小雨路面就滑，很多行人摔跤，市民怨言頗多。

張高麗還把女兒張曉燕嫁給香港商人李聖潑，李聖潑和父親李義賢是信義玻璃的大股東，憑藉這個裙帶關係，李家在深圳發了大財，李聖潑現任香港聖德集團主席、匯科公司董事長、深圳浩天投資公司董事長，兼任深圳市政協委員、深圳市企業家協會副會長。

第二節

依託石油幫 抱緊江澤民

石油幫起家 幫江之子強占 500 億

　　張高麗（1946 年 11 月～）文革中在廈門大學學習，當時停課鬧革命無書可讀，1970 年分配到廣東茂名石油公司當工人，一直在石油系統工作到 1985 年，後升到石油部茂名石油公司副經理、中國石化總公司茂名石油公司經理的位置，受到時任石油部外事局副局長、南黃海石油公司黨委書記的曾慶紅，以及曾任石油部副部長、中國石油天然氣總公司總經理周永康的賞識。

　　「石油幫」在中共政壇上實力雄厚，曾慶紅、周永康、張高麗等都是「石油幫」代表人物。作為國家能源命脈和最大的國有企業，石油行業一直是中共最腐敗的領域之一。「石油幫」長期操縱油價、壟斷暴利而遭到民眾唾罵。中國石油化工集團公司總經理陳同海因貪污受賄 1.9 億元，2009 年被判死緩，是胡錦濤整

肅「石油幫」的前奏。

　　張高麗緊跟江派廣東省委書記李長春，受到江澤民、曾慶紅的重用，從茂名市委副書記一躍升為廣東省副省長、深圳市委書記，成了李長春的「鐵哥們兒」。2000年江澤民在張高麗起家的廣東茂名首度發表「三個代表」講話後，隨即赴深圳考察。

　　張高麗主政深圳之時，他把女兒嫁給了有「玻璃大王」之稱的港區中共政協委員、信義集團董事局主席李賢義之子李聖潑，李家祖籍就在晉江的隔壁石獅，這椿官商聯姻至今被晉江人津津樂道。

　　據披露，靠張高麗親家的關係，李賢義父子在深圳投入房地產和股票市場，在深圳龍崗區拿了不少地，財富迅速膨漲，李聖潑從深圳農產品公司手中收購了逾10億的「民潤」連鎖超市等。李聖潑現任聖德集團董事局主席、匯科公司董事長、深圳浩天投資公司董事長，兼任深圳市政協委員、深圳市企業家協會副會長。其父李賢義2010年當選為「影響深圳30年的港商領袖」。

　　張高麗主政深圳期間，除了聯姻港商親家，還與香港首富李嘉誠家族建立了特殊關係。《多維》月刊曾披露雲南省委組織部長辛桂梓爆料：通過張高麗的擔保，李嘉誠由其兒子旗下電信盈科給了江澤民兒子中國網通500億資金，被江綿恆占為己有匯往國外，江成立信息產業部整合幾家國有通信公司，最終幫小網通填補虧空，江把京城最好的地塊東方廣場給了李作為回報。

　　張在任深圳市委書記期間，屬下怨聲載道，有點壓不住陣腳，江澤民兩次在廣東省委常委座談會、彙報會上，對張讚賞有加。香港《爭鳴》雜誌報導，16大籌備領導組到廣東考核時，廣東省委提出：深圳黨政機關腐敗、公安腐敗，經濟秩序、社會治安混

亂，深圳國土、稅收、資金外流等，張高麗有不可推卸的責任，
但卻被江壓了下來。

曾任《深圳法制報》編輯的何清漣撰文指出，當年她出版《現
代化的陷阱》後，張高麗立刻指使法制報社負責人：「調查何清
漣的經濟問題。她在報社做了這麼多年，當過幾個部門的主任，
不信她就不拿紅包。只要一經查出，就立刻以腐敗為由曝光，在
政治上整垮她。」為羅織她的罪名，當局還設置了其他陷阱，在
遭受長達一年半的全天候監視後，何清漣 2001 年赴美。

江澤民為了讓姘頭黃麗滿叼上深圳市這塊肥肉，據知情人
士透露，江一度欽點張高麗到中共中央辦公廳任副主任兼中組部
長，作為進中央書記處的過渡，後來江改了主意，將山東省委書
記吳官正上調中央，把張高麗空降到山東先任代省長、省長，再
升任省委書記，張對江感激涕零。黃麗滿 2001 年繼張高麗後任
深圳市委書記、廣東省委副書記。

主政山東聲名狼藉 是掩蓋真相好手

香港《爭鳴》雜誌披露，張高麗調到山東省後，廣東對張高
麗的舉報，從未間斷過，但均如石沉大海無下文，僅由省紀委傳
達中組部的意見稱：中央會核實的。

三中全會前夕，作為山東省委書記的張高麗被中紀委給予黨
內警告處分，主因是他利用職權，搞幫派活動，以鞏固他在山東
的地位；再有，就是他頂風另搞一套。據悉他多次下令，把山東
省國企工潮、社會抗爭潮壓下，不讓上報，還下令阻止幹部向中
央信訪、舉報。

　　張高麗把省委、省政府向中央報告中，有關農民暴動、示威、國企工潮、社會各界提出黨政部門腐敗、政府參與沿海走私等問題，統統一筆抹掉，張還當著省委常委們的面，訓斥省委辦公廳主任說：把問題都寫上，那不是一片漆黑了麼，還要書記、省長、常委、主任幹什麼！

　　2003 年 4 月 6 日、9 日兩天，山東省青島市政府七個部門的小金庫被撬，竊去現金、外幣、匿名存摺，價值 2 億 1000 多萬元。張高麗曾下令：不擴散、不議論、不猜測。

胡錦濤質問「這是逼農民造共產黨的反」

　　2003 年 12 月，胡錦濤帶領中央部委幹部到山東視察，張高麗安排他到淄博、萊蕪等經濟發展較好地區，但胡未去，而是選擇了荷澤、聊城地區。胡走訪了幾戶農民之後說：「我不敢相信，也不願相信，但是眼前確確實實是農民現狀，一片清貧景象：他們還住著 80 年代中期救災物資建的臨時住房；270 多戶的村子，有 300 多名適齡學童，僅有 52 名能進入小學讀書。」

　　荷澤、聊城地區並不是山東最窮的地區，是山東經濟中等的地區。胡錦濤也到了秋季黃河水災的災區東明、鄭城二縣，並特意造訪了這兩個縣的縣委書記和縣長的豪華住宅。

　　胡錦濤問陪同他的省委書記張高麗、省長韓寓群：「這一情況，你們有沒有了解？有沒有下去搞調研？縣幹部住的豪華住宅恐怕比解放前的大莊園主，也毫不遜色。這錢從哪裡來的？這是從農民血汗中占有的。這是什麼性質的問題？」張高麗回答說：「這是腐敗，瀆職行為。」胡錦濤說：「說明白些，是違法犯罪，

是欺搾農民，要逼農民上梁山，造共產黨的反。」

山東省 2003 年發生了 55 起衝擊、占據縣黨政機構事件，嘉祥、巨野、冠縣都曾發生農民暴力和公安、武警抗擊事件，造成了上百人傷亡。中共中央派出了調查組赴當地進行專案調查，當地縣委都被撤職查辦。山東省政府曾對事件作了檢查，但被國務院批回，責令再作檢討。

胡考察期間僅在山東三天，就收到了 570 多件函電，舉報當地黨政部門黑暗、當地官員濫權欺壓農民的罪行。在聊城市莘縣，有 1500 多名農民和村幹部，高呼攔住胡錦濤車隊，胡下車親自接了農民的請願舉報信，當場向農民承諾解決。

胡錦濤在山東省委常委會議上，當面責問張高麗：「一年來親自到縣、鄉搞過幾次調研、考察？」張支支吾吾答道：「到過四、五個縣。」胡拿出他們 2003 年秋季關於「三農」情況寫給中央的報告說：「這類報告究竟是經調研考察後，還是閉門造車，作為例行公事向中央交的『成績』？農村的農民處於官逼民反危機，難道還無動於衷嗎？」

中紀委查張高麗貪腐 非法對陳光誠判刑

2004 年，前山東省委書記姜春雲回山東考察法制建設，在省委常委會議上張高麗依然大唱高調，提出要建立「法治、理想、文明、廉潔、特色」的柔佛巴魯東。姜春雲當即予以駁斥，批張「別出心裁，不求真務實」。張高麗反駁說：問題好多都是十年前積壓的。

香港《動向》雜誌披露，山東省的副省級幹部有 174 名，張

高麗上任不到一年，就提了 75 名，封官許願、提拔親信。張被舉報在深圳曾挪用公款，設立五個匿名存款帳戶，存款有 3000 多萬元，中紀委責成張高麗提交事件報告。

2004 年因為舉報太厲害，中紀委不得不找張高麗談話後，讓把貪占的吐出來一些，結果在反覆工作下，張高麗才勉強陸續上交了以 5000 元購入的一幢別墅、兩塊勞力士手錶、多幅歐洲油畫，價值 300 萬多元糊弄了事。

2005 年初，山東省濟南、青島、煙台等地的黨政機關，都出現了揭發張高麗經濟、生活作風、家屬腐敗的傳單，網路上也出現了這類的帖子。張隨即展開追查傳單的源頭，準備予以「法律」制裁。結果查來查去，卻發現張高麗的問題更多了，他趕快叫停。有 80 多名人大代表、黨代會代表，分別聯署要求中紀委、省人大常委會罷免、彈劾張高麗，指其腐敗、腐化。

2012 年 4 月 26 日，山東盲人維權律師陳光誠逃脫公安軟禁進入美國駐北京大使館事件，震驚中外。山東省委書記張高麗正是判刑陳光誠入獄的責任人，陳光誠因揭露野蠻計畫生育，2006 年被山東地方法院判刑四年三個月。北京維權律師高智晟 2006 年指出：山東的中共頭子張高麗及其得力幫凶，針對一名堅持說真話的盲人一家所幹出的醜行，將成為人類未來有記憶的時代的永遠被唾棄的醜惡紀錄。

八人大轎抬江澤民 胡錦濤怒放陳希同

張高麗 1997 年調到深圳當市委書記，經江澤民的情婦、時任深圳市委副書記黃麗滿介紹，攀上江澤民的大腿，才開始進入

官場快車道。張高麗任深圳市委書記期間，江多次南下深圳，對張的低調、擅於溜鬚拍馬、表面上看似老實忠厚、不擅言談的性格很欣賞。

2000 年 2 月，江澤民到廣東考察，在張高麗曾任職的茂名發表「三個代表」（即中共「代表先進生產力、代表先進文化前進方向、代表廣大人民根本利益」）講話。江的「三個代表」是所謂「江澤民理論」的精髓，張因此沾光。

不過，江澤民真正看中的是張高麗違背良心，跟隨自己瘋狂鎮壓法輪功，海外報導的第一個迫害致死的法輪學員陳子秀，就是在 2000 年 2 月的山東濰坊被活活害死，張高麗執政時期的山東，是迫害法輪功最嚴重的地方之一。

有江澤民的看中，張高麗開始高升。2001 年，張即調任山東省長，停滯多年的官運終於重啟。2006 年已退位的江澤民要登泰山，主政山東的張不顧正值「五一」假期，下令泰山「封山兩天」，並要地方領導班子和官員「列隊歡迎」，訓示下屬稱江澤民「是全黨、全軍、全國人民最敬愛的領袖」，將江與毛澤東放在同等位置。又特備八人大轎，抬江上山，自己則緊跟其後，恍如古代皇帝出巡。

當時胡錦濤正在國外訪問，聽聞大怒，本打算將張先調往中石化後再雙規，無奈考慮到江還掌握軍權，只得隱忍。

胡錦濤一怒之下，將 1995 年因反江而被江澤民以貪污罪名判刑 16 年的前北京市委書記陳希同「保外就醫」，陳一出來就對江的迫害提出申訴。而在 16 大前被江澤民判刑 15 年的朱鎔基親信朱小華也被保外就醫。

章丘市百脈泉公園裡有一座始建於明朝景泰元年的龍泉寺，

1996 年重修時，一面寺院黑瓦紅牆上鑲嵌了巨型雕刻大字「真、善、忍」。山東幾年前迫害法輪功情況嚴重，也沒有人提出要毀壞這面牆。這次張高麗為討好江澤民，「五一」前夕 4 月 29 日一早趕快派人把那面牆上的「真、善、忍」大字用水泥糊上，然後塗紅。

第三節

天津情婦醜聞 薄案來回變

升天津市委書記時遭抵制

張高麗在民眾中的形象一直不好。據《爭鳴》報導，2007年3月25日，就在中組部宣布習近平任上海市委書記的第二天，中組部在天津市委擴大會議上宣布張高麗任天津市委書記時，會場上170多名區局級幹部以冷場表示抗議。中央政治局委員、原天津市委書記張立昌只好解圍：「我提一個心願，希望大家今後在各自崗位上如往日支援、配合我工作一樣熱忱、盡職支持、配合張高麗同志。如接受我的心願和希望，請鼓掌。」

會後，12名市委委員（占全體市委委員的三分之一）聯署致函中央政治局，請求公布張高麗在廣東省政府、深圳市委、山東省委期間的工作政績、個人自身建設和生活作風、社會民意評價。

3月26日上午，市委辦九條電話線都被市民查問占線，市民責問：張高麗何德何才一而三晉升？張高麗把深圳黑、假、虛一套移植到山東，連自己親屬都管不了，還要管理直轄市？

主政天津被爆涉公共情婦

張高麗調任天津市委書記後高調反腐，隨即著手清除李瑞環的勢力。調到山東當省委書記、李瑞環的前祕書李建國，抓住張高麗的舊屬、濟南市人大常委會主任段義和指使市公安局副隊長炸死情婦柳海平一事，也大張旗鼓地高調反腐，對張來了一次反制行動。

段義和為情婦濟南市國土局公務員柳海平在濟南購買了四套房、兩輛車，但最終不能忍受柳多次以結婚要挾，動了殺機，由其侄女婿、市公安局副隊長安排炸藥，製造了7月9日爆炸案，柳海平被炸身亡。後來警方發現柳生前與段義和的親密合影，段義和一個月多後就被執行死刑。

2007年爆發的「公共情婦門」案牽涉多名政治局委員，被判死緩的前雲南省長李嘉廷的情婦李薇供出：她的情人中副省部級以上高官就有11人，與她「過從甚密」的有張高麗、俞正聲、陳同海、財政部長金人慶、國安部長許永躍、青島市委書記杜世成、北京副市長劉志華、最高法院副院長黃松有、國家開發銀行副行長王益、公安部長助理鄭少東等。

張高麗主政天津後，他的祕書張曉東種種惡劣表現，讓許多天津人非常反感，被稱為天津「第一猛男」。據悉，市委市政府及部門很多人被張曉東罵過，天津市委分給他一套房子，但他從

未住過，一直私下住在一些老闆們安排的天津水晶宮、喜來登等幾個大酒店的包房裡，有專門安排的小姐伺候，經常桑拿、歌舞昇平。當地人感嘆：奴才的德行是主子的鏡子和影子！

張高麗治下的天津公安隊伍腐敗也是市民熱議話題，天津有民謠：「窯子全是公安開，賭場打的警察牌。」天津公安鎮壓維權訪民更是肆無忌憚，天津市公安局製造了「5·15」非法拘留事件，有幾十名天津訪民在中紀委抗議司法腐敗，被天津截訪人員嚴重打傷，押送天津非法拘留，目前仍有部分訪民被非法拘押，其中訪民趙彥勇被非法勞教一年。

張高麗緊跟薄熙來唱紅歌

張高麗緊跟薄熙來唱紅歌不遺餘力，據天津市文明辦通報，2009 年 9 月，天津市舉辦了「萬人歌詠大會」，市委書記張高麗等中共官員領唱紅歌，從 5 月份以來僅四、五個月，天津全市各區縣、系統先後組織了 2 萬 3000 餘場次、380 萬人次參加的各類唱紅歌活動。2010 年 6 月，由 200 多人組成的「將軍合唱團」在天津音樂廳演唱紅歌，市委書記張高麗出席並講話。

17 屆五中全會前夕，薄熙來帶領重慶市黨政代表團考察天津，實為政治攻關，受到天津市委書記張高麗熱情接待，薄肉麻吹捧張，張高麗稱讚薄「打黑除惡成效顯著」，並說：「前不久，天津黨政代表團到重慶考察，受到了很大震撼，受益匪淺。」前香港《文匯報》駐東北辦事處主任姜維平對此表示，這充分說明了中共官場上的黑暗虛偽和互相吹捧已流行成風。

牆頭草對薄案態度大轉變

薄熙來得勢時，張高麗曾於 2010 年 8 月中旬率領一個由 80 多名天津市黨政官員組成的代表團，對重慶進行了兩天的考察。

張當面吹捧薄說：「通過學習考察，我們深深感到，重慶市的工作思路新、招法實、力度大、步伐快、效果好，積累了許多寶貴的經驗。我們要虛心向重慶市學習……」

2012 年 4 月 11 日，即薄出事的第二天，張高麗要求天津政法系統「認真學習領會《人民日報》評論員文章，堅持正確的政治方向，堅定正確的政治立場……在思想上、政治上、行動上與以胡錦濤同志為總書記的黨中央保持高度一致。」

第四節

張高麗三大貪腐醜聞廣傳

　　張高麗的貪婪在中南海圈子裡是很出名的。2013 年 4 月繼涉天津千億資金私募詐騙大案、被黃華華舉報在廣東持有別墅、豪宅後，張高麗又被曝從主政深圳時在濱海大道項目中工程貪腐。

　　消息稱，張高麗從主政深圳時所修的濱海大道，賺了幾個億。濱海大道兩邊的石頭都是自他老家福建晉江石潘徑村採購，這就是 2003、2004 年深圳曾廣為流傳的「高麗石」的來由。

　　張高麗早在 1997 至 1998 年任廣東省委常委、副省長，深圳市委書記。到任一年內，先後完成濱海大道、深南大道建設及老東門步行街改造等三大項目，其中深南大道至今仍是深圳市區的標誌性道路。

　　天津千億資金私募詐騙大案受害人曾亮（化名）揭露：私募詐騙大案整個行騙內幕實際上是中共領導層籌劃出來的，張高麗在深圳期間曾協助江澤民兒子轉移資金到國外，由此攀上了江，

張高麗在江澤民的庇護下一路高升，2007年當上了中央政治局委員，並轉戰到天津任市委書記。這期間江澤民、周永康等通過張高麗貪腐了一些為人不知的款項。

張高麗涉天津千億資金私募詐騙大案

2013年新年伊始，大批天津私募受害人在天津市政府抗議，並高喊張高麗還錢！受害人代表對媒體說：「天津私募係江家幫張高麗等人設局詐騙百姓，江澤民退而不休把張高麗搞進常委，目的在於維護其自身利益；中共已不可能變好，百姓也沒有耐心繼續等待。」

據悉，天津私募騙人事件從2010年初至2012年，有數十家公司被查封，給幾十萬家庭帶來毀滅性的災難，中國各地不斷有人到天津上訪、報案。有民眾在網上撰文道：「天津主要的私募公司很多人去樓空，涉及受害家人百萬之眾，被騙金額高達上千億，全國各地的老百姓因投資天津私募股權投資被騙的傾家蕩產或家破人亡的為數不少。這麼大的一個群體被騙，其幕後黑手直指天津政府。」

曾亮稱，為了填平經濟上的漏洞同時也為了斂取更多不義之財，張高麗就在天津濱海新區搞先行先試股權投資基金，大騙民眾腰包裡的錢，這是江澤民「悶聲發大財」訣竅的一部分。其註冊的私募公司的後台老闆大都是江澤民一夥的人，周永康的兒子周濱在ABCD農業集資等項目中也涉足其詐騙。

他說，由於民憤太大，天津被查抄的幾家公司，只是變向的查處幾個替罪羊，用很少一部分錢打發受害人，對有些政府倡導

的項目定為非法傳銷，受害人反而成了行騙人。詐騙的贓款大部分被江澤民、周永康、張高麗一夥斂去。

曾亮以前並不相信中共政府會明目張膽地行騙於百姓，現在已證實天津私募和其他政府設局的集資項目，全部是中共政府一手策劃的騙局，江澤民在竭力維護自己的利益，退而不休的干預政治，把張高麗搞進常委，其趨勢是要繼續把受害百姓的冤案壓制到底。

黃華華舉報張高麗在廣東持有別墅、豪宅

據港媒披露，2013 年 1 月下旬，前廣東省省長黃華華向中共政治局常委、中紀委書記王岐山遞交一封致政治局、人大委員會黨組及中紀委的信件，全文及附件等長達四萬多字，分四個部分。其中第三部分即：黨內高層在廣東的特權、貪腐典型情況。

舉報稱，黨內高層在廣東貪腐、侵吞、揮霍資金、財產等情況是觸目驚心的，是經過收集、調查及其他人士協助得來的。據黃華華披露：被點名在廣東持有別墅、豪宅的高官有：前政治局常委、國家副主席曾慶紅，以及曾培炎、唐家璇、肖揚、當時在職的李長春、劉淇，18 大晉升的張德江、張高麗、杜青林等。

政治局三常委面臨清洗

第十五章

全身沾滿血債與民怨

Neziskovky: Hlavní host fóra stojí za mučením

張高麗追隨江澤民迫害法輪功而在仕途上高升，是名符其實的江系「血債幫」，2004年遭到「追查迫害法輪功國際組織」通告。圖為2014年8月張高麗出訪捷克期間，捷克報紙《今日青年陣線》報導張高麗對酷刑迫害法輪功負有責任。（明慧網）

第一節

張高麗靠血債升官

迫害法輪功 沾滿血債

　　江澤民的紅人張高麗長期追隨江迫害法輪功，是名符其實的江系「血債派」。他任深圳市委書記、深圳警備區黨委第一書記期間，在 2001 年布署「百日會戰」嚴打法輪功。在同年 4 月全市統戰工作會議上，張高麗再次強調加大對法輪功的打擊力度。

　　張高麗在 2001 年至 2007 年迫害高峰期間任山東省委書記、省長，在 2002 年山東省九屆人大政府工作報告、2003 年省委工作會議上，張高麗要求打擊法輪功。2002 年 12 月 6 日，張高麗到省公安廳指揮中心、刑科所、省信訪局考察，強調堅決打擊法輪功。2003 年 10 月開始，山東省勞教系統統一對信仰堅定的法輪功學員進行集中洗腦、強制「轉化」。

「追查迫害法輪功國際組織」（簡稱「追查國際」）2004 年發出追查通告指出，省委書記張高麗等人直接操縱、指揮山東省對法輪功的迫害，導致山東省成為全國鎮壓法輪功最嚴重的省份之一，截至 2004 年 2 月，山東省被迫害致死的法輪功學員至少 100 人，居全國第三。

通告附有山東濰坊市 59 歲的陳子秀、青島市年僅 28 歲的碩士研究生鄒松濤等部分被迫害致死的法輪功學員案例。山東省委統戰部社會主義學院辦公室主任、退休幹部馬桂林因為不放棄修煉法輪功，被非法拘留、送勞教所、強制進洗腦班、扣發工資等，於 2003 年 3 月被迫害致死。

2002 年 1 月 7 日和 2003 年 1 月 8 日，張高麗等人在連續兩屆的山東全省政法工作會議上，為針對法輪功的「全省嚴打整治鬥爭先進」集體個人頒獎，強調繼續深入、加大迫害法輪功和轉化力度。

《青島日報》報導，2003 年 4 月 27 日晚，正在張貼法輪功傳單的張某及其母親被公安抓捕，被刑事拘留關押在濟南市看守所，5 月 4 日晚張某跳窗逃出，山東省委書記張高麗等下令，調集 200 多名警力堵截抓捕。

法輪功學員錢棟才 2004 年被綁架到山東省監獄，受到獄警和七、八個殺人犯晝夜輪流毆打折磨，脫光衣服用鞋刷子把刮肋骨，用牙刷子把旋擰十手指縫關節，使他皮開肉綻露出骨頭，晝夜不讓睡覺、強行灌食、灌辣椒水，2006 年 2 月 4 日錢棟才被群體摧殘致死後，獄方卻稱「錢棟才是跳樓自殺的」。

2004 年，張高麗在全省建設「平安山東」電視電話會議上發表講話，隨後山東省教育廳向全省高校發布文件，強調進一步

鎮壓法輪功。對轉化法輪功學員的司法人員孫永勝，山東省委等
2006年做出了「關於開展向孫永勝學習活動的決定」。

張高麗調任天津市委書記後繼續迫害法輪功。2008年2月初，
在張高麗的操縱下，天津公安把誣衊、誹謗法輪功的公告下放到
各居民點，強制居委會張貼，甚至用下崗來威脅，有計畫的抓捕
綁架了多名講真相、發真相資料的法輪功學員。

2008年5月奧運前，張高麗傳達指示，要加大打擊法輪功的
力度，並指使天津市各區、縣、鄉鎮派出所，對法輪功學員逐個
逐戶的走訪調查。張高麗親自到大港區坐陣，強制法輪功學員及
單位和家庭作出保證不去上訪等等，天津市「610」藉奧運之名
綁架法輪功學員。

張高麗主政天津期間被迫害致死的法輪功學員眾多。天津市
國際暖通設備公司業務員朱文華因為不放棄修煉被非法拘禁，脊
椎被打斷，一條腿打折，2010年7月21日，朱文華在天津港北
監獄被獄警與犯人一起毆打，經過六、七個小時的酷刑摧殘被活
活打死。天津學員李希望同年7月18日被港北監獄非法關押，
短短十天7月29日又被酷刑迫害致死。

2011年9月，張高麗會見了來天津調研的中央處理法輪功
「610辦公室」主任、公安部副部長李東生，張高麗彙報他們不
斷提高反法輪功工作水準。長期以來天津成為江派血債派的一個
頑固堡壘，天津也是軍隊醫院和地方醫院聯合活摘法輪功學員器
官最興盛的城市。

「追查國際」的通告案例

案例 1

陳子秀，女，59，山東濰坊市濰城區北關徐家小莊學員。2000 年 2 月 16 日，走在街上被當地法輪功專管負責人抓走，並帶至北關派出所看管。次日下午，帶至臨時成立的「法輪功轉化看管中心」城關街辦事處，遭受酷刑折磨。

和她同一獄室的人說，整夜都能聽到從行刑室裡傳來陳淒厲的叫聲。那些人不停地吼叫著要她放棄法輪功，每一次，陳子秀都拒絕了。在她去世的前一天，逮捕她的人又一次要求她放棄她對法輪大法的信仰。在又一輪警棍打擊後幾乎失去了清醒意識的情況下，這個 58 歲的老人還是堅定地搖了搖頭。

20 日早，奄奄一息的陳子秀被逼赤腳在雪地裡爬，兩天的折磨已使她的腿嚴重淤傷，黑髮上粘著膿和血，她嘔吐並因虛脫而昏倒，她再也沒有恢復知覺。2 月 22 日，陳的女兒看到了母親慘不忍睹的遺體，只要能看到的部位，到處是傷。解開壽衣看到：腹部腫脹，臀股及以下部位大面積瘀斑呈黑色，兩腿腫脹。衣服、褲子、內衣褲上面到處是血跡，沾滿糞便，衣服幾乎全部被剪破；牙齒明顯為外傷後脫落……凡此種種，均可證明為外傷致死。

陳子秀遭受迫害致死的詳細事蹟在世界著名的《華爾街日報》頭版登出後，她女兒張學玲曾被以「破壞公共安全」為名拘留。

案例 2

鄒松濤：男，28 歲，碩士研究生，2000 年 11 月初在山東淄

博王村勞教所被迫害致死。

1999 年底，因去北京信訪部門說明法輪功的真實情況，鄒松濤回到青島後被立即拘捕，非法關押長達一月之久。此後，無數次地被非法拘留。曾被青島市台西派出所所長鞏國全銬在鐵椅子上，用鞋底抽打頭面部，致使頭部腫大，血流滿身，面目全非。

2000 年 7 月鄒被誘至青島市公安局，隨即被勞教，關押在青島市大山勞教所。9 月底被祕密轉送至山東淄博王村勞教所。2000 年 11 月 3 日上午，惡警鄭萬辛、紹正華幾人將鄒松濤單獨叫進審訊室，在兩個多小時的摧殘下，鄒松濤於中午 11 點 30 分離開人世。

家屬於 11 月 4 日上午 10 時被通知鄒松濤「病重」，需家屬前往。家屬未取得任何有法律依據的書面結果或結論，家屬提出要看鄒松濤生前用過的宿舍及床位，卻被告知「絕對不允許」，家屬也無法接觸到任何勞教所做善後工作的人員之外的其他人員，更無法接觸到與鄒松濤一起被關押的法輪功學員。

鄒松濤被迫害致死時他的小孩僅僅十一個月，妻子張雲鶴為避免進一步迫害，2001 年 5 月被迫離家出走，不久失蹤。於 2002 年 2 月起被青島市公安局反 × 教處警察非法關押半年之久，而警察卻對外謊稱不知道，張雲鶴後來在該處警察的直接參與下被轉移至別處繼續遭受迫害，外界不知其去向。

鄒松濤岳母年已 6 旬，因無法承受失去愛婿、又與女兒分別的雙重打擊，於 2001 年 8 月也黯然離開了人世。家中僅留下年過花甲的岳父張慶發（青島大學副教授）與三歲的小外孫女相依為命。

案例 3

王蘭香，李銀萍：2001 年 6 月 4 日上午，十幾位法輪功學員在濰坊壽光市孫家集鎮馬家村的一位法輪功學員家時，被壽光公安局無故抓走，惡警們無視街上圍觀群眾的指責，在光天化日之下撕掉大法弟子的衣服暴打。後惡人們拿來了橡膠棍和電棍，五、六個對付一個大法弟子，慘無人道的瘋狂折磨持續了三、四個小時之久。王蘭香、李銀萍兩名法輪功學員被壽光看守所人員活活打死。

案例 4

趙鳳花：山東濰坊市昌樂縣堯溝鎮北郭村人。趙鳳花因發放真相材料於 2002 年 2 月下旬被當地「610」非法抓捕，遭受酷刑，在不到十天的時間裡被活活折磨而死。在被迫害期間，遭昌樂縣「610 辦公室」惡警范濤等人嚴刑拷打。惡警並對她使用酷刑「好漢床」（對死囚都很少用的酷刑刑具）。約 2002 年 3 月 11 日左右，53 歲左右的趙鳳花被活活折磨而死。

第二節

為升官掩蓋火災真相

2012 年 6 月 30 日下午 16 時許，天津薊縣縣城萊德商廈發生火災，中共官媒稱事故造成 10 人死亡，而據海外消息指遇難人數逾 500。此前有民間數字稱 378 人遇難。（新紀元資料室）

天津大火真相 死者數百

　　2012 年 6 月 30 日（周六）下午 16 時許，天津薊縣縣城萊德商廈發生火災。官媒新華社 7 月 1 日以輕描淡寫的方式首發了薊縣「6‧30」特大火災的消息，稱事故造成 10 人死亡，16 人受輕傷。不過大陸各地民眾網上發帖普遍質疑：具有五層樓的商場，時逢周六搞促銷，火災發生時，一樓安全門全部被堵死，從火勢蔓延的程度看，誰也不相信只有 10 人遇難。

　　據海外最新消息，遇難者人數逾 500 人。此前有民間數字稱 378 人遇難；也有當地民眾表示，至少有 300 人以上，都遠遠多於官方數字。也有民眾為駁官方說辭，將自發收集到的遠超於 10 人遇難者名單上傳網路，被網友迅速轉載。據悉隨後，當局則開始抓人斷網，並阻止媒體記者進入當地採訪報導。

　　大陸主流媒體對此重大新聞集體沉默，天津當局涉造假、瞞報火災死傷數字，引起強烈民憤，很多民眾要求天津市委書記張高麗及其班子集體下台。據知情者的消息，對媒體下封口令是張高麗所指使。

　　然而紙包不住火，眾目睽睽之下，張高麗把自己一手遮天的本領看得過高。尤其在互聯網的時代，又是全國各地民眾抗爭的高峰期，這種頂風作案的太過自信，實際上是愚蠢。即使是大陸的官方媒體，也已經開始對張的肆無忌憚感到憤怒。天津大火能否燒掉張高麗進入中共新一屆政治局常委之路，是當時中共18大前的一個看點。

　　張高麗一再強調，天津全體黨員幹部要高度統一口徑，一致對外，講大局、保民生、促穩定、求和諧。當時，一名當地機關幹部說：「有關領導已經下了禁言令，不允許任何人談論這場火災死人的話題，不准參加悼念儀式，否則以黨紀論處！」薊縣政府還通過「各種緊急應對」處置方式，拒絕新聞單位介入調查採訪。並強調必須以政府「通稿」形式統一口徑報導該火災情況，否則一律追查問責。

　　7月6日，部分罹難者家屬和市民在薊縣最大的廣場鼓樓廣場自發進行祭奠活動，被官方禁止，還拘捕了三人。下午三時許，廣場聚集上萬人，之後警方開始對廣場戒嚴，並強令周邊店鋪關門停業，白姓對此意見很大，認為死了人還不讓悼念，這是哪門子理！

　　7月7日，大陸媒體報導為張高麗圓場稱，據萊德商場營業員何麗介紹，大火發生時，五樓連營業員加上顧客一共不到20人。此消息立即引起網友熱烈討論。汕頭市一位民眾質疑道：「相當好奇，營業員怎麼知道只有三個客戶呢？慌忙逃生還清點人數

了？鬱悶啊，破案要靠媒體和網民！」內蒙古包頭市一位民眾稱：「你去全國任何一個鬧市區縣級商廈看看，難道裡面只有一、二十人嗎？你個沒腦子的五毛。」

敢言陸媒揭大火部分真相 「禍起空調外機」

「中國記者調查網」記者從知情者所透露的消息中得知，至少已有 378 人在這場特大火災中喪生，其中婦女及兒童居多。至今仍有不少家屬在尋找打探著親人的消息和下落。

7 月 7 日，大陸媒體《新世紀》發表文章《薊縣大火：悲劇是這樣發生的》，文中說，6 月 30 日，周六。薊縣居民黃景生、劉鳳麗夫婦於當日下午帶著女兒到萊德商廈給她買衣服。當時商場正在促銷，人很多。當天下午三點左右，萊德商廈出現火情，大火從一層迅速將整棟商廈吞沒，雖然幫忙救出數位被困的顧客，黃景生卻沒能從大火中救回自己的妻子。

報導說，下午兩點是萊德商廈交接班的時間。三點多，商廈出現火情。多位現場目擊者和一名商場工作人員均向財新記者證實，火災源於萊德商廈一層南側的化妝品區附近的空調室外機。前述人士普遍推測，商場總用電負荷過大可能是室外機起火燃燒的直接原因。

火災發生後，火勢迅速從一樓南側一角向室內和樓上蔓延，引燃大廈外立面的裝飾燈箱，並躍至較高樓層。濃煙高達數十米，在一公里外都能看得見。

萊德商廈把幾乎所有可利用的空間用來經營，甚至將大樓西北側原有的一道大門封閉，改為一家品牌連鎖鞋店的門面櫥窗。

早就有大廈租戶提出封鎖大門存在安全隱患，但這一問題始終沒有得到解決，直至火災慘劇發生。

萊德商廈在東北側有一道後門，主要供商家進貨時使用，一般顧客並不知道這一通道。從這一通道逃出的絕大多數是商廈工作人員，許多高樓層的售貨員能夠順利逃出，主要也因他們熟悉大廈的地形。

文章介紹，黃景生臨危未亂，他讓周圍慌亂的顧客鎮靜，並帶著一些人跑到了四樓。此時，大火已致整棟大樓停電，他們摸黑前行，在四樓尋找逃生通道，未果。黃景生一行人遂從四樓下到二樓。在巨大的廣告牌和燈箱背後，他們看到了一束亮光——一塊大約 60 釐米見方的玻璃。黃景生用拳頭猛擊，然後找到旁邊的一隻高跟鞋，最終砸開了這扇玻璃。

據現場目擊者介紹，黃景生從室內鑽出後，周圍民眾送來梯子。由於這一扇玻璃位置較高，一同逃難的劉鳳麗身材較高，在室內幫忙托舉其他逃難者，而黃景生則在室外拽人。

與黃景生一家聚集在此處等待逃生者約十餘人，通過接力，救出四人。最後一個被救出的是黃景生的女兒黃佳瑩。黃景生將女兒扔到距離地面約兩米多處，讓地面人員接住。當他再次返回時，已經看不到裡面的人——濃煙籠罩下，他們已經因為吸進過量有毒氣體而倒下，其中包括劉鳳麗。

這位劉鳳麗，就是當局公布的死者名單中的唯一的一位顧客。

商場怕哄搶 關門堵死逃生路

報導說，最令遇難者家屬和當地居民憤怒的，是大火發生之

後大廈管理者關閉大廈捲簾門的決定。萊德商廈面向中昌北大道一側原有三道大門，在西北門被封閉作為櫥窗後，僅剩下西南門和西門兩道出入口。大火發生之後，兩道捲簾門相繼被關閉。

多位目擊者證實，大廈起火後內部停電，燈光全部熄滅，有經理擔心顧客不給錢就跑了，於是才命令拉下捲簾門。一名知情人士透露，大火剛剛發生時，高樓層的管理人員還得到消息說火勢不大，可以控制，才敢於關門。不久後火勢擴大，大廈停電，兩扇電動控制的捲簾門再也無法重新打開。

萊德商廈內部的消防栓水壓嚴重不夠，以致大火發生時消防栓缺水，火勢未能得到及時控制。薊縣當地消防車輛貯水能力和滅火高度也相當有限，對於高層的火勢幾乎無能為力。

現場目擊者還說，消防隊員都缺少防毒面罩等面部防護工具，無法衝入火場直接救援受困者。消防隊員也參與了在二層的救援行動，他們將一些受困者從這一層的消防通道往外拉出。

張高麗被《環時》公開狠批

讓張高麗焦頭爛額的，不光是民眾的憤怒譴責，還有來自中共內部的利刀。7月8日《環球時報》發表評論文章《火災後續風波突顯政府公信力不足》指：「天津市有關部門和薊縣聯合工作組昨天公布了『6‧30』大火事故的10名遇難者名單，與此同時，網路上質疑薊縣萊德商廈大火死亡人數的聲音沒有減少。這再次突顯了政府公信力在關鍵時刻不足以『結束爭論』的尷尬。」

文章稱：「只要有一個地方政府涉『假』，所有官方機構和官員都是承受者。公信力的瑕疵會以意想不到的方式、在意想不

到的時間和地點帶來傷害。」「官方必須下決心、花大力氣投入公信力建設，所有官員和所有有官方代表性的機構都應當是參與者。……在通常情況下，一個官員犯了『硬錯誤』，比他破壞了政府公信力更容易受到懲罰。」

最後《環時》還不忘指責張高麗：「破壞政府公信力是朝無政府主義社會的挪動。」

讓人感到驚訝的是，這樣嚴厲的譴責卻來自江派曾慶紅、周永康、李長春等控制的《環球時報》，而不是胡錦濤的《人民日報》等，這說明，還沒到胡溫開始動手懲罰張，江派已經捷足先登處理「叛徒」了。

原來張高麗與江系淵源很深，不過，薄熙來下台後，他又轉向投靠胡錦濤。

第三節

張高麗陷入水深火熱

梁道行落馬 深圳大運會牽涉張高麗

2013 年 4 月，廣東省紀委通報稱，決定給予深圳市原副市長梁道行開除黨籍處分。收繳其違紀所得，並移送司法機關。

中共喉舌媒體一反常態，大爆「賽會腐敗」黑幕，稱梁道行最後一個職務是深圳大運會執委會副主席兼祕書長、執行局局長，此前公布的深圳大運會審計報告披露了一系列違紀違規帳目，加上官方對梁道行的違紀事實諱莫如深、隻字不提，令外界難免浮想聯翩。

中共黨媒又稱：一本大運帳，絆倒了眾多官員。這一副多米諾骨牌，或許還未到此結束。外界注意到，黨媒似乎意猶未盡，另有所指。

2012 年底，深圳大運會的官方審計結果顯示，140 億的投入，

12 億的收入，128 億打水漂了！ 2007 年 1 月，深圳申辦第 26 屆世界大學生運動會。隨後由官方包辦的大運會存在的資金使用不善，貪污腐敗等行為一直是輿論追逐質疑的焦點。

港媒最新披露，梁道行在位時與時任深圳市委書記的張高麗關係密切，包括好處「分潤」。

2009 年梁道行因年齡原因辭去深圳副市長職務，2011 年卻擔任深圳大運會（第 26 屆世界大學生運動會）執行局局長這一肥缺。港媒披露，因張高麗的強勢背景，梁才能在本已去職的情況下，主管大運會的籌備工作並藉此大撈一票。

據稱，開幕式預算上報後，梁道行以額度低批評下屬並一次翻四倍。梁道行還將大量項目外包出去，造成籌備工作一度出現混亂。

有消息稱，梁道行被查一事，令張高麗坐臥不寧。傳梁道行至少貪腐 6.8 億，有 49 處房產，並與多名女星有染。

有分析說，梁道行被查辦，或形成對張高麗的「影射」，其意義遠遠超過了案件本身。黨媒意猶未盡，或有這層含義。

兩會時天津再次大火 張高麗水深火熱

2012 年 6 月底，天津薊縣萊德商廈曾發生重大火災，天津官方只報 10 人死亡，16 人受傷，引起輿論譁然，網路上傳出至少 200 人死亡，還有 385 人死亡的說法。

時任天津市市委書記的張高麗為保仕途，隱瞞火災死亡人數，並採取慣用的強力高壓維穩手段，嚴控媒體，並將多位發布消息的民眾抓捕，使其更加聲名狼藉。

2012 年 11 月 4 日，張高麗的後院再次起火，天津薊縣繁華地區文昌街的森馬服飾專賣店突發火災，該事件引起天津政府的恐慌，不僅下令禁止採訪、傳播和議論此事，還在城區再次實行戒嚴。

2014 年 3 月 4 日，中共兩會期間，天津再次發生特大火災。天津市華苑產業區鑫茂科技園一座 20 多層高的大廈再次發生特大火災，大火吞噬了整座樓體。

然而，事故的消息再次被死死封鎖。有爆料稱，天津媒體收到「一把手」的禁令，而且發生火災地區的民眾受到警告，不敢談論該事件。未經證實的消息稱，火災造成至少百人死亡。此前民眾大量上傳到網路的火災現場的圖片和視頻，也被不斷刪除。

而天津公安消防局官方微博稱，未接到人員傷亡報告。海外媒體稱，此次大火死傷慘重，約 50 人死亡，是天津有史以來最大的火災，海泰大廈的兩幢樓瞬間燒毀，死傷慘重，外界質疑天津當局隱瞞實情。

據報導，2012 年 4 月 29 日，失火的大樓曾發生過火災。據悉，兩次火災都是由不合格的保溫層引起的。

天津連發大火，讓張高麗更加聲名狼籍。

深圳流傳「高麗石」

屋漏偏遇連夜雨，繼涉深圳大運會貪腐、天津千億資金私募詐騙大案、被黃華華舉報在廣東持有別墅、豪宅後，江派背景的中共政治局常委張高麗楣運當頭，又被曝在主政深圳時在濱海大道工程中貪腐。

　　張高麗早在 1997 至 1998 年任廣東省委常委、副省長，深圳市委書記。到任一年內，先後完成濱海大道、深南大道建設及老東門步行街改造等三大項目。

　　消息稱，張高麗主政深圳時所修的濱海大道，賺了幾個億。濱海大道兩邊的石頭都是自他老家採購，張高麗老家在福建晉江東石潘逕村，當地出產石材。這就是 2003、2004 年深圳曾廣為流傳的「高麗石」的來由。

　　時政評論人士林鋒認為，最近一個時期，與張高麗相關的多起醜聞集中爆發，張高麗楣運連連，「攤上大事了！」那麼也就不難理解為什麼張高麗此前記者會上的失常表情。

政治局三常委面臨清洗

第十六章

揭開天津私募黑幕

張高麗主政天津期間，以政府站台加上大肆宣傳，讓無數民眾誤入私募致富的謊言之中，受害者達數十萬人，是大陸最大的私募金融詐騙案之一。事件爆發後，受害民眾不僅血本無歸更是投訴無門……（網路圖片）

第一節

中紀委巡視聚焦私募

北方信託董事長自殺 引爆驚人黑幕

中共第五巡視組在天津市進行為期兩個月的巡視工作期間，2014 年 4 月 19 日晚天津北方信託原董事長劉惠文自殺身亡。有評論分析其自殺或與張高麗位於天津海濱區發展的房地產及私募資金在利益上的糾葛有關聯。

劉惠文是泰達系叱吒風雲的掌門人

2014 年 4 月 22 日，天津北方網消息指，北方國際信託股份有限公司原董事長、市政協常委劉惠文 4 月 19 日晚被發現在其家中自殺身亡。

但北方信託的負責人則回應稱不明死因，待有關部門調查。

大陸多家陸媒報導坊間普遍認為劉惠文係自殺身亡。

據公開資料顯示，劉惠文 1954 年出生於天津，1996 年任天津泰達集團有限公司總經理；2001 年起擔任天津市委開發區保稅區工委副書記、天津泰達投資控股有限公司黨委書記兼董事長；並兼任旗下多個公司平台的關鍵職位，從此開始全面掌控泰達，包括北方國際信託投資股份有限公司黨委書記兼董事長、渤海銀行股份有限公司董事、渤海證券有限公司董事等職。

劉惠文 2011 年 1 月起任天津泰達國際控股（集團）有限公司黨委書記、董事長，是泰達的掌門人。2011 年 5 月，他開始在泰達系多個職位上退下來，僅保留北方信託董事長一職至今。

據《21 世紀經濟》報導，目前泰達系涵蓋區域開發與房地產、公用事業、製造業、金融和現代服務業等多個業務板塊。擁有 15 家全資公司，23 家控股公司以及 23 家參股公司，其中泰達股份、津濱發展、濱海能源、泰達物流、濱海投資、四環藥業等六家為上市公司。

此時正值中央第五巡視組正在天津進行 3 月 28 日到 5 月 28 日的兩個月巡視。2014 年 3 月 28 日上午巡視組組長王明方在動員大會上稱要「對腐敗問題零容忍」、「敢於碰硬，巡視出威懾力」等，稱重點監督檢查領導班子主要負責人。

現任天津市委書記孫春蘭回應天津各級領導幹部將全力配合巡視組調查。因此劉惠文自殺正處於中央巡視組調查的敏感期。

天津千億私募詐騙案涉及張高麗

在劉惠文得勢時期，現任政治局常委張高麗從 2007 年 3 月至

2012 年 11 月擔任天津市委書記，當時中共中央要把天津打造成北方經濟中心，張高麗以此藉口要令天津超越北上廣深，成為全國經濟中心，更要成為中國的曼哈頓。於是私募股權基金，成了張高麗發展天津經濟的「靈丹妙藥」，也成了他貪污高額巨款的管道。

有消息稱，在這期間，江澤民、周永康等通過張高麗還貪污了一些為人不知的款項，其主要途徑就是股權投資私募基金。

在張高麗的大力推廣下，天津從 2007 年起出台系列的財稅優惠政策。再加上市、區兩級官員的配合廣招，於是各路私募股權基金在天津「全面開花」。在 2010 年年底到 2011 年 10 月期間，中共天津各級政府要求廣大投資人響應「先行先試、借用管還」等號召到天津去投資，導致投資者誤入私募致富的美夢中。

截至 2011 年底，登記註冊的私募股權基金公司爆增至 2396 戶，占了全國三分之二，註冊資本達 4409.51 億元。實際上 2011 這一年，許多基金都已經陸續爆發無法還本付息的違約糾紛，但天津政府仍突擊核准 1479 家私募股權公司的營業執照，比前幾年的總和還要多。這年張高麗要為自己打造「18 大」入常政績，因此天津私募醜聞遭到封鎖，當地官媒更是集體失聲。

2013 年新年伊始，大批天津私募受害人在市政府抗議，並高喊張高麗還錢。據悉，由於民憤太大，只是變向的查處幾個替罪羊，用很少一部分錢打發受害人，對有些政府宣導的專案定為非法傳銷，受害人反而成了行騙人。

2009 年 4 月，天津泰達國際控股（集團）有限公司也聯手荷寶投資管理集團設立泰達荷寶資產管理有限公司，並成立可持續發展私募股權基金。按照天津市政府的定位，泰達國際專注於金融資產投資，泰達集團是渤海證券、北方信託、渤海銀行、天津

信託的大股東。此外，中信信託、中信證券、光大銀行與北方國際信託也存在業務關係。

評論員周曉輝表示，在泰達金融資產的整合過程中，劉惠文扮演了什麼角色，與哪些人存在著利益糾葛，是否為張高麗在濱海新區攫取利益提供幫助，或許也是破解他離世的鑰匙。

不滿張高麗 汪洋揭「天津已破產」

張高麗 2007 年到天津履新後重點開發濱海新區，主打「大開發、大投資」，幾乎每月去一次濱海，大搞房地產建設，並引進大乙稀、大煉油等產業。

如此巨大的投資規模，只能靠地方政府借債、擔保來實現。2014 年 1 月初，天津地方債審計顯示，天津政府直接負債達 2246 億元，是 2013 年全年財政收入 2078 億元的 1.28 倍，僅償付利息的壓力就非常大。

濱海新區主要由響螺灣商務區、于家堡金融區、天津泰達 MSD 構成。泰達 MSD 一期 2012 年入市，總體量 12.9 萬平方米左右，未來三到五年會有 70 萬平方米入市。但近日媒體報導，天津濱海區出現「鬼城」。

而投資濱海區房地產等的開發與劉惠文關係極大，2007 年劉惠文接受採訪時表示，要抓住濱海新區開發這樣難得的歷史性機遇，並稱「張高麗對濱海新區怎樣做以及目標和任務講得很明確，關鍵在於怎麼落實」，並稱要讓泰達控股在濱海新區開發開放過程中發揮更大的作用。

因此 2009 年 11 月，泰達集團公司注資 10 億元成立天津泰

達創業商業地產開發有限公司、天津濱海新都市投資有限公司和天津悅海酒店投資有限公司，並表示未來將投資百億元，全力支持濱海新區開發建設。

周曉輝認為，劉自殺背後一定是因為他知道了太多的祕密，有些可能甚至涉及某些高層。在反腐的大火越燒越旺時，正是出於擔心自己被調查而難逃厄運，只好一死了之。

有關天津私募醜聞的具體情況，請看《新紀元》周刊在（第299 期 2012 年 11 月 1 日）發表的兩篇文章的原文。

揭祕天津私募大案 千億資金被騙

在政府信用的擔保之下，投資者義無反顧投入了私募致富的美夢中。

當天津眾多私募基金被打入非法集資並查封之後，各地受害者不斷向天津市政府上訪請願，要求天津市政府給出解釋。投資者質疑：如此多的非法集資公司卻在號稱「私募天堂」的天津茁壯成長，而且成立之初還有政府為此大肆宣傳，究竟為何？

「投資錯過了上海浦東，錯過了深圳特區，千萬不要錯過天津濱海新區！」2008 年，時任天津市長黃興國接受香港鳳凰衛視的專訪時如此說，這句話也被許多天津私募投資（PE）公司當成了宣傳的資料，成為吸引民眾資金的有力號召。

但現在，這句話對於眾多天津私募投資受害者來說，顯得無比諷刺。

2012 年 9 月 3 日、4 日，逾千位來自中國各地的天津私募投資受害者來到天津市政府前請願示威，民眾高喊「張高麗（天津

市委書記）、崔津度（副市長）還錢！」等口號，並要求和市長對話。其中一些受害者已經不是第一次聚集在這裡，自 2010 年年底以來，他們已經多次前來討說法。

天津私募案受害者眾多。現場的逾千位請願抗議者只是天津私募受害者的一小部分，許多人只是受害者的代表，他們包裡裝著其他受害人的委託簽名。在場的幾位維權者代表對外聲稱，他們收集到近 1 萬 4000 名受害者的簽名，涉及資金超過 34 億元，而這些遠不到受害者總人數的十分之一。此外，僅負責天津活立木投資受害者的管委會就透露，已經有近 1 萬名活立木投資受害者向他們發來授權書，牽扯到的投資金額估計有 20 億元。

這些投資受害者也分布非常廣泛。活立木管委會表示，中國大陸幾乎所有省份都有投資受害者，甚至連港澳台、東南亞一些國家、紐西蘭、澳洲都有受害者。而記者調查發現，天津私募公司吸收資金並不問來處，基本有錢即可投資，出事的私募公司中曾向海外引資的也並不鮮見。

截止目前，天津私募公司已經被查封數十家，有分析稱，其中涉及金額高達數百億，受害人數十萬，是大陸最大的私募金融詐騙案之一，而還沒有被清查的天津 2000 多家私募公司中，大多數都有問題，其中更涉及資金高達數千億元。

究竟天津假私募為何如此猖獗？受害者為何如此輕易上當？幕後的推手隱於哪裡？這一切不得不回顧天津私募的歷史。

天津私募的興起

天津濱海新區位於天津市的最東端、環渤海地區的中心地

帶，可供開發的鹽鹼荒地約 1200 平方公里，2010 年底建成面積約 300 平方公里。2006 年 5 月，中共國務院批准天津濱海新區為國家綜合配套改革試驗區，支持天津濱海新區在企業改革、金融創新等十個方面先行試驗改革開放措施。

2006 年 6 月，中共公布《國務院關於推進天津濱海新區開發開放有關問題的意見》，內容表示，在金融企業、金融業務、金融市場和金融開放等方面的改革，原則上可安排在天津濱海新區先行先試。

2008 年 5 月，中共發改委又發布了《關於在天津濱海新區先行先試股權投資基金有關改革問題的復函》，支持天津市加快發展股權投資基金。2009 年，天津市出台政策，對於在天津註冊的股權投資基金，在稅收、房租、人才落戶等方面給予優惠，鼓勵各類型的股權投資基金落戶。

隨後短短時間內，眾多所謂私募投資公司在天津如雨後春筍般冒了出來，大街小巷遍布私募投資的廣告。

在 2010 年年底到 2011 年 10 月期間，天津各級政府的相關官員在各種會議上，要求廣大投資人響應「先行先試、非禁即入、借用管還」的號召到天津去投資。在當地政府的擔保之下，中國以及世界多地投資者誤入私募致富的謊言中。

天津股權投資基金中心總裁王樹海曾表示，截止 2011 年底，在天津落戶的私募股權投資基金及管理企業已達 2400 多家，認繳資本突破 4600 多億元，天津已經成為中國最大的私募股權投資基金聚集基地。

然而公開資料顯示，在天津超過 2400 多家註冊的私募公司中，在天津市發改委進行備案的公司不過寥寥數十家。對於其他

2300 多家私募企業，天津監管部門並沒有強制要求進行備案或跟蹤備案。這給多數騙子公司混跡其中創造了良好的條件。

天津私募有著驚人類似的騙人手法

天津私募投資受害者稱，天津私募公司有著極其相似的募集資金手法，模式基本類似，都是政府站台、高額返息、拉人投資有獎、募集巨額資金後消失。

記者研究資料後發現，在已經被查封的私募騙子公司中，以活立木公司最為典型。查封之前，活立木介紹稱：「公司是經國家工商部門核准，註冊資本金 50 億元的大型金融企業。」並且將顯示註冊資本 50 億元的營業執照在公司顯著位置高高懸掛，引人注目。

更讓人感到放心的是，2011 年 3 月以前，任何人都能從天津市工商行政管理局網站上查詢到活立木公司「營業期限截至日期為 2060 年，註冊資本 50 億元」等信息。公司還介紹說，募集資金投向為低碳項目，投資三個月紅利可達 5％等。

天津政府部門頒發的營業資質，註冊地在金融改革試點天津市濱海新區，註冊資金高達 50 億元，天津當局如此的背書讓眾多投資者誤信了這家公司的實力，高額返息又讓人難以抗拒發財的誘惑。眾多的誘人因素加在一起使上萬人上當受騙，把自己的積蓄匯入了天津活立木股權投資基金管理合夥企業董事長李宏的銀行帳戶上。

活立木的受害者中，來自廣東的女士周延華就是其中之一。如今她的身分是活立木管委會主任，代表活立木受害者群體與政

府協商、維權，爭取討還自己被騙走的資金。活立木被查封後一個月，周延華等七位投資者自發成立了「天津活立木投資者管理委員會」，希望能夠抱團自救。

周延華接受《新紀元》記者採訪時介紹說，當時活立木公司跟天津其他私募公司一樣，利息很高，根據投資者投資年限不同而利率不同，這給了投資者相當大的誘惑力。如果介紹別人前來投資，還有獎勵，這使許多人把自己的親朋好友都拉進來一起投資。

周延華舉例：如管委會的鄭先生，五兄妹一起投了100多萬；一對遼寧鞍山的老夫妻，先投資後覺得好，然後拉孩子、拉兄弟姐妹、好友等十來個家庭參與投資，總額將近400萬元；河南新密的王女士，兄弟姐妹加上父母孩子十幾個家庭一起投資了700多萬元。

《新紀元》記者查詢活立木的網頁發現，活立木公司對介紹別人投資的業務提成相當高，最高可達18％，即拉來100萬可提成18萬元。高息誘惑之下，難怪眾多投資受害者介紹自己的親朋好友一起入局。

與活立木類似。天津市寶坻區龍華案也是系列私募金融詐騙案中的一個典型案件。

2007年，天津寶坻區政府出面，由區政府的官員朱國才作為甲方法定代表，以劉仲田天津龍華環保淨化有限公司（下簡稱龍華公司）為乙方法定代表，合作經營2.5億元的重大環保項目。

由於有天津政府甲方公章的文件、合同、委託書等官方證件，以及一系列官方紅頭文件，乙方天津龍華環保淨化有限公司以高息（利息不等，可高達17％）迅速吸引社會資金達1.2億元，並

承諾 2007 年 8 月還清。但過了還款期後，債主們卻發現根本拿不到任何錢，不得不報案。2008 年案發至今，天津寶坻區政府只追繳贓款 200 多萬元，還不到贓款的 2%。該案殃及河北、山東、吉林、天津市等 10 幾省市 1000 餘人。

大津盛華投資案同樣如此。天津盛華投資的全稱是中國盛華投資控股集團公司，自稱經營項目主要集中在煤炭、環保、金融等領域，利潤豐富，並通過網站、自辦印刷刊物、到各地開動員大會、開設分公司等形式在中國各地以月息 6% 的高額利息，不分額度地吸收民間資金。最終，盛華兌中在攬得巨額資金後，2011 年 9 月初拒絕履行支付利息，公司管理人員集體消失。

其他如蒙更威力、日盛昌、億泓、盛世富邦、天凱等私募公司的騙人手法皆是如此。有報導稱，不完全統計，僅 2012 年上半年，天津就已經查封 30 多家類似公司，2011 年與活立木一批被查的有 13 家。

天津政府背書 令投資者信以為真

在天津私募投資受害者群體中，並不乏高知識、多閱歷人員，甚至包括法官、公務員、退休局長、專業會計師等社會菁英階層，外界疑惑，他們為什麼能相信如此輕鬆就能獲得高額返利並上當受騙？

一名受害人說，他本不信私募公司，但相信了改革開放推出的新生事物，相信了天津政府相關的注批手續和宣傳。結果成了誰信誰遭殃！

周延華說，介紹她投資的會計師事務所朋友曾親自到天津考

察過活立木項目，無論從公司註冊的 50 億資金上看，還是公司執照上看，該公司實力雄厚，天津工商局網站也可以查出該公司註冊資金 50 億元，看不出任何問題，非常可信。

其他許多投資者也曾專門到天津工商局調查情況，得到確認 50 億註冊資金屬實，最重要的是，該公司獲得了天津市政府的大力支持，包括市直機關的人都有投資，天津副市長崔津度還為該公司剪綵，活立木董事長李宏被邀請出任《天津印象》（天津市發改委組織編輯的大型工具文獻書）編委會特邀委員。

周延華認為，大部分投資者都是相信了天津市政府的宣傳，才參與了天津的私募投資。

被查封的盛華投資之前同樣受到了政府的追捧。2011 年 6 月 10 日至 12 日，天津市政府、中國工商聯、國家科技部、美國企業成長協會共同舉辦的「第五屆國際融資洽談會」上，盛華投資法定代表人張建勇被天津和平區相關部門推舉作為先進企業代表參加了這次會議。在會議展區，盛華投資巨幅圖文資料被特意安排在和平區金融辦展位的顯要位置。根據會議對參會企業的要求，參會企業必須是成長型或成熟型的企業，且具備成熟的商業模式。

甚至和平區政府曾召開會議，向投資者們極力推薦盛華投資基金，以至於不但外省人上當，而且天津當地也有眾多投資者踴躍購買。

此外，最早一批投資者以小額資金投資嘗試的時候，還迅速拿到了首筆投資的高額利息，這令收到利息的投資者相信原來坐在家裡發財不是夢，不但迅速把獲得的利息和更多資金重新投了進去，而且還介紹親朋好友一起加入進來。

註冊資金實繳為零 巨額資金打水漂

2011 年 3 月，活立木的一些投資者發現沒有拿到按月入帳的利息。很快，他們得到消息，活立木被天津政府查封。

周延華以及其他投資者迅速湧向天津。在天津工商局，他們發現，活立木的實繳資本是「0」，「註冊資本 50 億元」一項也變成了「認繳資本 50 億元」。這與當初查的結果完全不同。

天津市政府認為，活立木涉嫌非法集資，沒有在天津市發改委備案，並查封了公司的帳戶。這對投資者來說如同晴天霹靂，一旦被打入非法，這意味著政府將不會負擔投資者的任何損失，投資者們將血本無歸。

盛華案中，從和平區工商局核發給盛華兌中公司的營業執照等材料中，該公司 2010 年 9 月 17 日註冊成立，註冊資金一億元，註冊經營地位於天津市和平區長春道。在其經營範圍欄裡，工商局確認其可以從事股權投資業務。而且該公司的註冊機構代碼、銀行監管帳號等其他相關信息都有跡可查，顯得相當規範。

但事發後，投資者同樣在工商局發現，盛華根本就是空頭基金。

在越來越多的私募公司被查後，一些投資者也感到非常不踏實，開始懷疑他們投資的天津私募基金公司。他們通過調查這些公司的銀行監管帳戶發現，很多註冊資金上億元的私募基金都是空頭基金，帳上一分錢也沒有。

《新紀元》記者調查發現，在金融改革試點的招牌之下，加上天津市政府的政策支持，天津私募驚天大案爆發之前，要在天津註冊一家私募基金相當容易，只需要一、兩萬元就可以註冊一家註冊資金上億元的私募基金公司，並且可以迅速拿到政府的營

業執照。

天津市當地一位律師 2011 年上半年接受《中國經營報》採訪時稱：「其實註冊一家活立木基金這樣的合夥企業成本只需要幾百元，而且不需要任何資質，無任何審批程序。最少兩個合夥人簽字的身分證複印件就可以了。」

天津市政府的「大手」

當天津眾多私募基金被打入非法集資並查封之後，各地受害者不斷向天津市政府上訪請願，要求天津市政府給出解釋。投資者最多的質疑就是：如此多的非法集資公司在天津茁壯成長，而且成立之初還有政府為此大肆宣傳，究竟為何？為何從營業執照與審批程序看這些公司都是合法的，並且註冊資金的數量當初在工商局都有顯示？大量的空殼公司、沒有實體的公司，如何拿到工商部門註冊資本數億的營業執照。而政府的監管又體現在何處？

面對投資者的上訪請願和質問，天津市政府並沒有做出任何回答，採用的手法與中國各地的維穩手段並無不同，用軍警將上訪者驅散、恐嚇、抓捕或勞教。

《新紀元》記者調查發現，實際上對於私募公司與非法集資的區別，天津市政府並非沒有規定。天津市政府的規定顯示：私募股權投資只能面向特定對象，而且有人數限制（股份公司制股權基金不超過 200 人，合夥制和有限責任公司制股權基金不超過 50 人）；投資私募股權的自然人出資額不得低於 200 萬元；投資期限一般為五至七年；且不得承諾保本或固定回報。

相反，非法集資則往往向社會公眾即社會不特定對象吸收資

金，涉及人數眾多；集資一般期限較短，通常以月、季、半年、一年或兩年為期；對最低投資金額也沒有限制，並以高息、返點等作為誘餌，承諾在一定期限內還本付息或給予回報。

不過，在實際操作中，天津市政府並沒有把這兩者的區別大力宣傳，著眼點更注重號召外來投資者到天津來投資，「先行先試、非禁即入、借用管還」，而且對成立的私募基金並沒有什麼監管，以至天津私募公司短期內即多達 2000 多家，中間更是良莠不齊。

據《法制周末》報導，在天津超過2400家註冊的私募公司中，在天津市發改委進行備案的公司不過寥寥數十家。實際根據相關規定，不備案的公司根本不具備合法募集資金的資質。

政府的處理是「成熟的辦案模式」

在對上訪者態度強硬的同時，對於出了問題的私募基金，天津市政府處理起來也毫不客氣，但處理過程中許多問題相當引人深思。

天津市政府處理活立木公司的非法集資案就非常具有代表性。

活立木被查封後一個月，周延華等七位投資者自發成立了「天津活立木投資者管理委員會」（簡稱管委會），希望能夠抱團自救，而眾多的活立木受害人迅速響應，紛紛授權管委會代理相關權益。但周延華他們發現，活立木公司的檔案資料卻迅速被人神祕搬空，辦公場所被銷毀，甚至有人造謠說「管委會雇人把活立木公司砸了」。由於這極可能成為政府取締管委會的理由，管委會迅速派人趕到天津報警處理，同時通知天津市金融辦，以

避免這種被動的局面。儘管警方沒有給出任何說法，但管委會此後的調查表明，天津活立木專案組搬空了活立木的資料。管委會認為，這是一種蓄意栽贓。

2011 年 6 月，活立木受害者向天津市政府上訪並提出七點要求：一、要求政府解釋虛假註冊問題；二、要求解釋天津工商局註冊資金改成認繳資金的理由；三、要求嚴厲追究天津工商局的責任；四、強烈要求市政府澄清將活立木轉讓給「財團」的謠言；五、強烈要求市政府查清誰清空活立木辦公場地；六、要求公布查封了多少資金；七、強烈要求管委會接管活立木，以便能盡快解決活立木問題。

但天津市政府姍姍來遲的官員對所有上訪者的要求均予以拒絕，並質疑管委會是非法組織，要求大家回家等通知。

管委會主任周延華說，天津活立木專案組以投資者名義設立許多活立木受害者 QQ 群，並且冒充投資者放出恐嚇投資者的各種言論。

儘管活立木投資模式與金融傳銷有區別，但管委會還透露，天津專案組派人到中國各地辦案，要把活立木的案件辦成金融傳銷，給投資者定罪罰款，追繳所有非法所得。

「河南新密五個投資者被抓了，每個人交 100 多萬保釋；河北邢台一位投資者個人銀行卡被拿走了，20 多萬存款至今沒有歸還；浙江一位投資者投了 100 多萬，到天津被抓了，後來又交了 30 多萬取保候審。」周延華舉例說，有投資者苦不堪言，悲憤之下揚言報復的都有。

周延華還表示，天津市政府究竟從活立木的帳戶中查封了多少錢，這也是個謎。

　　據活立木管委會了解，當時活立木剛被查封，活立木公司負責人之一李萍說資金被查封 7.9 億；有投資者利用個人極強的私人關係找到當時的天津市副市長，副市長找來天津市政府副祕書長陳宗勝詢問，陳宗勝表示查封了活立木公司資金 5.3 億，這被在場的投資者親耳聽到；但查詢天津市金融辦，被查封的資金數字變成了三億；到了專案組，回答的查封資金數字又變成了一億。

　　周延華還透露，2011 年 1 月份活立木公司被查封後，帳戶已經由專案組來管，但天津專案組也不發出通知告訴投資者，結果很多投資者還在往這個投資帳戶中匯錢，這些錢也都泥牛入海不見了蹤跡。

　　不管究竟活立木被天津政府查封了多少錢，但周延華確認，至今活立木的投資者們一分錢也沒有拿回來。

　　天津活立木專案組還告訴管委會：對活立木案件的查辦方法，這是他們「成熟的辦案模式」，對待其他私募也都這麼做的。

　　周延華說，管委會目前已經拿到將近一萬份投資受害人的授權書，當初管委會與天津市政府交涉時，也提交了一個管委會關於活立木的整改方案，提出接管活立木帳戶資金。有天津市政府的官員看後表示贊成，並想把活立木做成處理類似的私募公司問題的一個試點，但此後天津市政府對管委會的整改方案進行討論後，最終不了了之。

　　有投資者利用私人關係找到天津市政府某高層，該高層透露，天津副市長崔津度直接表示，如果活立木還了錢，前面還有類似的數百家，那以前的事情怎麼還錢？言外之意暗示，以前的錢早就花了。

　　周延華說，到現在只要投資受害者對政府提出對投資者有利

的條件，政府就喊打喊殺，嚇唬投資者。「投資者維權，完全是與天津市政府對立了。」

對於活立木受害者們來說，上萬人抱團維權都已經如此艱難，而對於其他天津私募受害者來說，各自維權的困難狀態更是可以想像的毫無門路。

投資者談天津私募

周延華說，天津大多數私募公司的模式都一樣。「高息、拉別人的資金來有獎勵。」而這些私募公司能夠在天津生存與天津市政府的支持是分不開的，「沒有地方，政府提供辦公地址；沒有資金，政府站台。」

而最讓人值得玩味的是，天津市政府一邊查封，另一邊大力註冊新私募公司。資料顯示，活立木等 13 家私募公司被查封的同時，2011 年上半年，天津註冊類似私募公司 836 戶，相比上年同期的 195 戶增長了 328.72％。

周延華還說，活立木的管理人員，實際上跟天津市官員、專案組的關係都非常好，專案組主要抓的都是投資者。

而許多投資者認為，這是天津市政府某些人設的一個局，一個籌集資金的局。

有投資者對香港撰稿人何旴芝表示：「天津用合法的金融執照和優惠政策誘騙中國大批老百姓投資，然後再用權力扣住老百姓的錢，執照和政策都是騙人的。讓千家萬戶聽黨話、跟黨走的老實投資者血本無歸，妻離子散、家破人亡！」

河南受害人丁先生說，中國百姓從相信政府的「先行先試」，

演化成「先行先死」後。從相信黨、相信政府，成了誰信黨，誰遭殃！民眾不僅討要被政府騙去的金錢，還從心底發出了不要這個無法信任的中共統治百姓的吶喊。

2011 年 7 月 11 日，天津下發了《天津股權投資企業和股權投資管理機構管理辦法》。辦法規定：股權投資企業註冊登記認繳資本不少於 1 億元人民幣，其中公司制股權投資企業、合夥制股權投資企業和股權投資管理機構的首期實際繳付資本分別不少於 2000 萬元、500 萬元和 200 萬元人民幣。

如果按此辦法追查，意味著在此之前已經註冊的 1700 多家私募公司絕大部分都是非法，投資者數千億的投資資金隨時面臨查封或罰沒。而對於此後註冊的近千家私募來說，首期投資額相對於上億元募集資金也根本就算不了什麼。

「天津政府把養私募當成養豬，鼓勵支持它『吃』各地投資者資金，然後挑肥了的關門宰殺，然後自家吃肉。」有投資者認為，這是最佳比喻。

天津私募受害者慘境 哭瞎求死

天津私募驚天大案的數十萬受害者中，許多受害人是舉家投資，或是借債、貸款投資，也有眾多受害人拉來親朋好友一起投資。血本無歸之後，投資者上訪的腳步從天津市政府到中紀委、國家信訪局、國家工商總局、到公安部等等他們能想到的部門，但至今沒有任何回應。

大量受害人在要不回投資後陷入一種悲慘的境地，自殺者不勝枚舉。

為還債吃開水泡飯 重病纏身無錢醫治

原在天津一家醫院工作，具有高級職稱的龔玉就是天津龍華案的受害人之一。

龔玉退休時有 20 多萬元的積蓄，她與丈夫決定把這些積蓄，再向外借了 20 多萬，湊足 50 萬元投向龍華公司。

事發後，天津政府相關部門只給她查證 27 萬，其餘的 23 萬至今尚無下落。政府相關部門解釋稱，代收集資款的農業銀行當時開出的收據不合法，加上龍華公司將帳目全部毀掉，無法查證實際數目。

龔玉目前全身病痛，卻無錢醫治，只能躺在床上，當《大紀元》記者採訪她時，她掙扎著堅持坐起來，抽抽噎噎著向記者訴說她那不幸的遭遇。

龔玉說，這個詐騙案是天津政府企圖掠奪全部的集資款，銀行等國家金融信用機構都被其調動起來參與了詐騙。事發後，在確認受害者投資款時，所有投資人都被政府找藉口白白砍 50％左右款項，就是這樣剩下被認可的部分，仍分文未能退還，至今已達四年之久。為此，龔玉一家三口陷入了債台高築的境地。

為了還外債，龔玉年近 70 歲患有心臟衰竭和其他疾病的丈夫，被迫忍著病痛出去打工，每月也只能掙得 1200 元，加上退休工資共 3500 元全部用於還債。而龔玉的 2150 元退休金，則用來支付一家三口生活費和用於全家人的醫藥費。

龔玉的兒子患有先天性殘疾和其他疾病，好不容易找了一個對象，但當女方得知其家庭有外債纏身時，即告吹。她兒子在這

種痛苦和精神壓力下，病症加重，更無法找工作。一家三口的藥費早已超過生活費。

龔玉接受採訪到此時，她已經十分疲累，記者只好暫停採訪。龔玉的妹妹龔林就接過話題繼續向記者講敘姐姐的不幸。

龔林說，2011 年她的兒子想出國留學急需一筆費用，她就來找龔玉，看政府是否解決了還款。當她進門時，她姐姐一家人正在吃飯，而桌上僅有一碟小菜，據她姐夫說，這還是他下班時從菜市場拾回來的爛菜。而瘦得不像樣子的龔玉只以開水泡飯裹腹，那些菜說是留給兒子吃的。

龔林見此慘狀，當時忍不住淚水嘩嘩地流了下來了。她說：「我只在電影裡看到中共把舊社會渲染成這種場面，沒想到現實的中共所謂盛世，百姓竟然都被中共害得如此悽慘！超過所謂舊社會千百倍。姐姐，這錢妳不要還給我了。」說著姐妹倆抱頭痛哭。被政府欺騙和冷遇多年的龔玉，此時此刻才感到一些溫暖和同情，她哭得好傷心！好傷心！她的丈夫和兒子也不斷抹著淚水。

龔林接著說，她姐姐是個非常好面子的人，有苦處從來不吱聲，事後龔玉依然堅持還錢，龔林只得將這些錢買些藥品和營養品送給她姐姐一家。

龔林還說，詐騙案受害者從地方到中央政府各級部門上訪皆無結果，受害人訴狀早已在中共各級部門堆積如山。中共政府不作為，不為民作主，受害人在共產黨天下已找不到地方告狀，天津私募系列驚天大案已導致成千上萬的受害者家破人亡，有的被迫離異，賣掉住房四處漂泊，還有人眼睛都哭瞎了，因此而病倒的人也不計其數。

眼睛哭瞎了 仍在瞎盼政府還錢

龍華案受害者中有一位老人叫曾凡珍，她一家在該詐騙案中損失 20 多萬元，其中 12 萬元是借款。

事發後丈夫在悲憤中死去，女兒失業，還要撫養孩子。曾凡珍僅有 1000 多元的退休金要養活多病的自己都困難，她還得寄一些錢給她老家的哥哥。她說，她哥哥是失地農民，沒有生活來源，而當地政府每月只給他 60 元的生活補貼。當地街道和居委會都知情，但沒有向曾凡珍表示任何關懷和資助。

為此曾凡珍把眼睛都哭瞎了。曾凡珍告訴記者，她左眼完全失明，而右眼視力非常差，醫生說如果不做手術就會雙眼失明，但她目前身欠巨債，根本無錢動手術。

曾凡珍前段時間聽說天津市委書記表態要在 18 大前解決天津私募受害者問題。她說，18 大馬上要召開了，就等著天津政府還款後，馬上還債和醫治眼睛，但目前還沒有聽到政府有任何動靜。前些年也有天津官員表示要解決問題，但還是沒解決，她不願相信這又是政府官員的一句空話，她每天就期盼著政府某天下來一個青天大人，滅除中共所有腐敗，為民作主。

據認識曾凡珍的龔林說，曾凡珍由於牽掛哥哥和無盡的期盼，以及抱著要還債的堅定信念，才沒有想和丈夫一同去死。而她如果不及時向姐姐龔玉施以援救，龔玉家的後果也難料定。

人活著 錢被騙沒了

在活立木（森林中活著的立木）兩名投資者的留言中，可以

想像他們生活的狀況。

一名投資者說：「因為天津政府引誘我投資了活立木，因為相信帶了高息投入，因為還不起高息朋友反目成仇。昨晚再次來家中討債，強行搬走了我的電腦，還毫不顧忌地說，下次再不給就把房了騰出來給他做生意，天啊！……家內內戰，家外冷眼。日子怎麼過啊！」

另一名投資者說：「每月兩萬餘元的高利貸怎麼還啊？整天被逼債，東躲西藏的不敢回家，難道這是我的錯嗎？不是你政府給李宏批了 50 億的營業執照，我們敢貸款投資嗎？」

一些受害者靠死來解脫

在天津私募驚天大案的數十萬受害者中，沒有人能夠確切估計有多少人不能承受巨額資產被騙的後果，最終以死來解脫。但從一些信息來看，尋死的人並不在少數。

龔林說，目前，據說因天津私募而死去的人，已不計其數，僅龍華案被騙的 1000 餘人中，已有 30 多人因此而亡，更多受害人生活在水深火熱之中。

投資受害者李鵬先生接受《大紀元》記者採訪時表示：「現在傾家家蕩產的人占相當比例，僅河南新鄉市就有三個人被逼自殺了。」

第二節

汪洋架空對陣張高麗

張高麗和汪洋都有後台

為防止周永康等江派「魚死網破」擾亂「18 大」權力交接，胡錦濤安排江派張德江、劉雲山、張高麗入常，而當時熱門人選汪洋未能入常，出任國務院第三副總理。此後，汪洋和張高麗山一直在各種場合相互攻擊、揭短、翻老帳。

2012 年重慶事件發生後，曝光了周薄計畫推翻習近平的圖謀，習近平與胡溫結成聯盟，與江派之間的關係緊張對立。為防止周永康等江派「魚死網破」，影響「18 大」權力交接，最終確立具有江派背景的張德江、劉雲山、張高麗「18 大」進入政治局常委。當時的熱門人選的汪洋未能入常，成為「18 大」政治局委員，出任國務院第三副總理，這樣的人事安排完全是胡錦濤的布局。

與江澤民關係密切的張高麗是石油系統出身，是曾慶紅和周永康所代表的中共石油幫的一員。其擔任一把手的山東和天津，政風都以左傾著稱。據報，張從在廣東緊跟李長春而被重用，到在深圳與江澤民做交易深受江的信任而獲連升，成為江澤民的人馬，同時得到曾慶紅和周永康的關照和提攜。

而原廣東省委書記汪洋不但獲得胡溫支持，和李克強的關係也相當不錯。一位接近某廣東省委常的人士曾透露，北京有一批「左派」對汪洋非常「不感冒」，當年汪洋的「幸福廣東」和薄熙來唱紅打黑的「重慶模式」不斷發生意識形態上的衝突。

張與汪在政壇上激鬥升級 鬧翻國務院

汪洋和張高麗各自代表自己的派系，後台都很硬，各不服氣，互不買帳。港媒稱，張高麗和汪洋自從新屆國務院領導班子產生後，一年多時間二人從「兩會」分組到地方考察，從國務院國務會議到國務院召開部委辦會議上都互相「較勁」，互翻老帳，會下又策動、授意屬下部門搞連署向中央政治局、國務院、中紀委反映、舉報老帳舊事。

報導說，汪洋指稱張高麗的大學學歷是虛的，還揭張在 80 年代中期任茂名市委副書記、中石化茂名石油工業公司總經理期間生活靡爛，被告到廣東省委。又披露張高麗在茂名、深圳、廣州、濟南各有一幢別墅，直至 2012 年 7 月才上交茂名、廣州二幢，深圳、濟南二幢改名過戶給了家屬。

此外，汪洋在 2013 年 7 月、9 月、11 月和 2014 年 3 月初國務院會議上批評張高麗。2 月下旬，汪洋在主持國務院部委主

要負責人會議上稱，「天津市已欠下五萬多億債務，實際上已經破產，今天要追究也晚了，天津子孫後代是要承受這筆人為債務。」等。

而張高麗也不是好惹的人，2014年「兩會」期間，在山東省、江蘇省、湖北省、天津市人大分團會議上的講話，多次提到廣東省經濟建設問題，並拿出胡春華與汪洋作對比，通過吹捧胡春華攻擊汪洋要為廣東問題負責等。

張還在中共政治局會議上多次提出動議，攻擊汪洋。

汪洋曾帶頭對劉雲山發難

汪洋曾是18大入常的熱門人選，為防止江派「魚死網破」最終汪洋沒有入常，外界認為這是胡錦濤當時的一項人事布局，這也給汪洋日後針對多名有江派色彩的政治局常委埋下伏筆。

汪洋對另一政治局常委、江派人馬劉雲山也多有指責。

2013年6月22日至25日在政治局會議上，副總理汪洋等人表示，總書記習近平提出的「兩個互不否定」，原意是「為了超越左右，團結一致向前看」，但在宣傳的過程卻過火了，尤其是掀起「反憲政風暴」，被外界解讀為「左派回潮」。

據稱，會議中的一個發難者就是副總理汪洋，將矛頭直接指向劉雲山。港媒甚至形容這次會議簡直「吵翻天」。

汪洋在廣東執政時候，曾經清洗過大批江派官員，被認為是團派在廣東的「釘子」。如今，這個「釘子」去了國務院，與劉雲山和張高麗展開激鬥也在情理之中。

汪洋兼敏感新職 張高麗再被架空

2014 年 6 月 24 日，汪洋以兼任三峽工程整體竣工驗收委員會主任的身分亮相。2013 年 8 月成立三峽工程建設委員會時，張高麗任主任，汪洋為副主任。

涉江澤民家族腐敗的三峽工程，由大力清洗廣東江派勢力的汪洋負責驗收，而江派常委張高麗則明顯被架空，釋放的信號耐人尋味。

據大陸官媒報導，2014 年 6 月 24 日上午，中共國務院副總理汪洋主持召開三峽工程整體竣工驗收工作會議，布署驗收工作。這是汪洋首次以該工程驗收委員會主任的身分在媒體亮相，並傳遞了要「嚴格驗收」的信號，但是官方並未披露該驗收委員會的成員組成。

三峽工程歷經 20 年，長期以來該工程在移民、拆遷、生態環境等方面的譴責之聲不斷。審計署近期公告顯示其建設過程中的違規資金達到 41 億，並且 2014 年 3 月三峽集團董事長曹廣晶、總經理陳飛的免職牽出貪腐窩案，幕後「老老虎」成為焦點。

三峽工程當時由李鵬與江澤民主導，外界一直也在盛傳江澤民家族涉其中貪腐。2003 年，李鵬在其《三峽日記》中透露，自 1989 年後，三峽工程的重大決策都是由江澤民主持制定，將江澤民拋出。

中國大變動系列 **026**

政治局三常委面臨清洗
張德江太鐵 劉雲山太左 張高麗太貪

作者：新紀元編輯部。**執行編輯**：王淨文 / 張淑華 / 黃采文。**美術編輯**：林彩綺。**封面設計**：R-one。**出版**：新紀元周刊出版社有限公司。**地址**：香港荃灣白田壩街5-21號嘉力工業中心B座3樓25。**電話**：886-2-2949-3258 (台灣) 852-2730-2380 (香港)。**傳真**：886-2-2949-3250 (台灣) / 852-2399-0060 (香港)。**Email**:mag_service@epochtimes.com。**網址**：www.epochweekly.com。**香港發行**：田園書屋。**地址**：九龍旺角西洋菜街56號2樓。**電話**：852-2394-8863。**台灣發行**：高見文化行銷股份有限公司。**地址**：新北市樹林區佳園路二段70-1號。**電話**：886-2-2668-9005。**規格**：21cm×14.8cm。**國際書號**：ISBN978-988-13131-3-3。**定價**：HK$128 / NT$450。**出版日期**：2014年9月。

新紀元
NEW EPOCH WEEKLY

www.epochweekly.com

一手掌握中國政治最核心 盡覽政局動盪詳情內幕

精心鉅作中國大變動系列及特刊

訂購熱線
852-27302380 香港
886-2-29493258 台灣

新紀元出版社有限公司出版 發行：田園書屋 九龍旺角西洋菜街56號2樓 電話：852-23948863 台灣誠品、
金石堂、博客來網路書店、機場等各大書店 全港書店及旺角、尖沙咀、銅鑼灣書報攤銷澳門書店、書報攤均有發售

www.ingramcontent.com/pod-product-compliance
Lightning Source LLC
Chambersburg PA
CBHW060216030726
47499CB00004B/1077